LE MAL
PAR LE MÂLE

ASHLYN KANE
& MORGAN JAMES

LE MAL
PAR LE MÂLE

ASHLYN KANE
& MORGAN JAMES

Dreamspinner Press

Publié par

DREAMSPINNER PRESS

5032 Capital Circle SW, Suite 2, PMB# 279, Tallahassee, FL 32305-7886 USA
http://www.dreamspinnerpress.com/

Le mal par le mâle
Copyright de l'édition française © 2015 Dreamspinner Press.
Titre original: Hair of the Dog
© 2012 Ashlyn Kane & Morgan James.
Traduit de l'anglais par Julianne Nova.

Illustration de la couverture :
© 2012 Catt Ford.

Édition imprimée en français : 978-1-63476-250-2
Première édition française en version papier : mars 2015
Édition ebook en français : 978-1-62380-761-0
Première édition française : mai 2014
Première édition : janvier 2012

Édité aux Etats-Unis d'Amérique.

Pour l'homme qui épaule la femme
responsable de la moitié de cette magie.
(C'est toi, Brandon.)
Je t'aime.
A

Pour KM,
Champion et confident.
M

Prologue
Le Chasseur

COURS.

La piste était encore fraîche. Il la renifla d'abord contre le coin d'un immeuble, un mélange d'alcool et de désir. Une odeur d'homme et de proie mêlés. Il pressa son nez contre le béton et suivit son flair.

Cours.

Il allait trouver cet homme qui sentait si bon et lacérer sa chair. Il allait mordre, mordre et mordre encore. Il allait répandre son sang, un rouge parfait sous la lueur déclinante de la lune. Puis l'homme lui appartiendrait. Il garderait cet homme pour lui, et il en trouverait d'autres. D'autres hommes à l'odeur si douce, si délicieuse, si... enivrante.

Cours !

Ses ongles longs griffaient le béton à chaque fois que ses pattes touchaient le sol, mais il entendait à peine le crissement couvert par son souffle pantelant. Il était excité. Bientôt, il trouverait l'homme. Chacun de ses souffles exaltés s'échappait de sa bouche de plus en plus bruyamment. Bientôt, bientôt, bientôt...

Il passa le coin d'un nouveau bâtiment. Il y avait tellement d'immeubles, mais... *là* ! L'homme n'était plus qu'à quelques foulées ! *Stop !*

Stop, stop, stop.

L'homme était une proie et devait être attaqué comme telle. Il était le chasseur. Et il allait le chasser.

Doucement, doucement, doucement, il s'approcha. Si près, si proche. L'homme ne vit rien. L'homme n'était rien, mais bientôt il serait bien plus. Tellement plus.

Boum, boum, résonnait son cœur. *La la la,* chantonnait l'homme.

Il se prépara à bondir, s'affaissa contre terre, plus bas, toujours plus bas.

L'homme s'arrêta.

Ramassé sur lui-même, il tendit ses muscles, ouvrit sa gueule, montra ses crocs. Dans un grognement, prêt à abattre sa proie, il bondit.

Chapitre Un
Quand On Parle du Loup

IL Y avait une toute petite araignée en train de tisser sa toile dans le coin sud-est de la chambre d'Ezra, juste au-dessus de son lit. Une brise entrait par la fenêtre entrouverte et par instant, elle soufflait assez fort pour faire se balancer l'araignée.

Puis un courant d'air plus fort l'envoya valdinguer jusqu'au mur est, et Ezra cligna des yeux avant de réaliser qu'il était éveillé. Et qu'il l'était depuis un moment.

Il soupira longuement, roula jusqu'au bord du lit et s'assit, puis regretta immédiatement son premier geste quand une douleur atroce traversa son épaule.

— Putain, mais… ?

Quand il baissa les yeux, il remarqua que son épaule était couverte d'un répugnant amas de sang séché et d'hématomes qui tiraient vers le violet et le jaune. *Putain, mais qu'est-ce que j'ai foutu la nuit dernière ?* se demanda-t-il.

Mais il ne se souvenait de rien.

D'un pas mécanique, il tituba jusqu'à la salle de bain. Cette fois-ci, tout son corps protesta, en plus de son épaule. Ses jambes étaient endolories, ainsi que les muscles de son ventre. En fait, il semblait avoir mal partout. Est-ce que quelqu'un l'avait drogué puis en avait profité pour l'attaquer quand il était rentré du bar la nuit passée ? Est-ce qu'il s'était battu ? Ou bien avait-il été agressé ?

— C'est la dernière fois que je rentre à pied du bar, grommela-t-il à voix haute.

À partir de maintenant, il prendrait un taxi. Même sa voix paraissait éreintée.

Une fois arrivé à la salle de bain, son reflet dans le miroir n'entraîna que davantage de questions. Pour tout dire, il avait une tête de déterré. Du sang avait séché en s'emmêlant à ses cheveux, sur le côté gauche de sa tête, leur donnant une couleur rouille au lieu de leur blond cendré habituel. Ses yeux bleus étaient bordés de rouge et tellement injectés de sang qu'il aurait pu faire concurrence à un toxico. Les ecchymoses ne s'arrêtaient pas à son épaule : elles s'étendaient sur son torse et ses jambes.

Ezra inspira longuement avant de tousser. Il avait vraiment besoin d'une bonne douche.

Bon, avec un peu de chance, l'eau chaude lui remettrait les idées en place et l'aiderait à se rappeler la nuit passée. Il grimpa difficilement dans la douche, tourna le robinet jusqu'à en tirer de l'eau bouillante, posa ses mains à plat contre le carrelage mural et laissa l'eau et la vapeur le calmer.

L'eau se teinta de rouge à ses pieds, sur la céramique blanche de la douche, avant de disparaître en tourbillonnant dans le siphon. Peu à peu, Ezra commença à se laver, commençant par ses cheveux, avec le plus grand soin. Le sang devait provenir de son épaule, parce que sa tête ne le faisait pas souffrir. Il ne sentait même pas de bosse et supposa qu'il avait dû être chanceux, bien que cela soulevât davantage de questions. Pourquoi ne se souvenait-il de rien ?

La sensation du savon s'immisçant dans les entailles de son épaule fut une expérience nouvelle qu'il ne souhaita renouveler pour rien au monde. Mais il ne pouvait pas risquer qu'elle s'infecte. Il n'avait pas d'assurance maladie et il n'allait pas gaspiller son héritage juste parce que ça le piquait un peu.

Enfin, il fut entièrement propre. La douleur était relativement sous contrôle, du moins autant qu'elle pouvait l'être sans prendre de médicaments. Il coupa donc l'eau à regret, se sécha, puis farfouilla dans l'armoire à pharmacie de son père à la recherche d'une trousse de secours.

Et il n'avait toujours pas la moindre idée de ce qui avait bien pu se passer la veille. Il n'était pas plus avancé qu'à son réveil.

Ezra s'essuya les cheveux d'un geste rapide à l'aide de sa serviette de bain avant de boiter jusqu'à sa chambre. Il fixa le tas de vêtements qu'il avait balancé à travers la pièce la nuit précédente. Ils étaient irrécupérables, tachés de sang ou réduits en lambeaux, mais ils ne sentaient pas l'alcool. Il savait qu'il avait bu quelques verres à la veillée mortuaire de son père, mais pas assez pour justifier un tel trou de mémoire. En plus, l'alcool n'expliquait pas l'état de ses vêtements.

Dans un soupir, il rassembla ses habits déchiquetés, les roula en boule et les fourra dans un sac-poubelle. De toute façon, ils ne lui fourniraient pas plus de réponses que le reste.

Il mit un temps fou à s'habiller. Chacun de ses muscles protestait au moindre mouvement. Le simple fait d'enfiler un pull l'épuisa.

3

Peut-être qu'un café l'aiderait un peu, espéra-t-il, et il erra jusqu'à la cuisine pour lancer la cafetière. Si ça ne fonctionnait pas, il pourrait toujours téléphoner à son cousin. Il était certain que Dominic était venu au bar avec lui. D'ailleurs, ils avaient décidé de rentrer ensemble à pied. Il avait laissé Dominic devant son immeuble, à peu près dix minutes après avoir quitté le bar, et ensuite… Ensuite, il avait dû rentrer lui aussi.

La lumière du lampadaire à deux pâtés de maisons de chez lui avait clignoté, se rappela-t-il soudain. Et… Il avait entendu un bruit ?

Non, il ne pouvait pas avoir entendu ce qu'il croyait. Son esprit lui jouait des tours, il se faisait des films. Après tout, il était rentré chez lui sans dégâts, ou presque.

Après avoir cherché quelques instants, il trouva une boîte d'aspirine cachée derrière le four à micro-ondes et en avala trois pendant que la cafetière faisait son œuvre bruyamment, répandant une odeur forte.

Il devait sortir aujourd'hui, il avait trop à faire pour rester assis chez lui. Signer des papiers, fermer des comptes. Il faudrait qu'il voie l'avocat de son père pour s'assurer que tout était en ordre pour transférer l'appartement à son nom.

Il avait désespérément envie de retourner se vautrer entre les draps.

Ezra avait presque terminé sa troisième tasse de café lorsqu'il réalisa que son père était passé au décaféiné. Pas étonnant qu'il ne se sente pas déjà mieux.

Bam bam bam.

Nom de Dieu, est-ce que quelqu'un se trouvait à la porte ? Qu'est-ce qu'ils venaient d'utiliser pour frapper ? Un bélier ? Et surtout, qui pouvait bien lui rendre visite, à *lui* ?

Il s'agissait probablement de l'un des voisins souhaitant lui faire part de ses condoléances. Ou peut-être le gardien ? Ezra clopina jusqu'à la porte et l'ouvrit.

— Je peux… ? commença-t-il à demander, mais sa voix se volatilisa.

Deux mafiosos se tenaient sur le palier.

Du moins Ezra fut persuadé qu'il s'agissait de mafiosi. Soit ça, soit il avait fait appel aux services de deux prostitués de luxe avant de perdre connaissance. Qui d'autres pouvaient se promener ainsi et frapper aux portes affublés de costumes noirs hors de prix et de lunettes de soleil en intérieur ? Bon Dieu ! Est-ce que son père était mort en laissant des dettes auprès de la Mafia ? Est-ce qu'ils étaient là pour venir récupérer leur argent ?

— Bonjour.

4

L'homme devant lui hocha la tête. Il n'avait pas l'air particulièrement avenant.

— Pouvons-nous entrer ?

Non ! lui hurla son bon sens. *Ne laisse pas entrer ce caïd et son garde du corps dans ton appartement !* Mais Ezra recula malgré tout et s'écarta pour les laisser passer.

Les deux hommes entrèrent comme s'ils étaient chez eux et Ezra referma la porte derrière eux, le cœur battant.

— Je... Qui êtes-vous ?

— Je m'appelle Callum Dawson, répondit l'homme.

D'après son timbre de voix, il semblait s'attendre à ce qu'Ezra sache qui il était.

— Voici mon associé : Blaise LaPorte.

L'homme gigantesque, Blaise, se tenait toujours derrière lui et hocha froidement la tête à l'attention d'Ezra. Ses dreadlocks ramenées en queue de cheval sursautèrent légèrement à son mouvement.

— Salut, dit finalement Ezra puisqu'ils semblaient attendre qu'il parle. Qu'est-ce que vous voulez ?

Oh oh. Apparemment, il s'agissait là de la mauvaise question. Blaise croisa les bras – des bras énormes, putain. Si Ezra n'avait pas craint pour sa vie, il aurait clairement tenté de se le faire.

Dawson releva un sourcil par-dessus ses lunettes noires, puis les retira d'un geste lent. Ses yeux étaient d'un marron profond, une couleur qui rappelait le chocolat, un ton légèrement plus clair que ses cheveux.

Ezra se lamenta en silence, il était maudit. Il aurait clairement bien aimé le draguer lui aussi.

Dawson baissa la voix.

— Tu n'as rien besoin de dire. Indique-nous simplement l'endroit où il se trouve. Nous ne le laisserons pas te faire de mal. Aide-nous à le trouver et tu n'auras pas de problèmes.

Des problèmes ? Laisser qui *me faire du mal ?*

— Est-ce que j'ai fait quelque chose d'illégal sans le savoir ?

Cela expliquerait tout. Peut-être qu'il s'agissait d'inspecteurs ? Ils faisaient peut-être partie du FBI ou quelque chose du genre ? Après tout, Mulder portait bien un costume dans X-Files, non ?

L'homme dut ressentir la confusion d'Ezra, et avec un peu de chance sa naïveté, puisqu'il avança d'un pas vers lui, s'approchant bien trop près pour scruter son visage.

Et puis il renifla.

Non, mais sérieux, c'était quoi ce délire ?

— Alpha…

Le garde du corps semblait vigilant.

— Est-ce que tu sens ça ? demanda Dawson sans le quitter des yeux, bien qu'Ezra supposât qu'il s'adressait à Blaise.

— Euh, Monsieur… commença Ezra prudemment en essayant de croiser le regard du garde du corps par-dessus l'épaule de Dawson, afin de comprendre s'il s'agissait là de son comportement habituel.

Dawson releva une main et toucha l'épaule d'Ezra, juste au-dessus de son pansement. Son regard se fit perçant. Les yeux d'Ezra étaient attirés par les siens, comme aimantés, et il avala difficilement. Une décharge d'adrénaline le parcourut. Il pouvait à peine ressentir la douleur. Une légère odeur de pin et de propreté émanait de l'homme, elle avait quelque chose de chaleureux, d'une certaine façon, de rassurant. Puis Dawson ordonna :

— Retire ton haut.

Il aurait *dû* piquer une crise, ou au moins essayer de lui en coller une. Il ne s'agissait définitivement pas d'un comportement normal pour quelqu'un du FBI. En plus, ils auraient dû avoir des badges. Il n'aurait *pas* dû agripper le bas de son pull avec son bras valide pour essayer de le retirer en gigotant pour ne pas se faire mal. Mais c'est pourtant ce qu'il fit, en se contorsionnant jusqu'à ce que le vêtement encore empreint de sa chaleur se retrouve en boule dans ses mains.

Il fit soudain trop chaud dans l'appartement.

Callum Dawson regarda longuement son épaule bandée. Ezra l'observa, comme hypnotisé, lorsqu'il tendit à nouveau la main et parcourut le sparadrap d'un doigt jusqu'à l'une de ses extrémités. Il l'agrippa alors et commença à le décoller.

Ezra frissonna.

— Qu'est-ce que… ? commença-t-il à nouveau, mais lorsque la compresse s'écarta, il vit qu'une croûte s'était formée sur sa blessure et que la peau au bord de celle-ci était déjà celle d'une belle cicatrice, rose, brillante et saine.

Dawson murmura.

— Tu devrais t'asseoir.

Cela semblait être une merveilleuse idée. Ezra lui obéit.

De l'autre côté de la pièce, le garde du corps laissa échapper un petit bruit méprisant.

— Au moins, il sait se tenir à sa place.

Dawson lui lança un regard noir, mais se tourna à nouveau vers Ezra et s'installa sur le canapé, face à lui. Son attitude hostile disparut presque complètement.

— J'ai besoin de te poser quelques questions, reprit Dawson à son intention.

Il déposa ses lunettes noires sur la table basse.

— Et j'ai besoin que tu me répondes honnêtement.

— D'accord, répondit Ezra d'une voix creuse, les yeux sur son épaule.

— Tout d'abord...

Il s'interrompit et lorsqu'Ezra arriva enfin à quitter des yeux sa peau en mutation, Callum Dawson était devenu quelqu'un de complètement différent, doux et tranquille.

— Comment t'appelles-tu ?

— Ezra.

— D'accord, Ezra. Tu peux m'appeler Callum.

Ezra hocha la tête.

— Il faut que tu me dises ce que tu as fait la nuit dernière.

Il cligna des yeux.

— Je... Je ne m'en souviens pas.

— Réfléchis, insista Callum. Quelle est la dernière chose dont tu te souviennes ?

Ezra secoua la tête et s'efforça de se concentrer. Le bar. Il avait marché pour retourner chez lui.

— Je rentrais du bar, après la veillée funéraire de mon père. Avec mon cousin.

Callum et Blaise échangèrent un regard sombre.

— Quel bar ?

— Hmm. O'Callahan ? Dans la rue d'Higgins ?

Ezra inspira plusieurs fois profondément et ferma les yeux.

— Dominic était bourré. On a décidé de rentrer à pied pour dégriser, comme ça sa copine ne serait pas en colère contre lui. Je me suis dit qu'il aurait besoin d'un chaperon. Alors on a marché jusqu'à chez lui, rue Chestnut. Après ça, j'ai décidé que je n'avais qu'à continuer jusque chez moi à pied. J'habite à seulement quelques rues.

— Est-ce que tu as remarqué quoi que ce soit de bizarre ?

— Vous voulez dire quelque chose d'aussi bizarre que me réveiller avec une plaie béante dans l'épaule, des bleus partout, et aucun souvenir de ce qui s'est passé ?

Ezra releva une main tremblante vers son visage et réalisa qu'il frissonnait. Peut-être qu'il aurait dû remettre son pull.

— Blaise, trouve une couverture pour Ezra, dit Callum calmement sans se retourner. Et quelque chose de sucré à manger, si possible.

Ezra baissa les yeux sur ses mains.

— Je pense avoir entendu un bruit, admit-il. Mais ensuite, je me suis dit que j'avais dû tout inventer. Je veux dire, ça aurait pu être un chien errant ou quelque chose du genre, en train de grogner. C'était peut-être à cause de la pleine lune, plaisanta-t-il faiblement.

Blaise recouvrit ses épaules d'une couverture et les tremblements d'Ezra se calmèrent un peu. Puis il lui fourra un cookie devant le nez.

— Mange, conseilla Callum. Tu te sentiras mieux ensuite.

Ezra avait presque terminé d'avaler le biscuit éventé quand une pensée lui vint. Il lécha les quelques miettes sur ses lèvres avant de reprendre la parole.

— Vous êtes très autoritaire.

Derrière lui, un toussotement qui ressemblait à s'y méprendre à un rire lui parvint. Callum ignora presque complètement le commentaire d'Ezra, mais il leva tout de même les yeux au ciel à la réaction de Blaise.

— Pourquoi est-ce que vous me posez toutes ces questions ? demanda soudain Ezra en sentant un regain d'énergie.

Apparemment, ce cookie lui avait fait du bien.

— Est-ce que je vais avoir des problèmes ?

L'ambiance se fit soudain plus tendue. Ezra put presque sentir la réticence de Callum à répondre lorsqu'il poussa un soupir.

— D'une certaine façon, oui. La nuit dernière, tu as été mordu par un lycanthrope. Un loup-garou.

Génial, pensa Ezra en tâchant de trouver une caméra cachée.

— Désolé, j'ai cru que vous veniez de dire que j'avais été mordu par un loup-garou.

— C'est ce que j'ai dit. Celui-ci s'est échappé d'un établissement correctionnel il y a deux jours. Nous le poursuivons. C'est pour ça que nous sommes ici.

— Arrêtez vos conneries !

Mais étaient-ce seulement des conneries ?

— J'ai été mordu par un loup-garou évadé de prison ? C'est ça votre excuse ? Vraiment ?

— Non. Il s'agissait du patient d'un hôpital psychiatrique. En gros. Et nous préférons dire lycanthrope, ou lycan.

Oh, alors c'était un loup... pardon, un *lycanthrope* évadé et *fou*. Cela ne le rassurait absolument pas.

— Écoutez, mec, commença-t-il, vous devriez arrêter de regarder la télé.

Callum soupira.

— Si je te prouve que j'ai raison, tu me promets de ne pas paniquer ?

Ezra était presque sûr que ce type – qui était vraisemblablement fou lui aussi – n'arriverait pas à le convaincre de l'existence des loups garous. Il haussa les épaules.

— Bien sûr, mec. Faites comme vous le sentez.

À ce moment-là, les lèvres de Callum s'étirèrent en un rictus qui n'avait rien de séduisant. Ezra observa ses dents grandir, s'allonger et s'effiler pour devenir quelque chose qui n'avait définitivement rien d'humain. Tout aussi rapidement, elles retrouvèrent leur forme initiale et Callum dit :

— Rappelle-toi, tu as promis.

Ezra déglutit, ébranlé jusqu'au fond de son âme.

— Donc, vous êtes en train de me dire que je suis un loup... euh, un lycanthrope ?

— Eh bien, pas encore.

Pour la première fois, Callum sembla incertain.

— Je n'ai jamais vu personne être transformé ainsi. En général, cela implique tout un tas de paperasse avant qu'on accepte de convertir un humain. Nous vérifions ses antécédents, nous lui faisons passer des évaluations psychologiques, tout un tas de choses. Mais d'après ce que j'ai pu lire, cela peut aller de quelques jours à un mois entier avant que l'ADN lycanthrope mute avec le génome humain.

— Mute ? répéta Ezra.

Il regrettait clairement de n'avoir pris que trois aspirines.

Callum l'ignora pour se tourner vers Blaise.

— Regarde si tu peux trouver un sac ou une valise. Prends-lui des affaires pour au moins une semaine.

— Entendu, patron, grommela Blaise avant de disparaître dans les profondeurs de l'appartement.

Ezra émergea brusquement de sa stupeur en l'entendant.

— Quoi ? Est-ce que vous comptez me demander si ça me convient ou vous allez juste m'emmener d'ici par-dessus votre épaule ? Je n'ai pas mon mot à dire ?

— Tu n'es pas en sécurité ici, répondit Callum avec dédain.

Il vérifia sa montre et se releva ensuite, avant de chercher dans sa poche pour en extirper un téléphone portable.

— Je peux prendre soin de moi !

Ezra se leva à son tour, laissant la couverture retomber sur le canapé.

Callum pointa la blessure pansée sur son épaule :

— Je vois ça.

Il porta le téléphone à son oreille.

— Amène la voiture. Cinq minutes.

Puis il le referma dans un claquement.

— Tu devrais remettre ton pull. Il fait froid dehors.

Ezra serra les dents.

— Je ne sortirai pas.

— Si, tu vas sortir. Tu as besoin de ma protection et j'ai besoin de réponses. Il faut que je sache ce qui est arrivé au loup qui t'a mordu.

Callum enfonçait son téléphone dans sa poche quand Blaise reparut.

— C'est dans l'intérêt de tous. Au moins jusqu'à ce que ton ADN ait terminé de se transformer.

— Je ne vous connais même pas !

— Eh bien, cela va bientôt changer.

— Est-ce que tu as des médicaments qu'on devrait emporter ? demanda Blaise.

Il hissa un sac de couchage vieux comme le monde, sur lequel on distinguait le logo de la bière Coors Light, sur son épaule.

— Non, j'en avais pas encore eu besoin, aboya Ezra.

Puis il baissa les yeux et constata qu'il avait remis son pull.

Et qu'il bandait.

Vie de merde.

Callum lui jeta un regard complice.

— La voiture nous attend. Allons-y.

EZRA SE sentait un peu moins secoué, et un peu plus sûr de lui, lorsqu'ils ralentirent devant un grand immeuble de bureaux à l'allure quelconque, en centre-ville. La conductrice du 4x4, une femme mince aux boucles foncées, les yeux cachés derrière des lunettes d'aviateur, gara la voiture.

— Je viens vous chercher à six heures ? demanda-t-elle d'une voix professionnelle.

Sur le siège avant, Callum secoua la tête et ouvrit la portière.

— Ramène Blaise chez lui. Je prendrai une des voitures de fonction.

Puis il jeta un œil vers Ezra par-dessus son épaule.

— Toi, tu viens avec moi.

Ezra devina qu'il n'avait pas trop le choix. Il défit sa ceinture de sécurité et se glissa hors du 4x4 à la suite de Callum, avant d'accélérer le pas pour le rattraper et se calquer sur le sien.

— Où est-ce qu'on est ?

Ils passèrent la réception et s'arrêtèrent à un contrôle de sécurité, où Callum montra un insigne aux deux hommes en uniforme qui se tenaient derrière le bureau.

— Il est avec moi, dit-il sèchement en prenant le temps de griffonner le nom d'Ezra, la date et l'heure sur un registre banal.

— Oui, Monsieur, répondirent les gardes en chœur.

Qu'est-ce qui lui arrivait, putain ?

Le plus petit des deux hommes leur tendit un badge de visiteur rose vif et Callum le passa à Ezra sans même un regard.

— Voilà, mets ça.

Ezra commençait à se rendre compte que *très autoritaire* ne lui rendait même pas justice.

Une fois la sécurité passée, le bâtiment ressemblait à n'importe quel autre. Le sol était fait de pierre polie artificielle et de grands pots en terre cuite contenaient tout un tas de plantes, vraies comme fausses. Au centre du hall d'entrée se trouvait une série d'ascenseurs.

C'est alors que les choses devinrent vraiment intéressantes. Callum appela un ascenseur puis fit signe à Ezra de le suivre à l'intérieur lorsque le premier d'entre eux arriva. Mais quand il sélectionna un niveau souterrain, une voix mécanique sortie de nulle part déclama :

— Identification vocale requise.

— Dr Callum Dawson, Directeur du Département de Recherches et Développement.

— Identification vocale confirmée.

Ezra eut l'impression de sombrer encore plus loin dans la *Quatrième Dimension*.

— Est-ce que vous allez me dire où on va, maintenant ?

— Tu te trouves au Département de Recherches Lupines qui dépend du Centre pour le Contrôle des Maladies, le CCM.

L'ascenseur s'immobilisa. Callum ouvrit la marche et remonta un couloir à la lumière blafarde.

Ezra essaya de suivre sans se laisser distraire par ce qui l'entourait, ce qui s'avéra difficile puisque tout attirait son attention autour de lui. Ses oreilles percevaient des sons qu'il aurait dû être incapable d'entendre, comme le claquement léger des lacets de Callum et le bourdonnement d'équipements électroniques à l'autre bout du bâtiment. Certaines des pièces le long du couloir étaient pourvues de baies vitrées et il pouvait voir des gens bouger derrière leurs fenêtres, vêtus de blouses blanches de laborantins, portant des lunettes de protection et en train de faire toutes sortes de trucs scientifiques et mystérieux.

— Je ne savais pas que le CCM avait des bureaux à Missoula.

Callum grommela.

— C'est parce que c'est classé top secret.

Évidemment. Non, mais attends !

— Vous voulez dire que le gouvernement est au courant pour nous ? Enfin, à notre sujet, je veux dire ? Les loups garous ?

Callum s'arrêta devant la dernière porte du couloir et pressa son pouce contre un petit boîtier au mur. Une lumière verte clignota sous celui-ci, et il put ouvrir la porte.

— On dit 'lycanthropes'. Et certains départements du gouvernement en ont connaissance, oui. Chaque meute a un officier de liaison désigné par le gouvernement.

Il retint la porte pour laisser entrer Ezra en premier dans le bureau.

— Au fond, leur boulot est de transmettre les préoccupations de la meute au Comité des Ressources Naturelles du Département des Pêches et de la Faune des États-Unis. Et vice-versa.

Ha ! C'était assez drôle. Peut-être que Callum avait finalement un certain sens de l'humour enfoui quelque part sous cette apparence bourrue. Ezra sourit.

— Département des Pêches et de la Faune, elle est bonne celle-là.

Callum le regarda du coin de l'œil.

— Ce n'était pas une blague.

Bon, peut-être pas, finalement. Si Ezra mettait encore plus les pieds dans le plat, il allait servir d'amuse-gueule.

— D'accord, je vois.

Encore embarrassé, il prit le temps d'observer le bureau. C'était une pièce de taille agréable, mais sans fenêtre, ce qui le rendait un peu claustrophobe. Elle comportait deux portes en plus de celle qu'ils venaient de franchir, ainsi que ce qui ressemblait à une grande penderie dans un coin. Ezra compta au moins quatre tasses de café, à différentes étapes de leur consommation. Un petit reniflement involontaire grâce à son nouvel odorat visiblement amélioré l'informa qu'il s'agissait plutôt d'une sorte de thé. Des dossiers, de tailles et de couleurs variées, jonchaient le bureau. Près de la porte, un parapluie en lambeaux croupissait dans un vieux porte-parapluie dans le même état. Un manteau était suspendu à une patère à l'arrière de la porte.

— Ça sent les plats micro-ondes, ici.

— J'aime travailler tard.

Callum ne daigna pas relever les yeux des dossiers dans lesquels il fouinait déjà sur son bureau. Il en extirpa finalement un à la couverture violette de la pile et attrapa un stylo dans le vide-poches près de son ordinateur à l'écran gigantesque. Puis il leva la tête, brièvement, mais Ezra estima qu'il s'agissait là d'un grand progrès : il le regardait enfin dans les yeux de temps en temps.

— Suis-moi.

Tâchant d'ignorer l'anxiété qui le saisissait à nouveau, Ezra obéit – *encore* – en se sentant aussi docile que lorsqu'il avait un peu trop bu. Peut-être, pensa-t-il en suivant Callum jusqu'à une petite pièce qui sentait l'antiseptique, que sa raison avait disparu en même temps que tout le sang qui avait quitté son cerveau pour rejoindre sa verge indisciplinée.

Callum accrocha son dossier sur une planchette à pince et l'installa sur un crochet qui pendait au-dessus d'un petit meuble.

— J'ai besoin de récupérer quelques trucs. Déshabille-toi et installe-toi sur la table, je reviens dans quelques minutes.

Ezra demeura parfaitement immobile jusqu'à ce que la porte se referme derrière lui. Puis il laissa échapper un souffle tremblotant et agita ses poings en l'air. Les murs blancs avaient quelque chose d'oppressant et l'odeur de désinfectant le prenait à la gorge, lui donnant l'impression d'étouffer. Soudain, il eut à nouveau quinze ans et se revit assis au chevet du lit d'hôpital de sa mère tandis que le moniteur cardiaque bourdonnait d'une seule note constante et inoubliable.

Au moins, son érection était une diversion de taille. Une fois le choc passé, il avait commencé à trouver les ordres perpétuels de Callum particulièrement irrésistibles. Ezra ne savait pas s'il s'agissait là d'un effet secondaire de la morsure, un truc hormonal bizarroïde, ou si c'était parce que Callum ne disait jamais 's'il te plaît' et n'agissait jamais comme s'il y avait la moindre chance qu'Ezra ne lui obéisse pas au doigt et à l'œil. Dans tous les cas, il se trouvait maintenant en train de lutter entre le besoin impérieux de se dévêtir et l'envie de conserver ce qui lui restait de dignité. La dernière chose qu'il souhaitait, c'était que Callum croie qu'il prenait son pied à se faire commander ainsi.

Peut-être était-ce à cause de tout cela, ou parce que Callum ne lui avait pas dit qu'il devait être entièrement nu, dans tous les cas Ezra garda finalement son boxer et grimpa sur la table métallique et gelée. Il glissa ses mains sous ses cuisses pour tenter de diminuer un peu cette sensation froide et fixa ses longues jambes pâles et ses orteils.

D'ici quelques jours, dans pas très longtemps, il aurait des pattes à la place.

Chaque seconde s'égrenait bruyamment, l'horloge les martelant d'un tic-tac assourdissant, et la vision de la poitrine de sa mère lui revint, se relevant et s'abaissant, jusqu'à s'immobiliser pour toujours. Allongée dans ce lit d'hôpital, en train de mourir sous ses yeux.

Quand la porte s'ouvrit de nouveau, Ezra fixait toujours ses pieds et ses orteils avaient commencé à devenir bleus de froid.

La porte se referma dans un cliquetis, un chuintement métallique se fit entendre plus près tandis qu'on déposait quelque chose sur la table près de lui.

— Ezra ?

La voix de Callum était redevenue douce et tranquille, comme elle l'avait été à l'appartement lorsqu'il avait commencé à paniquer.

— Est-ce que tout va bien ?

Ezra laissa échapper un rire légèrement hystérique, bien que cela ressemble surtout à un sanglot étouffé.

— T'es malade ? Je vais devenir un putain de loup-garou ! Un *monstre* ! Évidemment que ça ne va pas bien !

— Hé.

Le ton calme et suave apaisa les nerfs à vif d'Ezra.

— Détends-toi.

Ezra ferma les yeux quelques instants et se laissa consoler. Il aurait plutôt dû s'inquiéter du fait que se faire *ordonner* de se détendre fonctionnait

14

réellement, mais il avait eu une journée de merde et cela lui convenait. Il avait le droit de trouver du réconfort où il pouvait.

— Désolé. Promis, je ne suis pas aussi cinglé d'habitude.

— Ne pense plus à cela, rétorqua Callum. Tu vas te sentir complètement fou durant les prochaines semaines, le temps que ton ADN s'habitue. Autant t'y faire dès maintenant.

Génial. Au moins, il aurait le droit de péter un câble autant qu'il le voulait.

Ezra ouvrit à nouveau les yeux et les laissa courir sur Callum, cette fois. Il s'était changé et portait une blouse de laborantin sur une tenue de personnel médical. Le changement dans son apparence était aussi flagrant que celui dans son attitude. Il avait moins l'air d'un oiseau de mauvais augure, mais était toujours aussi séduisant.

— Alors, réussit à bafouiller Ezra, soudain conscient de sa propre image. Tu es docteur ?

— J'ai un Doctorat, mais je ne suis pas médecin.

Les yeux de Callum croisèrent brièvement les siens, puis s'abaissèrent pour examiner son épaule tandis qu'il enfilait des gants en latex. Il ausculta la peau qui cicatrisait déjà rapidement.

— Je dois prendre une photo de ça, pour vérifier que c'est bien le lycan fugitif qui t'a mordu.

— Fais-toi plaisir.

Ezra demeura parfaitement immobile tandis que Callum prenait plusieurs photographies numériques de sa blessure.

— Ne me dis pas que la morsure d'un lycanthrope, c'est comme une empreinte digitale ?

— Ce n'est pas aussi précis.

Callum reposa l'appareil photo et tendit la main vers le chariot pour en ramener un écouvillon de prélèvement, imbibé d'iode.

— Tends ton bras gauche.

À moitié nu ou pas, lorsqu'Ezra frissonna cela n'avait rien à voir avec le froid. Callum frotta vigoureusement un coton humide sur la peau à l'intérieur de son bras.

— Je croyais que tu n'étais pas médecin ?

— Je ne le suis pas.

Il fallait bien lui concéder cela, Ezra sentit à peine l'aiguille glisser dans sa veine au creux de son coude.

— Mais j'ai suivi un cours d'ambulancier, une fois.

15

— Ce n'est pas très rassurant.

Ezra était un programmateur informatique assez doué bien qu'il ait abandonné ses cours à l'Institut de Technologie du Massachusetts au milieu de sa troisième année, mais il était presque certain que la médecine n'était pas quelque chose que l'on pouvait apprendre sur le tas, pendant son temps libre.

Callum retira l'aiguille et referma le flacon de sang avant de jeter le reste dans un récipient pour produits contaminés.

— Il faut que je m'assure que Teller ne t'a pas infecté avec autre chose que de l'ADN lycanthrope.

— Teller.

Ezra observa Callum retirer ses gants et les recycler eux aussi.

— C'est le nom du loup-garou… du lycanthrope qui m'a attaqué ?

— C'était son nom, avant qu'il tombe malade, expliqua Callum en attirant un tabouret à roulettes pour s'y asseoir.

Super, maintenant Ezra s'inquiétait d'avoir contracté le SIDA des loups garous aussi. À quel point devait-on tomber malade pour perdre jusqu'à son nom ?

— Malade de quoi ? demanda-t-il avec une inquiétude flagrante.

— On appelle cela DRA, Dysfonctionnement de la Régulation de l'Alphatropine. L'Alphatropine est une hormone présente chez les loups garous, même si elle pourrait être le symptôme de toute autre chose. Nous avons découvert des individus infectés, mais jamais la source de l'infection, et le symptôme le plus flagrant est le taux anormalement élevé de cette hormone.

Ezra n'était pas vraiment rassuré.

— Et par infecté, tu veux dire…

Callum croisa son regard calmement, très professionnel.

— Normalement, le côté humain d'un lycanthrope maintient le contrôle constamment, même durant la pleine lune. Mais à travers l'histoire, il y a eu des cas de lycanthropes qui perdaient ce contrôle au profit de leur aspect animal, et pas seulement durant les phases de pleine lune.

— Donc ils se transforment en monstre, constata Ezra.

— Si on veut.

Callum se pencha alors en avant.

— Mais rien ne prouve que ce soit contagieux, surtout au travers d'une simple morsure.

D'accord. Donc il n'allait peut-être pas devenir complètement fou et tuer quelqu'un. Cela lui retirait un poids des épaules.

— Et donc, quand ça arrive, vous faites quoi ? Vous les retrouvez et vous les enfermez jusqu'à ce qu'ils aillent mieux ? C'est à ça que sert cet endroit ?

— En partie.

Callum se releva et croisa les bras contre son torse.

— Pendant que nous y sommes, je devrais sûrement t'expliquer les règles de base.

— Les règles, répéta Ezra, éberlué.

Le prenait-il pour un sale adolescent désobéissant ?

Callum l'ignora.

— Jusqu'à ce que tu te transformes pour la première fois, tu ne contrôleras pas ton corps complètement. Évite les lieux publics et garde un lycan expérimenté à tes côtés.

Malgré l'envie incontrôlable de capituler, d'accepter les paroles de Callum sans même les remettre en doute, Ezra arriva à rétorquer :

— Je n'ai pas besoin d'un baby-sitter.

Il commençait à avoir un sacré mal de crâne.

— Si, tu en as besoin si je le dis, lui répondit Callum. Je suis l'Alpha de cette meute. C'est mon boulot de faire au mieux pour chacun. Et tu vas rentrer avec moi, chez nous, et faire ce que je te dis. C'est pour ton propre bien.

— Je ne te connais même pas, protesta difficilement Ezra.

Il ne voulait *pas* aller chez Callum et faire ce qu'il disait, malgré ce que lui ordonnaient ses hormones.

— Je dois juste te faire confiance et croire que tu ne vas pas me droguer et me garder enfermé à double tour dans une cave, quelque part ?

— Je ne préférerais pas. Mais cela m'amène au point suivant.

— Oh, je vois.

Ezra s'était senti vulnérable et pas vraiment dans son assiette jusque-là, mais il reprenait du poil de la bête. Plus il tenait tête à Callum, plus cela lui semblait facile et il n'allait pas commencer à se soumettre au moindre mot simplement parce que Callum semblait s'y attendre. Cependant, son mal de tête grandissant lui donnait des difficultés à se concentrer sur cette rébellion.

— La résidence forcée, ce n'était pas suffisant.

Pour toute réaction, Callum plissa légèrement les yeux.

— Si tu dois aller quelque part pendant ces trois semaines, si c'est vraiment une question de vie ou de mort, alors évite les humains. Leurs réactions sont imprévisibles face aux lycans en train de se transformer.

— Génial, la liberté d'association, maugréa Ezra en s'agitant sur la table.

Quelques minutes auparavant, il se sentait gelé, mais il était certain que la température venait d'augmenter de quelques degrés. Non ?

— Mais la chose la plus importante, c'est que tu dois t'abstenir de tout contact sexuel jusqu'à la prochaine pleine lune.

La bouche d'Ezra s'ouvrit en grand et il fixa Callum, interloqué, l'air d'un poisson hors de l'eau. Il ignora résolument la pulsation de désir que lui envoya son pénis au simple mot 'sexe' provenant de la bouche de Callum.

— *Quoi* ?

— Les règles sont les mêmes pour tous les lycans nouveau-nés, lorsqu'ils commencent à se transformer. Comme je l'ai déjà dit, c'est pour ton bien. Il n'y en a que pour trois semaines.

Callum jeta un œil à l'entrejambe d'Ezra pendant une fraction de seconde avant de retourner à son visage en lui offrant un petit sourire amusé.

— Je te laisse te changer.

Quand la porte se referma derrière lui, Ezra laissa échapper un geignement vacillant. Fantastique. En l'espace de quelques jours, il avait perdu son père, son travail et, *a priori*, son humanité. Maintenant, pour couronner le tout, il allait devoir perdre son indépendance. Même si la situation ne devait être que temporaire, c'était humiliant.

Il inspira profondément, son souffle encore frémissant. D'accord. Il était temps de faire face à ses responsabilités. Ezra pencha la tête et observa son entrejambe, avant de plonger son visage entre ses mains. Bien sûr, cela aurait pu être pire. Au moins il portait un boxer avec des boutons, donc le bout de sa verge ne dépassait pas par l'ouverture, mais c'était quand même la honte. Que ce soit dû à la présence de Callum, ou à ses hormones en ébullition contre lesquelles il l'avait mis en garde, ou peut-être même aux deux, cela n'avait pas d'importance. Il avait vingt-deux ans, pas douze. Il aurait dû être capable de contrôler ses érections malvenues.

— Putain, marmonna-t-il en rassemblant enfin assez de courage pour descendre de la table et commencer à s'habiller.

Trois semaines, lui avait dit Callum.

Ça allait vraiment craindre.

CALLUM ATTENDIT jusqu'à ce que la porte se referme derrière lui avant de passer une main sur sa bouche, l'air inquiet. Il savait qu'il avait été chaleureux puis glacial, qu'il était parti dans tous les sens avec ce nouveau loup et que ce n'était pas très juste envers lui. Ezra avait besoin de stabilité pour le moment, quelqu'un sur qui compter, mais Callum n'avait pas pu s'en empêcher. Il était attiré comme un aimant par le nouveau lycan, par sa tendance naturelle à la soumission qu'il avait entraperçue, couplée au besoin presque paradoxal de savoir, de tout remettre en question. Tellement, qu'il avait trouvé incroyablement difficile de se contrôler et qu'il avait dû s'obliger à sortir pour réussir à garder ses distances. Il avait plusieurs fois inondé le pauvre garçon de phéromones sans même le vouloir. Callum n'avait pas agi ainsi depuis qu'il était venu au Montana pour devenir l'Alpha de la meute.

Mais il n'avait pas le temps de s'en inquiéter pour l'instant. Pas avec un loup incontrôlable en fuite, et seulement trois semaines pour le retrouver avant qu'il n'attaque de nouveau. Il faudrait qu'il serre les dents et supporte le tout. Après tout, ce n'étaient que trois petites semaines.

Il laissa échapper un soupir et appela un technicien pour qu'il vienne cherche l'échantillon sanguin d'Ezra.

Ouais, ça allait vraiment craindre.

Chapitre Deux
Connu Comme le Loup Blanc

EZRA LAISSA échapper un soupir frustré en s'asseyant sur les marches du perron de chez Callum. Il était relativement sûr qu'ils ne le laisseraient aller nulle part. Bon Dieu, comment sa vie en avait-elle été réduite à ça ?

Soudain, une grande tasse en céramique apparut devant son visage. Il renifla. Est-ce que… ?

— Je me suis dit qu'un peu de café te ferait du bien, dit une voix douce.

Ezra releva les yeux et, en suivant la main qui tenait cette tasse, il découvrit une petite femme au regard empli de bonté. De longs cheveux sombres encadraient son visage, cascadant en boucles et en vagues désordonnées, et surmontaient une paire d'yeux du même brun foncé et chaleureux.

— Merci, dit-il en prenant la boisson salvatrice.

La première gorgée eut un goût de paradis.

— J'étais à la cuisine… Et puis on n'a pas vraiment eu l'occasion de faire connaissance. Je m'appelle Bronwyn. Les gens m'appellent Wyn, c'est plus pratique.

Bon sang ! Il était tellement dans le coton qu'il en avait oublié ses bonnes manières. Ezra sursauta et essaya d'avaler rapidement.

— Salut, je m'appelle…

— Ezra, finit-elle à sa place. Je sais. Tu as provoqué de sacrés remous.

— Oh.

Ezra ne savait pas quoi répondre. Il but davantage de café. En cas de doute, la meilleure solution était toujours un bon café.

— Ils oublient, parfois. Tous ces alphas aux gros bras, dit Bronwyn soudainement.

Ezra cligna des yeux sous le coup de la surprise et essaya de comprendre ce qu'elle avait voulu dire.

— Quoi ?

— Ils oublient combien ça peut être impressionnant, surtout quand on essaie encore de trouver sa place dans la meute…

Ezra fronça les sourcils.

— Je ne…

Bronwyn lui offrit un sourire doux.

— Ça te démange de faire tout ce dont il a envie, n'est-ce pas ? Callum, je veux dire. Tu veux faire exactement tout ce qu'il dit. Et tu ne sais pas par où commencer.

Ezra la fixa, surpris. D'accord, donc apparemment elle savait exactement ce qu'il ressentait. Il se demanda si tout le reste était identique pour elle aussi, si l'odeur de Callum l'attirait autant que lui, si elle pouvait ressentir son pouvoir comme de l'électricité statique, si la simple idée de sa main possessive faisait rougir sa peau comme c'était le cas pour lui.

— J'ai ressenti la même chose la première fois que Maman m'a amenée à un rassemblement de la meute après que je me sois transformée en loup. Je voulais lui obéir et aux alphas de la meute également et à tous les autres alphas que j'aurais bien pu rencontrer.

— Mais… pourquoi ?

Elle haussa les épaules.

— Je suis une bêta. La domination et la hiérarchie, ce sont des traits lupins dont on n'arrive pas à se débarrasser, même en tant qu'humains. Il n'y a pas à en avoir honte. Un loup est soit un alpha, soit un bêta et la meute choisit les deux alphas les plus puissants pour la diriger.

Ça faisait effectivement très loup. Mais bon, après tout, Ezra n'y connaissait pas grand-chose en matière de vrais loups non plus.

Malgré tout, un détail continuait de le perturber. Bien sûr, il pouvait comprendre le besoin d'une hiérarchie dans un groupe, mais qu'en était-il pour lui ?

— Mais pourquoi est-ce que je… ?

Il ne termina pas sa question.

Heureusement, Bronwyn comprit quand même.

— C'est la faute des hormones, des phéromones. C'est l'équilibre hormonal qui détermine si tu es un alpha ou un bêta. Ce petit chatouillis au fond de ton âme qui te fait considérer l'idée de sauter du haut d'une falaise si c'est Callum qui te le demande ? Ce sont les phéromones. Le désir d'être commandé par contre…

— Oh.

Un ange passa. On venait d'insinuer qu'il avait envie de devenir l'esclave du maître d'un autre et il ne savait pas comment répondre à ça. Il hésita un instant à tout nier en bloc, mais estima qu'il en aurait l'air d'autant plus coupable. Et puis il ne pensait pas qu'elle croirait son démenti.

Wyn soupira.

— Je ne suis pas certaine de tout bien expliquer. Écoute, Callum est un Alpha génial, mais il reste un alpha. Et parfois, les alphas se prennent pour des caïds et ils oublient que se faire mener à la baguette, ça peut être un peu angoissant au début.

Ils se turent un moment. Ezra ne savait pas quoi répondre, même s'il était entièrement d'accord.

— Pour résumer, tu as le droit de lui dire si tu trouves qu'il dépasse les bornes.

— Je vois.

Le gloussement qui suivit était complètement involontaire et particulièrement incontrôlable. Juré.

— Tout ce qu'il a fait depuis notre rencontre, c'est me tyranniser, malgré tout ce que j'ai pu lui dire.

Bronwyn rit doucement.

— C'est l'Alpha de la meute, il a l'habitude que tout le monde fasse ce qu'il dit, même les autres alphas.

— Oh.

— Je vais te dire un secret.

Bronwyn se rapprocha et posa une main contre son bras. Elle ressemblait à une écolière en train de conspirer.

— Ils veulent nous protéger autant que nous diriger. Il faut juste apprendre à le leur demander de la bonne façon.

Elle conclut sa déclaration par un clin d'œil qui fit rire Ezra.

Les deux comparses riaient encore lorsqu'une ombre apparut à la porte.

— Ah, Ezra, tu es là.

Callum semblait à la fois mécontent et agacé.

— Reviens à l'intérieur.

L'ordre fut aussi bref que son apparition. Il tourna les talons et s'éloigna. L'air s'était empli de cette légère touche boisée, un peu plus prononcée qu'auparavant.

Ce n'est qu'une fois qu'Ezra eut refermé la porte, de retour dans la maison, qu'il constata qu'il avait obéi une nouvelle fois. Et que certaines parties de son anatomie avaient réagi de manière tout aussi prévisible. Ouais, il en avait déjà marre.

BLAISE observa Callum, un large sourire aux lèvres, lorsque celui-ci retourna à la cuisine. Il arborait un regard entendu et un petit rictus qui soutirèrent un grognement incontrôlé à Callum. Blaise était un salaud, preuve en était que son sourire s'élargit encore davantage.

Évidemment, l'arrivée d'Ezra et de Bronwyn empêcha Callum de formuler une réponse convenable. Bronwyn se dirigea immédiatement vers l'évier et lava la tasse vide d'Ezra tandis que celui-ci se tenait toujours à la porte, attendant les instructions qui ne tarderaient sûrement pas à venir.

Bordel de merde. Ce gamin allait le tuer. Jamais auparavant Callum n'avait rencontré un humain avec de tels instincts naturels de bêta. Ou un homme aussi séduisant qu'ouvertement soumis. Chaque fois que Callum lui donnait un ordre, il pouvait littéralement *sentir* son excitation sexuelle monter d'un cran. Ça le rendait fou et il lui était du coup d'autant plus difficile de surveiller ses phéromones.

— Je fais quoi, maintenant ?

Ezra semblait un peu plus détendu. Apparemment, parler avec Bronwyn lui avait fait du bien.

— Il faut qu'on te trouve un endroit où dormir.

Hormis mon lit, pensa Callum.

Les sourcils froncés, Ezra demanda.

— Je ne reste pas ici ?

Il avait l'air de s'en inquiéter.

— Non ! rétorqua Callum trop rapidement.

Oui, il avait insisté pour qu'Ezra rentre avec lui, mais il avait voulu dire chez *eux*, la communauté lycane. Il ne fallait *pas* qu'Ezra reste ici, chez lui. Non seulement il n'acceptait jamais d'invités – en tant qu'Alpha, il devait prendre soin de ne pas faire de favoritisme – mais briser cette règle officieuse pour permettre à un jeune loup clairement soumis de rester chez lui provoquerait des commérages à la vitesse de l'éclair. Les vieux loups s'en paieraient une bonne tranche.

En plus, Callum serait incapable de l'épargner pendant trois semaines.

Ezra bougea légèrement et ce simple son tira Callum de ses pensées. Un petit courant d'air lui amena de nouveau l'odeur d'Ezra. Les commères auraient raison. Ezra était aussi alléchant qu'un festin cuit à point. Callum ne survivrait jamais à une telle tentation. Il ne savait même pas combien de temps il pourrait résister à Ezra.

— Où est-ce que je vais être logé, alors ?

— Chez un autre loup. Toutes les maisons du voisinage appartiennent à la meute.

— Oh.

Ezra parut songeur.

— Il pourrait rester chez moi, intervint Bronwyn d'une voix douce.

Appuyée contre l'évier, elle offrit un sourire timide et soumis à Callum lorsqu'il se tourna vers elle.

— Excellente idée !

Les mots jaillirent avant même que Callum puisse y réfléchir convenablement. Quand son cerveau se remit enfin en marche pour lui faire comprendre qu'il s'agissait d'une terrible idée, Bronwyn était déjà en train d'expliquer à Ezra qu'elle habitait seule, juste à côté, le sourire aux lèvres. Le maître mot était *seule*, pensa Callum, consterné.

— Patron ?

Blaise avait lui aussi compris le problème. Ils ne savaient pas où se trouvait Teller, pourquoi il avait décidé d'attaquer Ezra, ni s'il allait revenir le chercher. Bronwyn n'était pas le meilleur choix en matière de garde du corps. En réalité, si Callum la laissait héberger Ezra, il la mettrait elle aussi en danger. En plus, c'était une très mauvaise idée de laisser le soin à une fille de la taille de Bronwyn de s'occuper d'un jeune loup nouvellement transformé, de la taille d'Ezra. On ne pouvait pas prévoir les dommages que causerait peut-être Ezra par accident, sous l'emprise de ses nouveaux sens ou de ses émotions incontrôlées.

Merde. Comment est-ce qu'il allait bien pouvoir se sortir de ce faux pas ?

— Peut-être que je devrais rester là-bas, moi aussi, proposa Blaise.

Une vague de gratitude envahit Callum.

— Ce serait parfait, merci.

Il lui offrit un sourire reconnaissant et se tourna vers Bronwyn, qui les dévisageait, surprise.

— Comment ça ? demanda-t-elle d'une voix faible.

— Blaise a raison, dit Callum en essayant d'avoir l'air d'un meneur sûr de lui et moins d'un idiot libidineux. Ce serait une bonne chose pour tous les deux, d'avoir du renfort.

— Pourquoi ?

Ezra avait de nouveau l'air inquiet.

Callum passa sa langue sur ses lèvres et réfléchit. Comment pouvait-il amener la chose sans les effrayer ?

24

— Écoutez, la transformation est une étape impressionnante et comme je ne sais pas comment cela va se passer, je me sentirais mieux s'il y avait du monde pour t'aider.

Ezra sembla d'autant plus pensif, mais Bronwyn fut soulagée.

— Si tu es si inquiet, pourquoi est-ce que tu ne me gardes pas ici ?

— Parce qu'en tant qu'Alpha, je n'accepte pas d'invités. Cela voudrait dire que je fais du favoritisme.

Et surtout, je crois que je finirais par t'ordonner de te mettre à genoux ou par t'emmener dans mon lit pour te prendre jusqu'à ce que tu me supplies et que tu n'appartiennes qu'à moi. Callum était presque sûr de ne pas avoir prononcé ces derniers mots à voix haute. Il vérifia rapidement les visages de l'assemblée pour s'en assurer. Parfait.

Les traits inquiets qui striaient le front d'Ezra commencèrent à disparaître, remarqua Callum avec satisfaction. Apparemment, cette explication serait suffisante.

Avant que quiconque puisse ajouter quoi que ce soit, la porte d'entrée s'ouvrit avec fracas.

— Dawson, qu'est-ce que c'est que cette histoire ? Il paraît que tu as ramené chez toi un délicieux petit morceau bien bâti ? Tu ne te souviens donc pas de ce que je t'ai dit au sujet des coups d'un soir que tu ramènes chez toi ? Tu ne peux pas cacher ce genre de chose dans le coin !

La voix de Jax leur parvint du hall d'entrée et gagna en volume à mesure qu'elle approchait de la cuisine, jusqu'à y faire son entrée.

Callum retint de justesse un grognement de mécontentement. Jax n'était pas quelqu'un pour les âmes sensibles. D'ailleurs, un regard vers Ezra confirma ce fait : ses yeux s'étaient écarquillés et il fixait Jax qui se tenait toujours à la porte.

Callum se détourna et tenta de voir sa partenaire comme devait la découvrir Ezra. Elle était éblouissante : plus d'un mètre quatre-vingts de blondeur époustouflante, des yeux d'un bleu incroyable et ce qu'elle appelait ses 'formidables nichons' – *sérieusement Dawson, grâce à ces trucs j'obtiens tout ce que je veux !* Elle était grande gueule, impétueuse, ne rendait de compte à personne et où qu'elle aille, elle savait que les filles comme les garçons seraient à ses pieds divins. Elle avait aussi la fâcheuse habitude de rebattre les oreilles même quand on l'ignorait. En d'autres termes, elle était grandiose.

— Miam miam ! Oh, Dawson, j'approuve ton choix !

Elle ne savait pas non plus contrôler sa bouche.

25

— Jax, arrête d'effrayer les nouveaux membres de la meute, s'il te plaît. Voici Ezra Jones. Il a été mordu la nuit dernière. Ezra, voici Jacqueline LaPorte, mieux connue sous le nom de Jax ou de mon insupportable co-Alpha.

Bien que ses yeux soient toujours ronds comme des soucoupes, Ezra sourit et tendit la main à Jax.

— Enchanté.

— Moi aussi, petit, dit Jax en s'avançant pour serrer fermement sa main en retour.

— Alors… Vous êtes l'autre Alpha ?

Ezra s'emmêlait adorablement les pinceaux.

Jax sembla confirmer bien que son sourire offrit à la vue tout autant de dents que celui d'un requin.

— Tu es vraiment le nouveau loup le plus trognon ! Est-ce qu'on peut le garder ? S'il te plaît, Dawson ? Je promets de le nourrir et de le promener tous les jours !

— On va le garder, oui.

La voix de Blaise était sèche, malgré le sourire fraternel qui étirait ses lèvres.

— Vraiment ? demanda Jax en arquant un sourcil.

Callum leva les yeux au ciel.

— Oui. Comme je viens de le dire, Ezra a été mordu la nuit dernière. Je l'ai invité à rejoindre notre meute. Et, oui Ezra, Jax est l'autre Alpha. Travailler à deux permet de garder un certain équilibre.

— Ça permet aussi de partager la charge de travail, ce qui est une bonne chose puisque Dawson, ici présent, ne sait pas faire les comptes et que je suis nulle en réunions de famille.

— Oh.

Ezra semblait encore sous le choc. Callum soupçonna Jax d'en être la cause.

— Bronwyn, et si tu emmenais Ezra chez toi pour lui permettre de s'installer ? Jax et moi devons parler des affaires de la meute.

Callum esquissa un mouvement de tête à l'attention de Bronwyn et Ezra pour leur indiquer de sortir. Blaise hocha la tête à son tour avant de les suivre, probablement pour aller rassembler quelques affaires en prévision de son séjour chez Wyn.

Jax attendit jusqu'à ce que la porte se referme derrière eux avant de tourner des yeux malicieux vers Callum.

— Tiens, tiens, tiens, Dawson.

Son petit sourire narquois en disait plus long que ses paroles.

— Je te laisse seul une journée et tu te trouves un petit toutou.

Callum grogna.

— Blaise et moi traquions Teller. Au lieu de cela, on a trouvé Ezra.

Le sourire satisfait de Jax se volatilisa à cette nouvelle. Elle savait tout autant que Callum ce qui était en jeu.

— Alors… Tu as testé la morsure ?

— Ouais. Je l'ai amené à mon labo, je lui ai fait une prise de sang. Je te dirais ce qu'il en est, mais je ne pense pas que grand-chose en ressortira.

À vrai dire, il ne s'attendait même à rien de bon. S'il découvrait que le DRA *était* transmissible via morsure, ce serait une très mauvaise nouvelle pour Ezra.

Ce serait une mauvaise nouvelle pour *tout le monde*.

— Toujours aucune trace de Teller ?

Elle fronça les sourcils, inquiète.

Callum soupira longuement, son souffle lourd de frustration.

— Aucune.

— Donc, tu as trouvé Ezra et tu as pris la décision de le ramener ici ?

— Qu'est-ce que tu voulais que je fasse ? La morsure était encore fraîche et ce type puait le loup solitaire.

Callum faisait preuve de beaucoup de sang-froid d'ordinaire, mais se retenir de mordre Ezra pour pouvoir s'assurer de son allégeance avait été un véritable calvaire. Un Alpha avec moins de principes ou de discipline, ou simplement même aucun scrupule, n'aurait pas hésité.

— En plus, avec Teller qui a pris le large, je ne pouvais pas laisser Ezra dans cet état.

— *Bi-ien sû-ûr.* Et ça n'a rien à voir avec le fait qu'il soit absolument à croquer. Et puis ne crois pas que je n'ai pas remarqué ses petits hochements de tête soumis.

Les yeux plissés, Callum répondit laconiquement.

— Tu sais que ça ne veut rien dire. Pas jusqu'à ce qu'il prenne l'habitude d'être un loup et certainement pas en ce moment, alors qu'il est aussi effrayé qu'en plein doute à cause de sa nouvelle situation.

En réalité, bon Dieu, il aurait aimé qu'elle ait vu juste. Il était presque certain qu'elle avait raison. Mais ça ne servait à rien d'apporter de l'eau au moulin de Jax.

— Tu dis ça comme si je n'avais pas remarqué qu'il est ton genre ! Surtout s'il joue toujours aussi bien le gentil petit bêta.

Elle marqua une pause.

— Peut-être que celui-là t'intéressera plus de vingt minutes, ajouta-t-elle d'un air songeur.

Le rouge monta aux joues de Callum à ces propos. Elle le connaissait vraiment trop bien.

— Tu as les idées mal placées, Jax. Je n'aurais pas pu l'abandonner, peu importe son physique.

— Je sais. Visiblement, tu n'avais pas le choix. Mais bon, ça ne veut pas dire que tu ne peux pas quand même te rincer l'œil pendant que tu joues le Bon Samaritain.

Callum ferma les yeux. Ce n'était pas la peine de tenter de discuter avec Jax. Et elle allait encore plus se foutre de lui après ce qu'il s'apprêtait à lui demander.

— Je dois, hum, te parler de quelque chose.

Il tenta de soutenir son regard pour limiter les dégâts.

— J'ai ramené Ezra pour qu'il reste avec nous, mais comme il a été mordu par Teller...

Le fin sourcil qu'elle souleva à la phrase de Callum était déjà très expressif à lui seul.

— Oui ?

Putain, elle allait l'obliger à le dire.

— Il faut que quelqu'un l'introduise à notre meute. Il faut qu'on morde Ezra.

L'allégeance d'Ezra à leur meute ne serait pas officielle tant qu'il n'aurait pas été mordu par un Alpha et les autres membres de leur cohorte ne le considéreraient pas comme l'un des leurs sans une morsure. Elle seule prouverait qu'il avait le soutien de la meute. Tant que cela n'aurait pas été fait, n'importe quel autre Alpha pourrait mordre Ezra à leur place et le forcer à obéir à une autre meute. Et vu la tendance d'Ezra à se montrer si ouvertement soumis, c'était bien trop risqué.

Jax hocha la tête et secoua la main pour l'inviter à continuer.

— Donc tu devrais le faire.

— *Je* devrais le faire ? C'est toi qui l'as trouvé, Dawson. Pourquoi tu ne le fais pas toi-même ?

On y était. Le moment était venu d'admettre pourquoi Callum tenait cette conversation gênante.

— Je préférerais que tu t'en occupes. Je ne suis pas sûr...

Il se passa les mains dans les cheveux, frustré.

— Écoute, tu avais raison. C'est exactement mon genre d'homme, sur *tous* les plans.

Le sourire de Jax se fit démoniaque.

— Tous les *plans* ? Surtout le *plan* horizontal, non ?

— Jax ! Ce que je veux dire, c'est que le loup en moi l'a à l'œil et je ne sais pas combien de temps il continuera à m'obéir avant de passer à l'acte. Je suis certain que ça dégénérera si je me laisse faire.

Callum détestait admettre une telle chose, mais c'était la simple vérité. Ezra avait quelque chose d'enivrant pour son côté lupin. Entre son look, son odeur et son comportement, Ezra semblait tout droit sorti d'un des fantasmes de Callum. Callum était presque sûr que s'il tentait de mordre Ezra, il n'arriverait pas à se contenter d'une simple morsure impersonnelle pour le soumettre à l'autorité formelle de la meute. Non, le loup en lui voudrait quelque chose de bien plus intime et c'était hors de question. Ce *genre* de morsure était un véritable tabou dans la communauté lycane, il ne pourrait pas se le permettre, même s'il arrivait à plier Ezra à sa volonté.

Évidemment, la réponse de Jax n'eut rien de réconfortant.

— Espèce de mauviette. Montre que tu as des couilles et mords ce gamin !

— Merci, Jax, tu as toujours été une amie compatissante.

— Je suis une amie génialissime ! Je t'encourage à aller mordre ton petit jouet !

— Jax…

Ce n'était pas qu'il avait peur, il faisait seulement preuve d'un minimum de bon sens. Il ne pouvait pas mordre Ezra sans rendre les choses plus intimes. Il en était incapable.

— Très bien ! Je le mordrai. Mais je veux que tu comprennes bien que je le fais contre mon gré.

Elle tapota son torse du bout du doigt.

— Il faut que tu te détendes un peu. Tu es trop coincé !

— Pas du tout !

— Bien sûr que si !

Puis, avant que la conversation ne s'envenime, Jax quitta la pièce après une dernière pique.

— Maintenant, si tu veux bien m'excuser, je dois aller mordre un joli petit bêta.

LA MAISON de Wyn était plus petite et moins élégante que celle de Callum, mais elle avait un côté rassurant qui donna l'impression à Ezra d'être le bienvenu dès qu'il y mit les pieds. On entrait par un petit séjour confortable aux murs peints d'un violet profond. Une cheminée au gaz en décorait le mur gauche, fournissant une touche de lumière chaleureuse.

— Désolé de débarquer…

Ezra fit un petit geste de la main.

— Sans prévenir, comme ça…

— Oh, dit Wyn en secouant la tête. Je me suis portée volontaire ! Un peu de compagnie ne me dérange pas du tout.

— Je suis sûr que tu ne pensais pas hériter en plus d'un baby-sitter.

Ezra soupira et se pencha pour délacer ses chaussures.

— Blaise, ce n'est pas pire que Callum.

Wyn attendit qu'il se redresse puis récupéra son manteau et l'accrocha à l'une des patères, derrière la porte. Elle devait se mettre sur la pointe des pieds pour ce faire, même si elle était chez elle, ce qui fit sourire Ezra.

— Il n'a pas la tête à ça, expliqua-t-elle en l'invitant à la suivre dans la maison. Le loup fugitif qui t'a mordu fait partie d'un problème bien plus important dont il s'occupe depuis près d'un an. Il est très concentré sur cette tâche.

C'était le moins qu'on puisse dire. La plupart du temps, Ezra avait l'impression que Callum ne le voyait même pas. Il ramassa son sac de couchage et suivit Wyn jusqu'en haut des escaliers.

— Est-ce que je vais vraiment devenir si dangereux que tu auras besoin de la protection de Blaise ?

Wyn ne répondit pas immédiatement, se contentant d'ouvrir l'une des trois portes du palier.

— Cette chambre est pour toi. La porte du milieu, c'est la salle de bain et l'autre c'est ma chambre.

Ezra hocha la tête et déposa son sac de couchage par terre en découvrant une pièce décorée avec autant de goût que le salon au rez-de-chaussée. L'espace y était plus restreint, complètement envahi par un lit à baldaquin pour deux personnes. Son absence de réponse n'avait rien de rassurant.

— Merci.

— Concernant ta question…

Wyn s'assit sur le lit et lui offrit un sourire gentil avant de tapoter le couvre-lit près d'elle pour lui indiquer de s'asseoir. Ezra soupira de soulagement. Apparemment, tous les lycanthropes n'étaient pas aussi avares de détails que le chef de meute.

— Ça va être assez épouvantable.

— Ça fait un moment que les choses sont épouvantables, lui rappela-t-il d'un air piteux.

— J'imagine, oui.

Wyn s'agita un peu, les yeux baissés sur ses chaussettes, ses pieds se balançant à cinquante bons centimètres du sol.

— Le loup qui t'a mordu, Teller, était infecté avec ce qu'on appelait le Lyssavirus A, parce qu'au début, ils croyaient qu'il s'agissait d'une sorte de rage propre aux lycanthropes. Les symptômes sont assez similaires : désorientation, anxiété, agitation, fièvre. Mais ce n'est pas ça, au final. Quand ils ont attrapé Teller, ils ont pris un échantillon de son sang et il ne contenait aucun virus. C'est pour ça qu'ils appellent ça le DRA maintenant. C'est autre chose.

— Quel est le rapport avec la surveillance à laquelle Callum veut que je me plie ?

— C'est parce que l'un des effets du DRA, quel que soit ce truc, c'est de stimuler la sécrétion du signal phéromonal spécifique aux loups alpha, qui sert à plier les bêta à leur volonté pour faire tout ce qu'ils veulent.

D'accord, Wyn avait raison, ça avait réellement l'air horrible. Au moins cela expliquait en partie pourquoi Ezra se sentait affaibli lorsqu'il désobéissait à Callum.

— Oh, dit-il calmement. Et ces phéromones, ou quel que soit leur nom, ne fonctionnent pas sur les loups alpha ?

— Non, répondit Wyn. Même s'il ne faut pas oublier qu'il y a une différence entre les alphas normaux et les Alphas avec un grand A. Ceux qui sont nos leaders désignés. Souvent, ils sont issus des alphas normaux, ce sont les plus forts d'entre eux.

Elle lui jeta un petit regard en coin.

— Désolée, ça doit être vraiment confus pour toi, non ?

— Ce n'est pas ta faute.

Ezra tenta de sourire.

— D'accord, donc dans la nature, la plupart des meutes de loups sont toutes petites et consistent simplement en un couple reproducteur et leurs enfants, mais parfois il existe des meutes plus grandes, et en général celles-ci possèdent un couple dominant.

— Callum a dit que Jax était sa partenaire, rappela Ezra à voix haute.

Wyn hocha la tête.

— Exactement. Dans une meute de lycans, les Alphas finissent souvent ensemble, c'est une sorte de tradition, si tu veux. Ils passent beaucoup de temps ensemble, tout ça. Mais la plupart du temps, ça ne fonctionne pas parce que, eh bien…

Elle s'interrompit en rougissant légèrement et Ezra constata qu'il pouvait désormais *sentir* son embarras, littéralement. C'était tout bonnement *bizarre*.

— Parce qu'ils se battent pour savoir lequel des deux devrait avoir le *plus* de pouvoir.

Ezra devina facilement que cela impliquait sûrement bien plus que l'influence qu'ils exerçaient sur la meute. *Évidemment*, les loups garous adoraient les trucs tordus en matière de sexe. Pendant des années, Ezra n'avait pas vraiment pensé à ce genre d'ébats excentriques, mais ils occupaient soudain *tout* son esprit.

— Donc Callum et Jax, ils sont…

— Ils sont cousins, en fait, l'informa Wyn. Callum a été élevé par une autre meute, mais son frère jumeau et lui faisaient tous deux preuve de puissants comportements d'alpha, ainsi que de signaux phénoménaux très élevés quand ils ont commencé à se transformer, donc leur meute les a tous deux entraînés comme de futurs Alphas. Ensuite, il y a environ six ans, nos deux Alphas sont morts dans un accident de voiture. Ils avaient tout enseigné à Jax, donc un des deux postes était déjà pourvu et on a en quelque sorte fait un appel d'offres pour trouver d'autres Alphas qui n'auraient pas eu d'engagement.

— Un appel d'offres, comment ça ? Avec l'Aboiement Nocturne[1] ? demanda Ezra.

Wyn lui donna un petit coup d'épaule.

— Sur Internet, gros malin ! On peut se servir de nos pouces la plupart du temps, tu sais. Enfin bref, on a eu quelques candidats, il y a eu une élection et maintenant Callum est notre Alpha. Jax avait un droit de veto, bien sûr.

— Bien sûr, lui fit écho Ezra.

— D'accord, donc les alphas, sans majuscule, sont biologiquement prédéterminés à devenir des dominants et les Alphas, avec un grand A, sont des alphas sans majuscule qui sont juste devenus des chefs de meute.

---

[1] Aboiement Nocturne (*Twilight Bark*) : canal de communication canin utilisé par tous les chiens dans le dessin animé de Walt Disney, *Les 101 Dalmatiens*.

— En gros. On ne sait pas trop si c'est inné ou acquis, l'esprit humain est déjà bien assez compliqué comme ça, mais le reste, c'est bien ça.

Ce n'était pas aussi difficile à comprendre qu'il l'aurait cru. Il déglutit.

— Et ensuite, il y a nous.

— Ensuite, il y a nous, confirma Wyn. Parfois, c'est difficile de deviner qui sera alpha et qui sera bêta, jusqu'à la première transformation, mais...

Elle lui jeta un regard d'excuses.

— Parfois c'est assez flagrant.

Super. Même en tant que satané loup-garou, il allait se retrouver en bas de la chaîne alimentaire. Ezra se couvrit les yeux à deux mains.

— Génial.

— Hé.

Wyn lui donna un nouveau coup d'épaule, puis un autre et encore un, jusqu'à ce qu'il la regarde enfin.

— Il n'y a pas à en avoir honte, Ezra. Les bêtas font la force de la meute. Sans nous, il n'y aurait pas de meute.

Ezra soupira longuement.

— Je suppose que s'il n'y avait que des alphas, il n'y aurait que de la baston.

— Exactement ! répondit Wyn, radieuse.

Puis elle se pencha vers lui d'un air conspirateur.

— Et entre nous, la moitié d'entre eux sont si têtus qu'ils seraient complètement paumés si on n'était pas là pour s'occuper d'eux et les raisonner.

Le bruit d'un verrou se fit entendre au rez-de-chaussée et ils relevèrent la tête en chœur. Ezra remarqua que Wyn penchait légèrement son visage de côté pour écouter, comme lui, un acte qui semblait tellement instinctif désormais, alors qu'il n'aurait rien pu entendre ainsi lorsqu'il était encore humain.

— Quand on parle des Alphas, dit Wyn en se relevant. C'est Jax. Elle va vouloir te parler.

Ezra ne savait pas comment elle avait deviné une telle chose, mais il hocha la tête et posa ses mains sur ses genoux, laissant Wyn redescendre pour accueillir son invitée.

Chapitre Trois
Chien Qui Aboie Ne Mord Pas

QUELQUES MINUTES plus tard, la porte de la chambre s'ouvrit à nouveau et Jax entra, un léger sourire aux lèvres. Elle portait une serviette élimée à la main, qu'elle déposa sur une étagère près de la porte.

— Hé, petit nouveau. Désolée si je t'ai mis mal à l'aise tout à l'heure.

Ezra cligna des yeux. Cette version de Jax était vraiment différente de celle qu'il venait de croiser une demi-heure plus tôt.

— Je... D'accord.

— Je vais m'asseoir, d'accord ?

Non, elle lui demandait *sa* permission ? À *lui* ? Ezra fronça les sourcils, mais hocha tout de même la tête et Jax vint s'installer à l'endroit où se trouvait Wyn quelques instants plus tôt.

— Tu sais, Callum travaille dur dernièrement. Ça le rend irritable et négligent. Franchement, il a besoin de tirer un bon coup.

D'accord, la Jax qu'il avait rencontrée un peu plus tôt était de retour. Un petit bruit étranglé s'échappa de la gorge d'Ezra.

— Hum, tu ne devrais peut-être pas parler de lui comme ça ?

— C'est ma façon de m'excuser.

Jax secoua la main pour souligner son point.

— Et puis, moi aussi je suis une Alpha. J'essaie juste de le lui faire comprendre. Je ne voulais pas être méchante avec toi. Je suis sûre que tu as autre chose à penser actuellement, sans y ajouter des plans romantiques sur la comète avec notre grand leader sans peur et sans reproche.

En réalité, si Ezra pouvait se débarrasser de tous les plans romantiques – ou plutôt les plans cul – qui envahissaient son esprit au sujet de Callum pour le moment, il ne s'en porterait que mieux.

— D'accord, j'accepte tes excuses alors, enfin je crois ?

Il n'était pas vraiment sûr qu'elle vienne de lui présenter des excuses, techniquement, mais il n'était pas vraiment en position de force pour se plaindre.

— Parfait ! Maintenant, parlons de la meute.

Jax se releva, brusquement très professionnelle.

— Normalement, c'est le boulot de Callum, mais comme je viens de le dire, il est occupé. Désormais, tu es sous la protection de notre meute, celle de Missoula. Nous sommes la plus grande meute de cet état. C'est pour ton propre bien, mais nous ne pourrons pas toujours te protéger. Ce que l'on peut faire, toutefois, c'est nous assurer que tous les autres lycans, les meutes comme les loups solitaires, reconnaissent que tu es l'un des nôtres. Les signaux phéromonaux des autres meutes n'ont pas vraiment le même effet, donc tu devrais être tranquille, du moment que tu ne laisses pas d'autres loups te mordre.

Ezra n'était pas vraiment sûr que d'autres meutes de lycans veuillent de lui, de toute façon. Il ne s'était même pas encore transformé une seule fois.

— Attends, est-ce que tu es en train de me dire…

— C'est grâce à la morsure qu'on obtient l'allégeance à la meute, expliqua Jax. Ça ne te fera pas mal. Un petit pincement et un échange de délicieuses phéromones. Pour le moment, tu es probablement sous l'influence de Teller et cela pourrait être aussi dangereux pour toi que pour le reste de la meute.

— Tu veux me mordre, tenta de clarifier Ezra pour s'assurer qu'il ne perdait pas la raison.

— Tout à fait ! Mais avant cela, tu dois prêter serment à la meute.

Ezra plissa les yeux et essaya de deviner si elle plaisantait. Visiblement, non.

— Il y a un serment ?

— Seulement pour ceux qui ne sont pas nés au sein de la meute, expliqua Jax. Et pour les Alphas, lorsqu'ils sont élus. C'est super long, mais je te fais la version courte, d'accord ?

Comme s'il avait le choix. Ezra haussa les épaules.

— Vas-y.

— Parfait. Ezra Jones, promets-tu de respecter les idéaux de la meute, de faire passer ses besoins avant les tiens, de respecter ses dirigeants, même lorsqu'ils agissent comme de gros frustrés qui devraient tirer un coup, et de la protéger de ton mieux ?

Putain, ça lui donnait l'impression d'épouser un *groupe* entier. Un groupe de fous furieux *complètements psychotiques* qui se transformaient parfois en chien.

— Je le jure, dit-il après une hésitation.

Dans quoi venait-il de s'embarquer ?

— Génial. Maintenant, retire ton pull si tu ne veux pas de sang dessus.

Ezra soupira.

— C'est la mode chez vous, on dirait. Une mode vraiment bizarre.

Au moins, Jax n'avait pas l'air d'utiliser de signal phéromonal sur lui. Il était presque sûr qu'il venait de retirer son pull de sa propre initiative. Et il n'en avait ressenti aucun plaisir incontrôlable. Ou peut-être que ça n'arrivait qu'aux ordres de Callum ?

— Callum n'a pas perdu de temps pour te demander de te déshabiller, hein ? Pas étonnant. Tu es complètement son genre.

Jax se pencha vers lui pour examiner la cicatrice sur l'épaule d'Ezra et effleura sa peau, son habituel comportement blasé cédant la place à plus de sérieux.

— Teller t'a vraiment bien chopé. Tu as de la chance d'être encore en vie.

Ezra cligna des yeux et les baissa pour observer l'endroit où reposait le bout de ses doigts, sur son bras. Il réalisa qu'elle avait raison. Il devait avoir perdu beaucoup de sang et n'avait pas la moindre idée de la façon dont il était retourné à son appartement. Est-ce que son agresseur, dans un moment de lucidité, l'avait ramené pour le soigner ? Ou est-ce que Teller avait prévu dès le début de le transformer ?

— Je ne me sens pas vraiment en veine, confessa-t-il.

Jax se redressa pour lui offrir un petit sourire.

— C'est compréhensible.

Elle se tourna pour fermer la porte de la chambre derrière elle, ramassa la serviette sur l'étagère, puis rejoignit à nouveau le lit. Elle pencha légèrement la tête de côté, pensive.

— Hum. D'accord, est-ce que tu pourrais t'allonger sur le lit ? Ce sera sûrement plus simple comme ça.

Encore une fois, il ne ressentit aucun besoin pressant de lui obéir, mais c'est ce qu'il fit. Cette fois encore, il ne fut aucunement imprégné de la satisfaction de s'être soumis à sa volonté et décida de poser la question qui lui brûlait les lèvres.

— Quand Callum me dit de faire quelque chose, c'est différent, comme si j'étais obligé de faire ce qu'il demande. Je n'arrive pas à m'en empêcher. Mais ça ne me fait pas pareil avec toi.

— Comme je l'ai dit plus tôt, il est distrait en ce moment.

Jax se pencha sur lui et passa la serviette sous sa tête pour la caler, la tirant un peu plus bas pour qu'elle touche presque ses épaules dénudées.

— Il ne te balance pas tout ça exprès, je pense. Mais ce n'est pas une excuse. Je lui en parlerai et je lui dirai d'y aller mollo.

— Ça peut se contrôler, alors ? Les signaux phéromonaux, comme dit Wyn ?

Jax tapota sa jambe.

— Certains d'entre nous sont plus doués que les autres pour se contrôler, mais oui, c'est quelque chose que les alphas apprennent. D'ordinaire, Callum est méticuleux, mais je pense qu'il dort mal depuis quelque temps. L'épuisement peut causer une perte de contrôle.

Visiblement, le sujet était désormais clos puisqu'elle enchaîna.

— Alors, tu es prêt ?

— Je ne serai jamais plus prêt que maintenant, marmonna Ezra.

Il avait reçu bien plus de réponses en quelques minutes qu'après tout le temps passé auprès de Callum, donc il allait devoir s'en contenter, du moins pour le moment.

— Génial.

Sans prévenir, Jax grimpa sur le lit avec lui et enfourcha ses hanches pour s'asseoir sur lui. Ezra se figea, les yeux écarquillés, plus mal à l'aise que jamais.

— Euh, qu'est-ce que…

Jax souleva son menton d'un doigt et inclina sa tête à l'angle souhaité.

— Il faut que je puisse bien m'accrocher. Désolée, ça va être un peu bizarre.

C'était *déjà* un peu bizarre. Très bizarre. Incroyablement et atrocement bizarre. Ezra se tortilla.

— Peut-être qu'on pourrait…

Jax soupira et agrippa ses poignets, les immobilisant d'une main. Elle avait une force surprenante pour quelqu'un de si svelte.

— Désolée, mais c'est pour ton bien. Sinon je risque de te faire mal.

Et Ezra se sentit soudain parcouru par une vague apaisante, captivante, sûrement due aux signaux phéromonaux. Il voulut se dégager, mais il était déjà trop tard.

— Ne bouge pas, commanda Jax et il se figea sans même changer de position, le dos raide, les bras affaissés contre les oreillers, le cou offert.

Cette fois-ci, la poussée d'adrénaline et de satisfaction fut associée à une douleur vive et soudaine au bas de son cou. Ezra couina brièvement avant de se taire, pressant ses lèvres entre elles jusqu'à ce qu'elles ne forment plus qu'une ligne, tandis que ses sens étaient submergés par ce qui devait être la signature phéromonale de la meute, quelque chose d'épicé et sauvage aux senteurs d'appartenance et d'un sentiment d'être enfin rentré chez soi. Apparemment, seuls les ordres de Callum faisaient réagir le sexe d'Ezra.

Finalement, la force des mots de Jax s'estompa et Ezra remua, gêné.

Heureusement, Jax semblait avoir prévu le coup puisqu'elle suivit le mouvement, empêchant ainsi ses crocs de déchiqueter sa chair pour y laisser un trou béant. Un grondement sourd le mit en garde, résonnant dans chacun de ses membres et tout son corps s'affaissa de nouveau.

Enfin, *presque* tout son corps, rectifia-t-il mentalement, humilié. Jax avait changé de position sur lui et il était impossible qu'elle ait manqué son érection, pressée à l'intérieur de sa cuisse. Rouge vif, il ferma les yeux pour attendre la fin de ce cauchemar.

Au bout d'un moment, elle le relâcha délicatement et se redressa en essuyant un mince filet de sang au coin de sa bouche, le visage froissé de dégoût.

— Berk.

Elle se laissa glisser sur le côté et essuya la peau de son cou à l'aide de la serviette.

— Je me rappelle maintenant pourquoi je relègue toujours ça à Callum.

Ezra trembla de honte à son contact et résista difficilement à l'envie de se rouler en boule. Qu'est-ce qui lui arrivait ? De toute sa vie, jamais son corps n'avait réagi d'une telle façon pour une femme, aussi séduisante soit-elle. Il n'était pas programmé pour ça, son truc c'était les mecs, point barre. Jusqu'à maintenant, visiblement.

— Putain, je suis désolé, ça ne m'était jamais…

Jax tapota son épaule sans douceur.

— Ce n'était pas ça qui était dégueulasse, mais le goût du sang, petit. Ce n'est pas mon truc.

Bon, au moins elle ne l'avait pas mal pris.

— Je n'arrive pas à y croire, murmura Ezra.

Comme si les choses pouvaient encore empirer.

Jax haussa les épaules.

— Moi, oui. Si ça peut t'aider, ce n'est pas parce que c'était moi, donc je ne le prends pas mal. La même chose se serait passée si c'était Callum qui t'avait mordu.

Ezra n'était pas convaincu. Si Callum l'avait mordu, Ezra aurait dû s'arracher la langue pour s'empêcher de lui demander de le baiser.

— Ça arrive toujours, quand tu mords quelqu'un ?

— Pas toujours.

Jax l'aida à se redresser.

— D'ordinaire, ça n'arrive pas trop avec les alphas et un peu plus avec les bêtas. On ne sait pas trop pourquoi, mais certains loups réagissent au signal phéromonal de façon sexuelle et d'autres pas.

— Donc, je ne suis pas un phénomène de foire.

— Apparemment, tu n'es pas convaincu.

Jax lui offrit un sourire rapide, sans humour.

— Depuis que je suis Alpha, nous avons mordu quinze personnes pour les inviter à rejoindre la meute.

Nous. Attends, elle allait parler de ça avec Callum ? Parce que ce serait vraiment l'horreur.

Les yeux d'Ezra avaient dû s'écarquiller puisqu'elle enchaîna.

— Il faut bien comprendre que la plupart d'entre eux sont juste des gens qui venaient d'arriver dans la région, à cause de leur travail, ce genre de choses, comme les gens normaux. La plupart des humains transformés deviennent ensuite des loups solitaires, parce qu'ils n'adhèrent pas à notre structure sociale. Toi, tu es *spécial*, précisa Jax en insistant sur le dernier mot, pour bien marquer qu'elle n'y voyait rien de péjoratif. Enfin bref, parmi ces quinze personnes, quatre d'entre elles ont réagi comme toi, une femme et trois hommes.

Ezra fronça les sourcils.

— Comment… ?

Jax tapota son nez.

— Nom de Dieu…

Il ne pourrait *jamais* s'habituer à pouvoir sentir… *ça*. Jamais.

— Bref, l'un d'entre eux était un alpha. Les autres étaient des bêtas. Ce n'est pas toujours aussi prévisible que tu sembles le croire.

Ezra soupira.

— Rien n'est jamais prévisible.

Jax donna une dernière petite tape cordiale contre son épaule puis se releva pour s'étirer.

— Bon, maintenant que le plus dur est passé, tu ferais mieux de te reposer. Tu vas sûrement en avoir besoin.

LA PORTE d'entrée claqua en se refermant, annonçant le retour de Callum. Heureusement, personne n'était présent pour s'en plaindre.

Callum savait bien que claquer la porte avait quelque chose de puéril, mais la journée avait été aussi interminable que frustrante. Les enregistrements des caméras de vidéosurveillance du CCM n'avaient pas été à la hauteur de ses espérances, même s'il ne s'était pas attendu à un miracle. Non seulement elles n'avaient fourni aucune réponse, mais elles avaient en plus entraîné de nouvelles questions.

Sur l'enregistrement, il avait découvert Teller en train de parler à un garde, puis celui-ci s'était approché de la porte, comme drogué. Callum avait reconnu ce regard, celui d'un homme sous l'emprise des signaux phéromonaux. C'était une surprise dont il se serait bien passé. Teller avait été placé sous surveillance humaine pour une bonne raison. Les phéromones ne fonctionnaient pas entre les espèces ; un lycanthrope alpha ne pouvait pas plier un humain ordinaire à sa volonté, comme il aurait pu le faire avec un bêta. Du moins, pas en utilisant des *phéromones* pour le contraindre. Alors comment Teller avait-il réussi à forcer le garde à déverrouiller la porte de sa cellule ?

Le reste de sa fuite ne devait son succès qu'à ses griffes et ses crocs. Teller avait écorché, déchiqueté, broyé et mis en charpie tous ceux qui avaient tenté de s'opposer à lui. Callum s'était donc concentré sur la seule chose anormale qu'il avait découverte dans cette vidéo : le garde réceptif aux phéromones lupines.

Callum avait demandé à l'officier de sécurité responsable des caméras de vidéosurveillance s'il pouvait voir le garde en question. Elle l'avait informé qu'il travaillait à l'étage et surveillait désormais des fichiers, pas des gens.

En entrant dans le bureau 116, Callum avait trouvé Phil Taylor assis à un bureau, l'air de s'ennuyer comme un rat mort. Un petit écriteau 'ARCHIVES : Fichiers des Patients' ornait la porte et derrière celle-ci un grand comptoir s'étirait sur presque toute la largeur de la pièce, séparant les visiteurs des nombreuses armoires emplies de classeurs.

— Vous êtes Phil Taylor ?

Taylor avait semblé soulagé que quelqu'un vienne interrompre sa solitude. Dans l'espoir que son envie de compagnie puisse se transformer en envie de parler, Callum s'était approché avec un air aimable.

Cela avait fonctionné. Taylor avait répondu à toutes les questions de Callum concernant l'incident. Callum avait terminé son entretien avec deux certitudes : Taylor n'était définitivement pas un loup, mais sa description de l'emprise phéromonale était particulièrement juste. À moins qu'un loup lui ait tout appris, il disait la vérité.

Cela donna un indice particulièrement frustrant à Callum. Teller avait réussi à contraindre un humain, même s'il n'avait aucune idée de la façon dont il avait surmonté la barrière des espèces. Encore une nouvelle énigme à résoudre, et sans Teller sous la main, il ne savait pas par où commencer. Pour l'instant, il savait seulement que le DRA changeait la composition chimique des signaux phéromonaux et les rendait assez puissants pour influencer les humains autant que les lycans.

Callum se fraya un chemin jusqu'à la cuisine. Il était midi passé et il n'avait pas encore déjeuné.

Lorsque Jax entra dans la pièce d'un pas tranquille, Callum terminait son assiette. Il avait terriblement envie de reprendre un peu de viande, comme toujours quand il était en colère, mais il se sentait tout de même rassasié et bien plus apaisé. Évidemment, l'arrivée de Jax changea la donne.

— Salut, Dawson, pas trop *dur* aujourd'hui ?

Le sous-entendu sexuel était flagrant. Elle portait une robe moulante qui lui descendait jusqu'aux genoux et des cuissardes en cuir noir dignes d'une prostituée. Callum eut une pensée compatissante pour le pauvre bêta qui aurait un jour le malheur d'attirer l'œil de Jax.

Callum repoussa son assiette et soupira.

— Tu ferais mieux de t'asseoir, lui dit-il.

Il l'informa alors de ses trouvailles au CCM.

Jax soupira et passa les doigts dans ses cheveux.

— Donc, non seulement Teller a une force incroyable en tant que lycanthrope, mais il peut aussi forcer les humains à lui obéir. Génial, exactement ce que je voulais entendre.

Callum acquiesça.

— Je sais. Pas de réponses et encore plus de questions.

Ils demeurèrent silencieux un long moment.

— Bon, ce n'est pas pour ça que je suis là. Je voulais te parler de ton nouveau joujou.

Il ne put s'empêcher de geindre.

— Ce n'est pas un jouet ! Et il n'est pas à *moi*.

— Bien sûr que si ! Mais bon, si tu le dis. Ce que je voulais te dire, c'est que grâce à ton humble servante, le petit fait désormais partie de la meute. Et je mérite d'être couverte de cadeaux, parce que le sang c'est dégueulasse.

— Oui, oui, tu mérites au moins une boîte entière de Friskies.

Callum avait l'habitude d'entendre Jax se plaindre de devoir mordre les nouveaux membres de la meute.

41

— Et puis tu devrais y aller mollo. D'après ce qu'il m'a dit, j'ai cru comprendre que tu l'as tellement aspergé de phéromones que tu aurais noyé même un loup expérimenté.

Il était fait comme un rat. Il recouvrit son visage de ses mains.

— Je sais, marmonna-t-il contre ses paumes.

Il se frotta les joues avant de laisser retomber ses mains en soupirant.

— Je n'ai pas fait exprès. Ça me prenait tout le temps au dépourvu. Comme si le loup en moi avait voulu transformer chaque interaction en épreuve de force.

Il raidit son dos et observa Jax.

— Je me surveillerai à l'avenir. Je ne sais pas comment, mais j'y arriverai.

Jax ricana.

— Tu pourrais commencer par dormir un peu. Ou baiser. Les deux seraient une bonne soupape pour évacuer ton stress et reprendre le contrôle.

Encore cette histoire.

— Jax, je t'ai déjà dit…

— Ouais, ouais. Trouver des coups d'un soir c'est *trop* difficile et tu dors autant que ton boulot le permet.

— J'allais juste dire que je ne veux pas que tu t'occupes de mes oignons.

— T'es dur ! Tu as rejoint ma meute, donc je m'occupe de tous tes oignons si j'en ai envie.

Malgré le regard noir qu'il envoya à Jax, Callum se sentit soulagé de constater qu'elle s'inquiétait autant pour lui. Mais il ne l'aurait jamais admis ouvertement. L'expression 'donne lui un doigt, elle prend le bras' semblait taillée sur mesure, pour elle.

Heureusement, Callum n'eut pas besoin de se répéter. Son téléphone se mit à sonner.

— Callum Dawson.

— Callum, c'est Ryan Jackson.

Ryan était un jeune lycan intelligent et débrouillard, à qui Callum faisait entièrement confiance. Il était également officier de police.

— On vient juste de trouver une piste, pour Teller.

Le cœur de Callum s'emballa. Enfin une bonne nouvelle !

— Où ça ? aboya-t-il en attrapant un stylo et un papier, pour pouvoir noter.

La réponse de Ryan fut concise. Peu de temps après, Callum et Jax quittaient la maison en direction de l'un des petits motels minables de la ville.

L'endroit était déprimant. Les murs extérieurs, couverts d'une peinture délavée qui s'écaillait, étaient tachés d'humidité. L'asphalte du parking se craquelait, parsemé de nids-de-poule, les traits jaunes qui en délimitaient les emplacements s'étaient depuis longtemps effacés. Un gazon sec, morne, se mariait parfaitement avec la porte d'entrée et la fenêtre sobres du bureau d'accueil.

Callum et Jax échangèrent un regard. Même s'il n'avait rien de réjouissant, ce motel offrait un anonymat parfait. Personne ici ne s'inquiétait de savoir qui était son voisin.

Ryan attendait Callum et Jax sur le parking. Il se tenait debout près de son 4x4, appuyé contre sa porte vert foncé. Il hocha la tête à leur approche.

— Alors, que peux-tu me dire de plus ?

Callum ne souhaitait pas perdre de temps.

— Pas grand-chose. Il se trouve dans la chambre numéro cinq. Il est arrivé pendant la nuit et le réceptionniste est certain qu'il n'a pas quitté sa chambre depuis. Je suis là depuis trente minutes et il n'a pas bougé d'un poil.

Callum observa le motel, les sourcils froncés. Son regard parcourut le parking, puis la rue un peu plus loin. Jax eut le même réflexe.

— Tu as demandé la clé au réceptionniste ?

— Ouais. Je lui ai dit que j'attendais du renfort et qu'il ferait mieux de rester tranquillement dans son bureau.

Parfait. Peut-être que cela allait marcher.

Ils entrèrent prudemment. Ryan avait sorti son arme de poing et en avait retiré la sécurité. Jax fit danser une dernière fois sa matraque télescopique entre ses mains avant de l'agripper fermement dans une paume.

Leurs armes se révélèrent inutiles. La chambre était sombre, faiblement éclairée, mais il y avait assez de lumière pour permettre à Callum de discerner le corps recroquevillé de Teller au travers des stores. Il était blotti dans le coin le plus éloigné de la pièce, caché derrière une des tables de nuit.

Il était calme, silencieux et parfaitement immobile, le regard dans le vague. Callum fit un pas dans la chambre, suivi de près par Jax et Ryan.

L'intérieur était aussi déprimant que le reste du motel, constata Callum en regardant autour de lui. Là aussi, la peinture était délavée et les murs tachés, mais il devina aisément que la décoration avait dû sembler tout aussi fade au premier jour. Les odeurs de sueur rance, de sexe, de poussière et de moisi étaient omniprésentes. Elles n'arrivaient pourtant pas à couvrir celle du sang séché, qui lui retourna l'estomac.

— Teller ? demanda-t-il en s'approchant.

La réaction fut aussi immédiate que violente. Teller releva son bras droit pour frapper le mur du poing. Le plâtre se craquela et Teller laissa échapper un geignement.

— Ne dis pas ce nom ! Il n'est pas ici.

— Tu n'es pas Adam Teller ?

— Non.

Teller remua, puis ramena son bras au-dessus de sa tête, comme pour se protéger.

Callum s'avança d'un pas, prudent.

— Alors qui es-tu ?

— Je ne sais pas. Quelqu'un… quelque chose de méchant.

Callum pouvait voir ses yeux briller sous son bras, deux points scintillants parmi les ombres.

— Pourquoi penses-tu ça ?

— J'ai fait un rêve… Je traquais un homme. Je lui sautais dessus.

Son corps tressauta à ce souvenir et ses bras s'agitèrent devant lui pour agripper l'air.

— J'ai déchiqueté sa chair et je l'ai mordu. Mordu, mordu, mordu…

Les mots s'estompèrent et Teller sombra de nouveau dans ses pensées. Ses bras retombèrent au sol, inanimés, et Callum put enfin apercevoir les vêtements de Teller. Du sang séché maculait son tee-shirt, recouvrant presque entièrement le motif d'origine d'une couleur rouille. *C'est le sang d'Ezra.* L'estomac de Callum se souleva de nouveau, douloureusement.

— Le sang, aussi doux qu'un bon vin, sur ma langue, partout sur moi. Du sang, du sang, du sang. Partout !

Le coude de Teller se releva vivement pour frapper le mur avec force. Quand il reprit, sa voix était à nouveau calme.

— Puis je me suis réveillé de ce cauchemar… mais le sang… il y avait toujours du sang partout.

Teller baissa les yeux sur les taches de son tee-shirt et poussa un gémissement pitoyable.

— J'ai rêvé que j'étais un soldat et que je défilais dans les rues de Bir… Billings.

Teller donna un coup de tête contre le mur.

— Cette ville indolente où les aboyeurs hurlent à la lune[2].

Il s'agita brusquement à toute vitesse, secouant ses membres dans tous les sens, tandis que ses doigts griffaient son tee-shirt pour le déchirer.

— *Retirez-moi ça* ! Il y a du sang, *du sang partout* ! Ça m'étouffe ! Ça essaie de me *tuer* !

Teller arracha son tee-shirt, le réduisant en lambeaux dans sa précipitation, mais il continua de hurler.

— Le monstre ! Le monstre veut tous les tuer ! Les déchiqueter, les écorcher vifs, les réduire en morceaux !

Il fallait agir vite. Callum demanda à Ryan :

— Tu as des tranquillisants dans ta trousse de secours ?

— Oui, Monsieur. Le modèle standard, pour les animaux sauvages qui s'égarent en ville.

— Va les chercher.

Ryan quitta la pièce précipitamment.

Callum pouvait sentir son cœur faire des bonds dans sa poitrine. L'accès de violence de Teller le fit douter. Il ne serait pas si facile de capturer cet aliéné, après tout. Utiliser un tranquillisant serait plus simple. Teller poserait moins de problèmes s'ils le transportaient une fois qu'il aurait perdu connaissance.

Teller tourna un regard perçant vers Callum.

— Alpha, lança-t-il d'une voix rageuse. Tu pues l'Alpha.

C'est le seul avertissement qu'il offrit avant de se jeter sur Callum.

Ce dernier eut à peine le temps de relever les bras pour se protéger qu'il entendit un coup de feu. Faisant volte-face, il découvrit Ryan à la porte, son fusil encore à l'épaule.

— Je vous l'avais dit. Modèle standard pour les ours.

Callum inspira longuement, un souffle tremblant.

— Fils de pute, s'exclama Jax en s'approchant du corps de Teller.

L'homme sombrait déjà, inconscient. Elle repoussa sa main désormais flasque du bout de sa botte. Les yeux qu'elle releva vers Callum étaient écarquillés et un peu effrayés.

— Callum, c'était quoi ça ?

---

[2] Paroles tirées de la chanson « *Here I Dreamt I Was an Architect* », du groupe The Decemberists : 'And here I dreamt I was a soldier / And I marched the streets of Birkenau (…) To the indolent town / Where the barkers call the moon down'.

— Les effets secondaires déplaisants du DRA, j'imagine. Je savais qu'il ne serait pas commode, mais je ne m'attendais pas à...

Un ange passa. Non, personne ne s'était attendu à *ça*.

— Bon, sortons-le d'ici. Ryan, peux-tu transporter Teller jusqu'à mon labo ? Il faut que je lui fasse passer une série d'examens, le plus vite possible.

Cela n'allait pas améliorer l'équilibre mental de Teller, mais sans les recherches de Callum, il n'avait aucune chance.

— Pas de problème, alpha.

Ils durent s'y mettre à trois pour transporter le corps de Teller hors de la pièce et jusqu'au 4x4 de Ryan. Ce fut une tâche laborieuse puisque Teller pesait aussi lourd qu'un âne mort. Cela mit aussi leurs nerfs à rude épreuve, car ils se trouvaient encore sur un parking public. Ryan avait beau être policier, il valait mieux éviter les témoins pour préserver la meute.

Ce n'est que lorsqu'ils s'installèrent enfin à l'abri de leur voiture et que Ryan fut hors de portée que Jax se tourna vers Callum.

— Merde, Dawson. Merde, merde, merde. On est vraiment dans la merde.

Callum acquiesça en silence.

Chapitre Quatre
L'Homme Est un Loup Pour l'Homme

PUTAIN !

Davis retira l'échantillon de la centrifugeuse et le mit de côté. Toujours aucun changement. Les niveaux d'Alphatropine dans cet échantillon sanguin étaient toujours aussi aléatoires et imprévisibles.

Les mains posées sur la table du labo, Davis soupira longuement, la tête basse. Il travaillait à sa tâche depuis des semaines, sans aucun succès. Bien que le sérum ait fonctionné sur chacun des cobayes jusqu'à maintenant, il n'arrivait toujours pas à en contrôler les conséquences.

Davis s'écarta de la table et tourna le dos à ses derniers résultats. Il ignora la bête sanglée sur une autre table, dans un coin de la pièce, et se dirigea plutôt vers la cafetière.

La caféine ne l'aiderait pas vraiment, vu son absence de réussite des semaines passées. Le Chef ne serait pas content. Il était venu voir Davis une semaine auparavant, furieux que les lycans infectés aient refusé toute instruction. Il avait ordonné à Davis de trouver un moyen de rendre les infectés plus dociles. Malheureusement, à chaque fois qu'un lycan succombait à l'appel de cette drogue, il devenait un véritable électron libre. Ceux-ci étaient encore utiles, certes, surtout si l'on s'en servait pour semer la terreur durant une attaque, puisque le comportement des infectés était lui-même complètement hasardeux, mais il était inutile d'essayer de les utiliser pour cibler quelqu'un en particulier. Et le Chef *avait* une liste de cibles potentielles.

Davis avait espéré qu'en épurant le sérum, il trouverait un moyen de contrôler l'amplitude des pics hormonaux pour que les infectés ne soient pas si totalement imprévisibles. Il n'avait eu aucun succès pour le moment et cela rendait le Chef encore plus grognon. Davis commençait à penser qu'il allait devoir abandonner ses efforts actuels pour envisager une toute nouvelle direction. Il existait probablement un autre moyen de les rendre plus dociles, mais Davis avait pensé que contrôler leurs niveaux d'Alphatropine serait plus efficace.

Davis se retourna en soupirant vers le lycan, puis il ramassa un plateau couvert de seringues avant de le rejoindre. Il était temps de se remettre au boulot. Le Chef passerait vérifier ses progrès le lendemain et Davis n'avait pas de temps à perdre. Peut-être même qu'il ferait une nouvelle découverte d'ici là.

LE LENDEMAIN matin, Ezra s'éveilla en découvrant que non seulement un repas délicieux était déjà servi, mais qu'en plus Wyn était en plein travail, debout devant un grand mixer. Près d'elle était étalé un gigantesque assortiment d'ingrédients crus, de sachets de fromage et de… Ezra pencha la tête pour lire l'étiquette. Gombos ?

Après s'être servi quelques pancakes, Ezra s'assit sur un tabouret de bar et se versa une tasse de café. Il se mit alors à manger en observant Wyn.

Ezra était en général peu bavard avant sa première tasse de café. Wyn, tout comme Blaise, avait fini par l'admettre.

Tandis qu'il se servait une seconde tasse de café, Ezra demanda enfin :

— Alors, pourquoi es-tu aux fourneaux aux aurores ?

Il était flagrant que Wyn devait être debout depuis des heures.

— Il faut que le Tiramisu reste deux bonnes heures au frigo et je voulais qu'il soit prêt avant qu'on parte, dit Wyn d'un ton peu amène, bien que la façon dont elle plissa son nez en réfléchissant au temps de réfrigération fût adorable.

— Tu *fais* ton *propre* Tiramisu ?

Même si cela faisait une semaine et demie qu'Ezra était réveillé chaque matin par les délicieuses odeurs de la cuisine de Wyn, ça l'impressionnait.

— Oui, je fais mon propre Tiramisu. Tu es au courant qu'il était fait par des gens qui cuisinaient chez eux, bien avant d'être servi dans des restaurants, non ?

Ezra leva les yeux au ciel.

— Oui. C'est juste que je n'avais jamais croisé quelqu'un capable d'une telle chose.

Wyn plissa le nez à nouveau.

— Attends peut-être de l'avoir goûté avant de dire ça.

— Je pourrai le goûter ?

Il n'avait pas compris qu'il faisait partie du 'on'.

Wyn sembla tout aussi surprise. Elle cligna des yeux plusieurs fois avant de répondre.

— Bien sûr que oui.

Parfois, Wyn était un peu lente et ça aussi, c'était adorable.

— Donc… Où est-ce qu'*on* va aujourd'hui ?

Elle était toujours aussi déconcertée.

— Bah, à un dîner de famille ! Callum… ne t'a rien dit ?

Évidemment que non. Ezra lui répondit et Wyn se fit plus hésitante.

— Oh, eh bien, chaque dimanche après-midi, la meute se réunit pour dîner. On t'a laissé dormir, la semaine dernière, parce que tu étais fatigué.

Oh. Oh, bon Dieu. La meute organisait des dîners de famille ? Il fut soudain heureux d'être tombé malade la semaine précédente ; son nouveau système digestif ne supportait pas le chocolat et, entre ça et l'épuisement dû aux changements génétiques, il avait passé la majeure partie du week-end au lit. Mais désormais, Wyn et probablement Callum estimaient qu'Ezra était prêt à être jeté en pâture à la meute. D'après Callum, il y avait plus de cinquante membres, et si ça n'avait pas semblé énorme lorsqu'il lui en avait parlé la première fois, il n'avait pas envisagé de les rencontrer tous en même temps. Peut-être qu'il ferait mieux de reprendre un peu de chocolat.

— Euh… Tu es sûr que c'est une bonne idée ? Je ne ferais pas mieux de rester à la maison ?

— Bien sûr que c'est une bonne idée. Tout le monde va être très déçu si tu ne viens pas.

Ezra déglutit difficilement.

— En plus, Callum a promis de t'amener. Tout le monde n'arrête pas de l'appeler et de passer le voir depuis que tu n'es pas venu la semaine dernière. Callum leur a fait promettre de te laisser tranquille et de te donner le temps de t'ajuster.

Ezra dévisagea Wyn. Seigneur, Callum avait promis de *l'amener*, lui ? Comme s'il était son nouvel animal de compagnie ! Et cette métaphore était bien trop proche de la réalité pour le faire rire. Mais si Callum le leur avait promis, il était impossible de se défiler. S'il essayait de rester à la maison, il suffirait à Callum de venir le chercher pour lui ordonner de venir. Et Ezra ne voulait pas débarquer avec l'air d'un drogué à qui on venait de donner sa dose d'euphorie.

— D'accord. Bon, si je dois aller à cette grande fête, il vaut mieux que tu me mettes au courant de tous les détails.

MÊME SI Wyn s'était donné la peine de lui expliquer comment l'après-midi allait se passer, Ezra ne se sentait pas vraiment prêt lorsqu'ils arrivèrent au 'centre communautaire'. Callum avait levé les yeux au ciel en entendant Wyn appeler l'endroit ainsi, mais il n'avait pas eu d'autre alternative à proposer.

— Ça ressemble à un pavillon normal, mais à l'intérieur c'est aménagé de façon très moderne, avec une grande cuisine et beaucoup d'espace. On se rassemble toujours là pour les assemblées avec la meute, lui avait expliqué Wyn.

Ezra était d'accord avec elle, ça avait vraiment l'air d'un centre communautaire.

Il hésita avant d'entrer, tâchant de se mettre en condition. De l'autre côté se trouvaient cinquante personnes qui voulaient le rencontrer parce qu'il était un cas presque unique et, d'un certain côté, un phénomène de foire. *Génial.*

— À l'heure qu'il est, ils doivent savoir le plus important sur toi, avait expliqué Wyn.

Et quand Ezra s'était risqué à demander ce qu'elle voulait dire par important, elle avait froncé le nez et haussé les épaules en signe d'excuse.

— Que tu viens tout juste d'être transformé, que tu es un bêta et que tu habites chez moi.

Ezra avait ronchonné. Super, ils connaissaient le pire.

— Tu es sûr que je dois y aller ? lui avait demandé Ezra, et il avait reposé la même question à Callum lorsqu'il était venu pour les emmener au rendez-vous.

Callum avait semblé tout aussi désolé, mais comme il s'y était attendu, il n'avait pas changé d'avis.

— Vois les choses du bon côté. Si tu les laisses se rincer l'œil aujourd'hui, il y aura moins de chance qu'ils t'espionnent chez toi en cachette, ensuite.

Cela ne l'avait absolument pas rassuré, évidemment.

Malgré cela, Callum avait refusé de le laisser tranquille.

— Ce sera un peu plus facile chaque semaine, avait-il dit à Ezra tandis qu'ils se rendaient à la réunion, et Ezra avait eu du mal à retenir un geignement à l'idée de devoir se plier à cela tous les dimanches.

Callum entra d'abord. Ezra était trop soulagé de ne pas devoir être en première ligne pour s'en sentir offusqué. Mais, même s'il fit signe à Wyn d'entrer en deuxième, quand il passa enfin la porte, le silence se fit et tous les yeux se tournèrent vers lui.

Wyn avait décrit l'endroit de manière très fidèle. La porte d'entrée menait à une grande pièce remplie de fauteuils. Au centre se trouvait un gigantesque tapis recouvert d'enfants et de jouets et entouré de parents et autres gardiens, dont Jax. À l'autre bout de la pièce se trouvait une grande cuisine, séparée du reste de la pièce par un long mur à mi-hauteur. Sur sa gauche, une vaste porte ouverte par laquelle Ezra put apercevoir des chaises et une table. Tout compte fait, l'endroit semblait parfait pour la réunion de famille qui s'y déroulait actuellement.

Un groupe d'adolescents et de préadolescents jonchait deux canapés, une banquette près de la fenêtre et tout le sol entre ces deux endroits. Une des jeunes filles près de la fenêtre avait les joues rouges de culpabilité, laissant aisément deviner qu'elle avait dû servir officieusement de guetteuse. De petits groupes d'adultes étaient éparpillés au travers de la pièce, assis ou debout, et plusieurs enfants hauts comme trois pommes se faufilaient en courant parmi eux. La dernière à remarquer l'arrivée d'Ezra fut la petite armée, de femmes principalement, qui officiait à la cuisine. Leurs rires furent les derniers à s'interrompre. Ezra sentit ses joues s'empourprer en réalisant qu'ils le dévisageaient *tous*.

— Bon, dit Callum pour faire le premier pas. On dirait que tout le monde est là. Parfait, cela veut dire que je peux vous présenter le nouveau membre de notre meute. À l'heure qu'il est, je suis certain que vous avez tous entendu les rumeurs, donc j'aimerais mettre les choses au point. Ezra a été mordu sans permission, mais il a juré allégeance à notre meute.

Callum releva la main pour devancer le commentaire d'un homme d'un certain âge.

— Non, Matt, Jax et moi n'avons pas oublié les procédures. Cependant, étant donné les circonstances, nous pensons que c'est pour le mieux d'accueillir Ezra dans notre meute. Donc, tout le monde, je vous présente Ezra Jones.

Callum attira Ezra vers lui d'une main sur son bras et cinquante inconnus déclamèrent en chœur :

— Bonjour, Ezra.

Ezra aurait aimé disparaître sous terre, mais cela n'arriva pas et il releva donc une main dans un salut maladroit.

Puis Callum leur fit plus ou moins comprendre de le laisser tranquille, afin de lui permettre de rencontrer tout le monde en groupes restreints, et chacun retourna peu à peu à ses affaires.

Wyn se fraya un chemin jusqu'à la cuisine, Blaise la suivant joyeusement. Callum s'avançait déjà et la main d'Ezra s'agrippa à son avant-bras sans même qu'il se rende compte de son geste. Le murmure désespéré qui suivit fut tout aussi involontaire :

— Ne me laisse pas !

Super, est-ce qu'il pouvait être plus pathétique ?

Heureusement, Callum lui sourit d'un air rassurant et lui promit de ne pas le laisser seul avant qu'il s'y sente prêt.

Ezra fut envahi d'un agréable sentiment de joie, qui décupla lorsque Callum attrapa son avant-bras d'une main pour l'attirer à l'écart. Ezra fut heureux de le suivre.

La salle à manger était vide, mais remplie de chaises, et Ezra et Callum s'installèrent côte à côte au bout de la grande table, afin que moins de gens puissent les atteindre en même temps. Ezra soupira de soulagement.

— Détends-toi. Ce sont des gens bien, ils ne veulent pas te faire peur. Promis.

Le regard de Callum était chaleureux et réconfortant.

— D'accord… Et que va-t-il se passer, maintenant ?

— On attend que l'un d'entre eux ait l'audace de venir le premier pour nous voir. Ils viendront faire ta connaissance, te parler, puis repartiront pour laisser la place au suivant.

— J'ai l'impression d'être l'invité d'honneur à un dîner mondain bizarroïde…

Le mot exact lui échappait.

— Je ne sais pas si c'est un dîner mondain, mais tu es clairement l'invité d'honneur, dit une voix amusée à la porte.

Ezra se tourna et aperçut un grand homme, le bras enroulé autour des épaules d'une minuscule femme. Alors qu'il était grand et costaud, la peau pâle, les cheveux blonds et les yeux bleus comme le ciel, elle était petite et mince, avec une peau couleur de chocolat, les cheveux et les yeux aussi noirs que la nuit. Ils allaient incroyablement bien ensemble.

— Ah, Ezra, je te présente Sebastien et Emma LaPorte, les parents de Blaise et Jax.

Ezra ne put s'empêcher de fixer ce couple mixte, la bouche ouverte. Quand on lui avait dit que Jax et Blaise étaient frère et sœur, il avait cru comprendre qu'ils étaient juste demi-frères, mais… La ressemblance entre les traits de Jax et cette Emma était trop frappante pour passer inaperçue, et Blaise n'avait certainement pas hérité de sa taille à elle.

— Oh…

Les sourires qu'offrirent Emma et Sebastien étaient complètement malicieux.

— Oui, on sait. Blaise et Jax sont bien tous deux nos enfants, dit Sebastien.

Ezra devint rouge vif et détourna les yeux, gêné. Putain, il aurait préféré que la première impression qu'auraient les LaPorte de lui ne soit pas celle d'un malpoli à la bouche grande ouverte. Sous la table, Callum pressa son genou contre le sien pour le réconforter.

— Oh, il est adorable, dit Sebastien en tirant une chaise pour l'offrir à sa femme, avant de s'asseoir à son tour. Je vois pourquoi Jax l'adore déjà autant.

— Ne fais pas attention à mon mari, Ezra, il fait l'idiot. Maintenant arrête de rougir, tu n'es pas le premier à être surpris par les mystères biologiques de notre famille. La génétique est quelque chose d'aussi étrange qu'incroyable, on le sait !

Malgré lui, Ezra releva la tête pour pouvoir détailler davantage l'inconnue. Il l'appréciait déjà.

— Alors, Ezra, Jax nous a dit que tu vivais chez Wyn.

Emma lui sourit pour l'encourager.

— Est-ce que tu t'y plais ?

Il hocha immédiatement la tête.

— Oui. Wyn est géniale. C'est une hôtesse parfaite. Et pour être honnête, je crois qu'elle apprécie d'avoir deux hommes à l'appétit d'ogre à nourrir.

Emma et Sebastien rirent de bon cœur.

— Oui, Blaise aime manger et il a toujours apprécié la bonne cuisine, dit Emma.

Sebastien lui fit un clin d'œil et ajouta.

— Et Wyn est certainement la meilleure cuisinière de la meute.

Sans réfléchir, Ezra sourit en retour.

— Elle fait les meilleures gaufres que j'ai jamais mangées ! À elles seules, elles me donnent envie de me lever le matin.

Cela fit rire Sebastien.

— Tu as bien raison, mon garçon. Un petit-déjeuner délicieux est l'un des meilleurs moyens de sortir un homme de son lit.

Le rouge lui chauffa de nouveau les joues. Sebastien n'avait pas l'air de plaisanter et il n'avait pas semblé suggérer autre chose qui puisse donner envie à un homme de rester au lit ou d'en sortir, mais le sous-entendu était pourtant clair.

— Euh.

Ezra se passa la langue sur les lèvres, sans savoir quoi ajouter.

— Tu as soif, mon chéri ?

Emma esquissa le geste de se relever pour aller lui chercher quelque chose à boire.

Callum s'agita légèrement.

— Reste assise, Emma, je vais aller nous chercher un peu d'eau.

Il se releva et quitta la pièce en direction de la cuisine. Ezra ne put s'empêcher de le suivre du regard avec envie. Il n'était pas certain d'être prêt à affronter les deux gentils inconnus tout seul.

Un long silence embarrassé suivit le départ de Callum et Ezra parcourut la pièce du regard.

— Alors, dit Sebastien d'une façon qui lui rappela Jax et le mit mal à l'aise.

Quand Jax parlait ainsi, elle allait en général dire quelque chose qui le rendrait mort de honte.

— Ma fille m'a dit que c'est elle qui t'a mordu pour que tu rejoignes la meute.

Il n'y avait rien d'autre à en dire, mais Ezra essaya malgré tout.

— Eh bien…

— Quoi ?

Ezra tourna la tête à l'exclamation surprise d'Emma pour voir si elle avait l'air suspicieuse.

— Jax ne m'a pas dit ça.

Sebastien lui répondit.

— Ah bon ? Elle a dit quelque chose comme ça, il y a quelques jours. Comme quoi elle avait aidé Callum.

— Vraiment ?

Emma se détourna de son mari pour observer Ezra.

— Jax t'a mordu ?

— Euh… Oui ? Est-ce que c'est vraiment si inhabituel ? Je veux dire, je sais que Jax m'a dit que c'était en général Callum qui mordait les nouveaux membres, mais…

Sebastien hocha la tête.

— Jax a horreur de mordre les gens. Elle n'a mordu personne depuis des années, expliqua-t-il.

— Oh.

Ezra n'était pas certain de la réponse adéquate.

— Alors, pourquoi est-ce que c'est elle qui t'a mordu ?

Emma pencha la tête et dévisagea Ezra d'un air entendu.

— Je ne…

Sais pas pourquoi ? Sais pas quoi dire ? Ezra ne savait vraiment pas quoi répondre. Que dire à quelqu'un au regard si perçant, quand on ne savait pas ce qu'il attendait ?

— Et voilà. De l'eau pour tout le monde.

Callum venait de revenir, sauvant de justesse Ezra d'une mauvaise réponse. Il portait quatre verres entre ses larges mains et les déposa sur la table.

— Emma, Sebastien, murmura-t-il en leur tendant un verre à chacun.

Puis il passa le sien à Ezra et rejoignit son siège.

Il y eut une nouvelle pause gênée. Emma ne semblait pas vouloir reprendre la conversation où elle l'avait laissée et les hommes n'osaient pas changer de sujet. Enfin, Callum brisa le silence.

— Cela fait un moment que je ne vous avais pas vus. Comment vous portez-vous ?

Sebastien sourit légèrement et se plia au changement de conversation. Emma se joignit à eux peu après et le sujet dévia sur les pitreries d'enfance de Jax et Blaise.

— Elle a arrêté de répondre au nom de Jacqueline quand elle avait cinq ans. Elle vous jetait un regard menaçant, les mains sur les hanches, si vous l'appeliez comme ça. Elle insistait pour qu'on l'appelle Jax, avec un X quand elle s'est rendue compte que c'était plus facile à épeler.

Le sourire carnassier qu'elle lui offrit était le même que celui de Jax.

— Tu racontes encore ces vieilles histoires ?

Ils se retournèrent tous pour découvrir Jax, debout près de la porte.

— Et si vous arrêtiez de monopoliser Ezra ?

Elle offrit un sourire taquin à ses parents en s'approchant. Sebastien se releva pour serrer sa fille dans ses bras.

— Hé, Ez, j'espère qu'ils ne t'embêtent pas trop, ces deux-là.

Le sourire de Jax était sincère et Ezra le lui rendit.

— Tes parents sont drôlement plus gentils que toi, s'entendit-il dire et Jax et Sebastien rirent à gorge déployée.

Malheureusement, Jax avait raison. D'autres personnes attendaient de rencontrer Ezra. Une fois que Jax et ses parents furent partis, d'autres prirent leur place. Les heures suivantes furent très impressionnantes, tandis qu'un flot continu de personnes allait et venait dans la pièce, en groupe de deux à quatre, le fixant et lui posant des questions. Tout compte fait, c'était peut-être le jour le plus embarrassant de la vie d'Ezra et il fut heureux que Callum soit à ses côtés, présence chaleureuse et rassurante.

Malgré tout, l'après-midi fut ponctué de moments agréables. Pour la plupart, les lycans étaient gentils, certains étaient même drôles. Et bien sûr, la nourriture fut fantastique : une fois le repas servi, l'attention avait été moins concentrée sur Ezra et l'avait rendue d'autant plus savoureuse, d'une certaine façon.

— Hé, Oncle Ezra, j'ai une blague à te raconter !

Ezra se retourna pour apercevoir un des petits de cinq ans en train de le fixer, un sourire radieux aux lèvres, à l'autre bout de la table.

— D'accord, l'encouragea-t-il.

— Que dit un lycan qui sort d'une cure de désintoxication ?

Le garçon attendit une courte seconde avant de poursuivre.

— Avant j'étais un loup-garou, mais maintenant plus du *touuuuuuuuuuuuuuut* !

Le troupeau d'enfants éclata de rire, couvrant leurs bouches de petites paires de mains poisseuses, tandis que celui qui avait raconté la blague souriait fièrement. Soudain, une fillette aux couettes blondes déclara qu'elle aussi avait une blague à raconter et les enfants bataillèrent pour partager leurs préférées.

Malheureusement, tous les lycans ne furent pas aussi accueillants ou adorables que les enfants. Comme dans toutes les autres situations de sa vie, Ezra se retrouva confronté au rabat-joie de service. Lucien était un jeune bêta qui salua Ezra d'un sourire glacial et le détailla avec mépris. Pendant tout le repas, il lui jeta de petits regards menaçants sans même s'en cacher et se permit plusieurs commentaires qui n'étaient pas vraiment désobligeants, mais n'avaient rien de gentil, comme lorsqu'il baissa les yeux sur lui et déclara que cela devait être agréable pour Ezra d'avoir trouvé des gens qui l'acceptaient enfin. Il y avait quelque chose dans sa façon de parler qui fit comprendre à Ezra le double sens de ses paroles, impliquant que les loups l'avaient accepté, mais que personne d'autre ne l'aurait fait ni n'en aurait eu l'envie.

Lucien ne révéla son vrai visage qu'après le repas, lorsqu'Ezra partit à la recherche des toilettes. Après avoir vidé sa vessie, il se retrouva face à face avec Lucien alors qu'il quittait la pièce.

Ezra se figea sous l'assaut du regard dédaigneux qui le détaillait nonchalamment de la tête aux pieds. Il sentit qu'il devait se préparer au pire, mais Lucien semblait vouloir simplement *parler*. Il n'y avait aucun moyen de lui échapper sans le bousculer ou lui demander de se pousser.

Enfin, Lucien prit la parole d'une voix traînante.

— Tu sais, vu la façon dont tout le monde parlait de toi, je m'attendais à quelqu'un sorti tout droit d'une pub Abercrombie. Pour être honnête, je ne vois pas pourquoi on en fait tout un plat. Ce n'est pas comme si Callum n'avait jamais été *intéressé*, avant. Ça ne dure jamais. Il aime bien… varier les plaisirs.

Les lèvres de Lucien se soulevèrent d'une façon maniérée en mesurant Ezra du regard. Chacune de ses attitudes était emplie de défi.

Ezra se passa la langue sur les lèvres et fixa Lucien. Qu'est-ce qu'il essayait de prouver ?

— Eh bien, on se fait toujours un peu remarquer quand on débarque la première fois, où que ce soit, dit Ezra en haussant modestement les épaules, avant d'essayer de contourner Lucien.

Tandis qu'il passait près de lui, Lucien tendit la main pour effleurer la marque sur le cou d'Ezra.

— On a aussi tous entendu parler de ça. C'est Jax qui t'a mordu. Bizarre, Callum aime bien marquer son *territoire* d'habitude.

Il avait dit 'territoire' en ricanant, comme si c'était un mot-clé pour toute autre chose, quelque chose d'obscène.

Ne sachant pas quoi répondre, Ezra demeura silencieux. Soulagé que l'autre lycan ne soit qu'un bêta, il put le pousser pour partir. Il ne savait pas pourquoi, mais il était persuadé que cela aurait été une autre paire de manches avec un alpha.

Malgré l'épisode désagréable avec Lucien, lorsqu'Ezra quitta le centre communautaire – *Ce n'est pas un centre communautaire !* avait protesté Callum – il était réellement heureux d'être le nouveau sujet de conversation de la meute. Rencontrer sa nouvelle famille n'avait pas été aussi atroce qu'il l'avait craint en venant.

LE PSYCHIATRE que Callum l'avait envoyé consulter n'était absolument pas comme il s'y était attendu. Ezra s'était imaginé un homme ou une femme à la cinquantaine bien avancée ; il fut pourtant persuadé que Robin Hertz n'avait pas plus de trente-cinq ans. Il était mince et assez séduisant et arborait une étrange ressemblance avec un Alan Alda plus jeune. L'idée de se faire dresser un portrait psychologique par un sosie d'Œil de Lynx[3] lui donna envie de rire.

— Alors, est-ce que Callum vous a expliqué ce qui va se passer ici, dit le psychiatre qui avait insisté pour qu'il l'appelle Robin après les présentations.

— Vous allez décider si je suis fou ou non ?

Même s'il avait fait un effort pour que sa phrase ait l'air d'une plaisanterie, elle sonna plutôt incertaine.

Robin sourit.

— Pas vraiment. Vous êtes un inconnu et vous venez de traverser une rude épreuve, donc mon objectif est double. En premier lieu, je suis là pour m'assurer que vous arrivez à faire face à ce passage difficile. Ensuite, je dois m'assurer que vous n'êtes pas une menace pour la meute. C'est pourquoi je vous ai demandé de remplir ces questionnaires avant d'entrer.

On avait demandé à Ezra de s'asseoir à un ordinateur et de classer plusieurs assertions à son sujet. Chacune des questions avait semblé plus ridicule et aléatoire que la précédente et Ezra avait dû dire s'il était fortement d'accord, assez d'accord, se sentait plutôt neutre, n'était pas d'accord ou clairement en désaccord. La tâche avait été ennuyeuse, mais visiblement, elle n'était pas inutile.

— Ce genre de questionnaires, si vous avez fait de votre mieux pour y répondre avec sincérité, me permettra de mieux comprendre votre caractère et votre façon de penser. Je les utilise en conjonction avec cet entretien pour pouvoir créer votre profil.

— Mon profil ?

— Oui, celui qui nous aide à déterminer la meilleure façon pour que vous vous intégriez à la meute.

— Alors, vous êtes vous aussi un lycan ?

— Est-ce que cela ferait une différence si j'en étais un ?

— Oui. Non.

Ezra marqua une pause pour réfléchir réellement à la question un instant. C'était probablement une bonne idée de penser avant de parler à un psychiatre.

— Je pense que ça m'aiderait à savoir ce que je peux dire et combien vous pourriez vraiment comprendre, pour l'avoir expérimenté vous-même. Je veux dire, le fait d'avoir des sens surdéveloppés est déjà très impressionnant

---

[3] Capitaine « Œil de Lynx » Pierce : Personnage de la série télévisée M*A*S*H

en soi et je ne suis pas certain que quelqu'un qui ne l'a pas vécu puisse vraiment le comprendre.

Robin hocha la tête d'un air compatissant et nota quelque chose sur son calepin.

— Impressionnant ? Est-ce que c'est quelque chose de difficile à gérer pour vous ?

Il y eut un nouveau silence tandis qu'Ezra réfléchissait.

— Non, pas vraiment difficile, simplement... Eh bien, pas vraiment amusant.

— Hum. À part vos sens hyperactifs, est-ce que vous vous habituez à la vie dans une communauté lycane ?

— Assez bien, je crois.

Robin demeura silencieux, comme s'il attendait qu'Ezra en dise davantage. Nom de Dieu, il avait l'impression d'être en train de tout rater. Dans le but de meubler le silence, Ezra lança :

— J'habite chez Wyn. Elle est très gentille... Accueillante.

— Ah, oui, Bronwyn. C'est aussi une cuisinière fantastique, j'ai cru comprendre.

Ezra acquiesça. Soulagé d'avoir quelque chose à dire, il déborda un peu d'enthousiasme au sujet de sa cuisine.

— Elle fait les meilleures gaufres que j'ai jamais mangées !

Il s'interrompit un instant pour rire avec Robin.

— Vous avez l'air très emballé. Est-ce que vous vous intéressez aux arts culinaires ?

— Pas vraiment.

Il haussa les épaules.

— J'aime juste manger.

— Donc, vous avez bon appétit ?

Ezra se souvint brusquement qu'il parlait à un psychiatre, un docteur, et se sentit à nouveau mal à l'aise et hésitant.

— Bien sûr, je veux dire, comme tout le monde ? demanda-t-il, puis il grimaça.

Il avait l'air d'un idiot.

— Ezra, vous devriez vous détendre.

Robin lui offrit un sourire chaleureux et rassurant.

— Je ne suis pas là pour vous juger, du moins pas comme vous vous l'imaginez. C'est vrai, j'écoute attentivement ce que vous avez à me dire pour tenter d'en tirer une certaine valeur, mais ce n'est pas pour vous juger. Je veux seulement mieux vous comprendre.

Ezra essaya de sourire.

— Et si nous commencions avec quelque chose de simple. Pourquoi vous ne me parleriez pas de ce que vous aimez comme loisirs ?

— Eh bien, je fais du yoga et j'aime aller camper. C'est l'un des avantages de vivre au Montana.

— C'est vrai. Quand êtes-vous allé camper pour la dernière fois ?

— Le week-end avant le décès de mon père. Je suis allé à la Forêt Nationale du Mont Baker.

— Comment c'était ?

— Somptueux, puisque c'est une zone protégée. Et ils ont de beaux chemins de randonnée.

— Vous alliez camper, quand vous étiez enfant ?

— Tout le temps, oui. Papa m'emmenait à la ville de Lolo ou à la forêt de Beaverhead, pour camper. On a conduit jusqu'au lac de Greenough plusieurs fois, c'était mon endroit préféré. On faisait de la randonnée jusqu'au lac et on pêchait. Les bateaux à moteur ne sont pas autorisés sur le lac, alors c'est un endroit magnifique.

Ezra passa les dix minutes suivantes à raconter à Robin ses expériences de camping lorsqu'il était enfant. Il était facile de se perdre dans ces souvenirs familiers, les nuits passées à dormir sous la tente, les feux de camp, la pêche dans les lacs et les promenades à pied dans la nature.

Puis Robin voulut savoir comment il s'était mis au yoga, une anecdote embarrassante qui impliquait un ex-petit ami plutôt souple, ce qui mena au fait qu'Ezra avait essayé le judo et le tai-chi, puis à des histoires sur la façon dont il avait appris à se servir d'un ordinateur et comment il développait encore des programmes pendant son temps libre. Après cela, Ezra se sentit bien plus à l'aise avec Robin et il ne se déroba pas lorsqu'il aborda des sujets plus sérieux.

— J'aimerais que nous parlions de votre transformation récente. Pouvez-vous me parler de votre expérience, quand vous vous êtes fait mordre ?

— Je ne m'en souviens pas. Je rentrais chez moi, j'avais pris une cuite et puis je me suis réveillé dans mon appartement et Callum et Blaise frappaient à ma porte.

Ezra ne voulait vraiment pas se souvenir de ses premières heures en tant que loup-garou. Il espérait que Robin allait changer de sujet.

— Que s'est-il passé, ensuite ?

Visiblement, il n'aurait pas cette chance.

— Ils m'ont emmené dans leur communauté, m'ont posé plein de questions, m'ont exposé tout un tas de règles et m'ont dit que je devrais rester chez Wyn.

Ezra haussa les épaules d'un air qui se voulait nonchalant.

Après avoir encore noté quelque chose, Robin l'observa un long moment avant de demander :

— Qu'avez-vous pensé de Callum, au premier abord ?

— Au premier abord ?

— Quand vous l'avez vu se tenir pour la première fois sur votre perron. Sa première impression ?

— Il avait l'air d'un homme de pouvoir, quelqu'un qui a l'habitude qu'on le respecte, d'être en position de contrôle et habitué à utiliser ce contrôle.

— Vous l'avez laissé entrer ?

— Il me l'a demandé.

Il haussa à nouveau les épaules.

— Callum est assez autoritaire et... eh bien, depuis j'ai appris que ces nouveaux instincts me forcent à vouloir faire tout ce qu'il dit.

— Oh ?

— Ouais. Ils disent que je suis un bêta et mon corps réagit au quart de tour à cette méthode. Je n'arrête pas de sentir cette impression de joie à chaque fois que je fais ce que me dit Callum.

— Et comment vous sentez-vous, quand vous pensez à cela ?

Les joues d'Ezra rougirent légèrement.

— Gêné. Mal à l'aise. Callum me dit de faire quelque chose et je le fais sans poser de question. Je ne pense même pas à remettre les choses en doute avant que ce soit fait...

— Cela vous rend-il malheureux ?

— Je ne... Je ne suis simplement pas habitué. Mais j'imagine que je vais devoir m'y faire.

— Cela semble être une approche pragmatique.

— Eh bien, je ne peux pas vraiment changer les choses...

— Vous aimeriez ?

— ... Oui.

— Vous n'avez pas l'air très sûr ?

— Cela ne me gêne pas qu'on me dise quoi faire, ni même de faire ce qu'on me demande. Je voudrais juste avoir le choix.

Davantage de notes furent prises, puis Robin voulut en savoir plus sur la scolarité d'Ezra. Une fois que le sujet fut épuisé, il demanda :

— Vous avez mentionné un petit ami, un peu plus tôt. Vous êtes-vous toujours identifié comme homosexuel ?

— Oui.

— Depuis combien de temps ?

— Euh, depuis ma première année au lycée. Comme beaucoup d'autres ados, j'ai découvert le désir gay dans les vestiaires des cours de sport. Ce n'est pas le moment le plus agréable dans la vie d'un homme gay, mais bon…

Ezra haussa les épaules.

— Pouvez-vous me parler de votre premier petit ami ?

— Il s'appelait Adam Langley.

Devant le silence encourageant de Robin, Ezra continua.

— Il était très mignon. Adam fréquentait une école d'ingénieurs. C'est comme ça qu'on s'est rencontrés. J'étais en première année et il était l'assistant d'un des professeurs, dans l'une de mes matières.

— Donc il était plus vieux que vous ?

— Beaucoup plus, oui. Je devais avoir dix-huit ou dix-neuf ans, et il en avait vingt-quatre.

— Et il était en position d'autorité, souligna Robin en relevant un sourcil.

Ezra esquissa un petit sourire satisfait.

— C'était encore plus sexy.

— Hum… Qui a séduit qui ?

Ezra se souvint d'Adam lors de ces premières rencontres. La façon dont il avait fait venir Ezra jusqu'à son bureau, le convoquant par un email. La façon dont il l'avait repoussé contre une bibliothèque, avait envahi tout son espace personnel, fait des promesses alléchantes. Ezra s'éclaircit la gorge, rendu mal à l'aise par le désir qu'éveilla en lui ce souvenir.

— Adam m'a séduit.

Robin hocha la tête sans sembler surpris.

— Combien de temps a duré cette relation ?

— Pas très longtemps. On a commencé à coucher ensemble pendant le deuxième trimestre et Adam a dû soutenir sa thèse de maîtrise, en août. Ensuite, il est parti pour une autre université, afin de suivre son doctorat. Il… Nous avons rompu avant qu'il parte. Ça semblait stupide de continuer à se voir.

— Vous en aviez envie ?

Ezra fronça les sourcils.

— Je viens de vous dire...

— Vous m'avez dit : 'ça semblait stupide de continuer à se voir'. J'aimerais savoir ce que vous *ressentiez* envers cette relation, ce que vous *désiriez*...

À une époque, Ezra avait été amoureux d'Adam Langley, ou du moins il s'était cru amoureux. Il avait voulu passer le reste de sa vie avec lui et avait cru qu'Adam ressentait la même chose. Il n'avait eu aucune idée qu'Adam allait déménager pour continuer son doctorat ailleurs, ni qu'il romprait avec lui pour le faire, du moins pas jusqu'à ce qu'Adam arrive à l'appartement d'Ezra pour lui dire qu'il quittait la région deux jours plus tard. Ezra avait été si furieux à l'annonce qu'il l'avait jeté dehors et ignoré sa proposition de coucher ensemble pour se dire au revoir et la façon insistante qu'il avait eue de déclarer en ricanant qu'Ezra n'avait tout de même pas pu croire qu'ils allaient *rester ensemble* pour toujours.

Ezra s'était endormi en pleurant cette nuit-là et avait appelé son travail le lendemain matin pour dire qu'il était malade. Quand il était retourné à sa vie quotidienne, il s'était convaincu qu'il serait mieux sans Adam, de toute façon. Désormais, trois ans plus tard, il était facile de ne se souvenir que des bons moments à ses côtés.

— Je voulais qu'on reste ensemble, mais Adam avait décidé que non. Qu'est-ce que j'aurais pu y faire ?

Un autre haussement d'épaules nonchalant.

— Vous auriez pu essayer de le suivre, de le séduire à nouveau.

Il aurait pu, oui, mais... quelque chose avait empêché Ezra de forcer Adam à le garder et cela lui avait aussi évité de s'attarder sur les 'si seulement...'.

— Il m'a dit qu'il ne voulait pas de moi. Il m'a dit que c'était fini et a mis fin à notre relation. Ça semblait idiot d'ignorer ça, vu qu'il était si décidé.

— Hum.

Il y eut une autre pause interminable tandis que Robin prenait d'autres notes.

— Vous n'avez pas eu d'autres petits amis depuis, je présume ?

Ezra hocha la tête, soulagé. Il pouvait parler avec plaisir des autres petits amis qu'il avait eu, ces trois dernières années. Il n'en avait aimé aucun, la plupart avaient d'ailleurs été des potes avec qui il couchait de temps à autre, plutôt que des petits amis, et ils s'étaient tous quittés à l'amiable. Il fut heureux de ce changement de sujet et répondit à toutes les questions suivantes de Robin, avec enthousiasme. Tout pour terminer cet entretien et reprendre le cours de sa vie.

Lorsqu'Ezra sortit enfin du cabinet du psychiatre, il était plus fatigué que jamais. Il se sentait émotionnellement lessivé et même son corps lui semblait épuisé. L'après-midi n'avait pas été spécialement éreintant, il ne savait donc pas vraiment pourquoi il se sentait ainsi. Peut-être était-ce dû aux hormones ? Dans tous les cas, Ezra mourait d'envie de rentrer chez Wyn. Il était certain qu'elle aurait quelque chose de délicieux à lui faire manger et peut-être même à boire. Du café, ou bien même une bière…

Ezra fut donc surpris de trouver Blaise en train de l'attendre devant l'immeuble de Robin.

— Salut… ?

— Hé. Comment ça s'est passé ?

— Euh, bien, enfin je pense.

— Tu n'es pas fou ?

— Non, je ne crois pas. Du moins, pas aujourd'hui.

Il tenta un sourire timide.

Un coin de la bouche de Blaise se releva légèrement pour lui offrir un petit sourire amusé et il mena Ezra vers sa voiture. Ezra grimpa à l'intérieur, boucla sa ceinture et se laissa aller contre le siège.

— Alors… Tu vas me dire pourquoi tu es venu me chercher ?

Blaise laissa échapper un petit grognement évasif.

— Où est-ce qu'on va ? Tu peux me dire ça ?

Blaise lui jeta un regard, le sourcil relevé.

— D'accord, garde tes secrets.

— Ce n'est pas un secret. C'est toi qui essaies de rendre ça mystérieux.

— Ça l'est ! Tu débarques et tu ne me dis pas pourquoi.

— Callum voulait que je te ramène chez lui.

Ezra réalisa que c'était là qu'ils se rendaient. Blaise venait de quitter l'artère principale pour emprunter la première rue parallèle qui menait chez eux.

Ou plutôt, vers le voisinage lycan.

Blaise gara doucement son 4x4 dans l'allée de la maison de Callum.

Ce n'est qu'une fois assis à la table de la cuisine, chez Callum, alors qu'il avalait la première gorgée de sa boisson, qu'Ezra commença à se sentir suspicieux. En découvrant la délicieuse saveur sur sa langue, il baissa les yeux et remarqua enfin ce que contenait réellement sa tasse. Il s'agissait d'un café *latte* à la citrouille et aux épices, avec une tonne de crème fouettée, son péché mignon à cette époque de l'année... et d'autant plus étonnant venant de Callum. Surtout puisqu'Ezra savait pertinemment que Callum était à peine capable de faire une tasse de café noir. Callum avait dû acheter la boisson ou demander à Wyn de la faire et comme elle n'était pas dans un gobelet à emporter...

— Est-ce que tu as fait venir Wyn juste pour me faire un *latte* ?

La boisson était brûlante entre ses mains. Ezra regarda autour de lui.

— Avant de la congédier ?

Il n'obtint qu'un regard fuyant pour toute réponse, pendant un long moment.

— Elle a proposé, offrit finalement Callum comme excuse minable.

C'était à la fois adorable et très bizarre.

— Je vois. Alors, qu'est-ce que tu as à me demander ?

— Je n'ai rien...

— Si, clairement, puisque tu viens de t'assurer d'avoir ma boisson préférée à portée de main pour me soudoyer quand je rentrerais, *après* avoir envoyé Blaise pour me chercher et m'amener directement ici. Donc, que se passe-t-il ? Ça ne peut pas être que de la culpabilité à cause de ma session de thérapie de ce matin.

— Je ne me sens pas coupable de ça ! C'est la procédure standard et je suis sûr que tu n'es pas...

Ezra esquissa un petit sourire satisfait et but une nouvelle gorgée. Donc, ce n'était pas à cause de ce matin. Mais il se passait clairement quelque chose. Il avala une autre gorgée en prenant son temps, paré à attendre que Callum se décide à parler.

Finalement, Callum soupira profondément et posa ses coudes sur la table, puis se passa les mains dans ses cheveux. Ezra observa d'un air amusé les boucles s'échapper de ses doigts, en désordre.

— Je n'essaie pas de te soudoyer. Je voulais juste... que tu sois à l'aise quand je t'annoncerais la nouvelle.

— Oh ?

Il baissa les yeux sur son *latte* puis les releva vers Callum.

— Quelle nouvelle ?

Il se demanda ce qui pouvait être si horrible pour justifier d'avoir convoqué Wyn simplement pour lui faire un café. Surtout après les derniers jours.

— La semaine dernière, j'ai… *on* a reçu un coup de fil, une piste pour retrouver Teller. On l'a ramené. C'est le lycan qui t'a mordu.

Ezra n'avait pas besoin qu'on le lui rappelle. Comme s'il pouvait oublier un jour ce nom.

Ils l'ont ramené ? Qu'est-ce que ça voulait dire ? Et pourquoi ne le lui avait-il pas dit plus tôt ?

— Ramené où ? Il est… Je veux dire, où est-il ?

Ezra humidifia ses lèvres.

— Alors je peux rentrer chez moi ? Je serais en sécurité, maintenant ?

— Il est sous notre garde. Il a été placé au sein d'un établissement adapté à ses besoins. Il n'est pas…

Callum soupira encore de frustration, en omettant ouvertement la dernière question d'Ezra. Puis il se pencha vers lui et posa une main sur celle d'Ezra, sur la table. Ce contact inattendu provoqua une décharge d'adrénaline chez Ezra, effaçant presque totalement la nouvelle sur celui qui l'avait quasiment tué.

— Il n'a pas toute sa tête, pour l'instant. Ce qui cause le DRA a affecté son esprit. Mais on fait ce qu'on peut pour s'assurer qu'il ne bouge pas et qu'il guérisse.

Ezra se passa la langue sur les lèvres et essaya de ne pas fixer la main qui recouvrait la sienne. Relever les yeux sur Callum ne l'aida pas à calmer les battements de son cœur.

— Ah.

— D'ici là…

Callum semblait toujours aussi mal à l'aise. Putain, il pouvait même *sentir* qu'il l'était. Une odeur aigre et salée. Ezra s'améliorait, il arrivait de mieux en mieux à décrypter les informations extra-sensorielles que lui envoyait désormais son nez.

— Non, Teller n'est plus un danger pour toi, mais ce serait mieux si tu restais ici. Pendant seulement deux semaines et demie de plus. L'ADN lycan ne s'établira complètement qu'après la pleine lune et si quelque chose se passait mal, eh bien… Disons qu'un docteur humain ne saurait pas vraiment quoi faire pour t'aider.

Ezra s'était plus ou moins attendu à cela quand il n'avait pas eu droit à une réponse immédiate. Juste quelques semaines de plus, se rappela-t-il. Puis il pourrait retourner à sa vie… s'il en avait encore envie. Il ne savait même pas s'il en avait encore envie *maintenant*.

Ezra fixa son café, le temps d'assimiler cette information. Ses doigts se resserrèrent et il réalisa qu'à un moment donné, il avait retourné sa main pour agripper celle de Callum. Il regarda longuement leurs doigts entrelacés. Comment en était-il arrivé là ?

— Ezra, tu n'auras plus jamais à le voir. Il n'y aura pas de procès ou quoique ce soit d'autre, parce qu'il est malade.

Désormais, Callum serrait lui aussi ses doigts.

— Rien du tout. Il ne faut plus t'inquiéter de lui…

— Ah.

Un ange passa. Ezra n'aurait jamais à revoir l'animal qui l'avait attaqué et transformé en monstre. Il ne pensait pas vraiment que les lycans étaient des monstres, mais ils étaient tout de même l'objet de légendes et de films d'horreur. Et Ezra ne reverrait jamais le visage de l'homme qui lui avait fait ça.

Il ne savait même pas à quoi cet homme ressemblait quand il était un homme. Ni même lorsqu'il ne l'était pas.

— C'est… une bonne chose, alors, j'imagine.

Callum serra encore sa main.

— Je suis désolé de ne pas te l'avoir dit plus tôt. Je ne voulais pas te contrarier, mais je me suis dit que tu avais le droit de savoir que c'était terminé.

Terminé. C'était terminé. Exact.

— Terminé.

Ezra essaya de répéter le mot, comme pour lui donner une réalité, puis il acquiesça. C'était la vérité, n'est-ce pas ? C'était terminé.

Chapitre Cinq

Un Loup Reste Un Loup

LE LYCAN était pelotonné dans un coin du laboratoire. Ses deux bras entouraient sa tête et il observait par-dessus l'un d'eux, les yeux écarquillés, l'air effrayé. Il était plus jeune que ses prédécesseurs, probablement dans les dix-huit ans.

Davis soupira d'agacement et de dégoût en découvrant la silhouette tremblotante. Seigneur, ces bêtas étaient pathétiques, mais heureusement pas inutiles.

Durant la dernière visite du Chef, il avait trouvé une nouvelle stratégie d'expérimentation, qu'il appliquait depuis. Si les niveaux accrus d'Alphatropine rendaient les alphas moins dociles, pourquoi ne pas commencer avec quelqu'un de plus obéissant ? Le Chef avait esquissé une moue de mépris quand il avait évoqué la lâcheté des bêtas :

— Une bande de femmes soumises et d'eunuques. Peut-être que, pour une fois, cela pourrait se révéler utile. Dites-moi simplement de combien de ces petits roquets vous aurez besoin.

Le premier bêta était arrivé le lendemain. Il était différent des autres lycans qui étaient venus au laboratoire de Davis auparavant. Au lieu de s'emporter et de menacer Davis, l'homme s'était simplement recroquevillé face au Chef. Puis il avait grimpé sur la table, les épaules voûtées, quand le Chef le lui avait ordonné. Cet étalage de faiblesse l'avait passablement dégoûté. Davis n'avait pas hésité à sangler l'homme et lui attacher une intraveineuse, pour commencer à lui administrer la drogue.

Les examens avaient été un franc succès. Même si les comportements violents avaient augmenté, la tendance à être plus enclin à un comportement dominant était moins forte qu'avec les sujets alpha. Il était vrai que Davis travaillait toujours pour tenter de comprendre comment il pourrait *s'assurer* que les bêtas seraient toujours désireux de plaire, mais la plupart d'entre eux affichaient déjà ce comportement.

Bien entendu, il y eut d'autres problèmes. Déjà deux bêtas – dont le dernier en date – avaient été incapables de faire face à leurs nouveaux désirs et

68

s'étaient entaillés les veines à l'aide de leurs griffes. Davis n'était pas vraiment sûr qu'il s'agissait de suicides délibérés, ou simplement de morts accidentelles dues à une automutilation. Toutefois, les préliminaires étaient prometteurs.

— Amène-le sur la table, demanda Davis au garde qui servait de maître-chien pour manipuler le bêta.

Il était énorme, avec des dents écartées et une calvitie bien avancée, et il sourit d'un air mauvais. Il s'approcha du bêta et l'agrippa par le haut des bras pour le mettre sur ses pieds. Le bêta gémit ; 'Dents Écartées' sourit davantage. Il était humain, si on pouvait dire ça, mais il avait reçu de charmantes consignes de la part d'alpha.

Il renifla longuement le garçon avant de grogner d'un air satisfait.

— Vous, les soumis, vous sentez toujours tellement meilleur quand vous avez peur.

Les tremblements du garçon empirèrent, ce qui fit rire 'Dents Écartées', le rendant encore plus laid. Il hissa le garçon sur la table et l'attacha.

— Mais vous sentez encore meilleur une fois que le doc' en a fini avec vous. Prêt à tout pour vous battre… ou vous faire baiser.

Ce qui était malheureusement vrai. Les bêtas faisaient preuve de cette décevante tendance à rechercher cette autre voie pour relâcher la pression. Toutefois, la semaine passée, ils avaient trouvé un sans-abri et l'avaient nettoyé avant de le jeter en pâture à un jeune bêta qui préférait baiser le mobilier plutôt que le détruire, mais il avait déchiqueté l'homme d'une façon si désespérée pour en arriver à ses fins que cela n'avait rien eu de décevant, bien au contraire.

'Dents Écartées' renifla à nouveau le garçon en attachant une sangle à son cou. Lorsqu'il eut terminé, le garçon pleurnichait tout bas, mais constamment.

Davis secoua la tête devant cet étalage ridicule, mais ne fit aucun commentaire.

Les yeux du garçon luisaient de larmes quand Davis s'approcha. D'un mouvement rapide et efficace, il attacha les fils reliés aux moniteurs qui permettaient de mesurer le rythme cardiaque et la saturation en oxygène. Quand les appareils commencèrent à enregistrer les constantes du bêta, Davis s'empara d'un garrot et d'une aiguille. Il attacha le morceau de caoutchouc autour du bras du garçon, lui soutirant de nouveaux geignements.

Davis l'ignora. Il savait d'expérience que les bêtas n'écoutaient pas ses ordres et le Chef n'essayait pas non plus de lui simplifier la vie. Et puis il se tairait bien assez tôt.

Davis inséra l'aiguille, y attacha un tube et administra les premières injections. Puis il ajouta le sérum. Cela prenait en général quelques minutes avant que la drogue fasse effet. Pour une raison qu'il ignorait, le temps de réaction des bêtas était beaucoup plus lent que celui des alphas. Davis installa donc un goutte à goutte de solution saline et se détourna du lycan. Il essaya d'ignorer les gémissements incessants, mais ce sujet s'entêtait à couiner de manière particulièrement tenace. Davis soupira et se dirigea vers la radio pour l'allumer. Puis il augmenta le volume jusqu'à noyer les plaintes du bêta.

Il n'y avait rien de plus à faire pour le garçon, hormis continuer à surveiller ses constantes en attendant le premier pic d'Alphatropine. Puis Davis pourrait récolter toutes les informations dont il avait besoin.

D'ici là, il pouvait toujours survoler les résultats du précédent bêta. Il avait encore du temps à tuer.

CE N'ÉTAIT qu'un rêve.

Callum savait qu'il était en train de rêver parce que tout était imprégné de cette sensation bizarre et déconnectée propre à tous les rêves. Pourtant, ce n'était pas parce que c'était un rêve qu'il n'allait pas prendre le temps de profiter de la vision qui s'offrait à lui : Ezra, nu, dans son lit. Seigneur, il était beau, arborait une érection et le suppliait.

— Callum, s'il te plaît ! J'ai besoin de toi.

C'était facilement un des fantasmes du Top Ten de Callum : un bel homme attendant de se faire prendre.

Puis Ezra rejeta sa tête vers l'arrière en couinant et dit :

— S'il te plaît, Alpha.

Et le rêve se retrouva en tête de sa liste de fantasmes. C'était tout ce dont Callum avait toujours eu envie et n'avait jamais eu : un bêta magnifique suppliant de se faire dominer, de n'appartenir qu'à lui.

Son 'moi' rêvé n'était pas idiot ; Callum fut soudain projeté au lit avec Ezra, ses hanches maintenues par ses cuisses fermes, et ses lèvres accueillies par sa bouche pulpeuse.

— Alpha, couinait Ezra encore et encore.

Il n'arrêtait pas d'écarter ses jambes et de s'agripper aux épaules de Callum, aux draps.

— S'il te plaît, prends-moi, baise-moi, je veux t'appartenir !

C'était une autre preuve qu'il s'agissait là d'un rêve : le dialogue de porno de bas étage l'excitait encore plus. Il l'excitait d'ailleurs assez, apparemment, pour lui permettre de glisser son sexe en Ezra sans préparation ni avertissement. Ce dernier rejeta sa tête en arrière et grogna de désir. Il exultait. Et il était tout bonnement indécent.

Les yeux de Callum s'ouvrirent brutalement et il en eut le souffle coupé. Ses hanches, encore dirigées par son rêve, se relevèrent dans le vide pour essayer d'enfoncer son membre dans quelque chose qui n'était plus là.

Il retomba sur le lit en gémissant et couvrit ses yeux d'un bras, frustré. Penser à Ezra n'était pas nouveau pour lui, mais cette satanée évaluation psychologique avait jeté de l'huile sur le feu. Callum avait réussi à contrôler ses désirs – et ses premiers rêves sur Ezra – jusqu'à ce qu'il lise ce maudit dossier. Des phrases comme *'un bêta de nature'* et *'extrêmement accommodant'* lui avaient donné l'impression de lire une petite annonce de rencontre – non, pire, un mode d'emploi pour séduire Ezra.

Il n'arriverait plus à dormir et puis il était six heures du matin, donc techniquement le lendemain. Callum s'extirpa des draps. Il avait besoin d'une douche, si possible glacée.

Une fois propre et calmé, il partit à la recherche d'un café. Mais même après avoir ingéré sa dose de caféine, son esprit refusa d'aborder des sujets plus décents.

Cela n'aidait pas, supposa-t-il, d'avoir laissé le dossier sur le comptoir de la cuisine la veille. Il était encore là, sous ses yeux, en train de se moquer de lui.

Le véritable problème n'était pas l'attirance que Callum ressentait pour Ezra – il l'avait attiré dès le départ – ni que Callum pouvait le séduire – une tâche aisée, puisqu'Ezra était un nouveau lycan. Le problème, c'était que Callum avait désormais toutes les clés en main pour plaire à Ezra Jones. Et cette satanée évaluation n'avait pas réussi à le dissuader de le faire.

En soupirant, Callum rouvrit le dossier. Il ne savait pas vraiment pourquoi il se sentait obligé de le relire, mais il n'arrivait pas à y résister.

'EJ montre une forte tendance à l'interdépendance... Il est de nature à s'attacher rapidement, sans réserve.' Les mots avaient semblé encourageants, au départ, mais Callum se rappela qu'il y avait d'autres passages qui l'étaient moins. Il retrouva facilement les quelques lignes qui insinuaient que si Ezra s'était attaché à Callum, c'était simplement parce qu'il avait été présent durant un événement traumatisant. Étant donné qu'Ezra avait beaucoup de mal à faire

face aux événements difficiles, ce serait profiter de lui que tenter de coucher avec Ezra, non ?

Mais après tout... Il avait remarqué Ezra à cause de cette vulnérabilité, le premier jour, mais ce n'était pas pour cela qu'il avait envie de lui maintenant. Peut-être qu'une fois qu'Ezra serait bien installé, habitué à être un lycan, après la première pleine lune, ce ne serait plus un problème.

Callum ne put s'empêcher de retrouver et de lire le passage le plus troublant. '*EJ semble être de nature au sacrifice de soi. Un bêta de nature, aux fortes tendances à rechercher le contrôle d'un alpha. EJ peut être presque trop accommodant envers un alpha qu'il désire, surtout pendant une interaction sexuelle... D'un comportement hautement sexuel, EJ a peut-être des tendances libertines ou fétichistes.*'

Nous y étions. Les quelques lignes qu'il pouvait presque lire comme : '*Callum, il est prêt à être cueilli.*' Tout ce que Callum aurait à faire, ce serait d'*être* cet alpha. Ezra voulait un homme qui soit le chef, qui le supporte et qui soit son amant, si possible un peu pervers. Tout ce qu'il aurait à faire, ce serait de s'assurer qu'Ezra sache qu'il voulait tenir ce rôle et pouvait le faire, et il lui appartiendrait probablement.

Callum se demanda si la chose était inévitable. Ezra restait chez lui, après tout. D'après ce dossier, auquel Callum jeta un petit coup d'œil, Ezra avait déjà '*développé un fort attachement à la meute et aux deux Alpha*'. Il ne semblait pas près de les quitter, ou de rejoindre une autre meute après la pleine lune. Callum et Ezra seraient coincés ensemble, à se fréquenter, comme avant, mais pas vraiment. Parce que désormais, Callum savait exactement ce qu'Ezra attendait d'un homme et il faisait parfaitement l'affaire.

Callum était vraiment dans la merde.

ENTRE SES nouveaux sens exacerbés et visiblement incontrôlables, l'apparition soudaine de cinquante membres d'une famille perdue de vue depuis toujours et le besoin impérieux et inattendu de manger beaucoup de viande rouge, les premiers jours d'Ezra en tant que véritable lycanthrope avaient été pour le moins étranges.

Et pour être parfaitement honnête, relativement barbants.

Comme il l'avait fait pendant les onze jours précédents, Ezra sortit de son lit, fit un bref détour par la salle de bain, et descendit les escaliers pour retrouver Wyn et Blaise – qui dormait sur le canapé depuis l'arrivée impromptue d'Ezra – déjà en train de prendre le petit-déjeuner, dans ce qu'il commençait à surnommer leur 'silence caractéristique'. Wyn regardait fixement son assiette, poussant les œufs de sa fourchette. De temps en temps, elle regardait Blaise par en dessous. Lui fixait le fond de sa tasse de café comme si celle-ci contenait toutes les réponses à ses questions existentielles.

Ezra n'eut pas besoin de sentir la tension sexuelle ambiante pour comprendre ce qui se passait. Il s'éclaircit la gorge.

— Bonjour.

Blaise grogna une salutation, mais Wyn afficha un sourire.

— Bonjour, Ezra. Tu as bien dormi ?

Aussi bien qu'un oisillon lycanthrope puisse dormir, dans une maison où un alpha et une bêta avaient envie de se baiser l'un l'autre jusqu'à épuisement. Mais il aurait été malpoli de le dire à voix haute. Ezra esquissa donc un sourire tout aussi faux en retour.

— Assez bien, merci. Est-ce que j'ai senti du café ?

— Oui, sers-toi.

Depuis son arrivée, Ezra avait été assez seul à s'ennuyer avec Blaise pour pouvoir trouver de lui-même à peu près tout dans les placards de Wyn – dont le chocolat chaud qui l'avait rendu violemment malade, même si Blaise lui avait assuré en riant que l'allergie était probablement temporaire. Il localisa rapidement la deuxième tasse la plus grande – la première ayant été décernée à Blaise, sûrement par Wyn – et la remplit jusqu'à ras bord.

— Merci.

Comme les onze matins précédents, il fut forcé de s'asseoir entre eux à table. Mais, au contraire des onze matinées précédentes, aujourd'hui il n'avait pas envie de rester muré dans un silence gêné en attendant que Wyn parte pour son travail, à la maison de retraite. Ou rester assis à regarder la télévision tandis que Blaise taillait des morceaux de bois pour en extirper des formes qui ressemblaient de plus en plus à des objets phalliques et menaçants dans un affichage flagrant de sa frustration sexuelle.

— Alors, dit-il avec une gaieté forcée. Blaise. Ce n'est pas que je n'apprécie pas ta compagnie, mais tu n'as rien de mieux à faire que rester assis à m'écouter respirer toute la journée ? Tu as un boulot, non ?

— Oui, dit Blaise.

Il enfourna une cuillérée d'œufs.

D'accord.

— Exactement. Ton patron n'a pas besoin de ta protection ?

Blaise haussa les épaules.

— Callum peut prendre soin de lui-même. Il y a un service d'ordre à son bureau.

Un service de sécurité si doué qu'un lycanthrope fou en cage avait réussi à s'échapper sans laisser de trace.

— Son bureau.

Ce n'était pas vraiment la destination préférée d'Ezra, puisqu'elle contenait l'Alpha auquel il n'avait pas arrêté de penser pendant la majeure partie de la semaine, mais si Ezra passait une journée de plus à l'étroit dans la minuscule maison de Wyn avec Blaise, il allait perdre la tête.

— Ils ont trouvé le lycan qui m'a mordu, n'est-ce pas ?

Blaise et Wyn échangèrent un regard. C'était la première fois qu'Ezra les voyait se regarder depuis une semaine. Puis Wyn détourna le regard en rougissant et se releva pour débarrasser son petit-déjeuner.

— Je veux le voir.

Du coin de l'œil, Ezra vit Wyn s'immobiliser, dos à la table. Blaise abaissa lentement sa fourchette pour la poser sur son assiette.

— Pourquoi ?

Ezra le fixa.

— Parce que j'aimerais savoir pourquoi il m'a mordu.

— Il t'a mordu parce qu'il a perdu la tête et que tu avais l'air d'un bon casse-croûte.

Ezra frissonna.

— Je veux le voir, insista-t-il de nouveau.

Il était bien moins confiant qu'il en avait l'air.

— J'ai besoin de le voir, de mes propres yeux.

Il y eut un petit cliquetis lorsque Wyn déposa sa vaisselle dans l'évier.

— Je dois aller me préparer pour aller travailler, dit-elle doucement avant de disparaître de la cuisine sans un autre mot.

Ezra se tourna vers Blaise.

— Écoute, on n'a plus besoin de s'inquiéter pour ce mec que vous croyiez à mes trousses, exact ? Alors tu peux retourner à ton boulot, quel qu'il soit, et entre-temps tu peux me déposer au labo.

Il marqua une pause.

— J'ai vraiment besoin de parler à ce type, d'accord ? Si quelque chose lui arrive avant que j'en aie la chance…

Il haussa les épaules d'un air impuissant.

Ezra était presque certain que c'est ce qui le convainquit. Il faisait partie de la meute depuis seulement quelques jours, mais il comprenait déjà que le faible vrombissement à l'arrière de son cerveau venait du loup, cette partie de lui qui répondait à la présence de Callum et, de moindre façon, à la présence de tous les autres lycans de la meute. La partie de lui qui s'accordait à cette sensation d'appartenance. Et sous la constante conscience lancinante de cette *meute familiale* – assez étrange en elle-même pour quelqu'un qui avait été seul les quatre dernières années, plus ou moins – existait l'envie naissante de... quelque chose. Une compulsion à protéger la meute. Ezra pensa que cet instinct devait être encore plus fort chez Blaise.

— Entendu.

Blaise se releva lui aussi, laissant sa tasse de café vide sur la table. Ezra se demanda distraitement si c'était un truc d'alpha ou si Blaise était simplement un invité merdique.

— Tu as vingt minutes. Ensuite je pars.

SI LES gardes le reconnurent, ils ne le montrèrent aucunement. Blaise leur montra son badge et signa le registre pour Ezra, puis emprunta le téléphone de la réception pour appeler le bureau de Callum. Il laissa sonner quatre ou cinq fois avant de raccrocher et de hocher la tête à l'intention de la réceptionniste.

— Il doit être dans son laboratoire médical. Allons-y.

Ezra ne put rien faire d'autre que se préparer au pire et le suivre.

Avant qu'il s'en rende compte, ils ressortaient de l'ascenseur, dans les entrailles du bâtiment, puis au lieu de tourner à gauche et de se diriger vers le bureau de Callum, Blaise tourna à droite et l'entraîna à travers des portes de métal à double épaisseur, avec un mécanisme de déverrouillage par carte magnétique et scanner rétinien, puis une autre série de portes closes activées par un garde à l'air véhément.

— Putain, marmonna Ezra, ce n'est pas facile d'entrer ici.

Blaise le regarda à peine.

— Pour l'instant, ce qui nous intéresse le plus, c'est qu'on ne puisse pas sortir.

Un bourdonnement déplaisant fut suivi de cliquetis d'un verrou électronique, tandis que les secondes portes s'ouvraient. Blaise le poussa au travers de celles-ci, au cœur d'une petite salle d'observation.

Pour Ezra, ce fut comme si tout se figeait. Le monde se limitait désormais à la petite pièce baignée de blanc, de l'autre côté de la vitre, ainsi qu'à l'homme au regard absent et aux cheveux en bataille assis près d'une table d'examen. Ses mains étaient couvertes de meurtrissures, certains ongles ensanglantés ou arrachés. En toute bonne foi, il ne comprenait pas comment cette chose à moitié folle, battue et blessée, avait pu manquer de le tuer.

Ezra était tellement obnubilé par l'homme dans l'autre pièce qu'il n'entendit presque pas les portes s'ouvrir une seconde fois.

— Blaise.

La voix de Callum était interrogative, mais surtout suspicieuse. Son parfum était encore plus complexe – anxiété, épuisement, pouvoir – et quelque chose qu'Ezra commençait à considérer comme de la possessivité.

— Ezra, qu'est-ce que tu fais là ?

Sentant que la question avait été posée à l'attention de Blaise plutôt qu'à la sienne, Ezra l'ignora et se rapprocha de la vitre. Soit il s'agissait d'un miroir sans tain, soit Teller était encore plus perturbé qu'il le pensait, car son regard restait baissé, fixé vers le coude droit d'Ezra.

— Ezra voulait voir ce mec de ses propres yeux.

Le timbre grave de Blaise calma les nerfs à vif d'Ezra.

— Il fait partie des nôtres, désormais. Il a besoin de savoir à quoi on est confrontés.

Cela sonnait comme un mauvais présage, mais Ezra n'eut pas le temps d'y réfléchir.

— Tu aurais dû m'appeler d'abord.

La voix de Callum était tendue. Quand Ezra s'arracha à la contemplation de Teller et aperçut le reflet de Callum dans la vitre, il remarqua que sa mâchoire se contractait nerveusement.

Blaise haussa les épaules.

— Tu n'étais pas à ton bureau.

Ezra nota qu'il ne mentionnait pas qu'ils n'avaient pas appelé avant d'être déjà arrivés dans le bâtiment.

— Je veux lui parler, les interrompit Ezra en levant distraitement les doigts pour toucher la vitre.

— Ce n'est pas une bonne idée, dit Callum fermement. Ezra, ce type est sérieusement perturbé. Il ne t'apportera aucune réponse.

— C'est pas comme si quelqu'un d'autre allait m'en apporter de toute façon, s'emporta Ezra en se dirigeant vers la porte.

— Il est dangereux ! l'avertit Callum.

Soudain, son odeur s'enrichit d'une poignée d'autres senteurs qu'Ezra n'arriva pas à identifier.

— On ne peut pas prévoir comment il va réagir. Ezra, il a déjà essayé de te tuer une fois.

Au moins il ne lui ordonna pas de ne pas entrer. Pas encore, du moins. Ezra tapota le panneau du verrou électronique et ouvrit la porte d'un coup sec avant qu'il puisse le faire.

Quand la porte se referma derrière lui, il s'arrêta et inspira plusieurs fois difficilement, le souffle court. L'air était imprégné d'une odeur de sueur rance et de sang, de douleur et de désespoir. Ezra eut un mouvement de recul face à cette puanteur, puis réussit à s'empêcher de la sentir, comme une sorte de mécanisme d'autodéfense. Son odorat redevint celui d'un humain normal et il put respirer normalement, même si cela n'avait toujours rien de plaisant. Putain, qu'est-ce qu'il était censé dire ? 'M. Teller ?' Cela semblait une façon atrocement formelle de s'adresser à l'homme qui avait tenté de le tuer. Il tâcha de fermer son cœur.

— Sais-tu qui je suis ?

Teller enroula ses bras autour de son propre torse, sans relever les yeux, murmurant toujours constamment sous son souffle.

Ezra se pencha vers lui pour tenter de voir son visage.

— Teller ?

— Ezra, l'interrompit Callum.

Sa voix émanait d'un interphone qu'Ezra n'avait même pas vu.

— Tu es assez près…

Il était tout près de l'autre lycan lorsque Teller releva la tête, découvrant des yeux jaunâtres inhumains et des dents saillantes qui jaillissaient de ses lèvres, comme s'il était à moitié transformé. Le regard de Teller alla des yeux d'Ezra à la cicatrice contre son cou, puis à son épaule. Ses narines frémirent.

— Non, non, non, murmura-t-il.

De la salive recouvrit ses lèvres.

— Le terrier du lapin, petite fille. La Reine de Cœur a attrapé les jardiniers en train de peindre les roses et Alice a essayé de les sauver.

Il se recula maladroitement, renversant sa chaise au passage, et alla s'écraser par-dessus dans un coin de la pièce tandis qu'Ezra le regardait faire, l'air horrifié.

— Mais quand la Reine les a attrapés, elle en a fait de la soupe à la tortue !

Ezra jeta un coup d'œil à la vitre, mais de ce côté-ci, il ne pouvait voir que son propre reflet et celui de Teller, recroquevillé dans un coin, les bras fermement enroulés autour de son corps. Callum n'allait-il pas lui venir en aide ? C'était un scientifique, non ? Ce Teller était visiblement dans un état de détresse grave ; il y avait certainement quelque chose à faire pour y remédier. Timidement, Ezra se rapprocha de lui.

— Non, non, non, cria Teller cette fois en s'agitant et cachant son visage de son avant-bras. Non, ce n'est pas possible ! Je n'ai pas tué le Jabberwocky ! Je ne l'ai pas tué ! Ce n'est pas moi !

Ezra sentit ses poils se hérisser contre sa nuque et il recula vivement, soudain oppressé par l'odeur de sueur, de peur et d'urines mêlées, une puanteur si soudaine qu'elle sembla lui arracher la gorge. Il sentit la bile lui brûler la gorge et il se précipita vers la porte, entendant le verrou s'ouvrir au moment où il se jetait dessus.

— Où... ? arriva-t-il à haleter tandis que sa vision se troublait et quelqu'un passa un bras autour de lui pour le traîner à moitié jusqu'à des toilettes.

Les genoux d'Ezra s'écrasèrent sur le sol carrelé, au moment même où ses mains agrippèrent l'émail frais, et il n'eut pas le temps de prendre une inspiration de plus – l'odeur d'urine et de chlore des toilettes publiques – avant que son estomac se soulève. Il se pencha par-dessus la cuvette, agité de violents haut-le-cœur, des larmes recouvrant ses joues.

Quand les tremblements diminuèrent enfin, Ezra tendit un bras fébrile pour tirer la chasse d'eau et se rassit jusqu'à sentir un mur derrière lui, pour supporter son poids jusqu'à ce qu'il se remette. Après quelques inspirations, il rouvrit les yeux.

Des murs de carrelage blanc, un lavabo en porcelaine blanche, des néons blancs qui lui donnaient déjà mal au crâne. Blaise se tenait à la porte, une bouteille d'eau à la main.

— Tu devrais boire ça.

Ezra frissonna avant de se relever, fit couler de l'eau froide du robinet et s'en aspergea la figure. Remarquant son reflet dans le miroir, il pensa amèrement qu'il avait l'air encore plus mal en point que ce qu'il ressentait.

— Merci, dit-il finalement en ouvrant la bouteille et se rinçant la bouche. Berk...

— Je t'en prie.

Blaise s'écarta de la porte.

— Callum veut te parler, quand tu auras fini.

Ezra soupira.

— J'aurais dû m'en douter.

EZRA EUT toutefois le droit de prendre une douche pour commencer. La pression de l'eau était assez nulle et il n'eut pas le droit à beaucoup d'intimité ; le savon gros comme une noisette qu'on lui avait donné était sec, et la serviette de bain était minuscule et peu épaisse. Mais c'était malgré tout une douche et Ezra était recouvert d'une telle couche de sueur nerveuse qui lui collait à la peau qu'il en aurait presque étouffé. Il ne comprenait pas comment Callum et Blaise avaient pu le supporter.

Quelqu'un avait emprunté pour lui une des tenues du personnel médical et il l'enfila. Le tissu fin lui donna l'impression de s'exhiber, presque d'être nu, mais il ne pouvait pas vraiment remettre ses propres vêtements donc il faudrait bien que cela fasse l'affaire. Il déposa la serviette dans un bac de blanchisserie roulant et retrouva son chemin jusqu'au bureau de Callum.

La porte était entrouverte lorsqu'il l'atteignit et il frappa donc avant de l'ouvrir. Callum était assis à son bureau, en appui sur un coude, et tapotait un stylo à bille contre son menton.

— Tu voulais me voir ?

— Hum, dit Callum sans relever les yeux de son écran d'ordinateur.

Après un instant, il reposa son stylo et se concentra sur Ezra.

— Je suis désolé que tu n'aies pas obtenu les réponses que tu cherchais.

Ezra s'était attendu à un 'je te l'avais dit', aussi haussa-t-il les épaules, mal à l'aise.

— Ce n'est pas ta faute.

Callum soupira.

— Franchement, ça pourrait. Si nous avions fait quelques examens de plus, appris plus tôt que le signal phéromonal modifié fonctionnait sur les humains… Il aurait pu te tuer.

Ezra commençait à être fatigué d'entendre toujours le même refrain. Est-ce que Callum pensait qu'il pouvait l'oublier ?

— Tu essayais de l'aider, rappela-t-il.

Tu m'aides, moi, eut-il envie d'ajouter – mais il n'était pas sûr que ce soit le cas. Il était quasiment certain que Callum essayait, mais, parfois, le fréquenter lui était plus prise de tête qu'autre chose.

— Cela n'excuse rien, dit Callum en secouant la tête. Au temps pour moi. On ne peut rien faire de plus, de toute façon.

Il marqua une pause avant de se pencher en avant.

— Alors, que s'est-il passé, là-dedans ?

Tant pis pour la compassion.

— Tu avais raison ! Il m'a vu et il a pété les plombs.

Ezra écarta les mains, impuissant.

— C'est comme s'il avait eu peur de moi, ou quelque chose du genre.

Ce qui n'avait aucun sens. Ezra était un lycanthrope, certes, mais pas particulièrement menaçant, surtout comparé à Callum ou Blaise.

Callum sembla pensif.

— Tu n'es peut-être pas loin du compte. Teller est sévèrement déséquilibré, mais avant d'être infecté, c'était un lycan normal. Je suis certain qu'une part de lui espérait sûrement que t'avoir attaqué n'était qu'un rêve. Te revoir, avec la marque de la morsure de Jax sur ton cou, prouve que son cauchemar était réel.

Ezra toucha la cicatrice laissée par Jax sur son cou. Elle lui avait expliqué que les autres loups seraient capables de sentir son allégeance à la meute. Il commençait à regretter d'avoir demandé à voir le pauvre homme. Il ne s'agissait clairement pas d'un criminel.

— Je ne pensais pas que ça le mettrait dans tous ses états de me voir.

Il avait pensé trouver la version 'Hyde' du monstre qui l'avait mordu, mais c'était finalement retrouvé face à un Dr Jekyll plus doux, dans un profond état de souffrance.

— C'est plutôt bon signe, en réalité. Jusqu'à maintenant, il était difficile de savoir si les infectés étaient capables de comprendre le monde qui les entourait, une fois dépassés les pires moments de la maladie. Je ne pense pas qu'il guérira complètement, mais peut-être qu'il saura faire assez de progrès pour ne plus avoir à être constamment hospitalisé. La chance est plutôt mince, mais il y a plus d'espoir qu'auparavant.

Bon Dieu, c'était ça, son pronostic optimiste ? Pas étonnant que Callum soit toujours à cran.

— Ils sont combien, comme lui ?

— Nous ne sommes pas vraiment sûrs.

Une bonne dose de frustration avait fait son apparition dans la voix de Callum.

— On nous a signalé des cas au Montana, dans le Wyoming et dans l'Idaho, mais jusqu'à ce qu'on trouve ou fasse état d'autres membres infectés, on ne peut pas avoir un compte exact.

— Et puis un lycan pourrait être responsable de plusieurs incidents, devina Ezra.

— Exactement. Sans compter qu'ils ne sont pas faciles à identifier, sauf si l'on sait ce qu'on cherche.

Ezra fronça les sourcils. Identifier ? Ne voulait-il pas dire 'trouver' ?

Callum grimaça.

Oh, pensa Ezra. *Identifier en tant que lycan.*

— Il est très difficile de savoir si quelqu'un est un lycan, une fois mort, expliqua Callum d'une voix hésitante. Surtout s'ils meurent en étant transformés, puisqu'ils ne redeviennent pas humains. Et bien sûr, la plupart des hommes ne savent pas que nous existons, donc ils ne pensent pas vraiment à appeler le Département des Pêches et de la Faune, qui pourrait nous contacter ensuite. Et s'ils *sont* en forme humaine, parfois ils sont simplement classés sous X, sans identité.

Ezra se retint à grand mal de frissonner.

— C'est assez horrible.

— On peut encore trouver l'identité des corps humains, grâce aux méthodes conventionnelles, si quelqu'un signale leur disparition.

— Il n'y a pas d'infrastructure gouvernementale pour s'occuper de ça ? Est-ce qu'il ne pourrait pas y avoir une sorte de mécanisme de signalement quand quelqu'un trouve quelque chose de, euh… bizarre ?

— Malheureusement, non.

Callum se passa une main dans les cheveux, mettant en désordre quelques boucles. Ezra eut du mal à résister à l'envie de tendre la main pour le recoiffer.

— On essaie d'implémenter quelque chose, mais les départements du gouvernement qui sont officiellement autorisés à nous aider sont en nombre limité et cela rend les choses plutôt difficiles, juridiquement.

— Et on ne peut rien faire pour ceux qui meurent en forme de loup ?

Pas étonnant que cette épidémie, si c'en était une, donne à Callum l'impression de s'emmêler les pinceaux. Il ne pouvait même pas identifier toutes ses victimes.

En réalité, maintenant qu'Ezra y pensait, Callum avait un air épouvantable. Il était toujours sexy, mais sa peau était livide et des cernes noirs soulignaient ses yeux. Et il avait manqué un endroit en se rasant, un petit coin sous sa mâchoire. Ezra eut du mal à en détourner les yeux après l'avoir remarqué.

— Ça t'affecte vraiment, n'est-ce pas ? Tu as quand même réussi à dormir un peu ?

Callum soupira doucement.

— C'est mon boulot de régler ce problème, aussi bien parce que c'est mon travail ici, que parce que je suis l'Alpha de la meute. Ce dont j'ai vraiment besoin, c'est un assistant de recherche qui se donne à fond, mais l'autorisation pour embaucher quelqu'un doit venir du Directeur Abrams et seules quelques

81

personnes sont à la fois qualifiées *et* au courant pour les lycans, et Abrams… Enfin bref, tout le monde est déjà jusqu'au cou sur divers aspects importants de ce projet.

Il s'arrêta et tourna la tête vers l'horloge au mur, avant de regarder Ezra à nouveau, ajoutant d'un air penaud.

— Et non, pas vraiment.

— Peut-être que je peux t'aider pour ça, dit Ezra sans se rendre compte de ce qu'il proposait.

Les yeux de Callum s'écarquillèrent.

— Je veux dire, pour tes recherches ! corrigea-t-il. J'écrivais des programmes informatiques pendant mon temps libre, avant.

Cela l'avait aidé à arrondir ses fins de mois, jusqu'à ce que son ordinateur tombe en panne.

— Je peux commencer à rechercher les attaques et les morts animales, et partir de là.

— Je ne sais pas si c'est une bonne idée, commença Callum.

Ezra ouvrit la bouche pour l'interrompre, mais Callum releva une main et il ravala son objection sans même y réfléchir pleinement, une bouffée de chaleur le traversant pour venir s'établir entre ses cuisses. Il serra les dents.

— Désolé, dit Callum en faisant une grimace.

Ezra ne savait pas s'il s'excusait de son débordement de phéromones, ou d'avoir refusé.

— Tu ne sais même pas ce que tu devrais chercher, et tu devrais le faire ici pour éviter les brèches de sécurité.

— Putain, tu veux dire que j'aurais un endroit où aller et quelque chose à faire toute la journée au lieu de glander ? Ça a l'air horrible, je retire ce que j'ai dit.

Ezra leva les yeux au ciel et se rajusta sur son siège. *Faites que cette érection disparaisse avant que je doive me lever.*

— Tu n'aurais qu'à m'emmener le matin en allant bosser. Et me dire quoi chercher.

Pendant un long moment, Callum ne fit que l'observer. Puis il hocha la tête une seule fois, d'un air décidé, et se releva en indiquant la porte.

— Viens avec moi.

Pas de chance. Ezra se dépêcha pour rattraper Callum tandis qu'il parcourait un couloir stérile.

— Où est-ce qu'on va ?

— Tu veux aider, alors tu commences aujourd'hui, lui dit brutalement Callum en le regardant par-dessus son épaule. Donc, tu as des choses à apprendre.

Ezra accéléra le pas.

— Je t'écoute.

— Commençons par le commencement.

Callum s'arrêta brusquement en se retournant et son parfum lui éclata soudain en pleine tête. Cette odeur qu'il avait essayé de décrypter, cette nuance chaleureuse, séduisante, musquée, qui provenait toujours de Callum en sa présence, c'était tout simplement son *désir*. Le sexe d'Ezra se durcit davantage.

Puis Callum dit :

— Il va falloir que tu apprennes à contrôler *ça*.

Et il tendit la main pour tapoter Ezra sur le nez.

Ezra rougit. Putain. Être un lycanthrope était sacrément *embarrassant*. Ce n'était pas assez que la moindre touche suggestive de phéromone en provenance d'un alpha l'emplisse d'une envie oppressante d'obéir sans réfléchir. Oh, non. Non, il fallait aussi qu'il y soit si sensible – ou du moins à celle de Callum – qu'il doive y réagir physiquement. Mais ça, ce n'était pas non plus assez. Le pire, c'était que tous les autres lycans le devinaient.

Pendant qu'Ezra était occupé à mourir de honte, Callum reprit sa marche dans le couloir et Ezra dût le rattraper tandis qu'il réalisait ce qu'il venait d'impliquer.

— Attends, tu veux dire que je peux m'en empêcher ?

S'il y avait un moyen d'éviter un tel embarras, il était toute ouïe.

— Avec de l'entraînement, répondit Callum. La plupart des loups naturels apprennent cela à la puberté.

Il jeta un petit regard en coin ironique à Ezra. Ses joues étaient rouges.

— Si tu croyais que les triques d'ados humains pubères étaient embarrassantes…

Sérieux. Au moins les humains pouvaient cacher les leurs.

— Je pensais que ça n'arrivait qu'à moi.

Ezra s'éclaircit la gorge. L'horreur.

— Nous autres avons plus l'habitude de gérer cela, l'assura Callum d'un air guindé. Mais en réalité, je ne t'oblige pas à te battre contre ça. C'est juste pour t'éviter les vilains maux de tête que tu auras si tu désobéis.

— Tu penses qu'il y a d'autres super-alphas dans le coin ?

— C'est à nous de le découvrir, mais je ne préfère pas prendre de risques.

Callum poussa la porte d'une pièce spacieuse remplie de bancs de pique-nique en métal. Quelques distributeurs automatiques parsemaient le mur le plus éloigné et dans un coin se trouvait une petite kitchenette, contenant un micro-ondes, un évier, une bouilloire, une cafetière et d'autres objets de première nécessité.

— Assieds-toi.

Ezra s'installa sur un banc sans réfléchir, puis réalisa ce qu'il venait de faire et releva les yeux vers Callum, qui le regardait avec un petit sourire satisfait.

— Première leçon.

— Je crois que j'ai pas tout suivi.

— Ce qu'il faut comprendre, c'est que tu dois te rendre compte quand tu te fais manipuler pour réussir à t'en empêcher.

Ezra retourna la phrase dans sa tête un moment.

— D'accord.

Génial, maintenant il allait devoir passer le reste de sa vie à *écouter activement*. Oh, si seulement son professeur de psychologie du lycée pouvait le voir maintenant.

— Je pense que je peux y arriver.

— Bien. D'accord, je vais te donner quelques ordres et je veux que tu t'y opposes. Je garderai les signaux phéromonaux assez bas pour que tu t'habitues à me résister, avant de les augmenter.

— Fantastique.

Au moins il avait droit à un avertissement, cette fois.

— D'accord, j'imagine que je suis prêt. Vas-y.

Callum lui offrit un sourire penaud.

— Commençons par le plus évident. Lève-toi.

Ezra sentit l'ordre filtrer au travers de ses oreilles et de son nez, et s'établir comme une démangeaison à l'arrière de son crâne. Ses orteils s'agitèrent dans ses chaussures et les muscles de son dos se crispèrent, mais il combattit l'envie de se lever et, après quelques instants, elle disparut. Il grimaça légèrement, sa tête vibrant doucement en réponse à l'ordre ignoré, mais il n'y eut pas d'autres conséquences immédiates.

— Ce n'était pas si atroce.

— Parfait, dit Callum en hochant la tête. Très bien.

— Enfin, ce n'était pas non plus très agréable, nota Ezra.

Toutefois, le soulagement d'avoir réussi à refuser cet ordre compensait son malaise. Il se demanda si c'était un effet chimique, ou une sorte d'effet placebo psychologique.

— Comment t'es-tu senti ? Sois précis, n'omets aucun détail.

Ezra souffla, en pleine réflexion.

— C'est dur à dire. C'est un peu comme une sorte de démangeaison... Plus tu essaies de ne pas y penser, plus ça devient dur.

Ses lèvres se retroussèrent, il était amusé par sa propre formulation. Ce n'était pas toujours comme ça que ça fonctionnait, mais il y avait clairement un durcissement dans certains cas.

— À ce niveau-là, ce n'est pas compulsif, juste gênant. L'ignorer me donne mal au crâne, mais ce n'est pas insupportable.

Callum leva les sourcils d'un air entendu et Ezra sentit sa bouche s'ouvrir et ses nerfs chanter de plaisir.

— Oh, fils de pute.

Il serra les dents tandis que le mal de tête se dissipait pour céder la place à une chaleur sourde dans son bas-ventre.

— Tu m'as bien eu.

— Je joue le méchant pour cet exercice, tu te souviens ? rappela Callum.

Ezra s'étonna de l'aspect vitreux de son regard et de la rougeur qui envahissait à nouveau ses joues. L'odeur était de retour, entêtante et distrayante, mais comme toujours Callum ne l'évoqua pas.

— Je vais t'attaquer de front, avec une force brute. Et un peu de finesse. Il faut que tu sois capable de reconnaître quand quelqu'un essaie de se servir de la chimie de ton cerveau contre toi.

Ezra soupira longuement.

— D'accord, dit-il en se préparant au pire. Essaie encore.

— Une chose à la fois.

Callum s'écarta de la table et marcha jusqu'à la kitchenette dans un coin, en lançant un regard à Ezra par-dessus son épaule.

— Il te faudra quelque chose dans le ventre. Ça aide pour les maux de tête, du moins d'après ce qu'on m'a dit.

Puisque Callum avait probablement raison, même s'il n'avait jamais dû faire face lui-même à ces migraines, Ezra se releva à son tour pour le suivre.

— Pourquoi je ne pouvais pas être un alpha, marmonna-t-il pour lui-même en prenant un gobelet en papier d'un petit tas et se servant de l'eau du distributeur.

— Nous autres alphas avons nos propres croix à porter, lui rappela Callum en ouvrant le petit frigo caché sous le comptoir, pour en sortir un paquet de cookies à l'avoine. Du moins, ceux d'entre nous qui sont nés lycans. Cela cause parfois des malentendus avec les nouvelles recrues.

Il farfouilla dans le frigo à nouveau pour en extraire une boîte d'Oreos.

— Peut-être, mais au moins tu ne bandes pas dès qu'on te demande de passer le sel !

Ezra but quelques gorgées d'eau et réalisant qu'il se sentait vraiment mieux, remplit son gobelet une nouvelle fois.

Quand il se tourna vers Callum, celui-ci avait ajouté un paquet de biscuits aux éclats de chocolat au reste.

— Qu'est-ce que tu fais ?

— J'augmente ton taux de sucre, dit Callum d'un ton d'excuse. L'exercice pourrait s'avérer douloureux, sinon. Comme je le disais, chacun sa croix. Une préférence ?

Ezra ignora l'image incongrue de Callum et cet air penaud et se concentra sur son choix. Les Oreos et les biscuits chocolatés étaient tentants, mais suite à l'expérience qu'il avait eue avec le chocolat après avoir été mordu, il ne voulait pas courir de risques.

— Je vais prendre ceux à l'avoine, je pense.

— Bon choix.

Callum reposa les biscuits rejetés dans le réfrigérateur et les ramena à leur table.

— Prêt à recommencer ?

— Si je dis non, tu laisseras tomber ?

— C'est toi qui as dit que tu voulais aider.

Prenant ça pour un non, Ezra haussa les épaules.

— D'accord, alors. Allons-y.

L'heure et demie suivante fut l'une des plus difficiles de sa vie. Quand Callum décida qu'Ezra avait assez résisté à son charme, celui-ci était prêt pour une longue douche chaude et des vidéos pornos sur Internet.

Malheureusement, il n'y eut pas droit.

— Finis ton eau, suggéra Callum sans tenter du tout de l'influencer avec son mojo d'alpha.

Cela n'avait pris que quarante minutes à Ezra pour arriver à cerner la différence. Il en était à son cinquième verre d'eau et avait le sentiment qu'il allait passer la majeure partie de sa soirée à se rendre aux toilettes, mais suivre les conseils de Callum lui avait permis d'éviter une migraine ; il termina donc les quelques gorgées restantes.

— Il y a encore du travail.

Fantastique.

Au lieu de retourner au bureau de Callum, toutefois, ils s'enfoncèrent plus loin dans le labyrinthe de pièces et de couloirs aseptisés, jusqu'à se retrouver dans un cul-de-sac. Une affichette sur le côté droit d'une porte double indiquait 'MORGUE'.

— Tu es sûr de vouloir faire ça ? demanda Callum.

— Il y a un lycan mort, là-dedans ?

— Pas pour le moment.

Ezra hocha la tête pour accepter et Callum ouvrit la porte.

La pièce était aussi froide qu'Ezra s'y était attendu, et sentait le formol plutôt que la décomposition, ce qu'il n'avait pas prévu. Une unité réfrigérée en métal inoxydable se situait au bout de la grande pièce étroite ; deux tables du même métal inoxydable dominaient le reste de l'espace de ce côté. Près d'eux, un long comptoir couvert d'éviers et de divers équipements scientifiques – microscopes, tubes à essai et à bec, bec Bunsen, centrifugeuses – couvrait un pan entier de la pièce. Le mur à la droite de la porte comportait un panneau lumineux éclairant quelques radios et IRM éparpillées.

— Pourquoi faire ça dans la morgue s'il n'y a pas de cadavre ici ? demanda Ezra.

— Parce que c'est là qu'on garde les spécimens.

Callum indiqua une rangée d'étagères sur le mur opposé.

— Et les fichiers.

Spécimens ? Ezra réprima un frisson.

— D'accord. Où est-ce qu'on commence ?

Ils s'assirent sur une paire de tabourets près du comptoir, et Callum attrapa un classeur épais rangé sous celui-ci.

— Il n'y a pas vraiment de manuel sur la physiologie lycan, pour des raisons évidentes.

Il ouvrit le classeur à la première page.

— En fait, c'est cela qui te servira de manuel.

Les yeux écarquillés, Ezra fixa le livre. Il devait bien y avoir cinq ou six cents pages reliées ; le classeur était énorme.

— Putain, c'est un sacré gros point de départ.

Il avait l'impression d'être de retour à la fac.

— Ce sera tes devoirs à la maison.

Callum poussa le livre vers lui, sur le comptoir, puis lui donna un bloc-notes et un crayon pour l'accompagner.

— On va plutôt commencer par le cours 'Mettre fin au mythe, chapitre 1'. Tu dois avoir quelques questions.

Oh, évidemment. *Maintenant* Callum décidait de répondre à ses questions.

— Euh, commençons par le plus flagrant. Toutes ces histoires sur le feu et l'argent ?

— Si quelqu'un te brûle vivant ou te plante un poignard en argent dans le cœur, tu mourras, dit Callum franchement. De la même façon que si on t'empoisonne ou que tu as un accident de voiture, ou que tu skies dans un arbre. Désolé, pas de clause pratique d'immortalité.

— Étonnamment, ça me convient parfaitement.

Il était même soulagé. La vie d'Ezra était déjà bien assez solitaire, il n'avait aucune envie qu'en plus de cela elle continue éternellement.

— Cela dit, tu constateras que tu guéris beaucoup plus vite des blessures qui ne sont pas mortelles. Tu as déjà vu cela, d'une certaine façon, quand tu as été mordu, et plus on approchera de la pleine lune, plus tu guériras vite. Quant à l'argent, c'est en réalité un mythe basé sur la réalité. Tu seras très sensible au nickel à cette période-là également, donc si tu as une montre bon marché, tu vas vouloir en changer.

La bouche d'Ezra s'ouvrit en grand et il hasarda :

— Le chocolat, aussi ?

Un sourire creusa des fossettes dans les joues de Callum et, quand il prit la parole, sa voix était à mi-chemin entre l'amusement et l'excuse.

— Ce n'est pas dangereux de manger du chocolat pendant les deux semaines après la nouvelle lune. Certains lycans n'ont pas de problème avec ça, certains sont malades pendant trois jours s'ils en mangent à l'approche de la pleine lune.

Après ce qui s'était passé la dernière fois, Ezra se dit qu'il valait mieux l'éviter totalement que prendre des risques. Il essaya d'ignorer la petite voix qui lui susurrait que Callum pourrait servir d'agréable substitut.

— D'accord, ça c'est abordé. Qu'en est-il des rumeurs qui parlent de mi-homme, mi-bête ?

— Eh bien, si tu filmais la transformation entière, ce serait assez horrible. Mais non, nous sommes des loups gris de base une fois la lune pleine.

— Des bêtes prédatrices, baveuses et folles ?

Callum esquissa un rictus amusé. Cette simple expression décontractée le rendant encore plus ridiculement attirant.

— La plupart d'entre nous se mettent juste en boule devant le feu pour dormir. On travaille le lendemain, tu sais.

Ça, c'était tellement incongru qu'Ezra fut pris de court quelques instants. Bien sûr, il savait que Callum était un *loup-garou* – putain, même *Ezra* en était un ! – mais il n'arrivait pas à l'imaginer autrement que sous une forme humaine pour le moment. Et l'idée de le voir, pelotonné sur un tapis, le nez dans sa queue, était franchement ridicule.

— Sérieusement ?

— Non. Le lit est plus confortable, même si le matin il faut parfois passer l'aspirateur sur les draps.

Le matin. Cela souleva une autre question intéressante.

— Donc, quand on se transforme.

Il marqua une pause.

— Je suppose que certains vêtements sont détruits ?

— La nudité peut être un facteur, dit Callum.

Ses yeux pétillaient d'amusement.

— Bien. Bon à savoir.

Et maintenant, il allait devoir essayer de s'arrêter de penser à cela pour le reste de la journée. Génial. *Bon courage*, pensa Ezra. Callum était tellement sexy quand il était compétent. Ou même, juste quand il respirait, quoi.

— Cette maladie, ou… commença-t-il. Comment tu appelles ça ?

— Dysfonctionnement aigu de la Régulation de l'Alphatropine, lui rappela Callum.

— Voilà. Depuis combien de temps est-ce que ça existe ?

Quelque chose se mit soudain en place dans son esprit, comme la pièce d'un puzzle.

— Hé, ce truc de la rage, Lyssavirus A, c'est ça qui est derrière le mythe populaire de la bête couverte de bave, non ?

Callum hocha la tête sérieusement, se pencha légèrement vers l'avant et joignit ses grandes mains sur le comptoir.

— Probablement, dit-il en semblant tâcher de gagner du temps. Les symptômes correspondent. À l'origine, nous pensions que c'est ce qu'était l'épidémie. Jusqu'à très récemment, nous n'avions vu qu'un cas ou deux par génération et dans le monde entier. Mais il y a eu au moins trois incidents, les trois derniers mois, juste ici au Montana, donc on commence à chercher une alternative. Nous avons trouvé Teller, fait quelques examens, et il semblerait qu'il n'ait pas le Lyssavirus ou quelque chose d'approchant, dans son organisme. Il se passe autre chose. Alors on l'a nommé d'après le symptôme : Dysfonctionnement aigu de la Régulation de l'Alphatropine. Et maintenant, on essaye de comprendre s'il y a un facteur de risque environnemental.

Un frisson soudain parcourut l'échine d'Ezra.

— Qu'est-ce que tu veux dire ?

— Nous n'avons pas pu identifier de virus dans le sang de Teller. Quoi que soit le DRA, il n'est pas contagieux.

Callum écarta les mains durant son explication.

— Comme je te l'ai dit quand tu as été mordu, il y a un contingent d'arriérés non scientifiques qui pense que quiconque est transformé par un loup-garou fou commencera à développer les mêmes symptômes, mais cela ne s'est jamais produit avec le Lyssavirus A jusqu'à maintenant, et personne qui a été en contact avec Teller et le DRA n'est tombé malade. Même si c'était contagieux, je doute que tu coures le moindre risque.

Ezra fronça les sourcils. Cela semblait être une bonne chose, mais pour une raison qui lui échappait, ça le rendait nerveux.

— Pourquoi pas ?

— Il n'y a jamais eu de cas documenté de bêta atteint de folie lunaire. Pareil avec le DRA, même si bien sûr c'est une maladie bien plus récente. Tous les infectés – jusqu'au tout premier cas de Lyssavirus en 1500 et quelques – étaient des alphas. C'est pour ça qu'on pense que les deux sont liés, d'une façon ou d'une autre.

Callum avait l'air lugubre.

— Nous ne savons pas encore pourquoi ça ne touche que les alphas, mais nous pensons que ça a à voir avec la différence dans les réactions chimiques du cerveau. Une faiblesse que nous avons et pas vous. Cela a été difficile à étudier, car il n'y a pas de moyen de le tester en laboratoire sans sujet vivant.

C'était horrible de penser à tout ça. Ezra frissonna une nouvelle fois.

— D'accord, donc disons qu'une victime du Lyssavirus ou du DRA ou quoique soit ce truc, meure en forme humaine. Il doit bien exister un moyen de savoir si c'était un lycan ?

Callum hocha la tête, l'air encourageant.

— Quelques-uns. Malheureusement, la plupart d'entre eux sont inutiles, à moins de voir le corps en personne. L'odeur est le plus simple, même si tu ne maîtrises sûrement pas encore ça.

— Tu sembles clairement décidé à me rendre la tâche plus difficile, non ?

Ezra soupira.

— Je ne peux pas vraiment me balader en reniflant tous les cadavres suspicieux. Pas que j'en aurais envie…

Non, clairement pas. C'était dégoûtant *et* inefficace. Il lui fallait quelque chose qu'il puisse traiter et filtrer informatiquement.

— Quoi d'autre ?

— Le contenu de l'estomac. La viande crue est une preuve solide d'un lycan malade. La plupart des loups sains n'y touchent même pas en étant transformés. Et ils meurent en général d'une crise cardiaque, qu'elle soit due au Lyssavirus ou au DRA : quelque chose dans ces maladies provoque une surcharge d'adrénaline.

Enfin, cela menait quelque part. Ezra prit quelques notes.

— Contenu de l'estomac et maladie cardiaque. D'accord. Et s'il n'y a pas eu d'autopsie ? Existe-t-il des signes externes qu'un non-initié pourrait reconnaître ?

Callum hocha la tête et commença à énumérer une liste, comptant chaque point sur un doigt.

— La déshydratation. Regarde s'ils ont la peau des mains ou des lèvres craquelée ou sèche. Les pupilles dilatées – les loups infectés ont une sensibilité accrue à la lumière. Du sang ou des ecchymoses sur les mains – ils deviennent violents.

Callum le regardait tout noter.

— Comment comptes-tu trouver toutes ces infos, de toute façon ? Tu ne peux pas vraiment te balader en racontant que tu enquêtes sur des morts de loups garous.

Ezra haussa les épaules.

— Je travaille pour le CCM, maintenant, dit-il. Officieusement et sans salaire, certes, mais je peux au moins préparer un mémo pour que tu l'envoies aux chefs de département de la police, en disant qu'on enquête sur une potentielle contagion de source inconnue, et qu'ils devraient te faire suivre tous les cas qui correspondent à cette description, pour me les transmettre. Honnêtement, je n'arrive pas à croire que tu n'aies pas mis quelque chose du genre en place depuis longtemps.

— Ouais, eh bien…

Les épaules de Callum se voûtèrent légèrement.

— Ce n'est pas comme si nous n'avions pas essayé. Mais tout le monde sait qu'on manque de personnel. Peut-être que si l'un des agents lycans qui travaille au FBI était infecté, ils nous assigneraient davantage de ressources, mais pour le moment…

Il haussa les épaules puis sourit d'un air satisfait.

— Aide-nous, Ezra-Wan Kenobi. Tu es notre seul espoir.

Oh, putain, c'était un geek ! Un lycanthrope alpha, geek, en tenue de laborantin et parlant de science, avec un corps à mourir et des yeux assez profonds pour s'y noyer. Ezra était condamné.

— Certains problèmes sont universels, apparemment, croassa-t-il avant de s'éclaircir la gorge et de reposer son stylo. D'accord, maintenant, que se passe-t-il si l'un de nous meurt en forme de loup ?

— C'est à la fois plus délicat et plus facile. Ça dépend, vraiment. S'ils trouvent le corps dans un parc national ou régional, il y a toujours une autopsie et un bilan génétique complet, donc si c'est un lycan, on le découvre rapidement.

— Et si le corps est découvert ailleurs ?

Callum lui offrit un sourire aux lèvres serrées.

— C'est là que ça se complique. La destruction du corps incombe aux services de fourrière et tout dépend s'il s'agit d'entrepreneurs individuels ou d'employés de la municipalité. Ils peuvent très bien ne pas avoir de système de documentation. Si c'est dans une zone urbaine, ils sont en général signalés parce qu'il y a peu de loups en ville, mais si c'est une zone rurale, c'est vraiment au coup de chance. Nous en avons trouvé une parce qu'elle avait mis du vernis à ongles sur ses orteils.

— Peu de loups se font des pédicures, ces jours-ci, dit Ezra en grimaçant légèrement.

C'était un peu macabre de tenter une note d'humour étant donné la situation, mais ne rien y voir de drôle aurait été encore plus difficile pour sa santé mentale. Il releva les yeux vers le tableau lumineux, un peu plus loin devant lui.

— Est-ce que tu vas me parler de ce truc ?

Callum hocha la tête sans quitter des yeux le calepin d'Ezra, et dit :

— Prends ça et viens par ici.

Il repoussa sa chaise et marcha jusqu'au mur, chercha du bout des doigts un interrupteur sous le rebord semblable à celui d'un tableau noir et l'actionna, le mur illuminant les images accrochées sur lui.

— Tu ne serais pas un fan d'*Urgences*, par hasard ?

Ezra lui fit une grimace.

— *Urgences* ? Vraiment ?

Il tourna la tête vers le mur.

— Qu'est-ce que c'est ? Je veux dire, je vois bien que c'est une main…

— Voici à quoi ressemblent les os d'un lycanthrope, soixante secondes après le coucher de la lune, expliqua Callum. Est-ce que quelque chose te semble inhabituel ?

Ezra plissa les yeux en détaillant l'image, cherchant quelque chose qui sortait de l'ordinaire.

— Euh, c'est une très grande main ?

Callum pouffa de rire.

— Essaie encore.

Il essaya donc en s'approchant plus près de l'image et suivit des yeux la ligne des os délicats. Est-ce que c'était censé ressembler davantage à une patte ? Ça ressemblait totalement à une main humaine pour lui. Il n'y avait pas de griffes ou quoi que ce soit. Quoique…

— Est-ce que ce sont des fractures ? demanda-t-il, horrifié.

— En train de guérir, dit Callum d'un ton pas assez rassurant pour Ezra.

— Il va falloir que j'achète mon aspirine au marché de gros, marmonna Ezra.

— Comme je l'ai déjà dit, cette étape dure très peu de temps parce que l'approche de la pleine lune entraîne une guérison plus rapide. On le remarque davantage dans les mains et les pieds – ou les pattes évidemment – et les épaules, les hanches, les genoux.

— Les genoux ? répéta Ezra avec effroi.

Callum grimaça lui aussi en soulignant :

— Les genoux humains plient du mauvais côté.

D'accord, *aïe*. Combien de jours restait-il jusqu'à la pleine lune, déjà ?

— Je ne comprends pas. Comment quiconque peut arriver à bouger ? En forme de loup, je veux dire ? J'ai l'impression qu'on est à peine transformé assez longtemps pour guérir.

— Le facteur de guérison est accéléré à l'extrême quand tu es en forme de loup. Peut-être que c'est parce que les effets de la lune sont les plus puissants à ce moment-là, ou que ça a à voir avec l'âge des loups par rapport aux humains. Ils vieillissent beaucoup plus vite. Encore une fois, c'est très difficile à étudier.

Ezra hocha la tête. À chaque fois que Callum répondait à une question, trois autres lui venaient à l'esprit. C'était comme se battre contre une hydre.

— D'accord, et ça ? Ce sont des scans du cerveau, c'est ça ?

— IRM cérébrales, panoramas à 360 degrés. Le mien, celui de Jax et celui de Blaise. Le dernier est celui de Teller.

Ezra n'avait rien d'un neurochirurgien, mais il y avait clairement quelque chose de bizarrement différent sur ces IRM. Si ceux de Callum, Jax et Blaise étaient des cartes elliptiques faites de taches bleues, violettes et oranges, éparpillées au hasard sur le paysage de leurs cerveaux, celui de Teller était un concentré de rouge et d'orange, un cyclone presque en plein milieu du sien. Ça n'avait pas l'air *normal*.

— Qu'est-ce que ça veut dire ?

Callum expira bruyamment.

— En résumé, sa production d'hormones est incontrôlée, il y a très peu d'activité dans la portion de son cerveau qui contrôle la raison, et il se pourrait qu'il ait des hallucinations auditives.

Ezra fixa l'IRM.

— Ça ressemble à un mélange très désagréable.

— Ne m'en parle pas.

Callum indiqua les tabourets et ils retournèrent s'asseoir.

— Alors, qu'est-ce que tu prévois ? Tu n'as pas partagé ton opinion avec le reste de la classe.

C'était un comble, venant de Callum, mais Ezra prit le temps de formuler une réponse qui ne soit pas désagréable.

— Je vais écrire un programme informatique, lui dit-il. Enfin, plusieurs programmes. Un pour scanner les informations que je recevrai des départements de police concernant les personnes sans identité, présentant les symptômes que tu as décrits. Un pour parcourir Internet, chercher les signalements d'attaques animales particulièrement violentes et les recouper avec les phases de la lune. Un pour prendre tous ces résultats, les tracer point par point sur une carte, les organiser par dates et m'envoyer le résultat par email.

Callum le fixa durant de longues secondes puis cligna des yeux.

— Ce ne serait pas plus rapide de vérifier simplement les résultats sur le programme ?

— Si, si tu arrives à me trouver un ordinateur avec plus de dix giga-octets de mémoire RAM ! dit Ezra d'un ton enjoué. Plus sérieusement, je vais avoir besoin de deux machines très performantes et de beaucoup de bande passante, pour commencer. Sinon, on ne trouvera rien avant la prochaine pleine lune.

Callum hocha la tête et se dirigea vers la porte, ne s'arrêtant que pour laisser le temps à Ezra de ramasser ses livres et le rejoindre.

— En route, alors. On a du boulot.

Chapitre Six
Qui Veut Noyer Son Chien

LA JOURNÉE d'Ezra s'était clairement améliorée. Il faisait enfin quelque chose d'utile plutôt que passer son temps à ne rien faire chez Wyn, et il avait bien avancé dans la création des programmes dont il aurait besoin pour trouver les victimes lycanes. L'un dans l'autre, il s'était senti satisfait de l'état général des choses – du moins jusqu'à ce qu'il retrouve Callum pour rentrer.

Callum avait informé Ezra qu'il travaillerait tard et que ce serait le service de sécurité qui s'occuperait de le ramener à la maison. Ezra n'avait pas été vraiment ravi de ces deux annonces et il avait donc soutenu qu'il était parfaitement capable de rentrer sans garde du corps.

— Après la matinée que tu as eue ? Tu n'iras nulle part tout seul.

C'était complètement injuste et toute la bonne volonté dont avait fait preuve Callum pour répondre aux questions d'Ezra durant l'après-midi s'évapora brusquement. Ezra était sorti de la pièce d'un pas lourd et avait réussi à partir sans que Callum ait le temps d'appeler qui que ce soit pour l'en empêcher. L'horrible mal de tête qu'il ressentit alors valait complètement le coup d'avoir ignoré son ordre de revenir.

L'affrontement avait rendu Ezra grognon, c'était le moins qu'on puisse dire. Entre ça et les événements de la matinée, sa tête lui semblait prise dans un tourbillon d'émotions.

Il fit rouler ses épaules en s'avançant vers la porte d'entrée de chez Wyn, essayant d'atténuer la tension de son cou. Bon Dieu. Il avait vraiment besoin d'une bière et d'un bain. Et d'un massage. Son épaule l'élança. Oui, définitivement d'un bon massage. Dommage qu'il n'y aurait pas droit ici.

Il était tellement déterminé à aller chercher sa bière qu'il lui fallut un moment pour se rendre compte du changement. Ce n'est qu'une fois qu'il en eut fait sauter la capsule et pris une gorgée qu'il remarqua la forte odeur de phéromones.

Ezra fronça les sourcils en reposant sa bière. Il y avait quelque chose de différent, mais pourtant familier dans cette odeur. Une longue inspiration ne lui apporta aucune réponse.

Curieux, il traversa la cuisine et se dirigea vers les escaliers. Peut-être que Wyn saurait ce qui se passait.

À la moitié des marches, les phéromones se transformèrent en brouillard si épais qu'il faillit étouffer. Son pouls s'accéléra lui aussi à cause d'elles et sa libido monta d'un cran. Merde. C'était quoi ce bordel ? Lorsqu'il atteignit le haut des marches, son membre était dur dans son jean et le désir de trouver quelqu'un pour tirer un coup plus fort que quand il avait seize ans. Même Callum ne lui avait jamais fait cet effet.

— Wy... ?

Il la trouva assise au bord du lavabo de la salle de bain, sa tête rejetée en arrière tandis qu'elle haletait et gémissait, ses jambes enroulées autour des hanches de Blaise. Blaise la tenait de ses mains larges et embrassait son cou avec possessivité, refermant ses lèvres au même rythme que les gémissements de Wyn.

Ezra allait avoir besoin de se laver les yeux. Et le cerveau.

Blaise relâcha la bouche de Wyn pour pouvoir se tourner vers Ezra et le regarder droit dans les yeux. Putain, il l'avait remarqué, mais apparemment Blaise n'avait aucune intention de s'en sentir embarrassé. Ni même de s'arrêter.

Après s'être retourné, Ezra redescendit les escaliers, bien que cette fois la distance accrue entre lui et le couple amoureux ne sembla rien faire pour atténuer l'effet des phéromones. C'était comme entendre, sentir et goûter le sexe – cette relation sexuelle que d'autres gens étaient en train d'avoir – et la faim était désormais insupportable.

Vivre avec Wyn et Blaise ces derniers jours avait été un peu comme vivre au-dessus d'une pâtisserie en suivant un régime sans gluten. Il pouvait sentir tous les gâteaux, mais n'avait pas le droit de manger quoi que ce soit qui puisse le rassasier.

Mais ça... ça, c'en était trop. C'était comme flotter dans du café tout chaud et ne pas avoir le droit d'y goûter.

Qu'ils aillent se faire foutre. Ces derniers temps, Ezra ne s'était pas senti dans son assiette et bien trop excité, et Callum lui avait imposé une liste de règles à suivre. Il en avait assez et il voulait... Ezra voulait tirer un coup.

Abandonnant sa bière, il attrapa son manteau et quitta vivement la maison.

Cela faisait des années qu'Ezra n'était plus parti à la recherche d'un coup d'un soir à Missoula, mais il savait toujours où aller. Certaines choses ne s'oubliaient pas et comment trouver le seul bar gay en ville en était clairement une.

En passant les portes de La Basse-Cour, il fut assailli par de nombreux souvenirs. Les souvenirs de folles années de jeunesse, de nuits passées à boire et de sexe.

Ezra releva ses manches et défit quelques boutons de sa chemise, puis entra dans le bar. Ce soir, il allait se saouler et il allait tirer son coup. Cela faisait une éternité qu'Ezra avait été baisé correctement. La dernière fois datait de plusieurs semaines avant de recevoir la nouvelle du décès de son père et Ezra n'était pas du genre à baiser pour oublier son chagrin. Mais maintenant... Maintenant, le besoin de trouver un homme fort avec une grosse queue et un ego à la hauteur, était plus impérieux que jamais. Assez impérieux pour balayer toutes les réserves qu'il pouvait avoir concernant les coups d'un soir.

Le bar était bondé, mais Ezra arriva à se frayer un chemin à coups de coude, jusqu'au comptoir. Un signe de la main et de la tête réussit à attirer le barman et il commanda trois *shots* de vodka. Ezra ne voulait pas être ivre mort, mais il ne voulait pas passer une seconde de plus en restant sobre. De plus, après avoir été témoin d'une étreinte hétéro avec en premier rôle *Wyn*, sa copine préférée, Ezra avait besoin d'alcool pour faire face. Même si chaque verre lui brûlait l'œsophage.

L'homme qu'il trouva, ou plutôt qui trouva Ezra, était splendide. Il était plus grand qu'Ezra et probablement bien plus vieux, avec des cheveux sombres et des yeux emplis de la promesse d'une nuit de péché.

Il était aussi très attentionné. Il apporta une bière à Ezra et lui proposa de le ramener chez lui. Dans un endroit comme La Basse-Cour, un homme qui vous offrait de l'alcool et proposait de vous baiser dans un endroit calme était un gentleman.

Un dernier regard aux hanches et aux cuisses musclées de l'homme poussa Ezra à hocher la tête. Ouais, avec plaisir.

EZRA IGNORA les regards entendus que lui lança le chauffeur de taxi dans le rétroviseur pendant le trajet. Ce n'est pas comme s'il avait pu s'attendre à autre chose en appelant un taxi à deux heures du matin. Il n'y avait pas vraiment de raison d'appeler un taxi pour voyager d'une maison à l'autre à cette heure de la nuit et comme Ezra empestait encore le sexe, il était impossible d'interpréter de travers ce trajet honteux.

Malgré tout, Ezra essaya de ne pas se laisser perturber par le fait que le conducteur soit au courant. Il pouvait penser ce qu'il voulait. Ezra n'allait pas commencer à avoir honte de sa vie sexuelle maintenant. En plus, il ne reverrait sûrement jamais cet inconnu. Il pouvait penser tout le mal d'Ezra qu'il voulait.

En soupirant, il se laissa aller contre l'appui-tête et déplaça ses hanches à la recherche d'une position plus confortable. C'était l'inconvénient d'une si bonne baise : elle laissait toujours cette sensation vaguement endolorie. Ce qui, bien qu'assez agréable – ce n'était pas déplaisant de se faire rappeler ainsi qu'il s'était fait prendre bien profond – était tout de même sacrément inconfortable quand on devait rester assis en voiture pour rentrer chez soi.

Au moins, la gêne en valait la peine, en général. Et nom d'un chien, ça en avait vraiment valu la peine ce soir.

Nick avait été un super coup. Il n'avait pas perdu de temps pour ramener Ezra chez lui et n'avait pas hésité à le repousser sur le lit avant de lui faire tout un tas de choses obscènes avec sa bouche et sa queue. Et il n'avait aucune honte à rentrer chez lui sous les regards curieux après avoir passé la nuit au bout de ce sexe.

Sauf que si la baise en elle-même avait été incroyable, le contrecoup…

Ezra s'était retrouvé agité et énervé une fois que les dernières sensations de leur étreinte avaient fini par se dissiper. Nick avait sombré dans un sommeil profond et Ezra avait pensé faire de même, mais était resté éveillé pendant de longues minutes à fixer le plafond de la chambre d'un inconnu. Quand le réveil avait émis un léger *bip* pour indiquer le début d'une nouvelle heure, il avait décidé qu'il en avait assez. Il s'était levé, habillé et avait appelé un taxi. De toute évidence, il n'arriverait pas à dormir ici.

Et il en était donc là, dans un taxi en route pour la maison de Wyn à 2 h 38 du matin, et même si son corps était repu et dérivait gaiement sur les hormones de son étreinte merveilleuse, son esprit tournait à toute allure, poussé par une envie sur laquelle il n'arrivait pas à mettre le doigt.

Le taxi s'arrêta et le chauffeur demanda dix dollars pour sa peine. Ezra lui en tendit quinze et sortit de la voiture.

Il était presque en haut de l'allée quand il remarqua que quelqu'un se trouvait sur le porche, en train d'attendre. Il ralentit le pas et inspira plusieurs fois par le nez, essayant de vérifier qui se trouvait entre lui et le havre de sécurité qu'était la maison de Wyn.

L'odeur était forte et masculine. Callum.

Putain de merde. Ezra n'avait aucune envie d'affronter Callum et ses conneries autoritaires en cet instant. Pas quand il était toujours un peu saoul et très fatigué, oh, et empestant le sexe. Non, pas moyen que cette conversation arrive maintenant.

Ezra grimpa les marches jusqu'à la porte d'entrée. Heureusement, Callum ne se tenait pas devant celle-ci. Il était devant la chaise longue sur laquelle il avait été assis, jusqu'à très récemment.

— Ezra.

La voix de Callum ne trahissait rien, mais son timbre profond fit frissonner Ezra.

— Callum.

Un long silence suivit cet échange. Ezra fut le premier à le briser.

— Bon, content de t'avoir parlé. Je vais me coucher. Bonne nuit.

— Ne bouge pas.

L'ordre était entrelacé de tension et lui parvint avec une véritable vague de phéromones qui le força à s'arrêter en pleine marche. Sa main était tendue vers la poignée de la porte et presque tout son poids portait sur une seule jambe, et malgré tout son entraînement, Ezra n'arriva pas à réunir assez de force pour y résister. Callum avait dit de ne pas bouger et Ezra ne bougerait donc pas. Tout le bien qu'avait pu lui faire Nick s'évapora tandis que son sexe décidait qu'il n'était pas si fatigué, finalement.

— Où étais-tu ?

— Sorti.

Oh, génial. Maintenant, Ezra allait revivre son adolescence rebelle avec Callum dans le rôle du père inquiet et désapprobateur. Avec en prime, la tension sexuelle.

— Sorti où ?

Callum se rapprocha et Ezra put voir son nez s'agiter tandis qu'il inspirait profondément. Il put aussi voir ses yeux s'écarquiller et s'assombrir lorsqu'il décrypta l'odeur d'alcool et de sexe. Un tremblement délicat parcourut le corps de Callum et il serra les poings. Ses yeux étaient éclatants de colère et semblaient presque dorés sous la lumière du porche. Dans son odeur, l'excitation sexuelle était palpable, recouvrant des nuances de jalousie et d'inquiétude. Puis il dit d'une voix très calme :

— Va chez moi. Maintenant.

Ezra se retourna et commença à marcher, incapable de désobéir. Il était presque sûr que s'il essayait d'ignorer cet ordre, il aurait droit à une migraine. Ezra commençait à soupçonner que l'alcool portait sérieusement atteinte à la capacité d'un homme à dire non.

Il était suprêmement conscient de Callum en train de marcher derrière lui ; il pouvait presque sentir la chaleur de son corps. Il entendit un bruissement, puis le bruit des touches d'un téléphone portable.

— Dis à Wyn qu'il est rentré et qu'il va bien. Pour l'instant. Qu'elle arrête de s'inquiéter et aille dormir.

Puis Callum raccrocha, probablement au nez de Blaise – un homme qui était sûrement très mécontent si Ezra avait effectivement rendu Wyn folle d'inquiétude au point de ne pas en dormir. Putain, Ezra n'avait pas pensé à ça quand il était parti sans un mot.

En atteignant la porte de chez Callum, Ezra découvrit que l'ordre n'était pas assez fort pour le pousser à entrer. Callum ne lui avait pas dit qu'il devait aller *dans* sa maison et l'inquiétude d'Ezra à l'idée de ce qui allait se passer fut suffisante pour le camper fermement sur ses pieds, de ce côté-ci de la porte.

— À l'intérieur.

Bon, disparue l'autodéfense. Le bras de Callum le frôla et il ouvrit la porte ; il était vraiment très près.

Obéissant à l'ordre, Ezra refoula le frisson de plaisir qu'il ressentit en passant la porte que Callum tenait ouverte. Une fois à l'intérieur, il se prépara à recevoir le sermon qui allait sûrement venir.

— Où es-tu allé ?

La question lui parvint avec toujours plus de phéromones et Ezra découvrit qu'il était très fatigué pour tenter de les combattre.

— À la Basse-Cour.

Son cerveau l'inonda de nouveau d'une sensation gaie et confuse pour avoir obéi. Il pouvait également sentir sa propre excitation désormais, il n'y avait donc aucune chance que Callum ait pu la manquer. Il s'empourpra à cette idée.

— Le seul bar gay de la ville ? Donc, tu es sorti pour baiser.

Ce n'était pas une question.

— Et ? Ça fait quoi si c'est le cas ?

Génial. On aurait vraiment dit un adolescent agressif.

— Je t'ai dit que tu n'avais pas le droit d'avoir de contact sexuel, avec quiconque, jusqu'à la pleine lune.

Il fut empli d'un ressentiment amer. Callum avait été très clair, mais il ne lui avait fourni aucune explication.

— C'est *vra-iii*. Callum a dit 'pas de sexe' et je dois écouter Callum !

À ces mots, le visage de Callum se tendit vraiment. Il semblait encore plus en colère.

— Il y a une raison pour laquelle ces règles existent, Ezra ! Est-ce que tu as la moindre idée de ce qui aurait pu se passer ?

Ezra connaissait les risques des coups d'un soir et d'aller chez des hommes inconnus, il n'était pas idiot, mais il soupçonna que ce n'était pas ce dont parlait Callum. Et ces risques, ceux plus spécifiques à sa nouvelle forme lycanthrope, ne lui étaient pas familiers, parce que *Callum* ne les lui avait pas dits.

— *Non* ! Mais je suis certain que le grand Callum va m'éclairer et me dire comment j'ai presque tout gâché !

— Ton cerveau est en pleine mutation, Ezra. Ce n'est pas une expérience surveillée en laboratoire. C'est ta vie, ton cerveau. Tu as plus d'hormones en liberté là-dedans qu'un vestiaire entier de lycéens. Même si ça ne compromettait pas ton jugement, ton cerveau ne peut supporter autant de stimulation exacerbée. Tu aurais pu avoir une putain d'attaque !

L'idée lui souleva l'estomac. Bon Dieu, ça aurait été atroce. Il en eut la nausée. Pourquoi Callum ne lui avait-il rien dit avant ? Que Callum ne l'avertisse qu'après les faits, et qu'Ezra s'en laisse manipuler, ne le rendit que plus furieux encore.

— Mais quelle façon de partir ! Avoir une attaque en plein coït, ça ne pourrait même pas empirer mon mois !

Callum, dont les traits s'étaient radoucis pendant ce bref moment de silence, tandis qu'Ezra essayait de convaincre son estomac de ne plus se rebeller, se refroidit de nouveau.

— Ce n'est pas une putain de *blague*, Ezra ! Rien de tout cela n'est drôle !

Au moins, ils étaient d'accord sur ce point.

— Non, vraiment pas. Mais si je veux risquer une attaque en tirant un coup, je ne vois pas en quoi ça te regarde.

— C'est là que tu as tort.

Est-ce qu'Ezra hallucinait ou une pointe sincère de tristesse et d'inquiétude venait d'apparaître dans les yeux de Callum ?

— Tout ce qui affecte le bien-être de cette meute me regarde et cela t'inclut, toi et tes décisions foireuses.

Un rire étranglé proche de l'aboiement s'échappa de la gorge d'Ezra à ces mots.

— *Mes* décisions foireuses ? Parfait, si tu veux parler de décisions foireuses… Parlons du fait de m'avoir fourré dans une maison avec Wyn et Blaise. Vivre avec ces deux-là, c'est comme prendre du Viagra tous les matins. Alors ouais, je suis sorti tirer un coup.

— Je me fiche de…

Callum s'arrêta au milieu de sa phrase et fronça les sourcils, ses traits passant de la colère à la confusion.

— Comment ça, Wyn et Blaise ?

Le désarroi sincère de Callum dérouta Ezra.

— Comment as-tu pu ne pas remarquer la quantité insensée de phéromones qu'ils émettent tous les deux ?

Ezra croisa les bras en se rappelant combien Wyn semblait constamment envoyer un signal qui criait 'Prend-moi !' auquel Blaise répondait constamment 'Avec plaisir !'. Vivre avec eux avait été insupportablement gênant.

— Putain, Blaise déborde littéralement de désir et Wyn n'est pas mieux. Même si au moins, je n'ai pas envie de lui répondre, à elle, ne put-il s'empêcher de marmonner.

Gêné d'avoir admis une telle chose à voix haute, il continua.

— Et puis ce soir ! Je ne saurais même pas où commencer pour ce soir !

— Nom de Dieu, dit Callum en levant une main pour se couvrir le visage. Désolé, putain. Je n'ai pas passé beaucoup de temps avec eux deux ces derniers mois. Je ne t'aurais pas mis dans cette situation si j'avais su, je le jure.

— Ah.

Et Ezra n'avait pas su ça. Il ne savait pas que s'il avait simplement *dit* à Callum que Wyn et Blaise voulaient constamment sauter l'un sur l'autre, Callum l'aurait peut-être sauvé de cette atroce tension sexuelle.

— Qu'est-ce que tu entendais par 'ce soir' ?

Ses joues s'empourprèrent de nouveau complètement.

— Euh, quand je suis rentré, ils étaient… dans la salle de bain. Et j'ai vu – ce qui était *horrible* en soit – mais les phéromones étaient…

Ezra avait du mal à trouver les mots justes.

Heureusement, Callum sembla comprendre. Il laissa échapper un gémissement et cacha son visage derrière ses deux mains. Les jurons qui suivirent furent étouffés par ses paumes et rendus presque incompréhensibles. Quand il retira ses mains, il avait l'air très fatigué.

— Blaise n'aurait pas dû faire ce genre de choses.

Désormais, Ezra avait l'impression d'avoir dénoncé un de ses amis au professeur. Le besoin impérieux de le défendre était surprenant.

— Eh bien, c'est un peu comme si Wyn s'était baladée avec un panneau 'Prends-moi, mon grand' autour du cou ces derniers temps.

— Cela n'excuse pas sa perte de contrôle et le fait de mettre un nouveau lycan dans cette situation. C'est inacceptable.

— Écoute, je leur pardonne à tous les deux. Ce n'est pas grave : je vais bien, ils vont bien. Pourquoi on n'oublierait pas simplement tout ça ? Simplement... ne me renvoie pas là-bas.

Callum soupira profondément, l'air fatigué. Pour la première fois ce soir, Ezra le détailla vraiment. Il avait l'air fatigué et usé, comme s'il ne souffrait pas simplement d'un manque de sommeil.

— Ezra, ce n'est pas si simple. En général, avec les nouveaux loups, on doit s'inquiéter de cette surcharge de stimulation. On commence à changer quand on est un jeune adolescent et la hausse de ces hormones irrégulières est fatigante. Mais il y a une autre préoccupation, qui même si elle n'est pas aussi urgente, est tout aussi dangereuse.

D'accord, de quoi parlait Callum ? Ezra grommela pour exprimer sa confusion.

— Coucher avec un humain peut être dangereux pour un lycan, s'il n'est pas prudent. Beaucoup de loups aiment que les choses soient plus violentes, plus que la plupart des humains peuvent le supporter, mais coucher avec un humain lorsqu'on est sur le point de se transformer est plus dangereux encore. Les jeunes loups sont parfois confus face à leur désir de hiérarchie au sein de la meute et donc, même ceux qui ne voudront finalement jamais de jeux de pouvoir en raffolent pendant le changement. Les alphas ont tendance à être plus excités et autoritaires, ce qui au mieux effraie les humains, et au pire, cause des dommages physiques permanents.

— Eh bien, ce n'est pas vraiment quelque chose qui devrait m'inquiéter, donc...

Ezra n'arriva pas à cacher l'amertume de son ton.

— Les bêtas ont aussi leurs propres problèmes. Certains ont tendance à être frustrés par le manque de... domination de leur partenaire. Parfois, ils pousseront plus loin pour essayer de forcer leur partenaire à prendre le contrôle, ce qui n'est pas un problème si celui-ci est consentant et connaît leurs limites – parce que les loups en cours de transformation ne les connaissent *pas*.

103

Avec une pointe de lucidité choquante, Ezra se rappela soudain cet instant où il s'était trouvé à genoux, contre Nick et qu'il s'était senti soudain fou de désir. Il avait pressé son corps à la rencontre du sien et raillé : *'C'est tout ce que tu peux faire ?'*.

Nick avait laissé échapper un rire essoufflé avant de poser une main sur le haut de son dos pour le pousser contre le lit, tête la première. Ezra avait gémi et relevé ses hanches pour l'encourager, mais il se demandait désormais ce qui se serait passé si Nick n'avait pas été si obligeant – ou s'il était allé trop loin.

S'asseoir semblait soudain une bonne idée, car les jambes d'Ezra étaient en coton.

— Merde.

Puis Callum fut près de lui et le guida jusqu'à une chaise, l'air inquiet.

— Putain, Ezra, je n'essaie pas de te faire peur. Mais il faut que tu comprennes que les deux semaines à venir ne seront pas intenses pour une bonne raison. Le sexe est une proposition dangereuse, pour tous ceux que ça implique, actuellement, mais je te promets que ce n'est que pour quelques semaines. Après ta première transformation, tout sera plus simple.

— Alors… ensuite je pourrai sortir et tirer un coup ?

Le sourire moqueur d'Ezra était un peu chancelant. Il avait toujours l'impression qu'il allait vomir.

Le froncement de sourcils qu'il reçut en retour était profond et hésitant.

— Euh… Eh bien, coucher avec des humains reste parfois compliqué pour certains loups. Mais oui, dans quelques semaines tu pourras… commencer à explorer cette facette de toi.

— Tu dis ça comme si j'étais puceau.

— Tu le seras, pour coucher en tant que lycan. Le nouveau patrimoine génétique change parfois ta façon d'aborder le sexe.

Oh. Donc, en d'autres termes, Ezra allait revivre sa puberté pendant les prochains mois. La vie n'était-elle pas fantastique ?

Quoique, peut-être que si Callum acceptait de le baiser pendant ce temps-là…

— Tout va bien ?

Même si sa voix paraissait tendue et mal à l'aise, la main chaleureuse qu'il posa sur sa cuisse était rassurante. Et aussi, sacrément sexy. Ezra fut soudain particulièrement conscient de deux choses : un, Callum était vraiment, vraiment près, et deux, Ezra discutait de sa future vie sexuelle avec lui. Et aussi, trois, Callum était vraiment extrêmement près.

— Bon, je crois que j'ai été assez mortifié pour ce soir. Je vais aller me coucher.

— Bonne idée.

Callum hocha la tête et se leva. Il se déplaça puis renifla légèrement et s'immobilisa une courte seconde, avant de se remettre en route comme si de rien était.

Oh, c'est vrai. Le rouge brûla les joues d'Ezra une nouvelle fois. Il sentait probablement toujours le sexe.

— Au lit. Et une douche, d'abord.

Il se leva d'un air décidé et se détourna pour aller… où ? Il ne le savait pas.

— Euh. Est-ce que je dois rentrer chez Wyn ?

Il grimaça. Cela semblait sûrement pathétique, mais Ezra n'était pas sûr de pouvoir supporter le relent persistant de leurs phéromones. Pas ce soir.

— Non, je pense qu'on sait maintenant à quel désastre ça mène.

Il y eut un long silence puis Callum soupira.

— Écoute, il est trois heures du matin. Prends la chambre d'amis. On réfléchira au reste demain.

Exact. Demain, ils devraient trouver une nouvelle solution parce qu'Ezra ne pouvait pas rester ici. Pas avec Callum. Il hocha la tête et suivit Callum en haut des escaliers, jusqu'à la salle de bain et la chambre d'amis. Putain, est-ce qu'il arriverait à dormir ?

EZRA S'ÉVEILLA de son rêve, couvert de sueur, et se demanda une demi-seconde où il était avant que son nez se rappelle à lui en fanfare. Où qu'il soit, l'endroit portait l'odeur de Callum, ou celle de la lessive que Callum utilisait en tout cas. Celle-ci était probablement partiellement responsable de son état actuel.

Pendant un court instant, Ezra eut du mal à résister à l'envie de se retourner pour baiser le matelas. L'envie de quelque chose de simple, mais salissant était due à la fois à sa frustration, à son désespoir et au besoin de faire payer Callum pour avoir fait une apparition dans ses rêves et l'avoir rendu tout excité. Mais… ce n'était pas comme si Ezra ne finirait pas par laver les draps lui-même. Il lui restait un tout petit bout de fierté et il prit donc sur lui et ferma les yeux, puis enroula une main bien trop familière autour de son membre en laissant son esprit retourner à son rêve.

Il n'était pas vraiment surpris de rêver de Callum. Entre le temps qu'ils passaient ensemble et l'attirance incontrôlable qu'il ressentait envers lui, cela aurait été un miracle de ne *pas* se réveiller en bandant, ou avec une tache humide sur les draps. Il n'était pas même surpris du genre de choses que son inconscient – et maintenant son subconscient et même sa conscience – imaginait que Callum pourrait lui faire. C'était la *façon* dont il les faisait.

Ezra connaissait Callum depuis suffisamment longtemps pour comprendre que c'était un homme qui savait parfaitement ce qu'il voulait. Et comment il le voulait. Et dans les rêves d'Ezra, que ce soit un sous-produit de son nouvel ADN de lycan bêta ou d'un fantasme jusqu'ici réprimé, ou simplement le résultat de ce qu'il savait de cet homme qu'il aurait aimé voir le baiser jusqu'à en perdre connaissance, mais… Le Callum dans ses rêves obtenait exactement ce qu'il voulait, en associant force physique et demandes explicites qui donnaient à Ezra le sentiment d'avoir de sérieux besoins pervers enfouis profondément.

Ezra retint à grand mal un gémissement en repensant à son rêve le plus récent. Il avait été particulièrement vif et réaliste. Ezra n'avait pas cru possible d'avoir un rêve aussi intense, la nuit même où il venait de se faire pilonner si profondément, mais apparemment les règles normales ne s'appliquaient pas à Callum pour cela non plus.

Dans ce rêve, ce n'était pas Nick qu'Ezra rencontrait au bar la nuit passée. C'était Callum. *Ezra dansait seul, perdu dans le martèlement des percussions d'une chanson si forte qu'il n'arrivait même plus à en entendre les paroles, quand un corps chaud s'était glissé derrière lui. Puis une main s'était posée entre ses pectoraux. La brève sensation d'une langue juste sous son oreille, puis un reniflement profond et appréciateur, suivi d'un grondement grave : 'Allons-y.'*

L'effet des phéromones devait faire partie du rêve, mais ça ne les rendait pas moins efficaces. *Ezra avait laissé Callum le mener jusqu'aux toilettes, le corps parcouru d'un frisson d'anticipation.*

La porte de la salle de bain menait à l'appartement du père d'Ezra.

Ici, maintenant, dans la chambre d'amis de Callum, Ezra entendit la douche se mettre en marche à l'autre bout du couloir. Callum se trouvait dessous. Nu. Mouillé. Peut-être qu'Ezra aurait dû se sentir embarrassé de se masturber dans sa maison, mais l'idée que Callum puisse l'attraper rendait le tout encore plus agréable.

Putain.

Callum portait de nouveau son costume, celui qu'il avait arboré la première fois qu'Ezra l'avait rencontré. Quand la porte de l'appartement se referma derrière eux, il retira sa veste et desserra sa cravate. Quand il releva enfin les yeux pour fixer son regard sur Ezra, son expression était de braise. 'Va derrière le canapé.'

Quand Ezra obéissait, son inconscient lui renvoyait la même sensation positive que lui fournissaient les phéromones quand il était éveillé. Même leur souvenir était puissant.

'Prépare-toi.'

Ezra repoussa les draps et ravala un gémissement.

Callum posa une main au centre de son dos et le poussa jusqu'à ce qu'Ezra soit penché à un angle parfait, les bras appuyés à l'arrière du canapé. À un moment donné, ses vêtements avaient disparu.

Un doigt traça un chemin sinueux le long de la colonne vertébrale d'Ezra. 'Je t'avais dit que personne ne devait te toucher.'

Une petite pression et le membre d'Ezra remonta entre ses doigts. C'était tellement tordu. Ezra n'aimait pas qu'on lui dise quoi faire. Il n'aimait *pas* ça. Mais ça ? Putain, apparemment ça le faisait bander.

'Mais tu ne pouvais pas garder ta queue pour toi.' Callum amena sa main à la bouche d'Ezra et Ezra l'ouvrit pour accueillir ses doigts, les attirant à l'intérieur, les mouillant. Le souffle chaud de Callum était rauque contre son oreille et ses lèvres étaient à quelques micromètres de sa chair, quand il murmura : 'Et maintenant, je vais te rappeler à qui tu appartiens.'

Les doigts disparurent, mais la bouche de Callum se rapprocha encore de la peau d'Ezra et sa langue donna une chiquenaude à la cicatrice de sa morsure. Ses dents la tourmentèrent, l'égratignant à peine, puis ses doigts humides s'immiscèrent lentement dans l'orifice d'Ezra.

Les doigts de Callum poussèrent en lui en même temps que ses dents se refermèrent sur la morsure.

Ezra jouit en silence, la bouche ouverte, tellement fort qu'il eut besoin de reprendre son souffle ensuite.

Puis il se rappela que la demeure de Callum ne possédait qu'une seule douche.

Merde.

La nuit dernière, Callum l'avait attrapé sur le chemin du retour du bar, couvert d'une odeur de luxure. Et maintenant, il empestait *encore* le sexe. Honnêtement, il savait que ses hormones étaient actuellement incontrôlables, mais ça aurait été agréable que cela reste un minimum intime.

Il ne voulait vraiment pas affronter Callum ce matin. *Nom de Dieu.*

Mais maintenant, il avait un travail et ne pouvait plus rester au lit toute la journée, même s'il en mourait d'envie. Il passa donc ses jambes par-dessus le rebord du lit et se dirigea vers la cuisine.

La maison était calme, hormis le sifflement de la douche, et même cette simple idée fut suffisante pour forcer Ezra à tourner ses pensées vers autre chose, parce que sa verge commençait *encore* à durcir. Repoussant toute image d'Alpha sexy et humide – Putain – il avança vers la cafetière.

Deux ans et demi d'école d'ingénieur l'avaient largement préparé pour le défi qu'était la cafetière de Callum ; ensuite, il s'attaqua au grille-pain. C'était peut-être étrange de fouiller la cuisine de Callum, mais ce n'était pas comme si une chose bizarre de plus allait changer la donne désormais. Il avait passé la journée précédente à apprendre comment ne pas avoir une érection à chaque fois qu'il faisait quelque chose que Callum lui demandait et s'était ensuite, en gros, fait prendre le pantalon sur les chevilles après s'être fait baiser.

En plus, il avait l'habitude des petits déjeuners épiques de Wyn maintenant, et il avait faim.

Un petit regard vers le pas de la porte révéla que soit le journal n'était pas encore arrivé, soit Callum n'y était pas abonné, et Ezra affronta donc les périls d'un voyage jusque chez Wyn – déterminé à ignorer toute information transmise par son nez et ses oreilles – et récupéra son manuel. Il était de retour dans la cuisine de Callum, perdu dans ses pensées pour comprendre pourquoi son rendez-vous en pleine nuit avait été une idée des plus mauvaises, quand Callum s'éclaircit la gorge.

Surpris, Ezra releva les yeux en sentant son visage s'empourprer jusqu'aux oreilles. Callum se tenait à la porte de la cuisine, se tenant de manière un peu gênée. Au lieu de ce qu'Ezra pensait être ses vêtements de travail habituels – pantalon de costume, chemise, cravate, bien qu'il sache que Callum se changeait en tenue de soin et blouse de laborantin de temps en temps – il portait un jean délavé et un tee-shirt vintage de groupe de musique.

Ezra ne fixait pas vraiment Callum, il essayait surtout de le dévorer du regard. Il n'avait pas vraiment l'air *mieux* que d'habitude, parce que Callum avait toujours l'air de sortir des pages du dernier magazine *GQ*. Mais ce style plus détendu le rendait d'autant plus accessible.

Callum remarqua vraisemblablement qu'il le fixait puisqu'il baissa les yeux sur sa tenue, soudain conscient de sa propre image.

— Je mène quelques examens, aujourd'hui, dit-il pour toute explication. Ils sont sans pitié pour mes pantalons de costume.

Ezra hocha la tête et fit l'effort conscient de refermer la bouche.

— Évidemment.

Il baissa à nouveau les yeux sur son manuel.

— J'étais en train de lire.

Quand il releva la tête, il vit les yeux de Callum s'attarder brièvement sur le livre et sa bouche devint une simple ligne.

— À ce sujet.

Il soupira, se versa un café et vint s'installer de l'autre côté de la table, face à Ezra.

Puis il inspira. Profondément. Son souffle resta bloqué et il s'immobilisa sur place.

Ezra se demanda si rougir en tandem pouvait être considéré comme un sport chez les loups garous.

Un long moment passa avant que Callum croise le regard d'Ezra. Ses joues étaient toujours complètement roses.

— Je n'aurais pas dû te crier dessus, hier. J'aurais dû m'assurer que tu savais pourquoi c'était dangereux.

Ezra l'observa par-dessus le rebord de sa tasse et essaya de ne pas mourir d'embarras.

— J'ai l'impression qu'on a déjà eu cette conversation.

Callum grimaça en tendant la main vers le tas de toasts qu'Ezra avait laissé sur la table.

— J'apprends lentement.

Il soupira.

— Je fais un travail de cochon pour t'éduquer, n'est-ce pas ?

C'était le moins qu'on puisse dire.

— Si ça peut te consoler, je suis à peu près sûr que tu ne le fais pas exprès.

— Ce n'est pas une excuse. Peut-être que j'aurais dû contacter un Alpha qui a de l'expérience avec les nouveaux lycanthropes.

Ezra se moqua.

— Pour qu'en plus je doive déménager ? Ouais, super idée. Je préfère autant tenter le coup avec toi, si ça ne te gêne pas.

Callum soutint son regard un moment, les lèvres entrouvertes, puis il cligna des yeux et secoua la tête.

— Merci d'avoir préparé le petit-déjeuner, au fait.

— Des toasts, ça ne vaut pas la haute cuisine que je mangeais chez Wyn, indiqua Ezra. Mais, euh, de rien ?

Ezra voulait désespérément arranger les choses entre eux et était prêt à tout essayer pour ce faire.

Callum tenta de le contredire d'un geste de la main, mais il semblait toujours mal à l'aise.

— Écoute, pour hier soir – oublie. Tu ne savais pas.

— Je n'oublierai pas, protesta Ezra.

Sur la partie qu'il avait rêvée, nom de Dieu.

— Et pour être honnête, je ne pense pas que tu devrais oublier non plus.

Il grimaça et repoussa son assiette. Ça allait vraiment craindre.

— Écoute, tu savais forcément ce que tu me faisais, avec tes trucs d'alpha, non ?

Les joues de Callum s'empourprèrent et il détourna les yeux.

— Ce n'est pas, euh… Tu vois, c'est que…

C'était quoi ce bordel ? Depuis quand est-ce que Callum bégayait ?

— Oui ? l'encouragea Ezra.

— Parler de ça est tabou, termina Callum.

Oh, nom de… sérieusement ? La raison pour laquelle Ezra n'avait pas toutes les informations dont il avait besoin pour vivre sereinement sa vie était qu'en parler était une bévue de lycanthrope ?

— Quoi ? s'exclama-t-il.

— Quand tu es membre d'une espèce intelligente étroitement liée aux humains et qui peut sentir l'excitation des autres…

Au mot 'excitation', Callum redevint rouge vif et Ezra aurait pu jurer que ses yeux descendirent une demi-seconde vers son entrejambe.

— … c'est le seul moyen de maintenir une illusion d'intimité.

Cela avait un certain sens. D'une façon tordue, arriérée et vaguement Victorienne, mais un sens tout de même.

— D'accord, eh bien, tu vas devoir être mal à l'aise pendant une minute.

Cette situation ne pouvait pas continuer. Ezra aurait perdu la tête bien avant la pleine lune.

— Ezra…

— Non, écoute, si on doit travailler ensemble, on doit établir certaines règles.

Callum regarda ailleurs.

— Tu savais l'effet que tu me faisais. Et je comprends que c'était pour mon bien, à long terme. Que si je rencontre un jour un alpha shooté qui ne respecterait pas toutes les règles sur qui peut dire quoi à qui, il faudra que je sache dire non. Mais ça s'arrête, immédiatement. À partir de maintenant, si tu veux que je fasse quelque chose, tu me le demandes. Pas de coups de phéromones, pas de ton autoritaire. Ce n'est pas juste.

— Je suis désolé, dit Callum d'un ton misérable. Normalement, je ne suis pas si mauvais pour me contrôler. Je n'ai jamais eu ce problème, auparavant.

Il avait vraiment l'air désolé. Au moins, si Ezra mourait d'une hémorragie du pénis, il pourrait être sûr que Callum en serait malheureux.

— Qu'est-ce qui a changé, selon toi ?

Son expression suppliciée s'aggrava, donc ils semblaient être entrés en plein territoire tabou.

— Sois simplement honnête avec moi et finissons-en, lui dit Ezra en tâchant de repousser l'envie de cacher sa tête dans ses bras sur la table, jusqu'à ce que tout cela soit terminé. Ensuite, on pourra continuer à faire semblant que cette conversation n'a jamais eu lieu.

— Tu l'auras voulu, soupira Callum. C'est toi.

La bouche d'Ezra s'ouvrit en grand.

— Pardon ?

— *Toi*, répéta Callum. Quand les lycanthropes adolescents traversent la puberté, ils ne sont pas assez mâtures sexuellement pour intéresser un lycan adulte, d'accord ? Alors leur production d'hormones et de phéromones pique une crise, mais ça n'affecte qu'*eux*. La seule autre personne qui aurait envie de coucher avec eux, c'est un autre adolescent libidineux. Mais toi, tu es déjà grand.

Oh, fantastique.

— Donc, en gros, j'envoie des signaux 'venez me baiser' à tout le monde ?

C'était tout lui.

— Pas exactement.

Pourquoi était-il sûr que ça allait empirer ?

— Eh bien, tant qu'on est dans l'honnêteté… ?

— Les phéromones n'ont pas vraiment de cible. Elles sont juste dans l'air. Elles font partie de la vie. Bien sûr, si tu surprends deux personnes en pleine action, tu vas réagir, mais dans des circonstances normales, si tu ne les recherches pas, elles n'ont pas beaucoup d'effet.

Callum haussa les épaules, relevant enfin les yeux de ses ongles.

— Jusqu'à ce qu'elles s'associent à un signal physique, envoyé par le lycan qui les émet. Ça peut être n'importe quoi – un frôlement sur l'épaule, un regard – Ezra.

Ezra s'arrêta soudain de lécher ses lèvres et les mordit à la place, mais probablement trop tard pour Callum.

— Désolé ! dit-il précipitamment. Comment est-ce que je m'arrête ?

Callum inspira longuement.

— Tu ne peux pas. C'est pour ça que je voulais que tu restes chez Wyn. Tu peux lui lancer toutes les phéromones que tu veux ; c'est une femme. À moins que tu sois intéressé, elles ne fonctionneront pas. Traditionnellement, les loups sur le point de se transformer partaient en isolement durant le mois précédant leur transformation, jusqu'à ce qu'ils contrôlent leur hypophyse, mais je pense que ce genre de chose est contre la convention de Genève maintenant.

— Donc, on est coincés comme ça jusqu'à la pleine lune.

Callum serra les dents.

— Oui.

Ezra déglutit et hocha la tête d'un air résolu.

— Dans ce cas, je vais vraiment avoir besoin de mon propre bureau. Si possible rempli de lubrifiant et de Kleenex.

FILS-D'UNE-PUTAIN-DE-CHIENNE !

Lançant le téléphone pour le raccrocher, l'homme maudit Callum Dawson et le jour où il avait croisé son chemin. Non, le jour où Dawson était né. Ce petit pédé suceur de bite avait toujours été un emmerdeur, mais maintenant il posait des questions. Il travaillait depuis trop longtemps, et trop dur, sur son projet pour laisser une putain de tapette tout ruiner.

Il avait rencontré Dawson pour la première fois peu de temps après avoir été transformé – ils avaient tous les deux eu l'ambition de devenir l'Alpha qui dirigerait la meute de Missoula. La meute avait été une belle brochette de putains d'élitistes et avait choisi le lycan qui était né loup-garou. Ces satanés idiots ne savaient pas ce qui était important. Dawson avait beau être né lycan, il n'était ni pur, ni intéressé par la protection des traditions lycanes. Non, ce pédé ne s'inquiétait pas du fléau qu'étaient les soi-disant femelles alpha et il ne s'inquiétait pas de la façon dont les mâles bêta gâchaient la réputation de leur sexe.

Avalant deux doigts de whisky d'un seul coup, il admit que Dawson ne voudrait sûrement jamais que les mâles bêta soient supprimés. Après tout, si les rumeurs étaient vraies, le pervers en profitait pleinement. Une vieille salope avait été ravie de lui raconter les derniers ragots à propos du nouveau petit... toutou de Dawson. Un lycan nouvellement transformé qui était la plus belle *chienne* du monde. Elle n'en pouvait plus d'attendre de rouler sur le dos pour Dawson et de jouer avec lui. D'être sa petite chienne, au lit et en dehors.

On frappa à la porte et il se retourna pour voir sa jeune femme de chambre, murmurant que le déjeuner était servi. Jolie et aux courbes agréables, c'était une vraie femme : silencieuse, soumise et impatiente de le contenter. Les femmes comme elle valaient le coup d'être gardées près de soi, de se reproduire avec elles, pas ces femmes qui se prenaient pour des alphas et qui voulaient jouer en dehors de leur ligue. Il l'avait su dès les premiers moments, lorsqu'il avait rejoint la société lycane, et il ne comprenait pas comment les autres ne pouvaient pas le voir.

Bien sûr, le problème majeur n'était pas les femmes avides de pouvoir – cela pouvait leur être pardonné – c'était les hommes qui les laissaient le prendre. Les alphas qui autorisaient cela et les petits hommes-chiennes qui les y encourageaient. Ces *bêtas* devaient être éradiqués de la société : abattus comme les chiens pathétiques et défectueux qu'ils étaient. Et avec une reproduction sélective, les choses s'amélioreraient.

Peu importe, il n'avait pas besoin de montrer leurs erreurs aux autres pour le moment. Une fois que Davis aurait perfectionné la drogue, il pourrait commencer à réparer les choses. Tout de même... il y avait le problème de Dawson et ses satanées questions. Peut-être... Non, c'était trop délicieux ! Il ne pouvait pas... oh, mais si, il pouvait, il en était sûr. Il y avait un moyen d'arracher son petit chien-chien à Dawson et alors, il offrirait un magnifique spectacle : stressé et inquiet pour son nouveau jouet, et bien trop distrait pour s'inquiéter de quelques chiennes manquantes. Oui, le chien-chien était définitivement la solution pour écarter Dawson, et il allait l'utiliser.

Satisfait, il descendit son reste de whisky et se dirigea vers la porte, un sourire satisfait aux lèvres. C'était l'heure du déjeuner et la domestique lui avait dit qu'il y aurait de l'agneau.

Chapitre Sept
Un Loup dans la Bergerie

IL ÉTAIT tellement intéressant d'apprendre de ses erreurs après coup. Comme lorsqu'il repensait à cet après-midi – cela lui avait semblé une si bonne idée – quand Wyn était passée à la maison pour la suggérer. Ezra soupira en détachant son pantalon. Wyn avait bien joué ses cartes : elle en avait appelé à sa vanité.

— Tu ne *veux* pas être bien habillé ? avait-elle demandé. Tu pourrais avoir l'air sensationnel si tu trouvais le bon costume. Tu n'as pas envie de faire bonne impression ?

C'était ce qui avait fait pencher la balance. Ezra était assez nerveux à l'idée de se retrouver dans une pièce pleine de lycans, des Alphas pour la plupart, qui n'avaient aucune allégeance envers Callum. Il voulait non seulement faire bonne impression pour lui-même – il n'avait aucune envie de passer pour un bêta lambda qui serait venu par hasard – mais aussi pour Callum et la meute. Il ne voulait pas que quiconque croie que l'homme avait fait une erreur en embauchant Ezra comme assistant de recherche, surtout Callum. Et puis son seul costume datait d'avant son passage à l'université, Ezra avait accepté de laisser Wyn l'emmener faire du shopping.

Ce n'était pas son expérience favorite. Wyn, en revanche, connaissait le vendeur par son prénom, Martin. Celui-ci avait détaillé Ezra avec un air bien trop proche de la convoitise pour le mettre à l'aise, ce qui s'était avéré encore plus gênant lorsqu'il avait dû prendre ses mensurations pour une veste.

Ezra faisait cela, se rappela-t-il, dans un but précis. Il avait besoin d'un costume s'il voulait que les gens le prennent au sérieux.

Quand Callum avait parlé de la conférence pour la première fois, Ezra avait eu envie de rire à cette absurdité – une conférence de *loups garous*. Et apparemment, elle avait lieu chaque année ! Les Alphas du Midwest se rassemblaient pour partager des informations : des connaissances médicales et scientifiques liées aux lycans, mais aussi des changements sociaux, légaux ou politiques qui pourraient affecter leurs communautés.

Callum lui avait dit qu'il était critique qu'il participe cette année – il

114

devait partager ce qu'il savait au sujet du DRA – et c'était logique qu'il emmène Ezra.

Pour Ezra, l'invitation à ce voyage d'affaires qui durerait trois jours lui avait davantage donné l'impression de recevoir un ordre de mission qu'une invitation, mais dans tous les cas il avait besoin d'un costume puisqu'apparemment il y aurait un 'événement' le premier soir, avec un code vestimentaire.

Ezra soupira encore et enfila le pantalon noir. Une fois la chemise également enfilée, il sortit de la cabine d'essayage.

Martin, aux mains baladeuses et à l'excuse pratique de 'vérifier si ça vous va', se tenait là, tenant la veste pour qu'Ezra la passe.

Ezra se retourna pour se regarder dans le miroir.

— C'est pas mal, dit-il.

— Un peu ennuyeux, dit Wyn d'un air pensif. Noir sur blanc.

— C'est classique, protesta Ezra.

La coupe le mettait en valeur, il n'y avait aucune raison de ne pas le prendre.

Wyn leva les yeux au ciel.

— Le gris ensuite, je pense, dit-elle en regardant le vendeur.

L'employé hocha la tête pour marquer son approbation avant de retourner flâner dans les rayons afin de trouver d'autres costumes.

Il aurait été inutile d'insister, aussi Ezra se plia-t-il docilement à ses désirs.

— Alors, c'est comment de vivre chez Callum ? demanda Wyn.

— C'est intéressant, dit Ezra en changeant de pantalon pour passer du noir au gris.

— Intéressant ? Raconte.

— Il n'y a rien à raconter, dit Ezra.

Il se sentait un peu amer à ce sujet.

— Oh, allez, il doit bien y avoir quelque chose.

Ezra ouvrit le rideau et découvrit qu'elle était rouge vif.

— Pas même une tension sexuelle insoutenable ?

Elle avait l'air aussi mortifiée que malicieuse.

Ezra releva les sourcils en la regardant et ravala son propre embarras pour dire :

— Eh bien, elle a toujours été là.

Wyn gloussa et rougit, et Ezra lui sourit. Quand elle put se contrôler à nouveau, elle retourna à sa tâche : juger sa tenue.

— Pas avec la chemise blanche.

Elle prit une chemise de la pile près d'elle.

— Essaie la verte.

Elle le repoussa vers la cabine.

Ezra enfila la nouvelle chemise et ressortit.

Le vendeur était de retour, les bras encombrés d'un nouveau chargement.

— Hum, dit-il.

— Oui, dit Wyn. Je crois que je suis d'accord.

— Donc pas le gris.

Ezra hocha la tête, sautant sur l'occasion.

— Parfait, prenons le noir.

— Ezra ! Martin a choisi un costume marron pour que tu l'essaies. Et un vert !

Elle regarda le vendeur accrocher les costumes et dit ensuite :

— Je suis sûre qu'il aurait l'air fabuleux avec des rayures.

Malheureusement, Martin était d'accord.

Le marron rendait ses cheveux trop ternes, et le vert était mal taillé. Wyn eut un sourire radieux en découvrant le costume à rayures.

— J'ai l'air d'un gangster.

— Mais non.

— Il ne me manque plus qu'un chapeau des années 30 et une mitrailleuse.

Elle fronça les sourcils comme si elle voulait argumenter, mais ne pouvait pas.

— J'ai l'air ridicule. Je veux que ces gens me prennent au sérieux.

Il rajouta à voix basse :

— Je suis déjà assez désavantagé.

— Ce n'est pas vrai ! dit-elle en jetant un regard à Martin. Tu sais, tu ne seras pas le seul b-bien-aimé, là-bas.

Elle insista sur le B et releva les sourcils pour s'assurer qu'il avait bien compris ce qu'elle voulait dire.

— Peut-être, mais je suis sûr que tous les autres *bien-aimés* seront des scientifiques. Ou des maris.

Ezra tritura la manche de son costume et se fit une grimace dans le miroir.

Wyn eut l'air consternée.

— Et tu es l'assistant de Callum. Il t'a demandé de venir pour une bonne *raison*, Ezra. Et pas parce que tu es si mignon dans un costume. Oh, allez, va te changer.

Elle soupira de déception tandis que le costume rejoignait les rayons, mais ne protesta pas davantage.

— Celle-ci est parfaite, dit Martin lorsqu'Ezra sortit en portant une tenue bleu marine.

Ezra dut admettre que la coupe était bonne et Wyn marqua un point quand elle souligna d'un air animé que le costume faisait ressortir ses yeux.

— Mais je ne suis pas sûr pour la chemise, dit Martin.

— Hum, tu as raison.

Ezra baissa les yeux. Elle était gris anthracite et parfaitement tolérable.

— Peut-être que…

Wyn fouilla la pile de chemises et en sortit une ; elle était chocolat, avec des rayures bleues. Elles étaient fines et régulières, espacées d'environ cinq centimètres. Ezra n'était pas trop sûr qu'elle convienne, mais il haussa les épaules et la prit pour se changer derrière le rideau.

— Alors, tu survis chez Callum ?

— Ça me manque de ne plus me réveiller avec des gaufres sur la table, le matin.

Wyn gloussa.

— Mais je ne suis pas aussi mignonne que Callum, alors tu gagnes au change, non ?

Ezra sourit.

— Lui non plus n'est pas aussi agréable le matin.

Elle gloussa de nouveau.

— Je n'ai pas eu droit à ta cuisine depuis bien… cinq jours maintenant ? Ça fait trop longtemps.

— Tu sais, je commence à croire que tu ne m'aimais que pour ma cuisine, dit Wyn tandis qu'il passait la veste.

Il rouvrit le rideau d'un geste dramatique.

— Jamais ! *Tu* me manques aussi.

— Bien.

Elle sourit puis détailla la nouvelle chemise.

C'était étrange, pensa-t-il, de ne plus la voir pendant cinq jours après l'avoir vu tous les matins et tous les soirs pendant une semaine et demie. Parce qu'elle lui manquait *vraiment*, il demanda :

— Alors, quoi de neuf ?

Wyn devint rouge tomate.

— Oh, comme d'habitude.

— Ah oui ?

— Oui.

Elle n'arrivait pas à le regarder en face.

— Quoi ?

— Oh !

Ezra rougit.

— Je ne voulais pas… Je veux dire…

Wyn se mit aussi à bégayer.

— Oh, je ne disais pas… Je suis sûre que tu ne voulais pas…

Ils se turent.

Heureusement, Martin brisa le silence en revenant.

— C'est parfait ! Tu avais raison, Wyn. Cette chemise est fabuleuse. Et si vous montiez là-dessus que notre tailleur vérifie les mesures.

Une nouvelle fois, Ezra fut tripoté de partout, même si cette fois les mains appartenaient à un homme d'âge moyen, professionnel, et pas un jeune homme qui appréciait bien trop son travail. Tout de même, il fut soulagé quand on lui dit qu'il pouvait descendre du piédestal et retirer le costume, même s'il devait faire 'attention aux aiguilles.'

Quand il eut enfilé son jean et son sweatshirt à capuche, Ezra régla le costume et la chemise avec la carte de crédit de Callum. C'était gênant et il essaya de ne pas penser aux mots *sugar* et *daddy*[4], mais il ne pouvait pas se permettre d'acheter un costume avec son propre argent. Et puis, Callum l'emmenait à ce truc pour le travail, donc il pourrait sûrement passer le tout en note de frais.

Le vendeur essaya aussi de leur vendre une cravate, mais Wyn, peu satisfaite par la sélection, leur dit d'emballer la chemise de manière à pouvoir s'en servir en allant faire du shopping pour trouver une cravate.

Une fois hors du magasin, Ezra se permit enfin de dire :

— Tu sais, Wyn, que je suis super content pour toi ? Toi et Blaise, vous êtes parfaits l'un pour l'autre.

Elle sembla démesurément heureuse de l'entendre le dire.

— Merci.

— Je veux dire, je n'étais pas ravi de le découvrir de *cette* façon.

Elle le regarda d'un air gêné quand il sourit.

---

[4] *Sugar daddy* (ou « Papa-Gâteau ») : Homme d'un certain âge qui entretient un amant (ou une amante) très jeune.

118

— Mais vous êtes faits pour être ensemble.

— Je suis contente que tu le penses. Et surtout, que tu ne sois pas trop en colère contre nous.

— Hein, quoi, en colère ? Je ne suis pas en colère. Comment je pourrais être en colère envers ma Wyn ? J'ai été super occupé à cause de Callum ces derniers jours. Je n'ai pas pris de la distance exprès.

— D'accord.

Elle se tourna vers un magasin qui s'appelait 'The Tie Rack'. C'est vrai, la torture n'était pas encore terminée.

— Même si j'ai pensé que c'était mieux de ne pas revenir en courant, dit-il en secouant ses sourcils d'un air suggestif. Je me suis dit que Blaise et toi voudriez profiter du temps passé ensemble, autant que possible.

Le regard qu'elle lui jeta quand il passa la porte valait clairement l'enfer qui allait suivre.

CALLUM NE put s'empêcher de remarquer qu'Ezra n'arrêtait pas de tripoter ses manchettes une fois qu'ils eurent jeté un œil à la salle. Des chandeliers décorés de goulettes en fausses pierres précieuses étaient suspendus au plafond haut de la vaste pièce, tandis que des fenêtres couvraient tout un mur, du sol au plafond. La plupart étaient des lycans, quelques-uns étaient des Alphas, certains des docteurs, des scientifiques, des décideurs, et autres semblables, mais il y avait aussi quelques scientifiques humains. Ezra semblait être assez impressionné par la foule.

Contrôler le besoin biologique de protéger Ezra de cet attroupement allait être *génial*. Callum essaya de se rappeler que l'agitation d'Ezra n'était pas adorable.

— Détends-toi. Il y a moins de lycans ici que dans la meute. Et tu t'en es parfaitement tiré avec *eux*.

Le petit grognement en réponse semblait désespéré.

— Ils n'étaient pas sur leur trente-et-un.

— Ces gens-là non plus.

Puis, comme Ezra ouvrait la bouche pour le contredire, il rajouta :

— Et tu n'es pas mal habillé non plus. Ton costume convient parfaitement.

Sans mentionner qu'il était incroyablement sexy sur Ezra. Le pantalon et la chemise lui allaient à ravir, comme s'ils avaient été taillés sur mesure, ce qui était probablement dû au fait que Wyn l'ait emmené faire du shopping.

Callum avait du mal à se concentrer sur autre chose que la façon dont le tissu semblait envelopper les fesses d'Ezra. Il ne savait pas trop s'il avait envie de tuer Wyn ou la remercier. Peut-être qu'il attendrait de voir la facture de sa carte de crédit pour décider.

— Maintenant, dit Callum en se préparant à la résistance d'Ezra et en s'arrachant à grand mal à contemplation, allons saluer les invités.

— Saluer ?

— Oui, et manger des hors-d'œuvre.

Callum *mourrait* de faim.

Ezra sembla influencé par la perspective de la nourriture, mais malheureusement pour lui, ils ne l'atteignirent pas. Après seulement quelques pas, une voix tonitruante dit :

— Dawson !

Et Callum se retourna pour voir Malcolm Shaw se diriger vers eux. *Fantastique.*

— Malcolm, comment vas-tu ? dit Callum poliment.

— Bien, bien. Je m'occupe. C'est beaucoup de travail de diriger une meute, comme tu le sais, beaucoup de travail.

Callum hocha la tête.

— Oui, c'est exact.

— Pour dire la vérité, je n'ai pas vraiment le temps d'être ici, mais on ne peut pas *toujours* faire ce qu'on veut. On ne peut pas dire non à ces gens-là.

Malcolm écarta la main d'un geste impérieux pour indiquer la foule qui encombrait la salle.

Callum ne s'était jamais senti proche de Malcolm.

— Mais nous venons, nous venons. Et je vois que tu n'es pas venu seul. Mais pourquoi as-tu amené ce bêta ?

Et voilà pourquoi.

Les dents serrées, il parvint à répondre :

— Ezra est mon assistant. Il est là pour m'aider avec mon discours et prendre des notes.

Callum ne savait pas pourquoi il ressentait le besoin de justifier la présence d'Ezra envers Malcolm, sauf que c'était pour devancer le genre d'assomption qui émergea bien vite de sa bouche grossière.

— Ah, *assistant*, hein ? Si tu avais besoin d'un assistant, pourquoi ne pas prendre cette jolie petite Wyn ? Voilà une bêta qui vaut le coup pour être assisté !

Malcolm les lorgna d'un air concupiscent, jusqu'à ce que ses yeux soient soudain attirés vers la gauche et il regarda un instant derrière Callum.

Callum profita de cet instant pour agripper le bras fléchi d'Ezra et lui lancer un regard d'avertissement : *calme-toi, mon grand*. Même si Callum était d'accord que parler de Wyn – ou de quiconque – de cette façon était dégoûtant, essayer de changer Malcolm Shaw était futile. Et le frapper au visage ne serait qu'une solution temporaire.

— Je me suis dit qu'une formation en mathématiques et en sciences serait plus utile chez un assistant de recherches. Ezra est un as de l'informatique.

Malcolm reprit d'une voix mal assurée.

— Eh bien, j'imagine qu'un *talent* compense peut-être son physique, dit-il en regardant à peine dans la direction d'Ezra.

Son regard s'attarda à la place au-dessus de l'épaule de Callum. Il était de plus en plus distrait.

— Vraiment, Malcolm, tu devrais pourtant t'y connaître sur le sujet.

Malcolm ne réagit pas au sarcasme et Callum inspira profondément avant de demander :

— Comment va la meute ?

— Bien, bien. Je n'ai pas à me plaindre, marmonna Malcolm et Callum sut alors qu'il était vraiment très distrait, car il se plaignait sans cesse.

Callum jeta un œil par-dessus son épaule, mais ne remarqua rien d'intéressant.

— Malcolm ?

— Hum ? Oh, j'ai entendu dire que tu vas faire une présentation. Tu penses que nous avons un problème ?

— Oui.

Callum fronça les sourcils, mais le laissa changer le sujet.

— Le nombre croissant de cas de violence lycane et l'augmentation du nombre de lycans disparus…

— Hum, je suis sûr que c'est intéressant.

Malcolm claqua des mains.

— Bien, je dois y aller !

Son regard s'attarda sur le visage de Callum une dernière fois. Puis il les salua et s'éloigna précipitamment.

Callum et Ezra se retournèrent tous deux pour voir où il allait, mais il quitta la salle.

— Bizarre, dit Ezra.

— Très, acquiesça Callum.

— Il est toujours comme ça ?

— Comment ? Un porc arrogant et condescendant ? Malheureusement, oui. Tellement distrait qu'il m'ignore complètement ? dit Callum en haussant les épaules. Malheureusement, non. Nous n'avons jamais été d'accord, et il n'a donc jamais vraiment aimé discuter avec moi.

— Connard, marmonna Ezra.

Callum rit.

— Eh bien, il a clairement fait entendre son opinion, indiqua Ezra vigoureusement. C'est un connard.

Malcolm fut le premier à se présenter et fut suivi par de nombreux autres. Maintenant que l'attention générale avait été attirée sur leur arrivée, beaucoup de vieux amis et de connaissances étaient désireux de saluer Callum, et de voir Ezra de plus près. Callum ne put s'empêcher de remarquer la façon dont leurs regards s'attardaient quand ils découvraient l'apparence d'Ezra.

La jalousie réchauffa le ventre de Callum et commença à brûler dans sa poitrine. Il voulait revendiquer Ezra. Le loup demandait que ces rivaux sachent qu'il n'était pas libre pour s'accoupler et que si Callum ne pouvait pas l'avoir, personne ne le pouvait. C'était irrationnel étant donné ses règles de jeu avec les autres lycans, et d'autant plus les membres de la meute, mais le loup n'était pas enclin à l'introspection. Il était un Alpha intéressé et eux étaient des Alphas curieux. Même s'il arrivait à réfréner ses ardeurs les plus basiques, il ne s'empêcha pas de laisser ses doigts s'attarder sur le bras d'Ezra quand l'Alpha Carter lui serra la main, de se pencher plus près de lui quand l'Alpha Harriett le jaugea, ou d'entraîner Ezra, une main contre la cambrure de son dos, pour l'éloigner des scientifiques aux sourires narquois.

Finalement, ils avancèrent jusqu'au milieu de la salle et se retrouvèrent au cœur du rassemblement. Ezra repéra la nourriture le premier et s'y dirigea immédiatement ; Callum ne discuta pas.

Debout près des tables, en train de grignoter des amuse-gueules et de siroter du champagne, Callum détailla Ezra. Il semblait plus détendu, désormais, du moins comparé à un peu plus tôt, et s'il était toujours nerveux, cela n'affectait aucunement son appétit.

— Comment te sens-tu ? demanda Callum pour s'en assurer.

Ezra grimaça.

— Bien. Je me sentirais encore mieux si tout le monde portait un badge avec son nom.

Callum sursauta et rit, l'air surpris.

— Tu t'en sors très bien.

— Merci. J'apprécie le fait que tu sois prêt à mentir pour que je me sente mieux.

— Je ne mens pas. Reste simplement détendu. Tu es très doué avec les gens, Ezra.

Callum ne remarqua le mouvement de sa main que lorsqu'elle se posa sur le bras de l'autre homme et le serra tendrement.

Merde.

CALLUM ET Ezra étaient en train d'essayer de deviner ce que pouvait bien contenir un mystérieux hors-d'œuvre lorsqu'une voix grave dit :

— Et qui est-ce donc ?

La forme humaine d'Ezra n'avait techniquement pas de *poils*, se rappela-t-il, mais cela ne les empêcha pas de se hérisser. Il détestait être surpris.

Quand il se retourna, il découvrit un homme plus âgé, mais toujours très séduisant, debout derrière lui. Il tenait délicatement un verre de vin dans une de ses larges mains et l'autre était enfoncée dans sa poche. Comme tous les autres Alphas présents, il semblait se sentir parfaitement dans son élément.

— Ezra, je te présente Darius Maulsby, l'Alpha de la meute de Great Falls, dit Callum, les lèvres serrées. Darius, voici Ezra, le membre le plus récent de notre meute.

L'homme était assez beau. Même le regard qu'il porta sur Ezra pour tenter de l'évaluer modela ses traits d'une façon flatteuse.

— Ezra Jones, heureux de vous rencontrer enfin. Les rumeurs n'en finissent plus de circuler à votre sujet.

Ezra rougit d'embarras et ne put s'empêcher de penser que cela aurait été plus simple si davantage de gens avaient parlé de lui comme s'il n'était pas là, comme l'avait fait Malcolm.

— Je ne suis sûrement pas si passionnant.

Darius secoua la tête de cet air entendu qu'ont les gentlemen plus âgés. Ezra l'imagina avec un haut-de-forme et une canne, qu'il aurait agitée à l'intention d'Ezra pour accentuer ses propos.

— Il semblerait que beaucoup ne soient pas de votre avis.

Ezra se passa la langue sur les lèvres durant le silence gêné, ne sachant pas quoi répondre. Il n'était devenu un lycan que depuis quelques semaines,

123

devait même encore se transformer. Qu'est-ce qui pouvait être aussi intéressant à son sujet ?

— Oui, eh bien…

— Ezra est mon nouvel assistant. Vous devriez écouter notre discours, demain, dit Callum d'un ton étrange.

Ezra hésitait à le trouver dédaigneux, ou peut-être simplement prudent ? Il se passait définitivement bien plus que ce qu'il savait. Callum n'aimait pas Darius, cela était au moins flagrant, mais Ezra ne comprenait pas pourquoi, à moins qu'il s'agisse d'un truc bizarre entre Alphas qu'il ne comprendrait donc jamais.

— Oui, évidemment, dit Maulsby en hochant la tête rapidement. Je suis certain que tout le monde a hâte d'entendre ce que vous et votre assistant avez à dire.

Callum répondit à la remarque en hochant lui aussi la tête d'un geste vif.

— Je vois que vous êtes encore seul. Vos recherches pour trouver un autre Alpha n'ont toujours pas porté leurs fruits ?

Darius secoua la tête.

— Toujours pas, j'en ai bien peur. Il y a toujours un espoir que Diana se rétablisse. Je sais que cela peut sembler idiot…

L'homme plus âgé semblait sincèrement attristé. Ezra se demanda qui était Diana.

— Je suis désolé, offrit Callum pour toute réponse.

Darius l'envoya promener.

— Ne vous en faites pas, dit-il abruptement. Si vous voulez bien m'excuser, Docteur, je crois que j'ai aperçu Malcolm Shaw.

Il hocha hâtivement la tête vers Ezra et s'éloigna, la démarche un peu maladroite et oscillante.

Quand il fut parti, Ezra dit :

— Qui est Diana ?

Callum regardait Darius battre en retraite, d'un air pensif.

— C'est une vieille amie à moi, la co-Alpha de Darius. Elle a eu un accident de voiture, il y a quelques mois. Elle est dans le coma depuis. J'ai toujours cru qu'ils ne s'entendaient pas.

Il secoua la tête.

— Ils devaient être plus proches que je le pensais s'il n'a pas commencé à chercher d'autre Alpha.

Puis il donna une tape sur l'épaule d'Ezra.

— Viens, je crois que je sens du cheese-cake.

IL ÉTAIT tard, la fête était terminée, et ils étaient tous deux éméchés. Il était l'heure d'aller au lit.

Ce n'est que lorsqu'ils entrèrent dans la chambre d'un pas hésitant que Callum se souvint qu'ils ne l'avaient pas encore vue. Ils étaient arrivés en retard et le réceptionniste avait fait monter leurs bagages par le groom. Quand il vit enfin la chambre, Callum regretta de ne pas avoir pris le temps de faire attention, malgré leur retard. Il n'y avait qu'un seul lit.

Un lit très grand et à l'air confortable – un lit extra-large – mais tout de même, un seul lit.

Merde et re-merde.

— Oh.

Ezra jeta un œil à la pièce et se tourna vers Callum. Il avait l'air légèrement suspicieux.

— Un seul lit ?

— Il doit y avoir eu une erreur, expliqua Callum.

Il n'allait pas se rendre responsable d'une telle chose. Il avait clairement demandé une chambre avec deux lits quand on l'avait informé que toutes les suites étaient réservées.

Ezra se retourna vers le lit.

— Pour clarifier les choses, je n'ai pas le droit de dormir avec toi.

— Dormir ça va, rétorqua Callum. Je n'ai simplement pas le droit de te baiser.

Comme j'en meurs d'envie actuellement.

Ezra soupira, regarda à nouveau Callum en s'attardant un instant, puis gémit.

— J'aurais dû moins boire, dit-il tristement. Tu crois qu'on a une chance de pouvoir obtenir une autre chambre ?

Callum secoua la tête.

— Aucune. J'ai entendu les gens parler à la réception. Ils accueillent trois conférences ce week-end. Il n'y a plus de place.

— Pouah.

Ezra retira ses chaussures en les repoussant du talon – Callum ne voulait pas penser à l'enfer que cela serait d'en défaire les lacets par la suite – et s'affala, tête la première, sur le lit. Le mouvement envoya une bouffée de l'odeur chaleureuse d'Ezra vers Callum, et il recula avant d'être attiré. Elle lui mit tout de même l'eau à la bouche et il se mordit la lèvre en envisageant de prendre une douche froide.

Ezra se retourna en roulant sur le lit, ce qui ne l'aida en rien.

— Alors, une idée brillante ?

Callum haussa les épaules et commença à retirer ses propres chaussures.

— On prend sur nous et on garde nos queues dans nos pantalons. Je suppose que tu peux te contrôler ?

Ezra ne répondit pas immédiatement et Callum dut finalement relever les yeux de ses lacets – il était sur le point de copier la méthode d'Ezra – et reprendre au milieu du silence gêné d'Ezra :

— Vraiment ?

— Tu te souviens quand tu as comparé la production d'hormones à celle d'un ado ?

Callum hocha la tête sans un mot.

— Je n'ai *jamais* été aussi excité quand j'étais ado.

Oh. Putain, Ezra n'aurait vraiment pas dû lui dire ça. Callum vainquit finalement ses lacets et s'assit soigneusement sur la chaise près de la fenêtre. C'était probablement, réalisa-t-il, au moins partiellement sa faute. Il avait été… possessif… toute la soirée et même s'il avait été assez conscient de sa production de phéromones – une nécessité dans une pièce pleine de ses semblables lycans, dont certains aussi féroces que des politiciens – il savait que son contrôle diminuait quand il ingérait de l'alcool. Pas assez pour affecter un lycan chevronné, peut-être, mais Ezra n'avait pas encore reçu son baptême du feu.

— Donc en gros, tu vas te jeter sur moi si je m'approche trop près.

— Probablement ? Peut-être. Je… Je ne suis pas sûr.

Ezra avait l'air incroyablement jeune en cet instant.

— Pourquoi pas ?

— Parce que je n'ai jamais vécu cette situation auparavant.

— Exact.

— Et toi ?

Est-ce que Callum avait déjà vécu cette situation ? Non. Non, jamais.

— Non, soupira-t-il. Donc, as-tu des suggestions pour pouvoir survivre à cette nuit ?

— Est-ce que notre chambre a un minibar ?

Callum se tourna pour fixer Ezra.

— Tu es trop saoul pour contrôler ta libido donc tu veux boire encore plus ?

126

— Eh bien… Si je bois assez, ma libido ne pourra plus rien dire.

— C'est vrai. Je ne pense pas que ce soit une bonne idée.

Se saouler encore plus posait le risque de détruire leurs dernières inhibitions. Et Callum n'était pas sûr qu'il y ait assez d'alcool au monde pour pousser son sexe à ignorer le fait qu'il était à portée de main de celui d'Ezra.

— Et si on prenait tous les deux une douche froide et qu'on regardait la télé jusqu'à s'endormir, chacun d'un côté du lit ?

Ezra gémit.

— Je déteste les douches froides.

Qui ne les détestait pas ? Callum releva un sourcil.

— J'aime les douches bouillantes, indiqua Ezra en faisant la moue.

Une moue qui eut un effet immédiat sur le sexe de Callum.

— D'accord, je vais prendre cette douche tout de suite.

Callum se releva et marcha directement vers la salle de bain.

Malheureusement, la douche ne fit rien contre son érection. Callum aurait vraiment aimé pouvoir se masturber, mais ce genre de phéromones sexuelles allait sûrement rendre la situation d'Ezra encore plus critique. Soit elles attireraient Ezra jusqu'à la salle de bain avec lui ou il retournerait dans la chambre et découvrirait Ezra en train de sauter le matelas et… non. Callum n'était pas capable d'une telle volonté.

Au moins, lorsqu'il quitta la salle de bain, son sexe n'était plus vraiment dur. Il n'était pas non plus complètement mou, étant donné la proximité d'Ezra et son odeur douce et entêtante, mais il était moins dur qu'avant. C'était déjà ça.

Quand Ezra sortit à son tour de la salle de bain, Callum était sous les couvertures. Il pensait que cela faciliterait les choses s'ils ne s'y glissaient pas en même temps. Ce n'était qu'une théorie, mais la vue d'Ezra en train de grimper dans le lit en pantalon de flanelle et en tee-shirt moulant fut suffisante pour faire bondir son cœur. Il avait besoin d'une distraction.

— Qu'est-ce que tu veux regarder ?

Ezra haussa les épaules.

— J'aime tout.

Callum faillit faire tomber la télécommande. Oh, putain.

Lorsqu'il eut repris le contrôle de la télécommande, il commença à zapper entre les chaînes.

— Oh, regarde, *Les Experts* !

L'image changea, passant d'un cadavre affreux à l'un des fameux flash-back qui montrait un crime sans épargner aucun détail sanglant. Dégoûtant. Callum ne savait pas si sa nausée ou son soulagement allait triompher.

Avec un soupir satisfait, Ezra se tortilla pour s'affaler. Clairement, son soulagement.

— Génial, je n'ai jamais vu celui-ci.

Ezra devait être plus éméché que Callum l'avait cru, parce qu'il ronfla avant même qu'ils aient arrêté le coupable.

Callum n'eut pas cette chance. Il resta éveillé pendant tout l'épisode, puis finit de regarder un match de hockey avant de s'endormir en regardant des rediffusions de la série *M*A*S*H*.

Il s'éveilla aux petites heures du jour et tâtonna à la recherche de la télécommande, pour couper le son des désagréables télé-achats, mais il se rendormit rapidement.

IL LES observa toute la nuit, son attention discrète, mais constante ; il sentait la présence de l'Alpha et de sa petite chienne. Et le bêta *était* sa chienne. Écœurant. Oh, Dawson ne l'avait pas *revendiqué,* mais tout le monde savait ce qui se passait. C'était flagrant – la façon dont Dawson se penchait vers lui, la façon dont il le gardait toujours à l'œil, la façon dont sa main s'attardait contre la cambrure de son dos. Ce n'était pas la déclaration flagrante d'un amant et sa compagne, mais tous les autres alphas dans la pièce savaient qu'ils feraient mieux de ne pas tenter de baiser *celui-là*. Non pas que beaucoup d'entre eux en aient eu envie.

Dieu merci, la plupart des alphas n'avaient aucun désir de baiser un joli petit bêta – ils laisseraient plutôt faire une femelle alpha – même s'ils ne protestaient pas vraiment quand un lycan déclarait qu'il était pédé. Les sourires indulgents étalés sur les visages de nombre de lycans en train de regarder cette parade nuptiale étaient presque aussi écœurants que la façon de s'afficher de Dawson.

Un étalage qui était flagrant pour tous, sauf son chien-chien. Cette petite chienne qui était ouvertement intimidée par tant de loups étrangers au même endroit et visiblement tout aussi ouvertement inconscient de la façon dont son Alpha faisait savoir à tout le monde combien il avait envie de le baiser.

Il frissonna et repoussa ces pensées dégoûtantes. Il n'avait pas besoin de réfléchir pour deviner ce que Dawson et sa salope feraient durant leur temps libre. Non, il était bien plus intéressé par le nouveau comportement de Dawson et combien il était *distrait*.

Le chien-chien laissa échapper un rire bruyant qui traversa l'air et attira l'attention de nombreux loups, dont plusieurs prirent le temps d'observer le nouveau jouet de Dawson.

Malgré son mètre quatre-vingt-deux et ses muscles, ce n'était clairement pas un alpha. Il baissait systématiquement les yeux quand on lui présentait de nouveaux Alpha, il répondait au contact de Dawson et obéissait à ses indications, et il ne prenait jamais de position dominante quand il se tenait près de lui. Il n'essayait même jamais de faire quelque chose qui puisse être considéré comme agressif – sauf, peut-être, les quelques fois où il bougea d'une façon qui aurait pu être une véritable déclaration, s'il n'avait pas été aussi évident que cette salope n'avait pas la *moindre idée* de ce qu'elle faisait. Comme lorsqu'il avait été tellement excité par quelque chose qu'il avait vu qu'il était passé devant Dawson. Dawson avait simplement souri et suivi cet idiot en train de galoper. Cela avait été embarrassant à observer, de voir un Alpha suivre une queue comme ça.

Même l'odeur de ce chien-chien, quand Dawson les avait présentés, avait été celle d'un bêta, de bout en bout. Dégoûtant.

Alors il observa Dawson et sa chienne – pas parce qu'il les trouvait particulièrement fascinants, mais parce qu'il n'arrivait pas à détourner les yeux de leur étalage écœurant.

Et parce qu'il soupçonnait que bientôt, en savoir autant que possible sur ces deux-là se révélerait très, très important.

QUAND EZRA se réveilla, il eut droit à quelques instants divins pour profiter simplement de la sensation d'être tenu par quelqu'un, de se réchauffer auprès du corps de quelqu'un d'autre, et même de se délecter de la sensation d'une verge durcie pressée contre ses fesses. Surtout la dernière chose. Encore perdu dans les brumes du sommeil, il bougea ses hanches pour se frotter contre la longueur du membre. Hum, il était gros et Ezra imagina une agréable façon de s'en servir.

Le doux gémissement et le soupir réjoui furent ce qui ramena Ezra à lui. Et à la conscience de celui contre qui il était pressé, et pourquoi. C'est aussi à ce moment-là qu'il réalisa quelques détails pertinents : 1) Callum était encore endormi, et 2) son bras gauche était enroulé autour de la taille d'Ezra, tandis que le droit reposait sous sa tête.

Merde ! Ça allait être coton de sortir de là sans réveiller Callum.

Ce dernier laissa échapper un gémissement plus audible et commença à onduler des hanches.

Putain ! Ezra gémit contre son oreiller et tenta de s'écarter. Malheureusement, Callum le suivit. Et poussa plus fort contre Ezra, réussissant à glisser sa verge durcie entre les fesses d'Ezra, malgré les deux épaisseurs de tissu. Oh, nom de Dieu ! Une autre ondulation de ces hanches et Ezra gémit de nouveau. Putain, c'était agréable.

Ça pouvait même être encore plus agréable. Si leurs vêtements ne leur barraient pas le passage, alors cette érection sexy pourrait glisser contre son orifice et le taquiner. Et avec juste un petit peu de lubrifiant, elle pourrait même glisser en lui. Ezra laissa échapper un gémissement bruyant.

Le corps derrière lui s'immobilisa.

— Qu'est-ce que… ? marmonna Callum.

Il n'avait pas encore l'air pleinement éveillé, mais ça n'allait pas tarder.

— Je, euh… On s'est réveillés comme ça, réussit à sortir Ezra.

Il n'arrivait toujours pas à s'écarter et se demanda si c'était lié au tourbillon d'hormones et de phéromones qui s'emparaient de son cerveau. *Fais chier.*

Maintenant que Callum était éveillé, Ezra repoussa les couvertures et tenta de rejoindre le bord du lit.

Un grommellement empli de mécontentement vibra contre son dos et le bras gauche de Callum se resserra.

Merde. Ezra prit une inspiration et entoura l'avant-bras de Callum de ses mains pour tenter de l'écarter de son corps.

— Callum, réveille-toi. On doit donner une présentation aujourd'hui et je ne pourrais pas t'aider si tu me *grilles le cerveau avant le petit-déjeuner.*

Callum sursauta à ses paroles et sembla reprendre entièrement conscience, parce qu'il relâcha enfin Ezra et roula sur le dos avec un gémissement pitoyable.

— Désolé, dit-il au plafond. Tu veux la première douche froide, cette fois ?

Non, Ezra ne voulait pas de douche froide. Il voulait que Callum le retourne sur le ventre et insère sa queue dans son cul jusqu'à ce que la douche froide ne soit plus qu'un souvenir. Mais il voulait aussi garder l'usage de son cerveau et il soupira donc avant de s'extirper du lit. Plus vite ils en auraient fini avec leur présentation, plus vite il pourrait éviter Callum, pour leur propre bien.

MALGRÉ LA soirée tape-à-l'œil de la veille, la conférence en elle-même fut plutôt discrète. Sans leurs parures ornées de cravates noires, les Alphas qu'ils avaient fréquentés la nuit passée remplirent la salle en groupe de deux, trois ou quatre, prenant lentement place dans des chaises d'hôtel inconfortables.

Il y avait quelques autres présentations prévues pour la conférence – une concernant un réseau virtuel de meute afin que les lycans vivants dans des régions moins peuplées ne se sentent pas si isolés, une autre concernant des investissements pour protéger la meute en temps de récession – mais elles étaient planifiées pour plus tard. Callum et Ezra passaient en premier.

Au moins, Callum n'aurait pas à s'inquiéter de problèmes techniques imprévus. Ezra maîtrisait cet aspect des choses. Il avait branché son ordinateur portable au projecteur et réussi à le tester en moins de temps qu'il aurait fallu à Callum pour trouver le bon câble.

Peut-être que Callum pourrait lui demander d'installer son système de son 'surround'.

Enfin, l'horloge indiqua dix heures et demie et Callum décida que tout le monde devait être présent. Il hocha la tête à l'attention de l'une des coordinatrices de l'événement assise au fond de la salle et la femme se leva pour fermer la porte.

— Tu es prêt ? demanda Callum, à mi-voix.

Ezra avait l'air un peu blême, les yeux rivés sur la foule.

— Eh bien, au moins cette fois je ne dois pas me souvenir de tous leurs noms, marmonna-t-il. Fais ce que tu as à faire !

Devinant que c'était à peu près tout ce qu'il tirerait de lui, Callum alluma le micro accroché au revers de sa veste.

— Bonjour tout le monde. Si vous pouviez tous vous asseoir, nous aimerions commencer dès que possible.

Les quelques traînards encore debout migrèrent vers des chaises vides et quelques secondes plus tard, Callum continua.

— Comme certains d'entre vous en ont conscience, durant les derniers mois, nous avons observé de nombreux lycans alphas dans le Midwest, qui faisaient preuve d'un comportement erratique et parfois même violent.

Derrière lui, le projecteur s'alluma pour montrer une carte, créée par Ezra, localisant les incidents connus.

131

Une mer de visages solennels le fixa en retour. Ça, au moins, ce n'était pas nouveau.

— À l'origine, les médecins de meutes et le CCM pensaient que nous avions affaire à une épidémie du Lyssavirus A, mais nous avons récemment été capables d'étudier les sujets et nous savons désormais qu'il n'en est pas la cause.

Quelques murmures tranquilles succédèrent à ses paroles.

Callum hocha la tête à l'intention d'Ezra et l'écran derrière lui changea de nouveau, montrant cette fois une vue plus rapprochée de la région qui avait été affectée.

— Mon assistant, Ezra, a développé un programme informatique qui surveille les rapports de police et autres qui contiennent des mots-clés spécifiques qui pourraient indiquer qu'un lycan a été impliqué dans une attaque. Voici les premiers résultats rassemblés par ce programme. Parmi toutes les attaques animales suspicieuses, la majeure partie peut être éliminée, car ces attaques n'ont pas eu lieu à la pleine lune.

Ezra cliqua pour passer à l'écran suivant.

— Même si le nombre d'attaques restantes peut sembler statistiquement considérable, si vous regardez le nombre total d'attaques animales durant le reste du mois et calculez une moyenne, vous pouvez remarquer qu'il y a en réalité moins d'incidents pendant la période de pleine lune.

C'était Ezra qui avait découvert cela. Callum avait été pour le moins surpris.

— Je ne comprends pas, l'interrompit Malcolm Shaw, assis au premier rang. Êtes-vous en train de dire qu'il n'y a donc pas de problème ?

Callum serra les dents.

— Pas du tout. Nous suspectons que cette anomalie peut être due à la présence normale de lycans. Les animaux ont tendance à être moins agressifs quand un grand nombre de prédateurs se trouvent à proximité.

Un autre murmure parcourut la salle, mais personne ne semblait décidé à les interrompre à nouveau, donc Callum continua.

— Puisque la fréquence des attaques n'était pas une bonne source d'informations, nous avons continué nos recherches en nous concentrant dans une autre direction.

Ezra passa à l'écran suivant.

— Voici une carte des morts de loups qui ont été signalées et qui auraient pu avoir lieu vers la pleine lune, si l'on s'en tient à l'état de décomposition des corps.

132

Les paroles de Callum entraînèrent un silence respectueux et sinistre. Il tourna les yeux vers Ezra et celui-ci cliqua de nouveau.

— Voici la même carte, où nous avons exclu les morts qui ont été positivement identifiées comme ne concernant que des loups. Les points restants indiquent des restes possiblement lycans.

La foule prit brusquement une inspiration, comme un seul homme. Callum comprenait qu'ils soient choqués. Il restait trois incidents : deux près de Cœur d'Alene, dans l'Idaho, et un au centre du Montana, à mi-chemin entre Billings et Great Falls. Cela ne pouvait pas être une coïncidence.

Maintenant venait l'étape la plus difficile. Callum marqua une pause et avala une gorgée de sa bouteille d'eau, dans l'espoir futile de calmer son estomac.

— Nous avons pu confirmer que les restes découverts au Montana sont ceux d'un lycan.

Pour souligner le sérieux de sa déclaration, il continua.

— Le fermier qui a retrouvé le corps il y a trois mois a dit qu'il s'agissait du plus gros loup qu'il ait jamais vu, alors il a…

Il ferma les yeux.

— Il l'a emmené chez un taxidermiste, qui lui a dit une chose des plus étranges : l'estomac du loup était empli de pizza et sentait la bière.

Une des femelles Alpha laissa échapper un cri aigu et couvrit sa bouche. Parfait. Callum arrivait à les atteindre. Peut-être que désormais ils arrêteraient de tenter de sauver la face et se feraient connaître quand ils soupçonneraient que quelque chose était arrivé à un membre de leur meute.

— Qu'en est-il des deux autres ? voulut savoir Darius Maulsby quand l'agitation se fut calmée.

Les deux autres – c'était encore pire.

— Ils ont été retrouvés ensemble, il y a deux mois, pendant la pleine lune. Le garde-forestier de Cœur d'Alene a remarqué cela.

Callum donna le signal et Ezra fit apparaître l'image de la patte arrière d'un des loups, qui était tatouée d'un rosaire.

Davantage de murmures et un autre cri angoissé, provenant cette fois d'un autre coin de la pièce.

— Si vous pouvez identifier cette femme, dit Callum d'un ton sinistre, vous pouvez venir parler avec Ezra ou moi-même quand nous aurons terminé ou contacter le Département des Pêches et de la Faune de Cœur d'Alene. Elle mérite mieux que cet anonymat.

Sachant que la pire part, et la plus choquante, était encore à venir, Callum se prépara.

— Il est possible que le troisième corps soit celui d'un loup et non d'un lycan, mais les résultats d'examens n'ont pas été concluants.

Son estomac avait été plein de viande. Simplement, il ne restait pas beaucoup plus que cela.

— Il ne restait pas assez de son corps pour l'identifier. Elle et la précédente victime se sont mises en pièces.

Cela généra la plus grosse réaction jusque-là. Quelques Alphas furent si choqués qu'ils demeurèrent silencieux. D'autres couvrirent leurs bouches ; d'autres encore jetèrent un œil autour de la petite salle de conférence comme s'ils se demandaient lequel des autres Alphas pourrait identifier les lycans morts, ou peut-être comme s'ils étaient inquiets que quelqu'un les pointe du doigt en tant qu'Alpha des victimes.

Callum pinça ses lèvres et regarda Ezra, qui avait pâli, mais semblait résolu. Il toucha le poignet de Callum un instant et se pencha pour pouvoir parler au micro à son revers.

— S'il vous plaît, dit-il. Si vous avez des informations concernant nos victimes, nous vous serions reconnaissants de toute l'aide que vous pourriez fournir. Nous essayons de déterminer si la cause est environnementale, mais il nous est difficile de pister où elles sont allées, puisque nous ne savons pas grand-chose sur elles. Même si vous voulez une copie du programme que j'ai développé... Je travaille avec le Département des Pêches et de la Faune, la police d'État et le FBI, mais il y a encore de petites municipalités avec des départements de police locaux que je n'ai pas pu contacter. Si vous pensez que vous pouvez faciliter cette coopération, je serai heureux de vous fournir une copie du programme.

Ingénieux. Callum ne savait pas si Ezra avait planifié cela ou si c'était spontané, mais il aurait aimé y penser. Les affaires politiques entre les meutes étaient toujours délicates. Callum ne pouvait pas demander trop d'aide sans perdre le respect des autres Alphas, aussi ridicule que cela puisse paraître. De la même façon, les autres Alphas ne pouvaient pas fournir trop d'informations sans perdre la face.

Sauf si la personne qu'ils aidaient était un bêta. Avoir Ezra près de lui était son meilleur atout. Il espérait simplement que cela leur permettrait d'obtenir davantage d'informations utilisables.

Chapitre Huit
Le Jeune Loup

ILS ÉTAIENT sept et se tenaient tous devant Ezra, le fixant de leurs yeux écarquillés et brillants, leurs visages étonnamment emplis d'espoir. C'était résolument en contraste avec la conférence, quelques jours auparavant, où Ezra et Callum avaient fixé un océan bien plus grand de lycans adultes.

— Euh, dit Ezra d'un air incertain.

Les sept enfants semblèrent encore plus impatients, même si Ezra ne savait pas vraiment ce qu'ils attendaient. Il n'était pas non plus bien sûr de la raison pour laquelle Wyn avait pensé que ce serait une bonne idée de le charger d'amuser un public de mineurs. Elle l'avait informé, environ dix minutes avant que la sonnette retentisse ce matin-là, que des enfants allaient venir à la maison.

— Qui vient ici ? Et pourquoi ?

— Certains des parents de la meute sortent pour la journée et ils nous laissent les enfants.

Ezra l'avait dévisagée, l'air horrifié, pendant plusieurs minutes.

— *Nous* ? Tu veux dire, toi et *moi* ? Moi, m'occuper d'enfants ?

Oui, il aurait vraiment dû aller travailler aujourd'hui, même si on était samedi.

Wyn, debout devant la cuisinière, s'était tournée vers lui pour lever un sourcil à son attention.

— Quel est le problème ? Ils seront là quelques heures, puis ils rentreront chez eux.

— Oui, mais entiers ? Tu ne peux pas me laisser m'occuper d'enfants !

— Je ne te laisse pas t'occuper de quoi que ce soit. C'est moi qui m'en occuperai. Tout ce que tu devras faire, c'est te délecter de toute l'attention que tu vas sûrement recevoir.

Maintenant qu'Ezra se retrouvait face à leurs visages curieux, il était quasiment sûr que ça n'allait pas être aussi simple que Wyn avait essayé de le lui faire croire.

Un des enfants, une fille avec deux tresses blondes, se rapprocha. Elle lui semblait familière et Ezra se rappela qu'elle était têtue et autoritaire. Il ne fut pas déçu.

— Oncle Ezra ? Est-ce que tu sais jouer à cache-cache ?

— Hum, oui ?

— Veux-tu jouer avec nous ?

— Euh…

Ezra la regarda d'un air incertain.

— Je suis sûre qu'Oncle Ezra adorerait jouer à cache-cache avec vous tous.

Wyn souriait, une lueur malicieuse dans le regard.

— Peut-être que vous devriez courir vous cacher pendant qu'Oncle Ezra compte jusqu'à cent.

Avant de pouvoir rajouter quoi que ce soit, les sept enfants se retournèrent et quittèrent la pièce en courant.

— Oh mon Dieu, soupira Ezra dans la pièce vide. Et maintenant ?

Wyn cligna des yeux, surprise.

— Hum, tu comptes jusqu'à cent et tu vas les chercher ?

Elle tapota son bras pour le consoler avant de se détourner et s'échapper vers la cuisine.

Après avoir atteint cent, et ajouté cinquante de plus, Ezra admit qu'il était temps d'aller chercher les enfants.

Les enfants étaient épuisants, décréta Ezra une heure plus tard en s'écroulant dans une chaise au salon. Il ferma les yeux, mais fut brusquement tiré de son repos quand un des garçons, Konnar, hurla :

— Tante Wyn !

— Est-ce que vous vous êtes bien amusés en jouant à cache-cache ?

— Oui !

— Mais Oncle Ezra est mauvais à ce jeu, lui dit Allison L'Autoritaire.

Ezra hésita à souligner que sa taille l'empêchait d'utiliser les meilleures cachettes, mais il perdrait sûrement ce débat.

Wyn eut un rire ravi.

— Eh bien, peut-être qu'on devrait lui accorder une petite pause. J'ai préparé un pique-nique pour le déjeuner qu'on peut emporter au parc.

— Ouais !

Les enfants étaient enchantés.

Pas Ezra.

— Quoi ?

136

Ezra tourna un regard paniqué vers Wyn après que les enfants se soient échappés pour enfiler leurs chaussures.

— On les sort en public ? Et si on en perd un ? murmura-t-il sévèrement.

Wyn ne fit que rire à ses inquiétudes pourtant raisonnables et l'accompagna jusqu'à la porte.

En réalité, emmener les gamins à l'extérieur se passa presque comme sur des roulettes. Les enfants avaient l'habitude d'être surveillés par leurs oncles et tantes de remplacement et semblèrent tous heureux d'obéir aux ordres. Cela aida également qu'Allison commande à tous ses camarades de jeu de se dépêcher pour arriver plus vite au parc. Bien vite, les louveteaux-garous fonçaient sur les toboggans, s'asseyaient sur les balançoires ou grimpaient sur l'arbre à singes.

— Garde-les à l'œil pendant que je sors le repas, d'accord ?

Ezra se rapprocha de l'aire de jeux. Il les regardait à distance depuis quelques instants seulement lorsque Dallas l'appela pour lui demander de venir le pousser sur la balançoire.

Quand Wyn les appela pour venir manger, on avait demandé à Ezra de pousser également Allison et Beau sur les balançoires, d'aider Kenzie, trois ans, à descendre le toboggan, et d'assister ensuite Olivia, Konnar et Nick à traverser l'arbre à singes. Ils voulaient tous jouer avec lui, mais les sept enfants délaissèrent rapidement leur nouvel ami pour la nourriture lorsque Wyn les appela. Ezra, tout aussi affamé, ignora l'étonnant sentiment passager de rejet.

Quand la nourriture fut engloutie, Allison se releva et annonça :

— Nous allons jouer à chat.

Puis elle donna une tape sur bras d'Ezra et déclara :

— C'est toi le chat.

Avant de s'enfuir.

Stupéfait, Ezra prit le temps de regarder Wyn et ce moment d'hésitation lui coûta cher puisque tous les autres enfants – hormis Kenzie, qui était pelotonnée dans le giron de Wyn – s'envolèrent.

Ezra sauta sur ses pieds et les prit en course. Il attrapa Beau en premier. Beau attrapa Konnar et Konnar attrapa Olivia qui poursuivit Ezra. Riant, Ezra se laissa attraper et se retourna pour continuer sa poursuite. Il n'arrivait pas à s'arrêter de rire quand il feignit d'attraper Dallas, puis tendit les mains pour de faux vers Olivia avant d'attraper finalement Allison. La fillette gloussa quand Ezra la souleva et la porta par-dessus sa tête d'un air triomphant.

— Je t'ai eue !

Allison piailla et se tortilla.

— C'est toi le chat !

Puis Ezra laissa repartir la fillette et fit quelques enjambées pour s'éloigner d'elle. Il se tournait pour voir vers où elle était partie quand il fut distrait à la vue de Nick, Beau et Konnar, attroupés au milieu du terrain en train de regarder quelque chose au sol.

Occupé à observer ce conciliabule sérieux et impromptu, Ezra ne vit pas Allison courir après Dallas ni Dallas se tourner vers lui. Son allure rapide l'éloigna du garçon par pure coïncidence tandis qu'il se dirigeait vers le trio, sa vitesse augmentant quand les garçons s'accroupirent, visiblement pour mieux voir ce qui se trouvait au sol.

Ezra arriva juste à temps pour voir Beau tendre la main.

— Hé, les garçons !

Ils sursautèrent et se tournèrent vers lui, arborant tous une expression coupable.

— Qu'est-ce que vous avez trouvé ?

Ezra s'accroupit près d'eux, faisant à peine attention aux autres enfants qui jouaient derrière lui.

— Sais pas, dit Beau.

— On l'a trouvé, dit Konnar, peut-être pour souligner leur innocence.

Nick haussa simplement les épaules, les yeux écarquillés.

Ezra se pencha pour mieux voir. Au sol se trouvait ce qui ressemblait à deux autocollants, utilisés pour surveiller la fréquence cardiaque d'un patient à l'hôpital, et de façon plus alarmante, l'aiguille d'une intraveineuse.

— D'accord. On ne devrait vraiment pas toucher ça. Et si vous retourniez jouer ?

Les garçons semblèrent tous soulagés de ne pas s'être attiré d'ennuis et détalèrent.

— Et on ne touche rien d'autre de bizarre ! cria-t-il à leur suite.

Puis il se tourna vers les objets et les ramassa.

Qu'est-ce qu'une aiguille à intraveineuse foutait dans un parc ? Silencieusement, pour ne pas être entendu par des oreilles juvéniles, Ezra maudit le mystérieux petit con qui avait laissé un tel danger dans un parc public où des enfants pouvaient le trouver et se blesser avec. Il était assez contrarié lorsqu'il apporta les objets à Wyn, qui câlinait désormais une Kenzie endormie.

— La sieste d'après manger, dit Wyn avec un sourire qui disparut quand Ezra s'approcha. Qu'est-ce qu'il y a ?

— Regarde ça.

Il lui raconta comment les garçons avaient découvert les objets.

— Comme c'est bizarre, dit Wyn. Quelle étrange… je veux dire, j'ai déjà entendu parler de seringues utilisées pour la drogue et retrouvées dans les parcs, mais une intraveineuse ?

Ezra hocha la tête.

— Et avec des électrodes ?

— Étrange.

Leur perplexité fut bientôt interrompue quand six enfants revinrent en courant vers la nappe de pique-nique, essoufflés. Dallas et Allison se jetèrent tous deux au sol d'une façon théâtrale, apparemment fatigués au-delà du supportable. Ils se disputaient pour savoir qui avait gagné le jeu.

— Il se fait tard, les interrompit Wyn pour mettre fin à la discussion.

Heureusement, elle savait comment détourner l'attention des enfants.

— Vos parents vont venir vous chercher dans une heure, il faut qu'on rentre à la maison pour les accueillir.

Quand toutes les affaires furent rassemblées, Wyn se tourna vers Ezra pour lui demander :

— Pourrais-tu porter Kenzie ? Je ne pense pas qu'elle pourra rester assez éveillée pour marcher.

Son sourire était teinté de satisfaction.

Ezra jeta un œil à l'enfant qui, bien que réveillée, se tenait là en frottant ses yeux d'un air endormi. Il ne savait pas trop comment la prendre dans ses bras. Heureusement, Kenzie l'aida à résoudre ce problème en marchant jusqu'à Ezra et tendant les mains vers lui, attendant sa réaction. D'un geste hésitant, Ezra se pencha vers elle, agrippa l'enfant sous les bras et la souleva. Kenzie enroula ses deux bras autour de son cou et posa la tête contre son épaule. Ezra la fixa un moment, à quelques millimètres, avant de raffermir légèrement son étreinte pour mieux la tenir.

— Pose-la contre ta hanche pour supporter son poids, dit Wyn avec un petit rire, et Ezra suivit maladroitement ses conseils.

Finalement, une fois qu'elle fut installée et que Wyn eut récupéré le panier, le groupe se remit en route et quitta le parc. Les autres enfants avaient récupéré leur énergie. Ils semblaient voguer, tourner et flotter autour de Wyn et Ezra, et retrouver leur place seulement lorsque Wyn leur conseillait de faire attention pour traverser les passages piétons. Quand ils atteignirent le bout de leur rue, Allison cria :

— Le dernier arrivé chez Wyn est une face de crapaud !

Ils partirent tous en courant.

— Une face de crapaud ? sourit Wyn.

— Je ne veux pas être une face de crapaud.

Ezra demeura sans expression.

— J'espère que j'arriverai à la maison avant toi.

— Ha ! Tu portes un enfant ; moi je n'ai que le panier ! Aucune chance, Face de Crapaud !

Puis Wyn partit en sautillant, laissant un Ezra encombré à la traîne.

— C'est de la triche !

— Non, c'est la vie !

Wyn ne s'arrêta pas.

Ezra perdit quelques précieuses secondes pour raffermir sa prise sur Kenzie, qui glissait de ses bras. Une voiture les dépassa et il sursauta. Finalement, il s'arrêta pour déplacer l'enfant ; avec soin, il repositionna la fillette endormie contre sa hanche, ne voulant pas la laisser tomber.

Satisfait qu'elle soit à nouveau en sûreté, Ezra releva les yeux et découvrit qu'il n'était plus qu'à une maison de chez Callum et que la voiture qui l'avait dépassé était en train de se garer devant celle-ci. Tandis qu'Ezra l'observait, trois hommes en sortirent.

Durant les derniers jours, il avait pris l'habitude de voir des visiteurs aller et venir – Callum était très demandé quand il ne travaillait pas – mais Ezra fut surpris de réaliser qu'il reconnaissait le troisième visiteur et *pas* parce qu'il faisait partie de la meute. L'Alpha Darius Maulsby venait de s'extirper du siège passager. Il était aussi grand et de mauvais augure que s'en souvenait Ezra.

Ezra regarda l'homme porter un bref coup d'œil autour de lui avant de se diriger directement vers la porte d'entrée de chez Callum. Il ne pouvait pas ne pas avoir remarqué Wyn, les enfants et Ezra – il venait de conduire devant certains d'entre eux – mais il ne fit rien pour montrer qu'il avait noté leur présence.

Ses hommes, par contre, oui. Ils n'arrêtaient pas de regarder autour d'eux comme s'ils pensaient faire partie des Services Secrets, leur regard oscillant entre les enfants, Wyn, puis Ezra et recommençant par le début.

Qu'est-ce qu'ils font là ? se demanda Ezra. *Pourquoi ont-ils fait tout ce chemin pour voir Callum ?* Great Falls n'était relativement pas si loin de

Missoula, mais ce n'était tout de même pas la porte à côté. *Que pouvait-il avoir à lui dire qui ne pouvait être dit par téléphone ?*

Quand la porte d'entrée s'ouvrit enfin, il y eut une brève pause avant que Darius et ses compagnons entrent. Même après que la porte se soit refermée, Ezra continua à la regarder.

— Ezra !

Sortant de ses pensées, Ezra tourna la tête pour voir Wyn, debout dans son allée. Les enfants jouaient à Ezra-ne-sait-pas-quoi sur la pelouse.

— Viens surveiller les enfants pendant que j'emporte ça à l'intérieur.

Ah oui. Ezra entra un instant pour déposer Kenzie, toujours endormie, sur le canapé puis ressortit et s'installa sur le perron.

Un cri strident tira Ezra de sa rêverie. Olivia était au sol, son genou couvert de sang. Allison se tenait près d'elle et hurlait à gorge déployée sur Beau et Dallas. Après avoir compris la situation, et réalisé qu'Olivia avait besoin de premiers soins et de réconfort, Ezra se releva d'un bond, se retourna et courut jusqu'à la porte d'entrée.

— Wyn !

— Quoi ?

— Je... Au secours !

Le désespoir était probablement palpable dans sa voix, puisque Wyn fut soudain près de lui, le visage pâle et l'air paniqué.

— Quoi ? demanda-t-elle encore, semblant cette fois moins agacée et plus inquiète.

— Il y a – dehors – blessure !

Wyn sortit en courant, le dépassa sur le perron et...

— Oh, ce n'est pas vrai ! C'est juste une égratignure !

Elle lui lança un regard noir et disparut. Clairement, elle semblait penser qu'il avait réagi de façon excessive.

Ezra jeta un œil à l'enfant en train de crier et à la façon dont Allison criait sur les garçons pour avoir blessé son amie, et il ne put s'empêcher de ne pas être d'accord. Le sang et les enfants en train de crier, ce n'était pas rien.

BIEN QU'IL ait été prévenu deux jours à l'avance la seconde fois, Ezra ne se sentait toujours pas prêt à retourner voir la meute quand ils se réunirent pour la fête d'anniversaire de Dallas. La plupart des amis proches d'un lycan étaient aussi des lycans et les fêtes devenaient souvent des événements communautaires. Ezra se retrouva donc à un autre rassemblement de lycans, entouré de douzaines de personnes, toutes plus curieuses les unes que les autres à son sujet.

À l'inverse de la dernière fois, la réunion se tenait chez quelqu'un. Le rez-de-chaussée avait été ouvert pour permettre aux gens de papillonner, tandis que le jardin avait été choisi comme lieu central de l'événement.

Ezra était arrivé avec Callum, ce qui, d'après lui, allait sûrement alimenter les commérages qui étaient devenus de plus en plus constants depuis qu'il s'était installé chez Callum. Cela avait pris moins de vingt-quatre heures pour que tout le monde découvre qu'il n'habitait plus chez Wyn. Au moins, le rapprochement entre Wyn et Blaise fournit une autre source de discussion aux commères.

Malgré la résolution initiale de Callum de trouver un autre endroit où vivre pour Ezra, aucun d'eux n'avait abordé le sujet. Ezra y avait réfléchi, surtout pendant qu'il se masturbait dans la douche en fantasmant sur Callum, mais il ne l'avait pas mentionné parce qu'il ne voulait pas partir. Aussi frustrant que cela pouvait être de vivre avec l'objet de son désir, les bénéfices l'emportaient sur les désavantages. Il ne pouvait pas nier le plaisir de voir Callum dès les petites heures du matin, ou se détendre à ses côtés à la fin de leurs journées stressantes.

La mère de Dallas les accueillit chaleureusement à la porte et les orienta vers le jardin, où jouaient les enfants.

Callum hocha la tête et lui offrit un dernier sourire avant de se tourner pour partir. Il leva un sourcil à l'attention d'Ezra.

— Tu viens ?

Ezra pouvait sentir des yeux sur lui. Plusieurs mères, toutes postées à la cuisine avec la nourriture, suivaient de près leur interaction pourtant ordinaire, il en était certain.

— Bien sûr, dit-il.

Tout pour éviter cette surveillance.

Le jardin était en ébullition et plein de monde profitait de ce qui était sûrement les derniers beaux jours de l'année. Les adultes étaient rassemblés autour du barbecue, parlant de l'art de faire des grillades ou survolant la grande table couverte de hors-d'œuvre et de garnitures. Parmi eux jouaient des enfants, courant entre les gens et s'élançant vers la grande pelouse.

Dallas les trouva en rentrant tête la première dans Callum. L'homme grogna à l'impact, mais n'hésita pas à soulever le garçon et lui souhaiter son anniversaire.

Le garçon releva deux mains pour montrer un total de six doigts.

— Oncle Ezra, j'ai six ans maintenant !

Il semblait attendre quelque chose, mais Ezra ne savait pas vraiment quoi.

— Waouh, choisit finalement Ezra comme réponse, ignorant s'il devait ajouter quoi que ce soit.

Cela sembla satisfaire l'enfant qui ne répondit rien, mais se tourna vers Callum pour lui raconter sa journée.

En un rien de temps, Callum fut entraîné pour participer à quelque chose qui, d'après le ton de Dallas, semblait incroyablement excitant. Ils disparurent derrière quelqu'un et Ezra se retrouva soudain très seul au milieu de la foule, jusqu'à ce qu'une petite main se pose sur son bras et qu'une voix dise :

— Les anniversaires sont souvent comme ça.

Emma LaPorte arborait un sourire chaleureux en suivant Callum et Dallas du regard.

— Pardon ?

— Callum et Jax essaient d'apporter une attention particulière à tous ceux qui fêtent quelque chose. Avec les enfants, cela veut dire jouer avec eux.

Ezra se détourna d'elle et aperçut Callum et Dallas qui avaient rejoint les autres enfants pour jouer à chat, et remarqua que Jax, elle aussi, courait avec eux.

— Euh.

— Ça veut dire quoi, ce bruit ?

Elle tourna un regard chaleureux vers lui.

— Rien.

Ezra essaya de faire comme si rien n'était, mais ne reçut pour sa peine qu'un haussement de sourcil.

— C'est juste que... je voyais les Alphas comme des gens responsables, comme ce sont eux qui ont tous les soucis supplémentaires et le stress en prime. Je n'avais pas vu ça comme ça jusqu'à maintenant. Un peu comme... être une petite célébrité et un modèle. Mais ces gamins adorent être l'objet de leur attention. Surtout Dallas.

— Il y a aussi des avantages à être un Alpha. Ça ne consiste pas juste à mener les gens à la baguette et s'occuper des nouveaux membres qui viennent de se faire mordre.

Emma lui sourit d'un air malicieux.

— Je vois ça.

Son ton était chagriné.

— Allez, viens. Trouvons quelque chose à se mettre sous la dent. Et peut-être même une place au soleil.

Trente minutes plus tard, Ezra était très reconnaissant envers Emma. Les autres lycans avaient continué à le fixer sans gêne, ce qui était assez pour mettre Ezra sur les nerfs, même en sa compagnie. Il n'était pas sûr qu'il aurait pu garder son sang-froid ou n'aurait pas quitté la fête si elle n'avait pas détourné son attention pour le distraire.

Elle lui racontait les anecdotes de l'enfance de ses enfants lorsque Jax apparut près d'eux.

— Ezra, tu es venu !

Elle lui lança un sourire effronté.

— Oui…

Il n'était pas sûr de ce qui lui valait ce sourire, *cette* fois.

— Tu en doutais ?

— Eh bien, si je devais aller à une fête où tout le monde me fixe et parle de moi derrière *mon* dos…

Sa voix gagna progressivement en volume.

— … alors j'irais à contrecœur.

— Jacqueline ! la réprimanda Emma, mais Ezra fut tellement soulagé par le changement notable dans l'attitude des lycans qui les entouraient qu'il ne lui en voulut pas.

À UNE époque, la vie d'Ezra n'avait pas été aussi difficile. À cette époque, il n'avait pas l'impression qu'autant de personnes avaient décidé de lui rendre la vie misérable.

Lucien, le bêta consumé par une haine dévorante envers sa personne, avait rejoint Ezra pendant l'une des quelques minutes où il s'était trouvé seul. Callum avait été appelé un peu plus loin pour surveiller les enfants et Jax était occupée à défendre Wyn contre les questions concernant sa relation avec Blaise. Ezra n'avait pas été gêné d'être laissé seul, jusqu'à ce que Lucien vienne se planter à sa gauche, surgissant de derrière lui.

— Salut.

Tâchant de ne pas se comporter comme un petit con avec sa nouvelle famille – comme il se l'était promis – Ezra le salua à contrecœur en retour.

Lucien n'eut pas besoin de plus de cinq minutes pour lui faire regretter sa décision.

— La meute entière parle de toi. Personne ne comprend pourquoi il ne t'a pas encore baisé.

Ezra serra les dents.

— Je veux dire, c'est flagrant que tu en as envie, et pourquoi ne s'amuserait-il pas un peu ? À moins qu'il n'ait pas envie d'avoir affaire à toi le lendemain matin.

Pendant un instant, Ezra pensa répondre, mais il savait que ça ne servirait à rien. Il espérait simplement qu'ignorer Lucien lui permettrait de s'en débarrasser plus rapidement.

S'éloigner ne fonctionna pas non plus. Ezra essaya, mais Lucien le suivit.

— Callum n'est pas prêt à se caser et il sait probablement que tu ne lui lâcheras plus les baskets une fois que tu auras eu ce dont tu meurs d'envie.

Ezra ne pouvait pas en supporter davantage.

— Lucien, je t'encourage fortement à fermer ta gueule et à te casser. C'est vraiment flagrant que je ne suis pas le plus dégoûté de ne pas offrir mon cul à l'Alpha, et à moins que tu veuilles que cette conversation détaille bruyamment combien *tu* en meurs d'envie, je te suggère de me laisser seul.

Ezra prit soin de parler à voix basse et il ne le regretta pas en voyant le rouge monter aux joues de Lucien et s'étaler sur son visage indigné. Ses yeux brillèrent d'une émotion indéfinie quand il essaya finalement de parler.

— Espèce de… je n'ai jamais… sale petit…

— Je vais m'éloigner, maintenant, et tu ne vas pas me suivre, dit Ezra.

Puis, ignorant le regard furieux de l'autre homme, il mit sa menace à exécution.

Il valait mieux s'éloigner autant que possible, décida Ezra, aussi se dirigea-t-il vers la maison. Il remarqua que nombre d'adultes avaient quitté la maison pour aller dans le jardin, avant de rejoindre la maison à nouveau. Beaucoup de lycans plus âgés avaient choisi de rester dans la maison, sans doute pour profiter du calme.

Refermant la porte en soupirant, Ezra se retourna pour se retrouver face à face avec Jax. Sérieux, comment faisait-elle ça ? Il aurait pu jurer qu'elle était à la cuisine avec Wyn.

— Désolée, grimaça Jax. J'allais intervenir. Tu devrais rester loin de lui.

— Plus facile à dire qu'à faire, ronchonna Ezra.

Jax lui tapota le bras d'un air compatissant.

— Il est ambitieux. Il veut grimper les échelons de la meute, veut du respect. Et il pense qu'il peut l'obtenir à l'ancienne.

Le regard d'Ezra avait dû marquer sa confusion, car Jax clarifia, à sa façon habituelle :

— Nu et sur le dos.

Heureusement qu'Ezra n'était pas en train de boire quelque chose en cet instant, car il était presque sûr qu'il venait de s'étouffer même sans rien.

— Sérieusement ?

— Il veut devenir le petit copain entretenu de Callum depuis que Callum a été élu.

Vraiment ? Lucien voulait échanger son corps simplement pour gagner davantage de respect ? Ne voyait-il pas l'incohérence de son raisonnement ? Et aussi… berk. Le visage d'Ezra sembla refléter ses émotions, car Jax hocha la tête.

— Exactement. Heureusement pour le reste d'entre nous, Callum a un cerveau et il ne se trouve pas entre ses jambes. Il a démoli les espoirs de Lucien *pronto*, même si vu la dispute qu'ils ont eue quelques années plus tard, Lucien ne l'avait pas vraiment pris au sérieux.

— Quoi ?

— Je suppose que Lucien a dû croire qu'il était simplement trop jeune la première fois. Il n'avait que dix-sept ans donc il a essayé à nouveau, deux ans plus tard. Callum n'est pas une commère donc seuls lui et Lucien savent comment cette conversation s'est passée, mais à en juger par le balai que Lucien a dans le cul depuis, le second refus ne s'est pas aussi bien passé que le premier.

Jax soupira d'un air triste et rêveur.

— Ah, j'aurais aimé être une petite souris ce jour-là…

— Alors… Pourquoi il ne m'apprécie pas ?

Le regard qu'elle lui lança suggérait qu'elle le pensait un peu idiot, ce qu'Ezra ne trouva pas si loin du compte. À la réflexion, c'était assez flagrant.

— D'accord, peut-être que je comprends pourquoi il est jaloux de moi.

Il lui sourit faiblement.

Jax lui donna une tape à l'épaule.

— Bien, la leçon d'histoire est terminée. Est-ce que tu as vu le dessert que Wyn a préparé ?

Chapitre Neuf
Hurler Avec Les Loups

LA CAMIONNETTE s'arrêta devant la cabane délabrée où Callum amenait les jeunes lycans lors de leur premier changement, chaque année depuis qu'il était devenu Alpha. Sur le siège passager près de lui, Ezra tripotait sans cesse nerveusement tout ce qui lui passait sous la main, les yeux rivés au ciel qui s'assombrissait au travers de la fenêtre.

Vingt minutes avant le lever de la lune.

Callum gara la camionnette, en ouvrit la porte et sauta hors du véhicule, attrapant au passage leurs sacs de couchage à l'arrière. Ezra sortit avec plus de précautions, détaillant le paysage, respirant amplement.

— C'est quoi, cet endroit ?

— Le territoire de la meute, lui dit Callum.

La meute possédait plusieurs propriétés – des terres, une pépinière, une ferme où on faisait pousser des sapins de Noël, le tout plus ou moins limitrophe.

— Cette vieille cabane en fait partie depuis deux cents ans, sous cette forme ou sous une autre.

Ezra se retourna pour observer la petite maison en forme de A.

— Elle n'a pas l'air si vieille.

— C'est comme un couteau suisse, expliqua Callum. Parfois il faut changer le toit, ou les pavés, ou le générateur électrique, mais ça reste la même cabane au final.

Il indiqua le chemin.

— Bon. On y va ?

Ezra hocha la tête et ils s'engagèrent sur l'allée.

— C'est normal, cette sensation ?

— Quelle sensation ? demanda Callum en lui jetant un regard.

— Des picotements. Partout. Même dans ma tête.

Ezra grimaça.

— Ça doit être ton ADN qui termine de muter.

Callum n'avait absolument aucun souvenir de ce genre, durant sa

147

première transformation. Il localisa un petit coffre-fort, entra un code, et celui-ci s'ouvrit pour révéler une clé.

— Aucun de ceux que j'ai aidés au fil des ans, qui se transformaient pour la première fois, ne m'a dit une telle chose.

Il inséra la clé dans la serrure, secoua légèrement la poignée avant de la tourner ; elle *était* vieille. Finalement, elle se débloqua et il poussa la porte pour l'ouvrir, faisant signe à Ezra de passer devant lui.

— Après toi.

Callum reposa la clé dans le petit coffre et referma derrière eux, puis s'agenouilla pour déverrouiller la…

— C'est une chatière ?

Callum releva les yeux vers Ezra et souleva ses sourcils.

— Quoi, tu ne pensais tout de même pas qu'on allait rester dans la cabane toute la nuit ? Et les portes sont un peu difficiles à ouvrir quand tu n'as pas de pouces.

— Mais… On ne travaille pas, demain ?

Levant les yeux au ciel, Callum se releva.

— Il paraît que ton patron est assez compréhensif si tu veux prendre ta journée pendant la pleine lune.

Il haussa les épaules.

— Ce n'est pas une chose habituelle, mais je ne veux pas que tu sois obligé de passer ta première pleine lune à l'intérieur.

En plus, se dit Callum, il emmenait tous les louveteaux au moins une fois, la première année. Oh, s'ils étaient plus que deux, il avait besoin d'un autre chaperon – loup ou pas, sujets aux règles de l'Alpha de la meute ou pas, ils restaient des enfants – mais, eh bien… Cela aurait été mentir que prétendre qu'il ne voulait pas garder Ezra seulement pour lui ce soir.

Ou tous les autres soirs.

— D'accord, dit Ezra. Merci, alors.

Callum hocha la tête. Il retira son manteau et l'accrocha à l'une des patères près de la porte.

— De rien.

Est-ce qu'Ezra le remercierait toujours s'il savait ce que Callum prévoyait pour un peu plus tard ?

Sûrement, en réalité, ce qui était un problème encore plus important. Ezra était prédisposé génétiquement à être attiré par lui. Il ne pouvait pas s'en empêcher. C'était une des raisons pour lesquelles Callum avait gardé tous les lycanthropes bêta – pas seulement ceux qui appartenaient à la meute – hors de son lit, jusqu'à maintenant. Au moins, avec des partenaires humains, il était sûr que leur attirance était la leur, et pas causée par un des mystères de la biologie.

Ezra, en revanche, lui posait un véritable dilemme moral. Même s'il ne remettait pas en question son attirance physique et sexuelle, il n'en était pas de même de son libre arbitre. Bien sûr, Callum s'était assuré qu'il serait capable de désobéir s'il le voulait, si jamais Callum dérapait et utilisait ses phéromones pour renforcer les ordres qu'il avait tendance à donner au lit, mais l'idée de détruire la moindre parcelle de volonté chez Ezra était aussi répugnante que l'idée de l'avoir pour lui était enivrante. Quelque chose lui disait que faire une entorse à cette règle cardinale pour Ezra en valait la peine – du moins jusqu'à ce que ça lui revienne en pleine figure, et alors tout se détériorerait très rapidement.

Callum augmenta la température de la cheminée à gaz et commença à se déshabiller. Peut-être que la pleine lune lui apporterait certaines réponses.

— Hum, dit Ezra derrière lui.

Callum pouvait sentir son regard perçant contre son dos, plus chaud encore que les flammes de l'âtre près de lui.

— Qu'est-ce que tu fais ?

L'ennui de Callum s'évapora et il esquissa un petit sourire en agrippant la boucle de sa ceinture. Ezra ne pourrait pas le voir, de toute façon.

— De quoi ça a l'air ? demanda-t-il en retirant ses chaussures du bout des orteils, puis ses chaussettes, avant de laisser retomber son jean au sol et de renifler discrètement l'air.

Voilà la réaction qu'il attendait. Il retira également son boxer avant de ramasser ses vêtements et de les jeter sur le dos d'un vieux fauteuil près du feu.

— Hum, dit Ezra.

Il fixait Callum et son regard n'était pas rivé à son visage.

Callum le laissa faire.

— Si jamais tu veux reporter ces vêtements un jour, tu ferais mieux de te déshabiller aussi, indiqua-t-il.

Ezra déglutit.

— Ah oui, dit-il en se retournant et dégrafant sa veste.

Callum l'avait déjà vu plus ou moins nu quand il l'avait examiné après sa morsure, mais peut-être que c'était le fait de se dévêtir qui le rendait nerveux.

— Je vais vérifier rapidement si tout va bien et m'assurer que tout fonctionne dans la maison, dit-il. Je reviens.

En réalité, la cabane en elle-même ne comportait pas beaucoup de choses à vérifier. Il y avait la plomberie, mais il était trop tôt pour s'inquiéter d'une conduite gelée. L'ouïe perçante de Callum l'informa que le réfrigérateur dans le coin-cuisine de la grande pièce fonctionnait parfaitement. À part la pièce à vivre/salle à manger/cuisine, il n'y avait qu'une grande chambre et une salle de bain qui donnait sur celle-ci, mais Ezra n'avait pas à le savoir. Callum se glissa dans la chambre et referma presque complètement la porte derrière lui.

Comme promis, les draps avaient été changés cet après-midi-là. Callum pouvait le dire sans rien faire de plus qu'inspirer profondément. Il aurait dû savoir qu'il pouvait toujours compter sur Wyn – même si elle avait pris quelques libertés avec certains détails, remarqua-t-il tristement en voyant la petite bouteille de lubrifiant et le bol décoratif empli de préservatifs sur la table de nuit. Lui demander de l'aide avait été pour le moins gênant. Surtout parce qu'il n'était pas encore sûr de vouloir aller jusqu'au bout de son plan.

Dans tous les cas, il allait devoir affronter le regard spéculatif de Wyn.

En silence, il s'approcha du lit et après une seconde d'hésitation, planqua les provisions utilement fournies par Wyn dans la table de nuit, plutôt que dessus. Il espéra simplement, en se tournant vers les couvertures, qu'elle n'avait pas décoré la salle de bain de pétales de roses, ou quelque chose du genre. Cela aurait été trop, d'après lui, et il flirtait déjà beaucoup avec ses limites dernièrement.

Un coup d'œil rapide à la salle de bain la révéla presque intacte, bien que plus propre et avec des serviettes de meilleure qualité qu'à l'accoutumée. Il y avait *quand même* une bouteille de bain moussant – est-ce que Wyn pensait qu'il avait perdu la tête ? – mais elle était assez décorative, donc il décida de la laisser. De plus, la lune allait se lever d'un instant à l'autre. Il n'avait pas beaucoup de temps pour autre chose.

Ezra ne s'était pas vraiment précipité pour se déshabiller en son absence. Callum retourna au salon juste à temps pour voir son jean et son boxer glisser au sol – et pour entendre l'impact sourd quand ils cognèrent contre le bois. Callum nota la forme de la poche en refermant la porte de la chambre derrière lui. Apparemment, il n'était pas le seul à avoir des plans pour leur soirée.

Étrangement, cela ne le mit pas plus à l'aise. Peut-être était-ce dû à la pleine lune.

Plus probable, cela avait à voir avec la façon dont la lumière du feu jouait sur la peau d'Ezra. Callum se força à ne pas le regarder trop fixement. *D'abord le travail, le plaisir ensuite.*

Ezra s'éclaircit la gorge.

— Et maintenant ?

— Maintenant, nous attendons que la lune se lève, dit Callum en jetant un œil par la fenêtre. Ça ne devrait pas être long.

ÉVIDEMMENT, CALLUM avait raison. Une demi-seconde plus tard, tout au plus, un frisson parcourut Ezra, tandis que tous les poils de son corps décidèrent de se hérisser en même temps. Sa peau commença à le démanger, d'abord au bas de son dos, puis à l'arrière des mains, et partout ensuite tandis qu'une fourrure dense commençait à pousser. La base de ses ongles, aux doigts et aux orteils, palpita sourdement, les laissant s'allonger et s'épaissir, se recourber en des pointes cruelles. Le reste se perdit dans un brouillard opaque quand la douleur déchira son corps. Ses genoux se brisèrent, sa mâchoire s'allongea et se resserra. Il ferma vivement les yeux pour supporter cet assaut et, lorsqu'il les rouvrit, tout était noir et blanc et il avait chuté au sol.

Non, ce n'était pas tout à fait exact. Il était *plus près* du sol, mais il était debout – sur quatre pattes.

À l'autre bout de la pièce, une masse noire et imposante le regardait en silence. Une crête de poils plus claire ornait son torse, et une tache blanche décorait le bout de son museau. Le nez d'Ezra lui confirma sans aucun doute possible qu'il s'agissait de Callum.

Callum se releva puis parcourut rapidement la distance qui les séparait, la queue parallèle au sol, et s'arrêta à quelques centimètres du nez d'Ezra. C'était un peu déroutant. Ezra n'avait pas l'habitude de relever les yeux pour le regarder. Jusque-là, ils avaient fait la même taille, mais Callum le loup était au moins trente pour cent plus gros qu'Ezra, plus grand et plus large et – même si Ezra ferait attention lorsqu'il le mentionnerait quand ils seraient à nouveau humains – plus *duveteux*. Suivant un instinct peu familier, Ezra baissa son corps et s'approcha, centimètre par centimètre, jusqu'à atteindre le museau de Callum. Avant de savoir ce qu'il faisait, il tendit sa langue et le lécha deux fois, avant de le mordre doucement.

La réaction fut immédiate. Callum gronda, d'un timbre plus plaisant que menaçant, et captura le museau d'Ezra entre ses mâchoires.

Pendant un instant, Ezra paniqua, mais il réalisa rapidement que Callum n'exerçait aucune pression. C'était simplement sa façon de montrer à Ezra qui

151

était le chef. Ezra, suivant son instinct, glissa jusqu'au sol et se retourna sur le dos.

Callum le relâcha et enjamba le corps offert d'Ezra, le renifla minutieusement avant de s'écarter. Il semblait attendre qu'Ezra se relève. Une fois redressé, Callum aboya une unique fois, vivement, puis se glissa à travers la chatière pour disparaître dans la nuit. Le message était clair, aussi bien dans son langage corporel que dans l'odeur qu'il laissa derrière lui : *Suis-moi*.

Avec un effort conscient pour coordonner ses quatre pattes alors qu'il avait l'habitude de n'en utiliser que deux, Ezra le suivit d'un bond.

Dehors, sous les rayons de la lune, le monde était à la fois plus net et plus frais qu'Ezra l'avait jamais vu. Il inspira de longues bouffées d'air vivifiant, goûtant le brun riche de la terre et l'arôme âcre des pins ; une centaine d'espèces animales différentes, toutes plus intrigantes les unes que les autres ; le froid d'un ruisseau qui jaillissait près de lui ; et par-dessus tout cela, l'odeur sombre d'une puissance pure et incontestée.

Callum.

Ezra galopa pour suivre les longues foulées de Callum, n'ayant aucune difficulté pour suivre son odeur ou la vision furtive de sa queue noire dans les sous-bois. Callum le mena progressivement jusqu'en haut de la pente, à travers le ruisseau qu'il avait senti, l'eau fraîche et froide envahissant ses narines, même si sa fourrure épaisse lui épargna de ressentir combien elle était glacée.

Il perdit la trace de Callum lorsqu'ils atteignirent le haut d'une petite colline et quand il se retourna pour le chercher, suivant son flair, Callum lui rentra dedans comme une boule dans un jeu de quilles, grognant d'un air joueur et pinçant ses oreilles et son museau. Ezra glapit quand l'air quitta ses poumons – Callum était *lourd* et l'avait cloué dos au sol d'une patte massive sur le torse – et il mordit en retour tout ce qu'il put attraper, en prenant soin de n'exercer aucune pression à chaque morsure. Finalement, Callum le relâcha et le cajola pour le remettre sur pattes d'une petite poussée du museau contre son flanc, et il trotta jusqu'à la clairière qui se trouvait tout en haut de la colline, où il attendit qu'Ezra le rattrape, sa queue touffue en l'air.

Puis il recula légèrement, écarta ses pattes, releva le nez et hurla à la lune. Pendant un long moment, le temps fut suspendu et son cri résonna dans la nuit ; puis l'ouïe plus fine d'Ezra perçut trois hurlements en réponse, retentissant : *nous sommes là*.

Callum le regarda, attendant sa réaction, et Ezra n'hésita qu'un quart de seconde avant de faire entendre sa propre voix, se sentant plus vivant qu'il ne l'avait été depuis des semaines.

EZRA SE pressa pour passer à travers la chatière avec un tout petit peu de difficulté, la fourrure sur son ventre s'accrochant à la bordure de bois brut, et il se rua pour s'allonger sur le petit tapis devant le poêle ventru juste à temps pour laisser cette étrange démangeaison qui le chatouillait s'emparer de lui. Il sentit Callum se jeter à travers l'ouverture, seulement quelques secondes plus tard, son ouïe fine percevant le son de son souffle pantelant et essoufflé, et celui de ses griffes grattant le sol non traité. Puis quand la lune commença à disparaître à l'horizon, il sentit un tiraillement sous sa cage thoracique et une pression sur le reste de son corps. Sa queue fut la première, rétrécissant lentement et douloureusement pour rejoindre sa colonne vertébrale, lui faisant arquer le cou, et il le ressentit alors au travers de ses dents et de ses gencives quand sa mâchoire se brisa et rétrécit. Des spasmes déformèrent ses pattes pour qu'elles retrouvent la forme de ses doigts et de ses orteils, qui se déplièrent, et ses griffes rétrécirent jusqu'à la base de ses ongles. Ezra hurla quand ses genoux se brisèrent et se reformèrent, son corps s'allongea, s'étendit jusqu'à qu'il soit à nouveau humain, sans fourrure, et nu.

Il s'était attendu à la douleur – qui se dissipa rapidement – mais pas au bourdonnement électrique des résidus de rayons de lune, qui glissa contre sa peau nue, hérissant les poils de ses bras et de ses jambes. Il se sentait vivant, plein d'énergie, la sensation brûlante dans son corps. L'odeur de fourrure et de feu et de peau nue atteignit son nez et se planta dans son cerveau, se diffusant dans son système nerveux jusqu'à atteindre ses extrémités.

Un soupir satisfait et profond, en provenance de sa droite, remplit ses oreilles et soudain il ne pouvait plus sentir que Callum, sombre et enivrant et plein de pouvoir. Il cligna des paupières et rouvrit les yeux, ne s'étant pas rendu compte qu'il les avait fermés, et s'assit, inspirant vivement tandis que la couleur envahissait à nouveau sa vision, trop brillante et trop vive.

Puis il tourna la tête.

Il avait vu Callum nu, même pas huit heures auparavant, bien sûr, mais cela ne l'empêcha pas de le regarder, ni son sang de descendre sous la ceinture. Mais désormais, Callum l'observait en retour, son regard si intense qu'Ezra put le sentir sur sa peau. Ses yeux étaient sombres, brûlants.

Près, il était tellement près, et Ezra n'arrivait pas à regarder ailleurs, ne pouvait même pas bouger – il ne pouvait qu'attendre, paralysé, que Callum esquisse un premier pas hésitant, et espérer que ces stupides phéromones lui disent encore 'viens me chercher', parce que, oui. Il le voulait.

L'instant d'après, Callum s'agenouillait devant lui, ses bras entourant sa tête, ses genoux chauds contre l'extérieur de ses cuisses. Ezra inspira vivement et fut envahi par l'odeur d'un lycan très excité.

Léchant ses lèvres, Ezra essaya de parler.

— Est-ce qu'on…

Il s'éclaircit la gorge. *Est-ce qu'on est vraiment en train de faire ça ?* voulait-il demander, mais Callum baissa sa bouche et Ezra rejeta sa tête en arrière sans même réfléchir, exposant son cou dans une pose typiquement soumise.

Il sentit le frisson qui parcourut le corps de Callum tandis que son souffle chaud et son nez froid effleuraient sa peau. Puis la chatouille glissante d'une langue qui taquinait sa jugulaire.

Le cœur battant, Ezra inspira difficilement.

— Dis-moi que tu es sur le point de me baiser.

Callum releva la tête, juste assez pour qu'Ezra puisse voir ses yeux aux paupières presque closes et aux pupilles dilatées.

— Qu'est-ce que tu crois ? répondit-il pour la forme, et il bougea d'à peine une fraction de centimètre, juste assez pour que son érection effleure la cuisse d'Ezra.

Ezra n'arriva pas à réfléchir à grand-chose d'autre ensuite. Il arriva à faire entendre un son qui ressemblait vaguement à un gémissement quand Callum glissa son visage contre son cou et inspira pleinement, mais la sensation soudaine de ses dents contre sa gorge le força au silence. La peau à cet endroit n'avait jamais été si sensible ; c'était comme si Callum faisait la même chose à son sexe.

— Je pense…

Le souffle d'Ezra se noua. Callum bougea à nouveau, s'insinuant entre ses jambes cette fois, puis glissa une main contre sa cuisse. Le pouce de son autre main lui caressa la clavicule gauche.

— C'était… C'était quoi la question ?

Pour toute réponse, il entendit un petit rire de gorge, grave. Puis la main gauche de Callum glissa jusqu'à ses cheveux et les empoigna, tirant vivement jusqu'à ce que sa tête soit complètement rejetée en arrière.

— C'est pas grave, dit Ezra d'une voix rauque tandis qu'un doigt survolait sa pomme d'Adam.

Cela ne laissait aucun doute sur ses intentions.

Puis Callum envahit férocement sa bouche, ses lèvres s'écrasant sur celles d'Ezra et sa langue y plongeant pour s'entortiller à la sienne. C'était comme embrasser un ouragan, une force pure et résolue poussant dans toutes les directions à la fois. Entre la bouche de Callum et ses mains, et la façon dont il s'était avancé pour que leurs verges nues frottent l'une contre l'autre, Ezra eut besoin de relever ses propres bras pour pouvoir agripper Callum autant que possible, au moins pour se défendre. Pendant de longs moments où il lui fut impossible de respirer, Ezra ne fit rien d'autre que se délecter des contacts qui brûlaient sa peau et deviner les courbes du dos de Callum grâce à ses sens désespérés. Mais avant qu'ils arrivent aux bonnes choses, le cerveau d'Ezra choisit de se rallumer et il recula sa tête, crachant comme un chat quand Callum tira ses cheveux.

— Attends, attends, haleta-t-il, se maudissant déjà mentalement de ne pas en avoir profité davantage.

Est-ce que c'était ce que Callum avait voulu dire quand il avait dit que la manipulation phéromonale fonctionnait dans les deux sens ?

— Je croyais que tu ne jouais pas avec les membres de la meute ?

Tout s'arrêta brusquement. Callum se recula, se détendant, mais sans relâcher sa poigne, et le regarda longuement. Ses lèvres étaient brillantes de salive et gonflées.

— Je ne joue pas, dit-il sérieusement et avant qu'Ezra ait pu reprendre son souffle, ils s'embrassaient à nouveau.

Puis, tout aussi soudainement, il fut poussé sur le ventre, l'air s'échappant de ses poumons quand une des paumes larges et chaudes de Callum appuya au milieu de son dos. L'instant d'après, il le sentit s'étendre sur lui, le bout brûlant et humide de son érection laissant une trace bouillante contre l'arrière de ses cuisses et la courbe de ses fesses, tandis qu'il tendait la main vers le pantalon qu'Ezra portait un peu plus tôt. Il ne lui fallut que peu de temps pour trouver le lubrifiant qu'il avait planqué là au cas où.

— Comment… souffla Ezra quand Callum se rassit et que son gland glissa entre ses fesses. Comment tu savais ?

Il y eut un *clic* bruyant et l'odeur particulière du lubrifiant envahit l'air.

— J'ai deviné, lui dit Callum, écartant ses jambes à l'aide de ses genoux. Respire.

Ce fut le seul avertissement que reçut Ezra avant que Callum se fraye un chemin en lui de deux doigts fermes, réguliers, jusqu'au bout sans ralentir. Il pouvait sentir leur brûlure partout dans son corps, une vague de chaleur remontant ses vertèbres jusqu'à son cerveau, puis se diffusant jusqu'à venir stagner dans son membre. La main sur son dos le garda aplati au sol tandis que Callum agitait ses doigts, les tournaient en lui, étirant l'anneau de muscles avant de les orienter pour atteindre le bon endroit. Ezra vit des étoiles lorsque Callum frotta contre sa prostate. Il enfonça ses ongles dans le plancher, à côté du tapis, quand Callum retira ses doigts pour les renfoncer en lui, plus durement, une seconde plus tard.

— C'est...

Ezra perdit ses mots lorsque Callum ajouta un autre doigt, et encore plus de lubrifiant, et il laissa retomber sa tête contre le tapis et cambra le dos d'un geste suppliant, un gémissement de lamentation lui échappant sans le vouloir. Il bougeait autant qu'il pouvait, avec chaque poussée, le tissu rugueux du tapis sous lui frottant contre son sexe.

Callum l'aplatit au sol avec une sorte de grondement et un éclair d'envie parcourut immédiatement la verge d'Ezra. Il reconnut à peine le son émanant de sa propre bouche, à mi-chemin entre un gémissement et une supplication.

Callum gronda quelque chose tout bas contre la peau de son épaule, mais Ezra n'était pas en état de répondre ni même de décoder ce qu'il avait dit, trop occupé à avoir *envie* pour être capable de consulter la partie de son cerveau consacrée au langage.

Puis :

— Ezra.

Ezra frissonna quand le mot traversa la brume entourant son esprit et inspira profondément, l'odeur lourde d'excitation envahissant son nez.

— Est-ce qu'il y a un préservatif dans ta poche ?

Merde. Ezra n'en avait pas eu sous la main, mais il avait acheté une boîte la veille – sauf qu'elle se trouvait de l'autre côté de la pièce, dans la poche de son manteau, qui était posé sur le comptoir de la cuisine.

— Dans mon manteau, gémit-il, et geignant de protestation quand les doigts de Callum quittèrent son corps.

Puis, il y eut soudain une épaule contre ses abdominaux et toute la pièce se retrouva sens dessus dessous et...

— Qu'est-ce que tu fais ?

— Je m'économise un voyage.

156

Callum le déposa doucement sur la table de la cuisine et tendit le bras vers la poche de son manteau.

Et soudain, Ezra eut une vue dégagée de Callum dans toute sa splendeur. *Bordel de merde.* D'accord, il avait déjà vu Callum nu plus tôt, mais c'était un contexte complètement différent. Maintenant...

Ezra ne réalisa qu'il était en train de se lécher les lèvres que lorsque Callum les effleura du pouce et promit :

— Plus tard.

Puis il referma sa main autour de l'épaule d'Ezra et tira jusqu'à ce qu'il se retrouve assis au bord de la table.

Ezra ne perdit pas de temps à réfléchir. Il rejeta sa tête en arrière jusqu'à ce que Callum l'embrasse de nouveau, mordant sa lèvre lorsque celui-ci l'écrasa contre son torse, et lui attrapant les flancs pour garder l'équilibre. Puis il pensa, *Et puis merde*, et glissa sa paume le long des abdominaux plats de Callum entre eux deux, et plus bas jusqu'à ce qu'il puisse enrouler ses doigts autour de sa verge imposante. Callum était dur et son membre gouttait, et il grogna contre la bouche d'Ezra quand il glissa son pouce contre son orifice.

S'écartant avec une plainte sourde, Callum fourra l'emballage dans la main libre d'Ezra.

— Occupe-toi de ça, demanda-t-il brusquement.

Puis il tira la tête d'Ezra vers l'arrière et couvrit son cou de ses lèvres, cherchant l'endroit où il sentait son pouls pour y poser sa bouche, sa main droite glissant le long du flanc d'Ezra jusqu'à sa cuisse pour la relever, l'attirant pour l'enrouler autour de lui.

Ezra dut se concentrer considérablement avant de réussir à miraculeusement lui enfiler le préservatif. Il tremblait de désir et chaque fois que Callum griffait son cou de ses dents – c'est-à-dire souvent – il perdait le fil de ce que faisaient ses doigts et devait recommencer. Callum devait avoir prêté attention à ce qu'il faisait, car à la seconde où Ezra réussit à lui mettre le préservatif, il relâcha ses cheveux, agrippa son autre jambe, et pressa pour entrer en lui. Ezra retint le membre de Callum jusqu'à ce que son gland soit entré, puis le relâcha vivement.

Putain. C'était *ça* l'envie qui l'avait démangé depuis qu'il était allé au bar, ce qu'il avait voulu depuis que Callum était arrivé la première fois sur le palier de chez son père en portant ce costume. Ezra gémit de satisfaction lorsque Callum se retira et entra à nouveau violemment en lui, ses doigts labourant la peau des fesses d'Ezra. La table trembla quand ses pieds glissèrent sur le sol, mais elle était robuste et soutint le poids d'Ezra.

157

Ezra chercha une prise sur le dos luisant de sueur de Callum, respirant bruyamment par la bouche et le nez. Autour d'eux, l'air était lourd de phéromones écœurantes et tenaces. Elles étaient tellement plus nettes, désormais, malgré son manque de concentration, tellement plus simples à identifier maintenant qu'il s'était enfin transformé. Les messages qu'elles transportaient étaient primitifs, mais efficaces – celles d'Ezra une invitation sexuelle désespérée, *Je suis prêt, j'en ai besoin, s'il te plaît*, et celles de Callum un écho entêtant et profond, une déclaration possessive, *J'ai envie de toi, Tu es à moi, Laisse-moi faire*.

Trop essoufflé pour le supplier avec des mots, Ezra se sentait en équilibre sur le fil entre l'excitation et l'oubli. Son érection était coincée entre leurs corps, étalant des fluides corporels contre le ventre de Callum à chaque fois qu'il poussait en lui. Succomber aux demandes silencieuses de Callum fut facile, inévitable. Il ouvrit la bouche pour accueillir un baiser douloureux, laissa Callum le goûter, mordiller ses lèvres, lécher sa langue. Puis les phéromones furent de retour, *Laisse-moi faire,* et Ezra se rejeta vers l'arrière, supportant son poids sur ses bras tandis que Callum le pilonnait ; il frissonna au contact chaud de la langue de Callum contre la cicatrice que Jax avait laissée sur lui ; et il jouit, plaintif, en jets lancinants et brûlants, au contact brutal des dents humaines de Callum contre sa peau.

Il y eut une bouffée d'air chaud contre son oreille, puis Callum jouit à son tour, ses doigts laissant des ecchymoses contre la peau des fesses et des cuisses d'Ezra, même en le reposant contre la surface de la table. Ezra profita de longs moments, couvert de sueur, la tête lourde de Callum reposant contre son torse, à respirer simplement.

Puis Callum planta un baiser contre le cou d'Ezra.

— Est-ce que tu vas tenir debout en te relevant ?

— Probablement pas, admit Ezra avec un rire faible, encore secoué. Il y a un lit dans le coin ?

Callum s'écarta en souriant.

— Viens voir de tes propres yeux.

CALLUM S'ÉVEILLA en sentant un courant d'air soudain. Quand Ezra s'était assis d'un coup près de lui, il avait entraîné les couvertures et la cabane ne possédait pas le chauffage central. *Il est vraiment temps d'installer une cheminée à gaz dans cette chambre*, décida Callum. Sans regarder, il jeta un bras pour attirer Ezra de nouveau vers le matelas et ramena les couvertures sur eux.

— Aïe, se plaignit Ezra.

Callum plissa les yeux, sans comprendre.

— Je t'ai fait mal ? demanda-t-il d'une voix rauque.

Ezra rougit.

— Pas *là*, non.

— Oh.

Callum n'était pas des plus rapides le matin.

— *Oh*. Désolé ?

Il n'était pas vraiment là pour s'occuper des maux et des douleurs des lendemains matins. Quel était le protocole dans ces cas-là ? Est-ce qu'il devait proposer un massage ?

En réalité, il valait sûrement mieux ne pas poser la main sur lui si Ezra était déjà tout endolori.

Ezra ne prit pas la peine de répondre à son excuse, à part en levant les yeux au ciel et se pelotonna contre le flanc de Callum.

— Je vais peut-être appeler mon travail pour dire que je suis malade, dit-il, mais je ne sais pas comment va le prendre mon patron.

— Il ne le saura pas si tu arrives avant midi.

Callum s'étira, se délectant du spectacle de la peau nue d'Ezra contre la sienne. Les lycanthropes étaient des créatures tactiles de nature, ayant grand besoin du contact des membres de leur famille élargie. Il n'avait toutefois jamais couché avec l'un des lycans de la meute auparavant et il n'était jamais resté assez longtemps pour les petits câlins. C'était quelque chose à quoi il pouvait vraiment s'habituer. À part le courant d'air du réveil, bien sûr.

— Est-ce que tu as fait un mauvais rêve ou quelque chose ?

— Hein…

Ezra grimaça.

— J'ai rêvé que Beau ramassait cette intraveineuse qu'il avait trouvée dans le parc et attrapait un virus de zombie.

Au début, Callum ne sut même pas comment *répondre* à ce commentaire.

— Attends, tu as trouvé une aiguille dans le parc avec les enfants et tu ne m'as rien dit ?

— Je ne l'ai pas fait ? dit Ezra en fronçant les sourcils. Désolé, je voulais le faire. J'ai pris l'habitude de tout te dire, en fait. Il y avait aussi des électrodes. Bizarre, hein ?

Un petit frisson parcourut Callum à ces paroles et les poils de sa nuque se hérissèrent. Il y avait peu de chances, mais…

— Qu'est-ce que tu as fait de l'aiguille ?

— Oh, eh bien, Wyn l'a ramenée à la maison et à l'intérieur, mais ensuite quelqu'un s'est blessé. Olivia s'est égratigné le genou. Je… n'ai pas la moindre idée de ce qu'en a fait Wyn, conclut-il d'un air penaud. Désolé.

— Ce n'est rien, dit Callum en rejetant à regret les couvertures. Wyn est assez sage pour ne pas jeter une aiguille dans les ordures.

Ezra se releva sur ses coudes.

— Où est-ce que tu vas ?

— Suivre une intuition.

Callum soupira en son for intérieur. Il aurait vraiment préféré retourner au lit quelques heures de plus, mais pour une raison inconnue, son instinct lui disait que c'était important, et il était un Alpha – son instinct n'était pas à prendre à la légère.

— Viens. On dirait que tu vas devoir travailler aujourd'hui, finalement.

Pour une fois, retenir ses signaux phéromonaux lui sembla naturel. Callum s'autorisa un sourire en retournant dans la pièce principale, à la recherche de son sac. Il semblait bien qu'il ne donnerait plus d'érections accidentelles à Ezra.

Enfin, c'était toujours amusant de le faire exprès.

Un peu plus d'une heure après, ils se garèrent dans l'allée de Wyn et Ezra sortit pour aller lui demander ce qu'elle avait fait de leur trouvaille. Callum ne pouvait entendre tout ce qui se disait, mais à en juger par l'air soulagé d'Ezra, les nouvelles étaient bonnes. Il disparut à l'intérieur et ressortit de la maison quelques minutes plus tard, un sac en papier marron entre les mains. Il était également rouge vif et Wyn souriait comme une folle. Elle lança à Callum un salut enjoué avant de retourner à la maison. Ezra ne dit rien, donc Callum se força à ne pas demander ce que Wyn avait dit. Puis ils reprirent la route, en direction du labo.

— Où est-ce que je mets ça ? demanda Ezra en entrant dans le laboratoire qui jouxtait le bureau de Callum.

— Laisse ça sur la table là-bas, répondit Callum en indiquant l'endroit d'un mouvement de tête. Tiens, donne-moi ton manteau et prépare-toi.

Ezra lui tendit sa veste et Callum alla la poser sur le portemanteau avant de rejoindre Ezra, enfilant à son tour une blouse, des gants et des lunettes de protection.

— Est-ce que tu vas me dire à quoi tu penses ? demanda Ezra. Je veux dire, j'imagine que ça a à voir avec l'histoire avec Teller, mais je ne vois pas comment.

— Comme je l'ai dit, ce n'est qu'une théorie.

Callum ouvrit le sac avec soin et y inséra une paire de pincettes pour en extirper l'aiguille ainsi que les électrodes.

— Mais on a suivi l'odeur de Teller à travers ce parc quand on l'a attrapé la première fois. Il faisait sombre et on ne cherchait pas de preuves, juste l'homme – on a pu facilement laisser passer ça.

— La première fois ? répéta Ezra en tendant le plateau pour que Callum puisse y déposer les objets. Tu penses qu'il avait un moniteur cardiaque et une intraveineuse avant que tu l'attrapes ?

Callum capta une légère bouffée d'effroi. Il ne pouvait pas l'en blâmer. Entendre son hypothèse à voix haute la rendait d'autant plus vraie et d'autant plus terrifiante. L'idée que quelqu'un puisse faire cela exprès, puisse expérimenter sur les lycans comme ça...

— Ce n'est qu'une théorie.

— Ouais, ben, essayons de prouver qu'elle est fausse. J'aimerais réussir à dormir ce soir. Que doit-on faire ?

Callum agrippa les électrodes avec une pince pour les examiner de plus près. Il restait quelques poils collés à l'adhésif, peut-être assez pour en tirer un profil ADN. Il déposa les électrodes dans un bocal et en referma le capuchon.

— Amène-les à Crystal, au laboratoire de séquençage ADN. Dis-lui que c'est sa nouvelle priorité.

— D'accord. Que vas-tu faire avec ça ? demanda Ezra en indiquant l'aiguille.

— Je vais essayer de trouver ce qu'ils lui injectaient, dit Callum sinistrement.

Il restait un minuscule fragment de tube accroché – il était possible qu'il puisse recueillir un résidu quelconque. Il glissa l'aiguille de l'intraveineuse dans un tube à essai.

Plutôt que lui fausser immédiatement compagnie, Ezra regarda Callum quelques instants.

— À quoi penses-tu ?

— Qu'il ne s'agit peut-être pas d'une épidémie, dit Callum d'un air lugubre, en jetant un coup d'œil au tube.

Pourrait-il faire un prélèvement suffisant pour le tester ? Impossible à dire. Le microscope était probablement son meilleur atout.

161

— J'ai besoin de ce test ADN, Ezra.

Ezra hocha la tête, blême.

— Ah oui.

Callum déposa l'échantillon dans la poche de sa blouse. Le laboratoire en face de la pièce de séquençage ADN possédait un microscope à fond noir et une bibliothèque d'échantillons comparatifs. Dans quelques minutes, il pourrait tester son hypothèse.

Il espérait vraiment, vraiment avoir tort.

EZRA SE redressa vivement sur sa chaise quand la porte du laboratoire informatique, par ailleurs vide, s'ouvrit derrière lui, et il frotta ses yeux frénétiquement, essayant – vraisemblablement en vain – d'effacer les traces de sa sieste impromptue avant de se retourner.

— Ah, te voilà, dit Callum, ses yeux marron remarquant immédiatement l'état d'Ezra.

Mais son regard ne contenait aucune trace de reproche, ni sa voix.

— Tu travailles tard ? On doit y aller bientôt, tu sais.

Ezra releva les yeux vers l'horloge accrochée au mur. Nom de Dieu, il était déjà si tard ? Ils allaient se retrouver coincés au labo s'ils ne partaient pas rapidement.

— Je surveillais mes recherches en ligne, dit-il, la voix un peu rauque. J'ai dû m'endormir.

— Ça arrive, dit Callum avec une ironie désabusée. Parfois même malgré la perfusion de café.

Il indiqua les trois tasses sales qu'Ezra avait accumulées dans la tentative vaine de rester conscient.

— As-tu appris quelque chose de nouveau ?

Ezra secoua la tête d'un air fatigué.

— Il y a trop d'informations à trier ce soir. J'essaierai de travailler dessus demain.

Ses yeux remarquèrent le manteau que Callum avait plié sur son bras gauche.

— C'est l'heure de rentrer, j'imagine.

Ce n'était pas vraiment qu'Ezra n'avait pas déjà vécu l'expérience de coucher avec quelqu'un de son travail. Mais il vivait en quelque sorte avec Callum également, même si cela allait peut-être changer dans quelques jours, quand sa première pleine lune serait derrière lui, et avec elle la plupart des dangers inhérents au changement en lycanthrope. Le souci, c'était que Callum était son patron, et son hôte, et le leader de cette satanée meute, et Ezra ne savait pas vraiment où il en était, hormis qu'apparemment Callum avait une sacrée autorité, ce qui était sexy au lit, mais franchement un peu déroutant en dehors.

Callum lui passa son manteau.

— Viens. Si on part maintenant, on sera rentrés à la maison avant le lever de la lune.

À la maison. Amusant, c'est comme cela qu'Ezra voyait aussi les choses – même s'il ne squattait la chambre d'amis de Callum que depuis peu de temps. Ouaip, ça n'allait pas être tout simple.

Ezra enfila le manteau par automatisme, repensant à la même situation un mois plus tôt, lorsque Callum lui avait ordonné d'enfiler ou retirer ses vêtements tranquillement et qu'il n'avait pas pu résister. Cela provoqua un pincement inattendu de tristesse. Il n'avait même pas eu le temps de faire le deuil de son père correctement.

— Tu es bien silencieux, ce soir, commenta Callum en garant le 4x4 dans l'allée et Ezra sortit finalement de ses pensées.

— Je suis juste fatigué, s'excusa-t-il en agrippant la poignée de la porte.

Callum avait dit que normalement les lycans se couchaient au coin du feu pour s'endormir, non ? Cela semblait une fantastique idée.

Ezra attendit que Callum déverrouille la porte, puis retira ses chaussures d'un coup de talon dans l'entrée et accrocha son manteau à une patère derrière la porte.

— Tu as vingt minutes, si jamais tu veux d'abord prendre une douche, dit Callum.

Pas besoin d'être sur des charbons ardents, alors ; il ne pouvait pas le congédier plus clairement. Hochant la tête d'un air absent, il grimpa les escaliers. Apparemment, il était si fatigué qu'il ne pouvait pas se sentir déçu – accablé, même. Merde, tout cela était ridicule. Il était adulte. S'il voulait quelque chose, il pouvait très bien le dire.

— Ezra.

Ezra se retourna, debout sur la première marche, en essayant de rester neutre.

— Oui ?

Une légère pause.

— Est-ce que tu viens au lit, ensuite ?

Son expression était pensive, presque pleine d'espoir.

Comme Ezra ne répondait pas – trop partagé entre embarras et stupéfaction pour réagir – Callum s'approcha, mais pas assez près pour l'influencer, le ton plus doux.

— Ezra, je suis le premier à admettre que je n'ai pas beaucoup d'expérience en matière de relations, donc je vais simplement être franc avec toi. Tu n'es pas mon petit secret honteux. Tu n'es pas non plus un amusement passager. Je ne sais pas encore ce que tu es, mais tu dors dans mon lit jusqu'à ce que tu décides que tu n'en as plus envie.

Oh. Eh bien. Ça n'avait pas l'air si mal, en réalité. Et…

— Est-ce que tu es en train d'utiliser tes phéromones sur moi ? dit Ezra d'un ton un peu incrédule.

Callum rougit, une réaction si incongrue après ce qu'ils avaient partagé les dernières vingt-quatre heures qu'Ezra en rit presque.

— Pas exprès, en tout cas, dit-il avec un gémissement embarrassé. Je ne suis vraiment pas doué, hein ?

Est-ce que ça aurait été mal d'être d'accord, se demanda Ezra ? Parce que, oui, il était épouvantablement peu doué – même s'il ne savait pas vraiment à quoi – et ils étaient censés savoir gérer cela maintenant qu'Ezra s'était transformé, mais Ezra ne voulait pas trop le décourager.

— Peut-être que tu as simplement besoin d'entraînement, suggéra-t-il avec espoir.

Callum le conduisit en haut des marches avec un demi-sourire désabusé.

— Peut-être que je vais suivre ton exemple pendant un moment.

Ça, c'était une perspective intéressante. Ezra releva les yeux vers l'horloge.

— Quand est-ce que tu as dit que la lune se levait ?

Callum suivit son regard.

— Dans quinze minutes environ, maintenant. Pourquoi ?

Hum. Ce serait serré, mais Ezra avait foi en eux. Il lui lança un sourire incertain.

— On fait la course jusqu'à la douche ?

Chapitre Dix
Une Faim de Loup

— IL VA neiger, constata Blaise les yeux plissés en sortant de la voiture, sa tête hirsute rejetée légèrement en arrière pour observer le ciel d'un gris ardoise.

Ezra avait eu peur de ça. Il frissonna, enroulant l'extrémité de son écharpe autour de son cou une nouvelle fois avant de claquer la portière du côté passager. Il avait oublié combien les hivers du Montana ne lui manquaient jamais. Après la semaine relativement agréable qu'ils venaient de passer, celle-ci commençait fort.

— Ça va sûrement corser un peu les choses, indiqua-t-il.

Sans compter que ça allait être d'autant plus désagréable.

— Comment procède-t-on ?

Blaise lui jeta un regard déconcerté.

— Montre-moi juste où les enfants ont trouvé ce truc. Ce n'est pas vraiment ce dont je m'occupe d'ordinaire, tu sais.

Ezra n'avait pas la moindre idée de ce dont s'occupait Blaise d'ordinaire, hormis d'être le garde du corps de Callum. Mais ça ne devait pas être un travail à temps plein.

— De *quoi* tu t'occupes, d'ordinaire ? demanda-t-il, ouvrant la marche vers le parc. Callum passe beaucoup de temps enfermé à double tour dans son labo.

— Ouais, il n'est pas le seul, grogna Blaise et Ezra rougit. Je suis expert-comptable.

Ezra se prit les pieds dans le rebord en bois autour des balançoires et il aurait mangé la poussière si Blaise ne l'avait pas rattrapé par l'épaule juste à temps.

— Merci, parvint à dire Ezra. J'ai cru… est-ce que tu viens de dire que tu es comptable ?

— Tu ne pensais quand même pas que Jax était le seul cerveau de la famille ?

Peut-être pas, mais Blaise semblait clairement avoir reçu la part du lion niveau gros bras, pensa Ezra d'un œil critique.

— Je tiens les comptes des propriétés de la meute. Les locations, le centre communautaire, la pépinière.

Ezra commençait à avoir le sentiment qu'il méritait un titre ou deux. Punaise. Mais bon, ils devaient retourner à leurs moutons. Le pique-nique avait eu lieu dans la zone la plus arborée du parc, assez loin pour qu'on ne puisse plus voir le parking ou la route.

— Ils jouaient à chat, expliqua-t-il en essayant de retrouver son chemin.

Une pensée le frappa.

— Hé, en parlant des enfants. Les lycans ne se changent pas jusqu'à ce qu'ils soient adolescents, exact ?

Blaise grogna positivement, concentré sur les buissons autour d'eux plutôt que sur Ezra.

— D'accord, alors… qui surveille les enfants ?

En réalité, Ezra savait que les plus âgés n'avaient pas besoin d'être surveillés une fois couchés, mais qu'en était-il des nuits où la lune se levait plus tôt, ou des nourrissons ? Les nourrissons se réveillaient tout le temps la nuit, non ?

Blaise détourna son attention des arbres à cette question.

— Leur mère, en général, dit-il comme s'il ne comprenait pas vraiment pourquoi Ezra posait la question.

Est-ce que quelque chose échappait à Ezra ?

— Mais elles ne sont pas, tu sais… poilue et avec des pattes ? Ça doit être un peu dur pour réchauffer un biberon, non ?

— Une femelle lycan arrête de se transformer quand elle tombe enceinte, lui dit Blaise. C'était ici ?

Ezra regarda autour d'eux et hocha la tête.

— Ouais.

Ils ne pourraient pas trouver d'endroit plus proche. Puis il insista :

— C'est permanent ?

Il s'était éclaté la nuit de la pleine lune. Il ne pouvait pas imaginer abandonner tout cela volontairement.

— À partir de leur grossesse, jusqu'à peu près dix-huit mois, plus ou moins. C'est pour ça qu'il est important d'avoir des Alphas toujours disponibles dans le coin. Les Alphas entraînent une certaine stabilité. Et la stabilité entraîne un taux de naissance plus élevé. Ça veut dire qu'il y a toujours en général une personne disponible pour surveiller les enfants au

166

centre communautaire, pendant quelques nuits. Les enfants plus âgés aident également.

Oh.

— Je crois que c'est la première fois que je t'entends parler autant, commenta Ezra.

Il tournait en rond, tentant de chercher ce qu'ils étaient censés trouver, quoi que ce soit, et cela s'avérait plus facile à dire qu'à faire.

Blaise grogna en réponse.

— Alors, toi et Wyn ? tenta-t-il.

Un grognement. Blaise se releva légèrement, encore à moitié accroupi près d'un buisson, et leva un sourcil.

— Toi et Callum ? contra-t-il.

Match nul. Non, peut-être même échec et mat. Ezra était clairement plus mal à l'aise que ne l'était Blaise.

Blaise releva brusquement la tête.

— Viens voir ça et dis-moi ce que tu en penses.

Ezra se dirigea vers lui, surveillant le sol avec soin pour s'assurer de ne pas déplacer d'autres indices qu'ils auraient pu manquer. Au début, il ne vit rien d'autre que des arbres et des fougères, des sous-bois et des feuilles mortes. Puis, après un moment à fixer le tout, il le remarqua enfin : un fin morceau de tissu, peut-être bleu dans le temps, désormais taché de quelque chose qui était soit de la poussière, soit du sang. Ezra resta en retrait pour ne pas laisser son nez l'identifier exactement.

— C'est une chemise d'hôpital ?

Blaise inclina la tête et lui lança un regard en coin.

— C'est ce que je pensais.

Il s'avança vers le vêtement, chaque pas parfaitement mesuré alors qu'il se frayait un chemin le long de la pente et jusque dans les fougères. Ezra le suivit.

— Donc… On a une intraveineuse, des électrodes et une chemise d'hôpital.

Il marqua une pause pour tout intégrer.

— Qu'est-ce que ça veut dire ?

— Aucune idée.

Si Ezra appréciait la compagnie de Blaise, ce n'était clairement pas pour ses brillantes conversations.

— C'est comme si quelqu'un s'était échappé d'un hôpital. Mais si c'est le cas, que veut dire le truc que Callum a trouvé dans la perfusion ? Je veux dire, ils ne donneraient pas ce genre de trucs à quelqu'un dans un hôpital, si ?

Le plus ennuyeux avec les silences continus de Blaise, c'était qu'Ezra ressentait le besoin de les combler.

— Peu probable. La plupart des humains ne sont même pas au courant. Pas même les médecins.

Exact. Ezra réfléchit en silence.

Blaise atteignit la chemise et se pencha pour la récupérer. Ezra, toujours debout derrière l'homme imposant, en profita pour admirer la vue. Il avait peut-être débuté... quelque chose... avec Callum, mais ça n'allait pas l'empêcher de se rincer l'œil.

Puis Blaise recula et se tourna vers lui. Il tenait le tissu à bout de bras pour que tous deux puissent le voir clairement.

— C'est définitivement une chemise d'hôpital, dit Ezra.

Il savait à quoi elles ressemblaient.

— Et c'est définitivement du sang.

Cela confirmait les pires suspicions d'Ezra. Il sentit son estomac faire un bond ; il était prisonnier des souvenirs de sa mère, couchée dans son lit d'hôpital, en train de tousser...

— Ouais. Mais pas beaucoup, par contre. Il a probablement coulé quand la personne a retiré l'intraveineuse.

— Oh.

Le silence s'étira un moment avant qu'Ezra parvienne à dire :

— Il y a autre chose ?

Après avoir longuement regardé autour d'eux, Blaise secoua la tête négativement. Ils continuèrent leur recherche, Blaise commençant par esquisser de grands cercles à partir de l'endroit où ils avaient trouvé la chemise. Ezra se tourna et marcha jusqu'en haut de la pente, vers l'endroit où il pensait avoir trouvé l'intraveineuse, prenant soin de garder les yeux au sol pendant le trajet.

Trente minutes plus tard, Blaise cria à son attention :

— Tu as trouvé quelque chose ?

— Non !

— Moi non plus.

Son cri n'était pas aussi fort cette fois et Ezra se retourna pour voir Blaise se diriger vers lui.

— Je ne pense pas qu'on trouvera autre chose.

— Merci mon Dieu, dit Ezra en soupirant de soulagement. Je commence à en avoir marre de l'herbe.

Les lèvres de Blaise se relevèrent légèrement à son commentaire.

— Eh bien, si la chemise était là et l'intraveineuse ici… alors il venait sûrement de cette direction.

Blaise indiqua l'endroit où ils avaient trouvé la chemise. Les arbres étaient plus touffus de l'autre côté.

— Tu crois ?

Ezra fixa l'horizon.

— Les adhésifs des électrodes étaient sûrement sur son torse, non ? Sous la chemise, donc…

— Il semble vraisemblable qu'il les ait retirés après la chemise, termina Ezra. Bien vu.

— Tu dis ça comme si ça t'étonnait.

— C'est à cause des muscles.

Ezra haussa les épaules nonchalamment, surpris de voir Blaise sourire simplement en réponse.

Afin d'atténuer la tension, Ezra esquissa un grand geste de la main.

— On y va ?

La seule réponse de Blaise fut un grognement et il se mit en route.

— Je suppose.

En marchant, les deux hommes gardèrent les yeux au sol, mais aucun d'eux ne trouva quoi que ce soit quand ils atteignirent la limite des arbres. Ils échangèrent un bref regard et se mirent en chemin ensemble au travers des bosquets. Ils ne trouvèrent rien d'autre parmi les arbres non plus, même si Ezra admettait qu'ils avaient pu manquer quelque chose de petit. Une électrode serait bien plus difficile à trouver dans les buissons, plutôt que sur le gazon.

De l'autre côté des arbres, ils atteignirent une route. Elle était étroite et non pavée, et les voitures avaient tracé deux sillons dans la terre au fil des ans. La route rejoignait la rue pavée à trois cents mètres environ sur leur gauche pendant un temps, avant de tourner brusquement plus loin. Après ce virage, la route était cachée à la vue par les arbres qui s'alignaient de chaque côté. Le petit taillis semblait faire partie d'une forêt plus grande.

— Je ne pensais pas qu'on était si près des bois, dit Ezra d'un air idiot.

Blaise le regarda bizarrement et fit un pas sur la terre de la route.

— Il n'y a pas beaucoup de circulation sur cette route.

169

— Il y a quand même des ornières, indiqua Ezra puisque les traces de pneus indiquaient un certain usage, même Ezra savait cela.

— Ezra, j'ai vécu ici toute ma vie et je n'ai jamais vu personne l'utiliser. J'avais oublié qu'elle se trouvait ici.

Blaise s'éloignait, les yeux sur la terre à ses pieds.

Digérant l'information, Ezra rejoignit Blaise sur la route.

— Où est-ce qu'elle mène ?

— Quoi ?

— La route.

— Oh. Nulle part.

Un nouveau silence s'étira, tandis qu'Ezra attendait que Blaise s'explique, mais apparemment il n'avait pas prévu de le faire.

— Alors pourquoi est-ce qu'elle est là ?

— Je ne suis pas sûr.

— Tu veux qu'on le découvre ?

Quelques pas plus loin, Blaise s'arrêta, se pencha et ramassa quelque chose dans la boue.

— Qu'est-ce que c'est ?

— La troisième électrode et son autocollant.

Et voilà. Elle correspondait parfaitement aux deux autres que les garçons avaient trouvées dans le parc.

— Au moins on sait qu'on est sur la bonne piste, mentionna Ezra quand ils recommencèrent à marcher.

Au final, Blaise avait presque entièrement raison. La route ne menait pas vraiment quelque part. Du moins, pas à un lieu public. Ils dépassèrent ce qui ressemblait à une allée privée, mais comme l'entrée était bloquée par une barrière et un panneau 'Défense d'entrer', ça ne comptait pas vraiment. Au final, la route finissait simplement sur un grand cercle boueux. À en juger par les traces de pneus, sa seule utilité était d'aider les conducteurs perdus à faire demi-tour.

— Bon…, dit Ezra tandis qu'ils se tenaient tous deux au milieu du chemin en terre, jetant un regard alentour.

— Je pense que ce type, d'où qu'il vienne, a commencé par cette route.

— Quoi ?

Ezra fit volte-face pour dévisager Blaise. Il avait été tellement absorbé par sa tentative de découvrir où menait la route qu'il en avait presque oublié leur mystérieux inconnu.

— On a trouvé cette électrode sur le bord de la route et il y avait des empreintes de pneus dans la boue. La dernière fois qu'il a plu assez pour laisser de telles traces, c'était...

— Il y a un peu plus d'une semaine, termina Ezra pour lui.

Il réfléchit un instant à cette idée. Si le type ne s'était pas échappé de l'hôpital, s'il avait été amené ici par quelqu'un, alors... Eh bien, ce serait un endroit probable où ils auraient pu le déposer.

— Revenons sur nos pas. Peut-être qu'on peut trouver quelque chose pour appuyer ta théorie.

De retour où ils avaient découvert leur dernière piste, ils se séparèrent pour commencer à chercher autre chose.

— Hé, Blaise, viens voir ça !

— Est-ce que ce sont...

— Des empreintes de pas ? termina Ezra.

Enfoncées dans la boue se trouvaient des marques indistinctes et chaotiques. Plusieurs traces semblaient appartenir à de grosses bottes. Elles ne faisaient pas toutes la même taille et se superposaient, les unes sur les autres. Ezra n'était pas un expert, mais il était presque sûr que plus d'une personne avaient couru au même endroit.

— Regarde, elles sortent de nulle pas, montra Ezra au sol, là où commençaient les empreintes, à moins de trente centimètres du sillon du pneu.

Blaise grommela son assentiment et ajouta :

— Il y a une autre empreinte, ici – celle-là semble être celle d'un pied nu.

C'était exact, bien qu'elle soit partiellement recouverte de celle d'une grosse botte.

— Donc. On a notre patient, pieds nus, qui saute d'un véhicule et des hommes avec des chaussures, qui le suivent ?

— On dirait.

Ezra souffla.

— Bon, ça colle avec ce que Callum a trouvé dans la perfusion, je pense. Quelqu'un remplit des gens d'hormones d'alpha. Contre leur volonté, visiblement.

On ne fuyait pas les médecins qui tentaient de vous aider. D'ailleurs, quel pouvait être le but médical de ces hormones ?

Blaise grommela de nouveau et pencha la tête de côté :

— Pierre, papier, ciseaux, pour décider qui de nous le dira à Callum ?

171

CALLUM FUT surpris, lorsqu'il ouvrit sa porte d'entrée, de découvrir deux femmes sur son perron. Il avait supposé que le carillon de la sonnette annonçait l'arrivée du FBI, mais il s'était attendu à des hommes, et de vieux hommes d'ailleurs – il savait que travailler avec non pas un, mais deux agents femmes était peu probable.

— Bonjour, vous êtes Callum Dawson ?

La petite femme blonde fut la première à parler. Elle faisait à peine un mètre soixante et semblait compenser cela par la longueur de ses cheveux, qui atteignaient ses fesses bien qu'ils soient nattés. Elle avait les yeux bleu clair et ses lèvres étaient relevées en un sourire malicieux qui lui semblait naturel.

— C'est bien moi. Et vous devez être les agents du FBI.

— Tu l'as dit, mon cœur, dit la blonde.

Ce fut sa partenaire qui élabora, d'une voix aussi douce que le miel.

— Je suis Siobhan Veyron et voici ma partenaire, Dannika Louis. On nous a raconté que vous aviez des informations pour nous, concernant une série d'enlèvements et d'attaques.

L'Agent Veyron était un contraste frappant comparé à sa partenaire. Elle était grande, au moins un mètre quatre-vingt, avec des courbes à revendre et des cheveux courts, noirs. Même Callum trouva que c'était une bombe.

C'était aussi un lycan. Elle émettait sans aucun doute l'odeur musquée et familière d'un alpha.

— Je suis surpris, je ne pensais pas que le FBI enverrait un lycan.

Sa voix était posée, pas ouvertement agressive, mais il n'ouvrit pas non plus la porte ni ne recula.

L'Agent Veyron ne sembla pas surprise par son hostilité. Callum pensa que l'Agent Louis était peut-être choquée mais c'était difficile à dire, étant donné que lui et l'Agent Veyron se fixaient, attendant que l'un d'eux perde et détourne les yeux.

— J'ai été mordue il y a cinq ans. Un accident. Mais c'est pratique quand nous avons besoin de gérer certaines personnes et certains cas, dit-elle.

Callum attendit encore un moment, jusqu'à ce que l'Agent Veyron détourne enfin le regard. Hochant la tête pour accepter sa soumission, il abandonna toute agressivité.

— Entrez.

Callum fit un signe vers l'intérieur en expliquant :

— Nous avons beaucoup à vous dire, donc autant s'installer confortablement pour discuter.

172

Puisque Callum ouvrait la marche, il put voir pleinement le visage de Blaise lorsque l'Agent Veyron suivit sa partenaire dans la pièce. La bouche de Blaise ne s'ouvrit pas en grand, mais c'était limite.

— Agents Veyron et Louis, je vous présente mon bras droit, Blaise LaPorte, et mon assistant, Ezra Jones. Ils ont tous deux été très précieux pendant l'enquête sur ce…

Callum plissa les lèvres un moment, pensif; il choisit finalement de conclure :

— … crime.

— S'il vous plaît, M. Dawson, vous pouvez nous appeler Siobhan et Dannika, dit Siobhan de sa voix douce. Pas besoin d'être aussi formels entre nous.

Échangeant des poignées de mains, les trois hommes partagèrent leur accord.

— Alors, Cal.

Dannika s'affala contre le canapé, étendant ses jambes.

— Pourquoi vous ne nous diriez pas ce qui se passe ?

Cela prit seulement vingt minutes à Callum, puis Ezra, pour mettre les deux femmes à la page. Siobhan était particulièrement intéressée par les détails. Quand elle apprit l'existence du programme informatique qui avait recherché les autres victimes, elle voulut tout connaître des paramètres de recherche qu'Ezra avait utilisés. Ezra était en train d'expliquer comment il avait discerné les lycans des véritables attaques de lycans lorsque Jax arriva.

— Dawson ! Je crois que tu m'avais dit que le FBI n'arriverait pas avant un moment.

Elle sourit brièvement et se présenta aux deux femmes.

Le regard que lança Siobhan à Jax lorsqu'elles se serrèrent la main était appuyé et appréciateur. Même si Jax la détailla avec insistance en retour, son regard fut plus approbateur des formes de Siobhan. Punaise, même Jax admirait cette femme. Étant donné la façon dont Dannika leva les yeux au ciel en s'effondrant de nouveau sur son siège, cela devait être le cas partout où elles allaient.

— Donc Callum vous a tout dit de nos problèmes, alors ?

— Ouaip.

Dannika émit un petit bruit sec avec sa bouche.

— Tous les détails. Quelque chose de louche est clairement en train de se tramer. Mais ne vous inquiétez pas, Siobhan et moi sommes d'excellents détectives.

Siobhan leva les yeux au ciel.

— Dan et moi sommes là pour vous aider et nous travaillons dur pour trouver des réponses.

Elle marqua une pause avant d'ajouter :

— Et nous espérons que vous voudrez continuer à coopérer.

Il sembla évident pour Callum que Dannika se mordait l'intérieur de la joue, durement, mais Siobhan ne sembla pas le remarquer.

Ce fut Jax qui demanda :

— Coopérer ?

Mince, même les hochements de tête de Siobhan étaient gracieux.

— Étant donné notre manque d'effectifs et de ressources dans le coin...

— On ne peut pas vraiment amener les expertises médico-légales à la police locale, pas sans provoquer de questions, coupa Dannika.

— Nous espérions que vous voudriez bien nous rendre service, en nous aidant pendant l'enquête.

Cela aurait été logique – si Callum et Jax n'étaient pas qui ils étaient et au poste qu'ils occupaient.

— Siobhan, j'ai appelé le FBI parce que je ne sais pas mener une enquête concernant un meurtre, pas parce que je n'ai pas envie de *chercher des indices*. Ces gens qui meurent, qui souffrent – ils pourraient faire partie de *ma* meute. Il n'y a pas moyen que vous nous empêchiez, Jax et moi, de trouver des réponses.

Il riva son regard à celui de Siobhan et patienta. Elle devait comprendre qu'elle était là pour l'aider, pas l'inverse. Quand elle détourna finalement les yeux, Callum se tourna pour découvrir Jax et Dannika, en train de se battre du regard de la même façon, bien que Dannika semblât bien moins disposée à abandonner.

— Dan, murmura Siobhan, Boise ?

Callum n'avait aucune idée de ce que signifiait cette ville pour elles, mais elle semblait signifier quelque chose en tout cas. Dannika jeta un regard en coin vers sa partenaire avant de soupirer.

Décidant de lâcher un peu de lest, Callum demanda :

— Où commençons-nous ?

Les deux femmes tombèrent d'accord : il valait mieux commencer par examiner toutes les preuves déjà accumulées avant d'essayer de parler avec Teller. Pour pouvoir voir ces indices, ils devaient donc se rendre aux laboratoires de Callum.

— Quelqu'un peut venir dans notre voiture pour nous montrer le chemin ? dit Dannika en descendant l'allée. Jax ? Vous voulez monter avec les filles ?

Le sourire qu'elle lui offrit était un vrai numéro de charme.

— Pourquoi pas ?

Jax sourit en retour, mais le sien était plus amical que sexy.

— Jolie voiture, grommela Blaise quand une grosse berline noire apparut.

— C'est une location, dit Siobhan en haussant les épaules.

— Quand même. Jolie.

— N'est-ce pas ? dit Dannika en tapotant le capot de la Lexus. Ils ont essayé de nous donner cette minuscule petite Toyota – comment j'aurais fait entrer Siobhan dans une Echo, moi ?

— Comme si tu n'avais pas fait ça pour satisfaire tes propres fantasmes !

— Ce n'est pas un fantasme ! J'adore juste les belles voitures. En plus, c'est toi qui as montré tes seins pour qu'on ait un surclassement gratuit !

Les joues de Siobhan s'empourprèrent lentement et elle jeta un bref regard vers leur auditoire.

— Je n'ai rien montré du tout !

— Bien sûr, bien sûr. Tes nibards sont juste devenus tellement lourds tout à coup que tu as dû les poser sur le comptoir, juste pendant que le loueur lorgnait ton décolleté. Je comprends.

Sa voix était douce et compatissante, mais l'effet en fut annulé lorsqu'elle jeta un clin d'œil malicieux vers Ezra.

LE BUREAU d'Ezra était grand comme une boîte d'allumettes, et il n'y avait pas moyen de les y faire tenir tous les six. La salle de déjeuner fut donc le choix le plus logique. Quand Callum et Ezra arrivèrent avec les informations qu'ils avaient accumulées, ils trouvèrent Jax, Blaise et les agents, assis autour de la table au centre de la pièce.

— Voyons voir ce que vous avez, dit Dannika en tendant les mains et les agitant comme un enfant qui réclame un jouet.

Callum hésita. Bien sûr, il pouvait tout leur donner, mais les papiers n'étaient pas vraiment classés de façon logique – la faute de Callum. Il les avait parcourus avec frénésie, à la recherche du petit détail qui lierait le tout et il avait complètement bousillé le classement obsessif d'Ezra.

175

Siobhan reprit.

— Laisse-les nous dire ça comme ils en ont envie.

Callum fut reconnaissant quand Dannika arrêta d'essayer de lui arracher ses dossiers des mains.

Callum et Ezra s'installèrent, Ezra prenant les dossiers et le maudissant à voix basse en les reclassant. Dannika et Siobhan sortirent toutes deux de quoi écrire.

— Prêts à commencer ? demanda Dannika, apparemment à l'assemblée.

Il fallut plusieurs minutes à Ezra pour étaler tous les graphiques et leur montrer tous les documents concernant ce qui s'était passé. Lorsqu'il eut enfin terminé, Siobhan hochait la tête et Dannika retenait sa lèvre inférieure prisonnière entre ses dents.

— C'est assez complet. En général, quand nous sommes appelées pour ce genre de cas, Dannika et moi devons passer deux ou trois jours à courir dans tous les sens pour nous mettre à la page. La seule chose qu'il nous reste à faire pour compléter vos recherches, c'est de parler à...

Elle jeta un œil sur ses notes.

— M. Teller ?

L'atmosphère sembla soudain plus lourde et tendue à Callum.

— Vous ne tirerez pas grand-chose de lui, dit-il.

Il aurait aimé qu'elles n'abordent pas ce sujet. Celui-ci crispait toujours Ezra considérablement.

— Je sais que vous avez dit qu'il est déséquilibré, dit Dannika, mais nous devons vraiment essayer de lui parler.

— Ce serait négligent de ne pas tenter le coup.

— Eh bien, les interrompit Jax, vous pouvez organiser cela plus tard. Maintenant que le FBI est à jour, que faisons-nous ensuite ?

D'un soupir, Dannika repoussa quelques mèches vaporeuses de son visage.

— Ensuite ? On commence à organiser une stratégie. Dans quelle direction on va, etcétéra, etcétéra !

Jax se redressa et posa ses mains à plat sur la table.

— Donc, dans quelle direction allons-nous ?

— Eh bien, tout d'abord il faudrait comprendre qui pourrait faire ça. Je veux dire, on a vraisemblablement une piste concernant les suspects : peu de monde connaît l'existence des lycans. Il faut qu'on restreigne cette liste, expliqua Dannika.

— Comment fait-on ?

Siobhan esquissa un petit sourire.

— En fait, je suis presque sûre qu'Ezra pourrait nous aider pour ça, puisqu'il faut qu'on compare des informations.

À ce signal, Ezra farfouilla sous sa chaise pour en extirper un vieil ordinateur portable qu'il avait découvert dans le débarras, puis mis à jour avec des morceaux récupérés par-ci par-là : le résultat ressemblait à un Frankenstein informatique, mais il fonctionnait.

— Je me suis dit qu'on pourrait avoir besoin de ça. Il n'a une durée de vie que d'environ une heure, mais c'est soit ça, soit je prends des notes et ensuite je vous recontacte, donc bon...

Il haussa les épaules.

— Laissez-moi juste une minute, le temps de me connecter aux serveurs.

Quand il fut prêt, il releva les yeux par-dessus l'écran et hocha la tête.

— Je suis prêt, à vous de jouer, dit-il à Siobhan.

Dannika prit la parole.

— Nous recherchons quelqu'un qui connaît les loups garous. Soit un délégué du gouvernement, quelqu'un du FBI, peut-être même quelqu'un qui soit lui-même un lycanthrope. Il vaut mieux inclure également la famille proche, au cas où quelqu'un ait découvert quelque chose qui ne fallait pas.

— La liste est longue, murmura Ezra en commençant à tapoter les touches. Sur tout le pays ?

C'était une chance, pensa Callum, que la communauté lycan recense sa propre population. Afin de rester en contact les uns avec les autres et de se protéger efficacement contre les chasseurs, les Alphas de tous les États-Unis avaient commencé à fournir une liste des membres de leur meute à une source centralisée. Cette base de données était l'outil idéal pour Ezra.

Siobhan hocha la tête en réponse à ses questions.

— Mieux vaut la réduire. Commence avec le Montana et les états limitrophes. On pourra élargir la recherche plus tard si on en ressort les mains vides.

— Celui qui fait ça possède vraisemblablement une formation scientifique approfondie. Il a une expérience en recherche et accès à un équipement de laboratoire, ajouta Callum pensivement.

Ezra lui jeta un regard.

— Je ne bosse pas aux Impôts, tu sais. Je n'ai pas accès à ce genre d'informations.

177

— Je suis certain que le FBI peut y accéder et nous les envoyer, intervint doucement Jax en tournant la tête vers Dannika et la regardant avec insistance. Exact ?

Et c'était pour cela que Jax était une Alpha.

Dannika plongea la main dans sa poche et en sortit son portable.

— Bien sûr, poupée.

Elle pencha la tête vers Ezra.

— Tu reçois les emails sur ton truc ?

Ezra récita son adresse email et Dannika hocha la tête, agitant son portable dans leur direction en sortant de la salle.

Blaise, Siobhan et Callum se tournèrent vers Jax.

— Quoi ? dit-elle d'une voix monotone.

— Revenons à nos moutons, reprit doucement Siobhan. Nous devons croiser cette liste avec celle des gens qui sont au courant de l'existence des loups garous. Ça te place donc en tête de liste, dit-elle brutalement à Callum.

— Je suis presque sûr d'être innocent, dit Callum d'une voix un peu plus sèche que nécessaire. Mais vérifiez ma cave si ça vous chante.

— Ce que je veux dire, c'est qu'il faut que tu réfléchisses pour savoir si quelqu'un qui travaille ici pourrait avoir fait une telle chose, dit Siobhan. Il n'y a peut-être pas beaucoup de lycans dans le personnel, mais tout le département est plus ou moins qualifié pour mener le genre d'expériences que nous soupçonnons.

Merde. Callum n'avait pas pensé à ça. C'était pour cela qu'il n'était pas devenu détective : au fond, il n'était pas un connard suspicieux. Il prit un instant pour digérer une telle éventualité. Il aurait aimé pouvoir dire qu'il faisait confiance à tous ses collègues, qu'il les connaissait bien, mais ce n'était pas le cas. Même si le CCM avait vraisemblablement mené des vérifications approfondies sur le passé de chacun d'entre eux, de la femme de ménage aux spécialistes de l'ADN et des maladies infectieuses, Callum ne les connaissait pas tous. Certains d'entre eux étaient nouveaux, d'autres simplement timides, et Callum avait passé les quatre derniers mois terré dans son labo à essayer de comprendre ce qui arrivait à la population lycane.

Callum se tourna vers Ezra. Seigneur, il avait fait venir Ezra ici sans même réfléchir. Tous ses employés étaient potentiellement des sadiques…

— Callum.

Callum se força à prendre une inspiration et à regarder Jax. Elle soutint son regard jusqu'à ce qu'il se calme, et il hocha la tête, soupirant enfin longuement.

Dannika revint du couloir.

— Ouais, je sais, je te serai redevable. Oui, encore une fois. Merci, Mark.

Elle raccrocha.

— Alors ?

— Alors, tout le monde dans ce département est désormais un suspect principal, dit Ezra d'un air morose.

Puis il se ragaillardit.

— Enfin, sauf moi. Puisque je suis une victime.

Si c'était ce qu'il ressentait, il le cachait vraiment bien, pensa Callum ironiquement.

— Et s'il y avait plus d'une personne ? dit Blaise. On a vu au moins deux traces de pas différentes. Est-ce qu'il se pourrait que quelqu'un qui connaît l'existence des lycans ait pu embaucher quelqu'un d'autre, qui posséderait les connaissances scientifiques nécessaires ?

— Je ne suis pas non plus la satanée CIA, ronchonna Ezra. Je peux te donner cette liste croisée, mais…

Il ne termina pas sa phrase et haussa les épaules.

— Cela prendra du temps pour que le programme finisse de tourner et pour que l'ordinateur trouve quelque chose.

Siobhan suggéra à Callum de les emmener voir Teller, pendant que les autres attendaient. Par accord tacite, Jax et Blaise restèrent avec Ezra tandis que Callum guidait les agents hors de la pièce et jusqu'à Teller.

L'ENTREVUE AVEC Teller s'était passée aussi bien que Callum s'y était attendu.

Au lieu de saluer les agents qui étaient venus le voir, Teller avait lancé un long regard désespéré à Callum avant de se détourner et de marmonner pour lui-même. La seule véritable réaction qu'ils avaient obtenue de lui avait eu lieu lorsque les deux femmes l'avaient pressé de répondre à leurs questions et qu'il avait tourné vers elles des yeux furieux et féroces, commençant à crier :

— Chantez une chanson de quatre sous, une pleine poche de seigle, vingt-quatre merles cuits dans une tourte.[5]

---

[5] Premiers vers de la comptine pour enfants *Sing a song of sixpence*

179

La voix de Teller s'était éteinte après le second vers de cette comptine pour enfants. Ses yeux s'étaient alors teintés de perplexité, son expression plus introspective. Sa voix était plus tranquille lorsqu'il avait repris :

— Mais quand on ouvrit la tourte, les oiseaux se mirent à chanter. N'était-ce pas un plat délicat à servir au roi ? Le roi était... le roi, la reine était dans le jardin, étendant le linge, quand un merle arriva, et d'un coup de bec, le nez lui enleva !

Il termina sur un gémissement angoissé, tremblant recroquevillé sur lui-même, et ne voulut pas se relever.

Dannika parla en premier, une fois dehors.

— Bon.

— Je vous avais dit que vous n'en tireriez pas grand-chose.

— Je m'attendais à un stress post-traumatique, ce n'est pas...

— Non, ce n'est pas ça. Ou pas seulement. Je pense... Nous avons élaboré une théorie selon laquelle ce qui a causé le déséquilibre hormonal entraîne des dommages permanents aux synapses. Aux voies qui mènent au cerveau. Teller est obsédé par les divertissements enfantins, depuis... l'événement.

— Pourquoi n'avez-vous pas mentionné cela avant ?

Siobhan semblait mécontente et un peu maussade.

Callum soupira simplement. Il n'allait pas se braquer pour si peu.

— On ne peut rien prouver au sujet de Teller. Pas encore. Si ça se trouve, il s'agit seulement d'un traumatisme sévère ?

Comme Dannika ouvrait la bouche, il choisit d'ajouter :

— Nos psychologues n'ont, en tout cas, rien trouvé. Pour le moment.

CALLUM SE versa une tasse de café en bâillant. Après plusieurs gorgées, il commença enfin à se demander d'où venait le café. Ezra n'était pas encore sorti de la douche. Donc qui... ?

— Bonjour mon mignon !

Callum se retourna et découvrit Jax, Blaise et Wyn, assis autour de la table recouverte de plats pour le petit-déjeuner qui, constata-t-il soudain, sentaient divinement bon.

— Est-ce que vous venez d'entrer par effraction chez moi pour préparer du café ? s'étonna Callum à voix haute, avant de se diriger vers la nourriture.

— Ouaip ! Tu n'as pas répondu quand j'ai frappé. J'ai attendu quinze bonnes secondes. Alors j'ai décidé d'entrer. Les agents du FBI sont en chemin.

Callum grogna pour toute réponse. Il aurait certainement pu formuler davantage de mots s'il avait dormi plus qu'une poignée d'heures. Ou s'il n'avait pas eu un demi-croissant fourré dans la bouche.

Ezra les rejoignit, sentant le frais et le propre, et ayant l'air incroyable, puis il s'assit à table en gémissant longuement et de façon audible face au petit-déjeuner qui s'offrait à lui. Putain. Pendant un court instant, Callum caressa l'idée de ramener Ezra à l'étage, tant pis pour les autres. Puis Jax lui donna une tape à l'arrière du crâne et il se souvint qu'il y avait des choses plus importantes dans la vie.

Blaise, Callum et Ezra étaient encore en train d'engloutir la montagne de nourriture lorsque Dannika et Siobhan arrivèrent, et convoitèrent en chœur la table d'un regard affamé.

— Nous avons seulement eu droit à quelques tranches de toasts à l'hôtel avant de venir ici, expliqua Dannika entre deux bouchées. Seigneur, c'est délicieux.

— Wyn est une cuisinière inégalable, expliqua Jax fièrement.

— Tu as *fait* tout ça ? demanda Dannika en se tournant vers Wyn. Veux-tu m'épouser ?

La demande impromptue ne fit pas long feu puisque Blaise commença à grogner et Callum dut lever sa tasse à nouveau pour cacher le sourire qui lui était venu en voyant cet homme immense se défendre contre une minuscule lesbienne. Dannika ne sembla pas vraiment effrayée, plutôt résignée, quand elle dit à Wyn de laisser tomber et piqua une nouvelle brioche à la cannelle, plusieurs fraises et trois morceaux de bacon supplémentaire.

Quand tout le monde, sauf Blaise et Dannika, eut fini de se remplir la panse, Siobhan se tourna vers Ezra et lui demanda où en était le programme. Ezra sursauta légèrement de surprise, mais se releva et quitta rapidement la pièce.

Quand il revint, il laissa tomber le portable ouvert sur la table.

— Je l'avais complètement oublié, dit-il entre plusieurs clics sur le pavé tactile. J'allais vérifier ce matin, mais ensuite…

Soudain, il s'arrêta et fixa l'écran.

— Euh.

— Bingo ? demanda Dannika.

181

Callum lui jeta un regard confus puis se pencha pour pouvoir jeter un œil à l'écran par-dessus l'épaule d'Ezra. Siobhan avait eu raison, plusieurs des noms qui apparaissaient sur la liste lui étaient familiers, même s'il ne voyait pas le sien pour le moment. Enfin, il vit ce qu'Ezra regardait.

— Malcolm Shaw ?

— Ah, bah il serait assez con, marmonna Ezra.

Jax laissa échapper un rire nasal.

— Ça, c'est sûr. Il est sur notre nouvelle jolie petite liste de suspects ?

— J'ai créé une matrice, hier soir, pour croiser les noms non seulement des scientifiques, mais aussi des employeurs et des directeurs d'entreprises.

Ezra effectua quelques autres clics et afficha les informations concernant Shaw.

— Shaw, comme beaucoup d'Alphas, dirige plusieurs sociétés. L'une d'elles a déboursé beaucoup d'argent pour les recherches d'un certain Dr D. Maxwell. Il fait des recherches en laboratoire à l'Université d'Etat de Black Hills. Il y est professeur, et devinez sa spécialité ? dit Ezra en tourna un regard triomphant vers leur groupe.

— Quoi ?

— Biochimie, avec une spécialisation en endocrinologie, lut Ezra à voix haute sur l'écran.

— Endo-quoi ?

Jax fut la première à mettre fin au silence.

— C'est l'étude des glandes endocriniennes : les hormones. Ce qui impliquerait un bagage parfait pour expérimenter avec des injections d'hormones artificielles.

— Et vous pensez que ce Malcolm Shaw serait prêt à ça et capable de le faire ?

Le visage de Siobhan, lorsque Callum se tourna vers elle, était impénétrable.

— Ezra n'avait pas tort. C'est un connard, dit Callum.

Seigneur, pas étonnant qu'il ait pu penser que Malcolm était un pauvre type, si c'était ce qu'il faisait de son temps libre.

Jax renifla d'une façon peu élégante.

— C'est un porc arrogant et sexiste. Le genre d'homme qui zieute ton décolleté et demande s'il peut toucher, en te disant de ne pas te tordre tes jolies méninges à essayer de faire un boulot d'homme.

— Donc j'imagine que cette connexion est suffisante pour justifier un mandat d'arrêt ? demanda Callum dans le silence général.

Siobhan souffla élégamment.

— Loin de là. Nous pourrions le convoquer pour l'interroger, mais s'il s'agit *vraiment* de notre homme, ça ne ferait que lui mettre la puce à l'oreille. Qui sait combien d'entre nous il a d'emprisonnés et dont il pourrait décider de se débarrasser ?

— Ce serait mieux de pouvoir jeter discrètement un œil, acquiesça Dannika. Où vit ce type ?

— À deux heures d'ici en voiture, lui dit Callum. Vous pourrez y être avant le déjeuner.

Siobhan hocha la tête, satisfaite.

— Vous me direz comment y aller ? demanda-t-elle à Callum, qui hocha lui aussi la tête. Génial, en attendant, nous devrions continuer à chercher des suspects, donc Dannika va appeler son ami l'analyste de données.

La petite blonde regarda sa partenaire.

— Ah bon ?

Siobhan acquiesça.

— Afin de profiter pleinement de nos connexions geeks !

— Tu sais, tu pourrais l'appeler, toi.

Dannika jeta un regard mauvais à sa partenaire jusqu'à ce que les deux femmes tendent leurs poings et commencent une manche de Pierre, Papier, Ciseaux.

Dannika perdit deux fois d'affilée.

Elle sembla se dégonfler en soupirant interminablement.

— Bon, je vais appeler mon analyste.

Elle regarda Ezra d'un air consterné.

— Je vais devoir emprunter ton ordinateur portable.

Ezra le lui passa en haussant les épaules et Dannika quitta la pièce, marmonnant tout bas. Callum regarda Siobhan du coin de l'œil.

— Une des analystes du FBI a le béguin pour elle, expliqua Siobhan. Malencontreux, mais adorable, et en plus, utile. Cela prendra peut-être un jour ou deux, mais nous obtiendrons les informations que nous recherchons.

— Qu'est-ce qu'on est censés faire en attendant ? voulut savoir Blaise.

Callum dut admettre qu'il était lui aussi assez curieux.

— Je sais bien que ce n'est pas ce que vous voulez entendre, mais agissez le plus naturellement possible, leur conseilla Siobhan. Il est possible que le coupable sache déjà que vous avez appelé des renforts, mais s'il ou elle ne le sait pas, mieux vaut que les choses restent ainsi. Faites ce que vous faites normalement le samedi.

183

— Et prétendre que nous ne savons rien ? demanda Callum en fronçant les sourcils.

— Je sais que vous voulez aider, mais pour le moment, vous devez nous laisser, Dan et moi, faire notre travail. Nous ne vous tenons pas à l'écart, mais nous devons faire attention à la façon dont nous avançons. Je sais ce que je fais. Et si quoi que ce soit de nouveau ou de bizarre se passe, nous avons vos numéros.

LE JEUNE bêta bondit vers la porte, son corps heurtant le métal. Davis l'observa à travers le miroir sans tain. Ce soir, ils relâcheraient le bêta. Le sujet B-H30-5 était le plus prometteur jusqu'à maintenant : son agressivité était élevée et son excitation, bien qu'augmentée, n'était pas aussi dévorante que celle des autres sujets l'avait été. Certains d'entre eux devenaient si prêts à tout pour baiser qu'ils quémandaient auprès de n'importe quel alpha, sans plus tenir compte de leur sexe ou de leur préférence sexuelle. Celui-ci semblait préférer se battre contre les autres lycans et humains qu'il rencontrait.

Davis avait de grands espoirs pour B-H30-5. Il mourrait visiblement d'envie de se battre et il avait clairement démontré qu'il était disposé à combattre tous ceux que le Chef lui ordonnerait d'attaquer. Le seul autre sujet aussi prometteur avait été B-K24-1, qui s'était échappé en chemin vers sa cible. Le Chef avait pété les plombs quand il avait appris son évasion ; Davis n'avait pas envié les hommes qui avaient laissé une telle chose arriver. Cependant, mieux valait ne plus penser à ses espoirs pour B-K24-1. B-H30-5 se montrerait à la hauteur, il en était sûr.

Ce soir, ils lui injecteraient une dose d'Alphatropine Surrénale, puis le relâcherait au public.

Même si Davis ne pouvait pas déplacer B-H30-5 avant que le Chef arrive et lui dise de coopérer, il lui avait passé des menottes et lui avait juré qu'il pourrait se battre bientôt. B-H30-5 ne l'avait évidemment pas écouté, mais lorsque le Chef était arrivé, il s'était laissé déplacé assez facilement.

Deux heures plus tard, ils avaient garé la camionnette dans une allée latérale du centre-ville de Butte.

Ils s'étaient installés et n'avaient dû attendre que quinze minutes avant qu'un homme bien habillé ne débouche sur la rue.

L'homme – l'Assistant du Procureur Doug Weiman – était la cible désignée par le Chef. Il passait chaque samedi à son club privé, mais il était trop radin pour en payer le parking, préférant garer sa voiture quelques rues plus loin.

Ce serait la dernière erreur qu'il ferait.

Davis avait obtenu une photographie de Weiman et s'était procuré une écharpe que l'homme avait portée récemment. Le Chef s'était assuré que B-H30-5 sache qu'il voulait la mort de cet homme, et le sujet avait été réceptif.

— Le voilà, grogna le Chef. Et si je te laissais sortir de cette voiture pour aller le voir ?

— Ouais, haleta B-H30-5, essoufflé et avide.

Son premier mot depuis des heures.

Lorsque la porte s'ouvrit, B-H30-5 sortit en un clin d'œil, le nez en l'air, reniflant.

— Est-ce qu'on l'attend ? demanda le conducteur.

— Tu *connais* le nom de la proie, non ?

Le Chef regardait par le pare-brise, mais Davis n'eut aucun doute pour savoir à qui il s'adressait.

— Oui. Un certain Doug...

— Nous découvrirons demain dans le journal s'il a réussi. Quittons cet endroit, d'accord ?

Davis hocha la tête. C'était une bonne idée. Ils perdraient B-H30-5, mais il y en aurait d'autres.

Chapitre Onze
Entre Chien Et Loup

LE TÉLÉPHONE sonna à trois heures du matin. Encore à moitié endormi, Callum l'ignora. Il ne voulait pas sortir du lit ni entendre ce que quelqu'un trouvait nécessaire de lui dire à cette heure-là.

Le téléphone sonna encore et cette fois Ezra bougea et gémit bruyamment, mécontent. Putain, Callum allait devoir répondre ou risquer qu'Ezra se réveille.

— Quo... ?

— Alpha Dawson ? Je suis désolée de vous appeler si tard – euh, tôt plutôt, mais j'ai pensé que je devais vous appeler immédiatement.

Callum grogna. Est-ce que c'était Siobhan ? Elle ne s'était pas adressée à lui de manière si formelle depuis des jours.

— Que se passe-t-il ?

— Je viens juste de recevoir un coup de fil du bureau du shérif à Butte. Dannika et moi avons fait passer le mot que nous souhaitions être mises au courant de toute activité violente suspicieuse...

Une vague d'inquiétude le submergea et il n'essaya pas de retenir sa voix d'Alpha.

— Que s'est-il passé ?

Siobhan lui obéit.

— Ils ont trouvé un corps. Déchiqueté, à l'est du centre-ville. La cause probable du décès est la perte de sang provoquée par de multiples blessures.

— Lycan ?

— Humain.

Quelque chose dans sa voix le mit mal à l'aise.

— Et ?

— Ils ont trouvé un suspect – un jeune homme, couvert de sang. Il était à moitié fou – ils ont dû l'endormir avec des fléchettes tranquillisantes.

Le soulagement remplaça la tension qui s'amoncelait. Il était encore vivant. Même s'il n'était probablement plus vraiment sain d'esprit.

— Où se trouve-t-il ?

186

— En chemin pour ici. J'ai réussi à convaincre la police locale qu'il faisait partie d'une enquête en cours pour qu'ils nous laissent prendre le relais. Il est en train d'être transporté vers le Département des Pêches et de la Faune à l'heure où nous parlons. Il devrait arriver vers cinq heures du matin.

— D'accord. Bien.

Callum réfléchit un instant. Il devait prendre une douche et s'habiller.

— Je vous rejoins là-bas.

— D'accord. À tout à l'heure.

Callum éteignit le téléphone et le laissa retomber bruyamment sur la table de nuit.

— C'll'm ?

Le visage d'Ezra était écrabouillé contre son oreiller.

— Rendors-toi, Ezra.

Il passa une main sur les cheveux en désordre de l'autre homme.

— D'accord. Toi aussi.

Il tendit une main lourde de sommeil qui s'agita vaguement avant de trouver le bras de Callum.

Callum savait qu'il ne serait pas capable de dormir – il n'en avait ni le temps ni l'envie – mais s'allonger un peu ne pouvait pas faire de mal. Il ne partirait que dans une heure et puis les douches, c'était surfait. Il se laissa glisser dans le lit et s'installa pour qu'Ezra puisse venir se pelotonner contre lui. Il posa une main contre la cambrure de son dos, y traçant de petits cercles et essayant d'ignorer l'idée insistante qu'il aurait pu être ce corps inconnu à Butte.

— C'était qui, au téléphone ?

Il ne voulait vraiment pas entraîner Ezra dans cette histoire, mais il fallait bien qu'il dise quelque chose puisqu'il allait quitter leu... *son* lit dans une heure.

— Siobhan. Je dois la rejoindre dans une heure.

— Une heure ? C'est le milieu de la nuit.

— Le matin.

Sa main s'égara contre le dos d'Ezra en une longue caresse.

— Oh.

Le silence s'étira tellement que Callum pensa qu'Ezra s'était rendormi.

— Comment ça se fait ?

Ou pas.

— Quoi ?

187

Peut-être que s'il gagnait assez de temps, Ezra se rendormirait et oublierait tout cela ?

— Pourquoi tu dois aller voir Siobhan au milieu de la nuit ?

— Du matin.

— Pourquoi ?

Ezra ouvrit un œil endormi et inclina sa tête pour observer Callum.

— Parce que nous avons peut-être une piste.

Maudite soit l'obstination d'Ezra. C'en était plus que Callum avait eu l'intention d'avouer.

— Ça ne pouvait pas attendre ?

— Pas celle-ci.

— Pourquoi pas ?

— Rendors-toi, Ezra. On en reparlera demain matin.

Callum ne s'attendait pas vraiment à ce que ça marche, mais il pouvait toujours tenter le coup.

Ezra grommela et se redressa légèrement pour s'asseoir dans le lit, regardant Callum d'un air accusateur.

— Ton odeur est inquiète, dit-il. Est-ce que tu dormirais s'il y avait un alpha inquiet avec toi dans la pièce ? Non. Alors dis-moi juste ce qui se passe et ensuite, je retournerai me coucher. Promis.

Callum en doutait un peu, mais il se dit qu'il pourrait sûrement s'en servir pour faire pression sur Ezra ensuite, afin qu'il tienne sa promesse. De plus, Ezra avait raison sur un point – il ne pourrait pas dormir jusqu'à ce que Callum le rassure.

— Siobhan a appelé au sujet d'une attaque à Butte.

Fronçant les sourcils, Ezra se frotta les yeux.

— Mais ce n'est pas la pleine lune.

— L'attaquant était en forme humaine, avoua Callum.

Face à la détresse palpable d'Ezra, Callum posa une main sur sa joue.

— Ils l'ont attrapé, mais il est très malade, Ezra. Je dois aller là-bas et l'interroger le plus vite possible au cas où…

Il meurt.

— … son état se dégrade.

Ezra se calma un peu, apaisé par le contact. Callum l'était aussi, ce qui n'était pas surprenant, juste… différent. Il n'avait pas l'habitude d'être aussi affecté par la présence et les émotions de quelqu'un d'autre.

— Qu'est-il arrivé à la personne qui s'est faite attaquer ? Elle va bien ?

Merde. Callum ne pouvait pas lui mentir.

188

— Il est mort, dit-il doucement.

Puis il pensa à ce que Siobhan lui avait dit et ajouta en grimaçant légèrement :

— C'est sûrement mieux comme ça.

Callum sentit Ezra déglutir contre la paume de sa main.

— Oh.

Il prit une longue inspiration.

— Donc tu dois y aller, hein ?

Ce n'était pas vraiment une question.

— Désolé, lui dit Callum.

Quand tout cela serait terminé, Ezra et lui prendraient du temps ensemble, loin de tout, ils trouvaient un petit endroit douillet où personne ne viendrait les ennuyer pendant une semaine. Cela ressemblait désespérément à une lune de miel, même si bien sûr le mariage gay n'était pas légal au Montana. Bon sang, si le Sénateur Feyen avait obtenu gain de cause il y a trois ans lors du vote, Callum aurait pu être arrêté pour les choses qu'il faisait dans l'intimité de sa chambre.

Si Ezra avait la moindre idée de la façon dont les pensées de Callum venaient de dériver, il n'en montra rien.

— C'pas grave, murmura-t-il. Il te reste une heure avant de partir ?

Callum hocha la tête.

Ezra s'affala contre le matelas.

— Parfait, dit-il, le sommeil pointant de nouveau pleinement dans sa voix. Tu peux te rendre utile et être ma bouillotte personnelle jusque-là.

Malgré la gravité de la situation, Callum sentit un sourire étirer ses lèvres lorsqu'il s'allongea pour obéir, s'installant dans le dos de son amant, en cuillère, et glissant son bras autour de la taille d'Ezra. Il frotta son nez contre sa nuque, inspirant son odeur. Les doigts d'Ezra s'entrelacèrent aux siens. À peine une minute plus tard, Ezra s'était rendormi.

QUAND L'HEURE se fut écoulée, Callum réussit sans trop savoir comment à quitter son lit. Cette lutte interne n'était surpassée que par celle, physique, qui l'obligea à se démêler du corps lourd de sommeil d'Ezra. Ses câlins étaient… insistants. Malgré tout, Callum avait réussi à s'échapper et abandonner son rôle de bouillotte pour être là, debout avec Siobhan et Dannika dans un bâtiment silencieux, attendant le transfert du prisonnier.

Seigneur, encore un. Il se demanda si celui-là serait en meilleur état que Teller, ou pire. Il se demanda s'il aurait sa tête ou pas du tout, s'il aurait sombré complètement dans la folie, ou pire, s'il serait encore complètement rationnel.

— Est-ce qu'on sait qui est ce lycan ?

Siobhan secoua la tête.

— Non, pas encore. Il n'a pas été très coopératif. Mais bon, il n'a pas repris pleinement connaissance depuis que la police l'a attrapé – les tranquillisants rendent toute tentative d'interrogatoire inutile.

C'est vrai, il avait oublié ça. Siobhan soupira.

— Avec un peu de chance, nous serons capables de lui soutirer son nom, ou du moins assez d'informations pour réussir à savoir qui il est. Cela devrait être assez facile si quelqu'un a signalé sa disparition.

Et si personne ne l'a fait ? Callum n'eut pas le cœur de poser cette question à voix haute. Parce que si personne ne signalait la disparition d'un lycan, cela voulait dire que c'était un solitaire, ou pire, que la meute lui avait fait défaut. Que sa *meute* l'avait laissé se faire prendre et n'y avait rien fait. L'idée retournait l'estomac de Callum, et il ne voulut pas la partager.

Dannika, qui était blottie près d'une tasse de café fumant, émit un petit bruit.

— Cela ne sert à rien d'essayer de deviner – nous aurons nos réponses quand il arrivera.

Bizarre que celle qui supportait visiblement le moins de se lever si tôt le matin fut également la plus pragmatique.

— Jax ne nous rejoint pas ? demanda Siobhan.

— Non.

Callum jeta un œil à la femme. C'était Jax qui avait suggéré qu'il soit le contact prioritaire du FBI. Elle préférait se concentrer sur les problèmes de la meute, lui faisant confiance pour l'informer si un changement majeur survenait et pour l'appeler en cas de discussion importante.

C'est à toi qu'ils doivent parler pour les trucs scientifiques, de toute façon, avait-elle fait remarquer et Callum n'avait pas vraiment eu envie de discuter. Il n'aurait pas été assez sage pour attendre d'avoir des informations de seconde main.

— J'ai décidé de la laisser dormir. Elle saura tout ce que je sais dans la matinée. Cela ne fait aucune différence que nous soyons là tous les deux ou pas.

Siobhan acquiesça.

— Je suppose.

— La seule chose à laquelle servirait sa présence ici serait de nous fatiguer tous les deux. Cela ne me semble pas très productif.

Dannika haussa les épaules.

— Tant qu'elle n'est pas en colère contre nous demain matin.

Callum aurait pu continuer à se disputer sur le sujet – c'était l'idée de Jax, après tout ! – quand le téléphone de Siobhan émit une sonnerie forte et entraînante. Callum et Dannika sursautèrent en chœur puis dévisagèrent Siobhan, qui glissa simplement la main dans sa poche pour l'en extirper. Callum ne savait pas comment elle avait pu rester aussi impassible face à un tel vacarme.

— Ils seront là dans cinq minutes, dit-elle en raccrochant.

Elle glissa de nouveau le téléphone dans sa poche.

Dannika jeta son gobelet vide dans une poubelle à proximité.

— Impec.

Sa voix était aussi sèche que du sable.

— Bon, allons rejoindre la cavalerie et leur tout nouveau hors-la-loi.

Callum remarqua que Siobhan plissait les lèvres d'un air mécontent et il fut reconnaissant qu'elle ne dise rien. Il n'avait vraiment aucune envie de gérer deux femmes en train de se crêper le chignon au sujet des convenances, à cinq heures du matin, quand son estomac était aussi noué à la perspective de rencontrer ce nouveau lycan.

Finalement, cette première rencontre – ou du moins, ce premier coup d'œil – ne fut pas aussi dramatique que Callum l'avait craint. Cela l'aida aussi beaucoup que l'autre lycan soit inconscient. Pour le moment, Callum n'aurait pas à découvrir combien le jeune homme avait sombré dans la folie. C'était déjà assez dérangeant de voir sa carrure émaciée, son corps sale et ses cheveux dégoûtants, ses mains ensanglantées et ses phalanges à vif. Le gamin – et c'était un gamin, probablement plus jeune qu'Ezra de quelques années – était un des spectacles les plus pitoyables auxquels Callum avait assisté depuis longtemps. L'envie de pleurer et celle de crier s'affrontèrent en lui si violemment qu'il en fut presque reconnaissant ; aucune de ces pulsions ne prit le dessus et il arriva donc à contenir les deux. Au lieu de cela, il réceptionna machinalement le nouveau détenu et concentra toute son attention là-dessus.

Puis il renifla l'homme et eut envie de vomir.

AU MILIEU de la matinée, Callum put rentrer chez lui. Et il se dirigea directement vers le bar.

Il remarqua Ezra en passant près de lui, mais ne s'arrêta pas pour discuter. Il ne le pouvait pas. D'abord, avant quoi que ce soit d'autre, il avait besoin d'un verre.

Après en avoir extirpé un verre et une bouteille de Jameson, Callum s'en versa un doigt et le but cul sec. Il grimaça à la brûlure, mais n'hésita pas à s'en verser un second verre.

— Tu vas m'expliquer ce que c'est, cette petite routine d'alcoolique ? demanda Ezra.

Même si Callum ne s'était pas retourné, il savait que l'autre homme se tenait à la porte. Il pouvait le voir en esprit, l'air aussi hésitant que sa voix.

— Mauvaise matinée, fut tout ce que dit Callum avant de descendre le whisky.

— *D'acco-o-ord...*, dit Ezra, vraisemblablement incrédule.

Encore du whisky.

— Très mauvaise matinée.

— Est-ce que tu vas me dire... ?

Le bruit de la porte d'entrée en train de s'ouvrir coupa Ezra dans son élan. Puis Jax cria :

— Callum, où es-tu ?

— Ici ! appela-t-il.

Ses yeux étaient rivés à la bouteille de Jameson. Un autre verre ou pas, là était la question.

— Avec le whisky, ajouta Ezra d'un ton sec.

Callum l'ignora.

— Le whisky ? Tu bois à 10 h 24 du matin, maintenant ?

Quand Callum se retourna enfin, il découvrit Jax debout sur le pas de la porte, un pas derrière Ezra, l'air déconcerté.

— Mauvaise...

— ... matinée, termina Ezra en même temps que lui.

— Qu'est-ce qui pourrait... ?

— Il y a eu une autre attaque. Siobhan m'a appelé ce matin. Cette fois-ci, la victime a été tuée.

Jax jura.

— C'est pour ça que... ?

— Elle a appelé à trois heures du matin et il n'a pas bu à ce moment-là.

Callum se sentit vaguement embarrassé lorsqu'Ezra mentionna aussi naturellement qu'ils étaient au lit ensemble. Il fut soulagé que Jax soit trop préoccupée pour dire quoi que ce soit.

— Alors qu'est-ce qui a changé ?

— Ils ont trouvé le lycan qui a fait le coup. Comme Teller, il est infecté par... je ne sais quoi.

Le DRA, ou la chose qui en était la cause. Callum se retourna et récupéra un second verre.

Du coin de l'œil, il put voir Jax acquiescer. Ce n'était pas foncièrement inattendu, tout compte fait.

— Alors pourquoi... ?

— C'est un bêta, dit Callum sans ambages.

Une brusque inspiration accueillit la nouvelle.

— Quoi ? Tu en es sûr ?

Callum lui jeta brièvement un regard puis retourna à sa tâche : remplir le deuxième verre d'un doigt – deux doigts – de whisky.

— Merde, merde, bordel de merde !

Jax traversa la pièce et arracha le verre de la main de Callum avant même qu'il ait terminé de se tourner dans sa direction pour le lui offrir.

Quand le whisky fut englouti, elle tendit le verre pour en avoir un autre. Callum obéit.

— Je ne comprends pas, dit Ezra. Pourquoi le whisky ?

Callum fut presque sûr que Jax lança le même regard vide à Ezra que lui.

— C'était déjà horrible de penser, de savoir, que l'un des nôtres liquidait des alphas d'une manière aussi... inhumaine. Mais des bêtas ? Droguer tellement des bêtas qu'ils deviennent sauvages ? C'est plus qu'écœurant, c'est... c'est...

— Quoi ?

La voix d'Ezra s'était légèrement refroidie, mais Callum était trop bouleversé, et un petit peu éméché d'avoir descendu autant de whisky si rapidement sur un estomac vide, pour le remarquer réellement.

— C'est barbare, finit-il.

— Tordu, ajouta Jax, la voix pleine de colère.

— Dégoûtant, termina Callum.

— Je vois. Donc, faire du mal à un alpha c'est mal, mais s'en prendre aux pauvres petits bêtas sans défense, c'est pire. Quel idiot j'ai été de ne pas comprendre que l'un est un crime encore plus horrible que l'autre !

193

Ezra lança ses mains en l'air, clairement irrité.

— Tu es en colère contre moi ? demanda Callum.

Il se tourna vers Jax.

— Est-ce qu'il est en colère ? Sérieusement, tu es en colère contre moi ?

Les bras croisés et le menton relevés semblaient dire que oui.

— Pourquoi est-ce que tu es en colère contre moi ?

— Pour… pour… t'être comporté comme un stupide homme des cavernes ! Comme si ça faisait une quelconque différence que celui-ci soit un bêta !

— Bien sûr que ça fait une différence !

— Je ne vois pas pourquoi ça devrait ! Les lycans sont des lycans ! Ils sont notre sang et ils se font torturer ! On s'en branle qu'il s'agisse d'alpha ou de bêta !

— On ne s'en branle pas, nous !

— Je peux voir ça ! Je ne comprends pas pourquoi...

— Parce que nous sommes censés vous protéger ! C'est à nous de nous occuper de vous !

Callum jeta un regard mauvais à Ezra.

— Et que quelqu'un puisse, juste… juste ignorer cet… cet instinct… Seigneur, c'est inimaginable.

Les lèvres d'Ezra étaient pincées, mais il les desserra pour dire :

— Explique.

— Tu ne sais pas ce que c'est, dit Jax, reprenant la parole une fois que Callum et Ezra eurent fini de crier. C'est un pur instinct, un désir de protéger.

— C'est comme si tous les bêtas que tu rencontrais avaient cette…

Callum chercha le bon mot.

— Odeur – aura ? – qui te prend aux tripes, aux os, et qui ne te demande qu'une seule chose : protège-moi, assure-toi que je sois en sécurité.

— Mais nous ne sommes pas certains que celui qui fait ça soit un alpha, indiqua Ezra. Ni même un lycan.

Il marquait un point, mais Callum ne s'en sentit pas mieux.

— En tant qu'alpha, nous ne protégeons pas les autres simplement parce qu'on nous l'apprend, mentionna Jax. Nous le faisons parce que nous en avons besoin.

Faire du mal à un bêta était clairement impensable pour Callum. Il ne comprenait pas comment quelqu'un pouvait faire une telle chose, même un humain.

— Nous le faisons parce que nous ne savons pas nous comporter autrement, murmura Callum à son verre de whisky vide.

Puis une main lui prit le verre de la sienne et le reposa sur le bar. Et cette même main, rejointe par une autre, entoura son visage. Ezra releva la tête de Callum pour qu'ils puissent se regarder. Puis ils furent dans les bras l'un de l'autre et Callum s'agrippa fermement. Il noya son visage contre le cou d'Ezra et inspira profondément, capturant son odeur. Il se laissa aller au besoin soudain et impérieux de serrer son amant contre lui, comme il avait eu envie de le faire depuis qu'ils avaient amené ce bêta à l'hôpital du Département des Pêches et de la Faune.

Il était jeune. Jeune, mignon et soumis. Et rendu fou par le déséquilibre hormonal. Seigneur, c'était comme revivre l'expérience de Teller. Pas dans son comportement – le bêta s'était comporté comme s'il était complètement shooté et rempli d'un excédent de testostérone, tandis que Teller souffrait clairement d'un stress post-traumatique – mais tout le reste lui avait paru très semblable. Le lycan malade, couvert de sang, la folie dans son regard, le fait de savoir ce que ce jeune homme avait fait à cause de quelque chose qu'un autre lui avait injecté dans les veines. Et les sentiments de terreur et de lassitude qui avaient accompagné ce savoir. Cela avait mis Callum à cran, le renvoyant sans cesse à la matinée où ils avaient trouvé Teller, et à celle où Ezra l'avait vu. Il n'avait eu qu'une envie : rentrer chez lui et serrer Ezra contre lui.

Mais ensuite il l'avait vu, et il avait été empli d'une telle rage envers le salaud qui avait fait ça, qui avait fait ça à des hommes à peine plus âgés que des adolescents, des hommes aussi vulnérables qu'Ezra, qu'il avait su qu'il ne pouvait pas toucher Ezra sur l'instant. Pas avant d'avoir atténué un peu de ses émotions avec du whisky.

Des doigts forts caressèrent l'arrière de sa tête et de son cou, et Callum soupira, reconnaissant. Putain, c'était agréable.

— On le trouvera, et on l'arrêtera, murmurait Ezra contre son oreille et Callum se demanda depuis combien de temps Ezra lui parlait.

Depuis combien de temps lui promettait-il qu'ils allaient mettre fin à ce cauchemar.

— On va gagner ce coup-ci, Callum. On l'empêchera de faire du mal à quelqu'un d'autre.

Merde, ça n'avait aucune importance de savoir depuis combien de temps Ezra croyait en lui. L'important, c'est que c'était le cas.

195

TOUT COMPTE fait, Ezra ne pouvait pas dire qu'il était vraiment ravi de revoir Dannika et Siobhan. Sachant où elles avaient été, et étant donné les nouvelles qu'elles leur avaient transmises récemment, il n'avait pas vraiment été impatient d'entendre ce qu'elles avaient à dire. Surtout après avoir jeté un coup d'œil à leurs visages fermés.

Malgré tout, ne pas vouloir entendre les mauvaises nouvelles qu'elles ne manqueraient pas d'avoir n'était pas une raison suffisante pour leur claquer la porte au nez, alors il les laissa entrer.

Il se tourna et escorta les deux femmes jusqu'à la salle à manger, où ils s'étaient installés pour déjeuner.

— Juste à temps pour le déjeuner.

Si Ezra avait été plus cynique, il aurait soupçonné que Dannika avait calculé l'heure de leur visite exprès.

Ils mangèrent dans un silence poli – les agents ne semblaient pas prêtes à aborder le sujet de leur visite et, pendant un moment, leurs hôtes ne dirent rien non plus.

Mais ils ne pouvaient pas repousser longtemps l'inévitable et quand tout le monde eut mangé à sa faim, Callum s'éclaircit la gorge.

— Comment s'est passée la conversation avec notre inconnu ?

Malgré leurs efforts, ils n'avaient pas découvert l'identité du jeune bêta retrouvé à Butte.

— Je pense que vous avez raison au sujet des hormones qui déséquilibrent leur comportement.

Dannika se frotta le front.

Siobhan semblait tout aussi tendue.

— C'était aussi difficile que de parler à Teller. Impossible de lui tirer quoi que ce soit de sensé.

— C'est comme poser des questions à un perroquet. Il te dit beaucoup de choses, mais rien qui n'aide vraiment.

La bouche de Siobhan se plissa, aigrie.

— Il n'arrêtait pas de me supplier de lui donner des ordres, il voulait que je lui dise ce qu'il devait faire ensuite.

Elle semblait clairement mal à l'aise à ce souvenir.

— Mais quand je lui ai dit de me donner son nom, il ne s'en souvenait pas et a commencé à divaguer en disant qu'il avait besoin d'être puni pour son comportement.

— Ça aurait pu être presque coquin si ça n'avait pas été si pitoyable.

Dannika grimaça face au regard clairement désapprobateur que lui décocha Siobhan.

— Désolée, c'est juste que… ça m'a laissé un mauvais souvenir.

— Ça c'est vrai. Lui parler, c'était… bouleversant. Surtout en sachant pourquoi il était tellement abîmé.

— Donc, vous n'avez rien tiré de lui ?

Callum semblait tellement déçu à cette pensée qu'Ezra tendit le bras, caché par la table, et déposa sa main sur le genou de l'autre homme.

— Presque rien.

Siobhan hocha la tête pour appuyer sa partenaire.

— La plupart du temps, il divaguait, mais nous avons pu glaner certaines choses de ces divagations.

Callum sembla ragaillardi à cette information.

— D'une part, nous savons que quelqu'un lui a donné des ordres. Il n'arrêtait pas d'en demander 'plus' même si je ne lui en avais vraiment donné aucun. D'autre part, son attaque envers ce pauvre homme ? Ce n'était pas un accident.

— Quoi ?

Ezra remarqua qu'il n'était pas le seul à s'être redressé à ces paroles.

— Ouais, étonnant, non ?

Dannika se pencha pour attraper une orange et expliqua en l'épluchant :

— Parmi tout son babillage, il n'arrêtait pas de nous répéter qu'il avait été un bon garçon, qu'il avait fait mal à cet homme et nous demandait pourquoi *il* n'en était pas content.

— Il ? Qui ça, il ? demanda Callum avidement.

— C'est tout ce qu'on sait. Il ne nous a rien dit d'autre à ce sujet, et ne nous a jamais donné de nom. Nous avons essayé de le faire impliquer Shaw – ou autre, d'ailleurs. Sans succès. Il n'arrêtait pas de l'appeler 'il' ou 'Maître', mais on dirait que c'est cet homme qui lui a dit directement de s'en prendre à cette personne. Et de la tuer.

— Comme un chien d'attaque, se renfrogna Dannika.

L'estomac d'Ezra se souleva de manière désagréable. Seigneur, comment quelqu'un pouvait faire une telle chose ?

— Ou un assassin, dit Siobhan d'un air pincé.

Le soulèvement allait sûrement le pousser à vomir.

— Assassin ?

Callum, comme toujours, fut le premier à oser braver le silence.

— Réfléchissez-y. La victime était un assistant du procureur – facile de se faire des ennemis. Et si vous étiez un alpha voulant tuer des gens, ce serait une façon pratique de le faire. Des bêtas trop shootés pour refuser vos ordres et l'excuse parfaite du DRA pour couvrir vos traces.

Dannika acquiesça.

— Exactement. Si ces gamins n'avaient pas trouvé cette aiguille – et il est clair que perdre cette aiguille était un parfait accident – vous penseriez toujours qu'il s'agit d'une infection naturelle et d'une épidémie. Tant que les gens pensent cela, vous pourriez propager une série d'attaques 'aléatoires', certaines d'entre elles, voire toutes, assez calculées et délibérées pour liquider vos ennemis.

Callum avait l'air malade.

— Qu'il soit maudit. C'est vraiment écœurant.

Ezra cogna le bout de sa chaussure contre celle de Callum et lui offrit un petit sourire lorsque leurs regards se croisèrent.

— On l'aura, murmura-t-il, sachant qu'il l'entendrait. On le trouvera et on l'arrêtera.

Callum essaya de sourire.

— Quand même, avoir une meilleure idée du motif ne nous aide pas à accuser Shaw ni à trouver si c'est quelqu'un d'autre qui a fait ça.

Dannika semblait assez agacée par ce fait.

Le visage de Siobhan arborait la même moue mécontente.

— C'est vrai. Nous avons une idée plus claire du motif, mais nous ne savons toujours pas grand-chose concernant la personne qui a fait ça, seulement qu'un alpha est impliqué d'une façon ou d'une autre et qu'il avait sûrement une dent contre ce type, Weiman. Pas moyen de savoir si cet alpha est responsable. Ça pourrait simplement être un humain qui se sert d'un alpha pour donner les ordres à sa place.

Quelqu'un devait le mentionner et Ezra décida d'être cette personne :

— Donc, pour résumer, nous ne sommes pas très avancés.

D'un geste décourageant, les agents du FBI hochèrent simplement la tête.

— Bon, quelqu'un veut du café ? Nous ferions mieux de jeter à nouveau un œil à cette liste.

Ezra se leva et récupéra son assiette.

— Il a raison, admit Dannika. Siobhan, va avec Ezra et Callum et essaie de jeter un œil neuf à cette liste, d'accord ? Peut-être que tu peux la croiser avec une liste des affaires gérées par Weiman et voir si ça mène à une nouvelle piste. Je vais passer un coup de fil à Mark et Coz, voir s'ils ont des nouvelles pour nous.

Elle sortit à son tour de la pièce – mais emportant seulement son téléphone portable.

— SALETE DE suceur de queue !

Le téléphone vola à travers la pièce. Il frappa le mur avec un *clac* et creusa une entaille dans le plâtre, avant de tomber au sol dans un fracas.

— Saloperie de fils de pute consanguin !

Il cria et lança un presse-papier. Il manqua de justesse la fille recroquevillée dans un coin de la pièce. Il n'en fut aucunement désolé ; ses pleurnicheries incessantes lui tapaient sur les nerfs.

Il lui tourna le dos et frappa son bureau. Putain de Dawson. Le fils de pute continuait à lui pourrir la vie – et cette fois-ci, c'était pire. Ce pédé avait appelé le FBI. Le putain de FBI !

— Putain de tapette suceuse de queue !

La lampe y passa ensuite.

Quinze minutes plus tard, l'homme se tenait debout, pantelant et échevelé, au milieu du chaos qui, un moment plus tôt, avait été son bureau. La fille s'était tue. Il pouvait enfin réfléchir.

En lissant sa veste de costume, il commença à réfléchir à ce qu'il savait. Sa servante lui avait parlé du coup de fil qui lui avait amené d'aussi mauvaises nouvelles : Dawson avait contacté le FBI au sujet de certains des cobayes de Davis. C'était hautement ennuyeux et potentiellement gênant, mais maintenant qu'il était plus détendu, il commença à réfléchir à l'autre fait important que son informateur lui avait rapporté. Les agents du FBI étaient des *filles*. Un garçon manqué et une naine. Dieu merci, le FBI ne prenait sûrement pas Dawson trop au sérieux s'ils lui avaient envoyé des gamines. Non, vraisemblablement ils lui avaient envoyé ces filles pour apaiser Callum, rien d'autre.

Tout de même… si le FBI était désormais au courant, même de loin, de ses plans, il valait sûrement mieux accélérer les choses. Il voulait le chien-chien et il le voulait maintenant.

— Toi !

Il claqua des doigts à l'attention de la salope encore pelotonnée dans un coin.

— Lève-toi et trouve-moi un téléphone en état de marche !

Elle le fixa, les yeux écarquillés.

— Maintenant ! Il faut que je passe un coup de fil !

Elle ne perdit pas une seconde de plus.

Le chien-chien était une aberration, génétiquement faible. S'il pouvait comprendre pourquoi il était cassé, alors il pourrait réparer ce que la consanguinité avait détruit : l'ordre naturel. Puis il pourrait réparer toutes ces femmes anormales.

Il prit une nouvelle inspiration profonde pour s'éclaircir l'esprit. L'homme se retourna vers sa chaise et s'assit. Oui, il était clairement temps de s'emparer de la petite salope qui appartenait à Dawson. D'une pichenette, il débarrassa son pantalon d'une peluche et attendit le téléphone. Il avait des coups de fil à passer.

Chapitre Douze
Dans la Gueule du Loup

FINALEMENT, ILS découvrirent que le travail d'enquêteur était franchement barbant. D'une part, tout prenait beaucoup de temps. Ce n'était pas comme dans *Les Experts*, où ils pouvaient tapoter quelques touches et obtenir toutes les réponses dont ils avaient besoin. Dannika et Siobhan passaient beaucoup de temps à faire des recherches sur l'ordinateur, ainsi qu'à appeler leurs contacts et se déplacer.

Pendant que les deux femmes avaient continué à enquêter sur Shaw, elles avaient demandé à Ezra de continuer à recenser une liste des lycans qui avaient suivi une formation scientifique ou possédaient des connexions dans ce milieu. Malheureusement, cela prenait beaucoup de temps.

Pire encore, il y avait peu de choses dont le reste d'entre eux pouvait s'occuper, hormis fournir quelques informations occasionnelles concernant des personnes d'intérêt. Dannika et Siobhan n'arrêtaient pas de leur dire de continuer à vivre leur vie de tous les jours et de les laisser s'occuper de tout.

Mais Callum et Jax ne suivaient évidemment pas ce conseil. Avec l'aide d'Ezra, Wyn et Blaise, ils continuaient à mener leur propre enquête, travaillant en tandem dans l'espoir de résoudre l'affaire le plus vite possible.

Malgré tout, tandis que les journées s'étiraient lentement, il semblait à Ezra que rien n'était fait, qu'on ne trouvait aucune réponse, et que quiconque était derrière tout cela était encore à courir les rues. Encore en train de blesser des gens… et de tuer.

C'était frustrant d'être coincé, de vivre presque au ralenti, à attendre que quelque chose se passe. Mais bien sûr, comme souvent dans la vie, quand les choses s'accélérèrent, Ezra aurait souhaité qu'elles soient restées au point mort.

EZRA AVAIT à peine atteint la porte lorsqu'elle s'ouvrit brusquement, en allant s'écraser contre une pile de chaussures entassées derrière celle-ci avant de rebondir. Dannika Louis entra comme une furie dans la maison, laissant tomber au sol un sac de voyage miniature près du portemanteau pour se diriger droit vers le canapé. Siobhan la suivit plus lentement, même si son humeur était visiblement la même que celle de Dan. Au moins, elle prit le temps de retirer ses chaussures avant d'aller s'asseoir.

— Euh, dit Ezra à l'entrée désormais vide. Entrez… ?

— Où est Callum ? demanda Dannika, en ignorant son commentaire.

— Nous sommes dimanche. Il est au centre communautaire.

Il avait essayé de ruser pour y échapper, disant qu'il était occupé, mais Wyn n'avait rien voulu entendre et l'avait traîné là-bas quand même. Ezra avait seulement été autorisé à rentrer à la maison pour récupérer un pull.

— Est-ce qu'il s'est passé quelque chose ?

Ce qui était une question stupide – *évidemment* que quelque chose s'était passé.

Dannika grogna simplement, mais Siobhan soupira et lui répondit.

— Cela dépend de ta définition de 'quelque chose'.

Elle secoua la tête.

— Malcolm Shaw n'est pas notre homme.

Quoi ? Mais Ezra en avait été tellement sûr.

— Allons, ce connard doit bien être coupable de quelque chose.

— Ouais, marmonna Dannika. Être un fils de pute radin.

— Est-ce que vous allez finir par me dire ce qui se passe ? dit finalement Ezra impatiemment.

— Tu avais raison au sujet des recherches liées aux lycans, menées par Shaw, dit Siobhan.

Ezra soupira.

— D'accord, je meurs de curiosité, mais si je ne retourne pas au centre communautaire, Callum me bottera le cul.

Dannika sourit d'un air narquois.

— Donc, je vais aller le chercher, et peut-être aussi Jax, et vous pourrez nous expliquer à tous ce qui s'est passé, continua Ezra en tâchant d'oublier le rouge qui lui était monté aux joues. Faites comme chez vous, marmonna-t-il pour lui-même en récupérant son manteau et refermant la porte d'entrée derrière lui.

Il ne lui fallut pas grand-chose pour attirer l'attention de Callum ; il leva les yeux de son assiette à la seconde où Ezra ouvrit la porte et dut lire sur son visage que quelque chose se tramait parce qu'il termina d'écouter l'histoire d'Anya et hocha la tête pour s'excuser. Jax le suivit.

— Que se passe-t-il ?

— Siobhan et Dannika sont de retour, dit Ezra calmement en s'assurant qu'on ne les entende pas.

La dernière chose dont il avait besoin était de déranger encore davantage le dîner de famille. Cela l'enverrait directement sur la liste noire des cuisiniers et ils avaient promis de préparer son plat préféré la semaine suivante.

— J'ai dit que j'allais venir vous chercher.

Son arrivée n'était pas passée inaperçue – quelques membres de la meute avaient jeté un coup d'œil à Callum, et d'autres encore lorsque Callum et Jax s'étaient excusés et avaient quitté la table. Une des mamies souriait d'un air connaisseur et donnait un coup de coude à son voisin. Lucien, évidemment, le regardait avec mépris.

— Qu'est-ce que tu crois qui va créer le plus d'émoi ? demanda Jax pensivement. Que les deux Alpha quittent la table en plein milieu du repas de famille, ou que Berta répande la rumeur que vous vous êtes éclipsés pour tirer un petit coup ?

Ezra rougit.

— On pourrait peut-être emmener Blaise à la place, suggéra-t-il.

Jax sourit d'un air taquin.

— Pour t'assurer que tout le monde sache que tu as un chaperon ? C'est mignon.

Puis elle redevint plus sérieuse.

— Tu veux que j'aille le chercher ?

Callum secoua la tête en soupirant.

— Non, ça ira. Ce n'est pas comme si les rumeurs ne couraient pas déjà à tout casser.

— Oh, certains prennent même les paris, dit Jax joyeusement. D'accord, occupez-vous de ça. J'essaierai de calmer le jeu ici sans effrayer personne.

Callum lui offrit un sourire tendu.

— Merci.

Comme ils quittaient le centre communautaire, Ezra jeta un coup d'œil sur sa gauche.

— Des paris ? dit-il avec une vive inquiétude.

Après tout, il était clair qu'ils couchaient déjà ensemble.

— Je suis censé prétendre que je ne suis pas au courant, dit Callum tandis qu'Ezra lui emboîtait le pas. Laisse-les s'amuser à mes dépens. C'est la tradition.

D'accord, comme si ça rendait les choses normales.

— Qu'est-ce qu'ils misent, d'après toi ?

— Sûrement des heures de baby-sitting.

— Mais sur quoi est-ce qu'ils parient ? On est déjà... enfin tu sais.

Ezra agita ses mains, tâchant d'illustrer ce qu'ils faisaient déjà.

Callum sembla mal à l'aise.

— Quoi ? Ça ne peut pas être si horrible.

Ils s'arrêtèrent sur le perron de Callum et ce dernier tendit la main pour garder la porte close lorsqu'Ezra s'empara de la poignée. Il baissa la voix, regardant partout sauf vers Ezra.

— Ils veulent que je fasse de toi une femme honnête, dit-il finalement.

Pendant une longue minute, Ezra le fixa simplement. Cela allait encore être un de ces moments gênants, sauf s'il trouvait par magie la bonne chose à dire.

— Eh bien, dit-il enfin. Je ne prévois pas de changer de sexe, donc c'est réglé.

Il ne put voir la réaction de Callum puisque Dannika ouvrit la porte et s'avançait déjà lorsqu'elle réalisa leur présence.

— Parfait, vous êtes là.

Elle les attrapa chacun par la manche de leurs vestes et les traîna dans la maison.

— Vous devez entendre ça pour qu'on puisse aller dîner. Je meurs d'envie de manger un burger.

Ezra laissa Dannika le jeter sur le canapé. Callum suivit à son propre rythme.

— Je crois comprendre qu'il y a donc eu du nouveau, dit-il sèchement.

Dannika renifla.

— On peut dire ça.

— Pourquoi ne commençons-nous pas par le début, suggéra Siobhan d'un ton fatigué.

— Le début est barbant.

— La surveillance a été un fiasco, commença Siobhan. Maxwell travaille aux laboratoires de l'université, donc évidemment, il ne garde pas de cobayes là-bas. Et il est là-bas *tout le temps*.

Dannika ajouta :

— Complètement accro au travail. Si ce n'était pas un tel blaireau, je dirais qu'il aurait besoin de sortir un peu, mais je ne trouve pas de bonne raison d'infliger sa présence au reste du monde.

Callum s'éclaircit la gorge.

— D'accord, donc la surveillance est un échec ?

— En plus, ce type est incapable de voir les choses comme un vrai génie criminel. Nous l'avons observé trois jours et il ne nous a jamais vues.

— Peut-être que ça veut justement dire que *c'est* un génie du crime, indiqua Ezra.

Siobhan grimaça.

— Fais-moi confiance, les vrais génies du mal ne te laissent normalement pas être témoin de leurs relations sexuelles maladroites à travers la fenêtre ouverte de leur chambre. C'est mauvais pour leur image.

Berk.

— Bah.

Ce n'était vraiment pas quelque chose à quoi Ezra voulait penser. Jamais.

— Mais vous avez dit qu'il faisait des recherches liées aux lycans ?

— C'est le cas.

De nouveau Dannika. Elle grimaça.

— Après ce petit spectacle dégoûtant, nous étions presque sûres qu'il ne s'agissait que d'un mec un peu glauque, mais on devait être sûres. S'il savait qu'on avait planté des mouchards chez lui.

— Vous avez mis des mouchards *chez lui* ?

Dannika esquissa un grand sourire.

— La loi antiterroriste[6] est vraiment une belle chose. Enfin bref, pendant qu'il prenait une pause en dehors de son bureau, et par là j'entends : pendant qu'il tringlait sa Bimbo avec sa pathétique petite…

— On a compris Dan, l'interrompit Siobhan.

— Je suis entrée par effraction dans son labo, finit-elle en levant les yeux au ciel. *Parfait*, si je dois laisser tomber les détails croustillants… Bref, il a un congélateur rempli de placenta de lycanthrope, ce qui est dégueu, mais pas vraiment illégal. D'après ses notes, on dirait qu'il essaye de partager les pouvoirs fortifiants naturels de la lune avec ceux qui ne hurlent pas dessous quelques jours par mois. De préférence, sous forme de crème hydratante.

— Il fait une *crème antirides* ? dit Callum d'un air incrédule.

— Avec du *placenta* ? ajouta Ezra, parce que double berk.

---

[6] La loi antiterroriste dont parle Dannika est le 'USA PATRIOT Act', une loi votée en 2001. Effaçant la distinction juridique entre les enquêtes effectuées par les services de renseignement extérieur et les agences fédérales responsables des enquêtes criminelles (FBI), elle permet au gouvernement des États-Unis d'enquêter sur, et de détenir sans limite et sans inculpation, toute personne soupçonnée de projet terroriste.

Qui aurait voulu se mettre une telle chose sur le visage ?

— Le côté positif, c'était qu'il ne transforme pas des lycans innocents en tueurs sanguinaires.

Siobhan soupira.

— Bien sûr, cela veut dire que nous n'avons aucune idée du responsable.

CE QUI suivi fut encore plusieurs jours éreintants et infructueux, passés à lire des piles de documents qu'ils possédaient sur une douzaine de lycans. Et grâce à la petite amie analyste du FBI de Dannika, toujours prête à rendre service, ils avaient un peu plus d'informations qu'avant pour travailler. Et même l'historique de certains des suspects qui restaient encore à innocenter.

Bâillant sur sa brosse à dents, Ezra essaya de détendre les muscles de son dos en faisant rouler ses épaules d'un geste fatigué. Putain, il n'avait pas passé autant de temps courbé sur un écran et des documents imprimés depuis l'université.

Ezra se pencha pour cracher la mousse à la menthe et y réussit de justesse avant d'être submergé par un nouveau bâillement. Il avait oublié combien ça pouvait être fatigant de *penser*. Depuis ses études, il avait eu peu d'occasions de traverser de telles sessions marathons et avait donc oublié que vivre de radiations informatiques et de café pendant plusieurs heures était une expérience déplaisante.

Il se rinça une dernière fois la bouche, cracha, puis quitta la salle de bain pour se diriger vers la chambre.

— Dis-lui encore merci et que je suis désolé. Je sais que son boulot est plus simple quand nous sommes tous les deux là pour écouter son avocat parler.

Callum entra dans la chambre, le téléphone contre son oreille. Sans chemise. Tout ce que réussit à faire Ezra face à cette situation, c'est de le détailler très lentement de haut en bas. Callum avait apparemment passé son bas de pyjama avant de descendre au rez-de-chaussée pour verrouiller la porte. Et passer un coup de fil.

— Je sais qu'elle comprend pourquoi... Écoute, j'apprécie que vous ayez tous deux réparé les pots cassés aujourd'hui. Je n'ai pas été très présent ces derniers temps, pour faire mon travail, et... ouais. Ouais, je sais. Mais dis-le-lui quand même, insista Callum avant de dire au revoir.

Son regard chercha celui d'Ezra avant même d'avoir raccroché.

— Jax te dit bonjour.

— Comment va-t-elle ?

Ezra s'avança.

— Bien.

L'étreinte qui suivit fut la bienvenue. Deux bras s'enroulèrent autour de son corps et Ezra y répondit de la même façon. Il plaça sa tête contre l'épaule de Callum et frissonna lorsque l'autre homme soupira longuement, son souffle effleurant son cou.

— Au moins, sa journée *à elle* s'est bien passée.

— Hum, hé. Notre journée a été productive.

Sa voix était légèrement étouffée tandis qu'il était appuyé contre le cou de Callum, mais Ezra ne s'en inquiéta pas. Callum comprendrait.

— Non. Tout ce qu'on a fait, c'est lire.

— On a fait des recherches, c'est ce qu'il faut faire avant d'obtenir des réponses. Mais… tout ce qu'on lit ne sera pas forcément nécessaire au final, mais c'est le but des recherches, Monsieur le Scientifique.

Un autre soupir vient chatouiller sa peau, y laissant de la chair de poule. Celui-ci semblait plus détendu que le précédent.

— C'est Docteur Scientifique, pour toi.

— Ah oui, c'est vrai. Désolé, j'avais oublié.

La peau qui s'étendait de l'oreille de Callum à son épaule était douce et nue – et une véritable tentation. Ezra l'embrassa donc.

Son amant ne s'y opposa pas. Au lieu de ça, il leva une main et la déposa sur la nuque d'Ezra. Ses doigts forts commencèrent à masser ses muscles.

Ezra reposa son front contre l'épaule de Callum.

— Hmm, c'est divin – ouille !

— Quoi ?

Callum semblait inquiet.

— Rien de grave, juste un muscle noué.

Ezra termina sa phrase sur un gémissement lorsque Callum commença à pétrir les muscles de son cou d'une main ferme. Les muscles noués étaient quelque chose qu'il avait appris à gérer à force de passer son temps devant un écran d'ordinateur.

— Seigneur, tu es dur.

Ezra ne dit *rien*, mais Callum sembla savoir ce qu'il pensait.

— Pas là.

— Tu dénigres mon *sex appeal* ?

207

— Même pas en rêve. Sérieusement, ton cou est complètement noué. Tu veux un massage ?

— Hmm, oui, s'il te plaît.

Hein, quoi ? Callum donnait des massages ? Depuis quand ? Et pourquoi Ezra n'y avait-il pas eu droit avant ?

— Pourquoi tu ne m'en as pas fait avant ?

Ezra se recula pour regarder Callum dans les yeux.

Callum hocha simplement les épaules.

— Parce que tu n'as jamais demandé ?

— C'est vrai.

Ezra s'écarta des bras de Callum et recula, retirant son tee-shirt. Il grimpa dans le lit et s'affala sur le ventre.

— Ramène tes mains, tombeur, et commence à masser.

Un reniflement amusé lui parvint de sa gauche et Ezra tourna la tête pour découvrir que Callum avait bougé et farfouillait dans la table de nuit.

— Très romantique.

— Hé, t'as perdu la bataille du plus romantique en omettant de mentionner, pendant *plus* d'un mois, que tu savais faire les massages. Ça, mon ami, c'est de la cruauté. Je suis quasiment sûr qu'il existe même une clause dans la convention de Genève.

Callum trouva ce qu'il cherchait et referma le tiroir dans un cliquetis. Puis il grimpa sur le lit, enfourchant les hanches d'Ezra, et ouvrit une bouteille de… huile de massage, apparemment.

— *Putaaaaain*, gémit Ezra lorsque Callum commença par attaquer les plus gros nœuds de son dos.

Finalement, Callum était sacrément doué.

Quelques longues minutes plus tard, Ezra n'était plus qu'une flaque, ronronnant sous le massage que lui offrait Callum. Comme ses muscles étaient détendus, Callum caressait simplement sa peau.

Ezra n'était pas vraiment sûr de savoir quand cela avait débuté, mais à un moment donné, après que Callum ait commencé ces gestes apaisants, son corps avachi avait commencé à se durcir de nouveau, cette fois-ci parce que Callum chevauchait ses hanches et était assis sur ses fesses. Les caresses n'avaient pas changé, mais elles laissaient soudain de petits picotements et faisant frissonner Ezra. Ses gémissements se firent alors plus profonds, teintés de désir.

Callum, avec son nez puissant et ses oreilles aiguisées, ne pouvait sûrement pas manquer l'excitation naissante d'Ezra – même si Ezra se dit que

208

n'importe qui, lycan ou humain, serait déjà au courant. Si Callum l'avait ignoré jusque-là, ce ne fut certainement plus le cas quand Ezra répondit à l'effleurement des doigts au creux de son dos en se cambrant et en écrasant ses fesses contre l'entrejambe de Callum.

— Ezra, est-ce qu'il y aurait quelque chose dont tu aurais envie ?

La voix de Callum était grave, mais amusée.

— Quoi, tu ne fournis pas le *happy end* ? arriva à plaisanter Ezra, même s'il était un peu essoufflé.

Cela soutira un rire à son amant.

— Eh bien, ça dépend du client. Jax mérite rarement plus qu'un massage des épaules.

— Callum, souffla Ezra. Ne mentionne pas Jax quand on est au lit.

— Noté. Donc, les *happy ends*, hein ? Comme... ça ?

Sa question fut ponctuée par les doigts de Callum glissant sous l'élastique de son pantalon pour le faire descendre.

— Hmm.

Pour toute réponse, Ezra écarta les jambes.

Callum bougea légèrement pour s'installer entre ses jambes et tira son pantalon jusqu'en bas, pour le lui retirer. *Il est encore habillé*, pensa Ezra confusément tandis que Callum se positionnait entre ses genoux. Cette pensée fut rapidement chassée par des lèvres humides se frayant un chemin le long de son dos, le parsemant de baisers. La sensation était incroyable. L'huile était chaude et glissante entre eux... Mince, l'huile !

— L'huile ? arriva à marmonner Ezra.

— C'est comestible, murmura Callum contre le bas de son dos.

— Comestible ? Calculateur.

— Peut-être. Mais comment ne pas comploter pour obtenir ce petit cul ?

Callum termina sa phrase en mordant la chair, joueur.

— Hé.

Ezra maugréa sans enthousiasme, le son étouffé par l'oreiller.

— C'est un compliment. Tu as le plus joli cul que j'ai eu le plaisir de tripoter...

Il attrapa les deux fesses fermement.

— ... de baiser...

Ses doigts effleurèrent l'orifice d'Ezra.

— ... et de goûter.

209

Et Callum s'abaissa, séparant les fesses d'Ezra avec ses doigts astucieusement placés et déposa sa bouche contre l'intimité d'Ezra. Sa langue le lécha lentement, en remontant, et Ezra gémit bruyamment.

Putain, peu de mecs seraient d'accord pour faire une telle chose et ça faisait des lustres que quelqu'un avait offert de le dévorer ainsi.

Et Callum était vraiment sacrément doué à ça.

Il commença par de petits coups de langue taquins qui gagnèrent rapidement en force et il alterna bientôt entre ces touches légères et des caresses plus fermes, avant de finalement pousser à l'intérieur. En sentant le muscle chaud entrer en lui la première fois, Ezra laissa échapper un gémissement bruyant et désespéré.

Bon Dieu. Ses doigts se contractèrent et s'enroulèrent entre les draps, et il releva ses hanches à la rencontre de la bouche de Callum. Il se demanda vaguement ce que Callum pouvait bien penser de lui – un massage et une application de sa langue, et Ezra gémissait comme une salope – mais il était bien plus occupé à penser *mmm* et *encore* et *oui* pour s'en inquiéter vraiment.

Puis, tandis qu'Ezra envisageait de se frotter contre les draps – il fallait vraiment qu'il jouisse – cette langue merveilleuse qui le rendait fou se retira. Ezra pleurnicha.

— Chut, susurra Callum en grimpant plus haut sur le lit.

Et il retourna Ezra sur le dos comme une crêpe.

Ezra retint un glapissement, surpris de s'être fait malmener ainsi – putain, c'était sexy – mais pas le gémissement qui suivit, quand Callum se pencha pour l'embrasser. Sa bouche portait un goût unique et Ezra gémit de nouveau. Seigneur, c'était divinement obscène.

Ezra enroula ses mains autour de la tête de Callum et l'embrassa voracement, glissant la langue dans sa bouche et la suçant quand elle chassait celle d'Ezra. Les instants semblèrent se fondre les uns dans les autres, fusionner, tandis que les deux hommes se nourrissaient de baisers et de caresses. Même si Ezra était certain qu'il n'en aurait jamais assez. Il tira sur la ceinture du pantalon de pyjama de Callum d'un geste désespéré.

— Putain !

La sensation de leurs corps nus pressés l'un contre l'autre fut suffisante pour faire frissonner Ezra de toute part.

— C-Callum. Baise-moi. S'il te plaît !

Pour enfoncer le clou, Ezra enroula ses jambes autour des hanches de Callum et se cambra. Une verge dure se faufila entre ses fesses, le gland humide glissant contre le muscle détendu de l'orifice d'Ezra. Encore humide de salive, il était complètement offert. Ezra geignit :

— Callum, maintenant ?

— Putain de merde. Bientôt, Ezra, bientôt.

Ezra commençait à grogner de frustration, mais son gémissement se transforma quand des doigts humides s'immiscèrent en lui.

Un, deux... Les doigts s'agitaient, détendant les muscles et insérant toujours plus de lubrifiant, et Callum murmurait contre son oreille combien Ezra était sexy, combien il était serré et parfait et comment il allait le baiser.

Les doigts se retirèrent et Ezra laissa échapper un cri de pure frustration. Qui se transforma toutefois en gémissement heureux lorsque Callum glissa de nouveau sa langue dans la bouche d'Ezra pour un autre baiser humide et obscène.

Puis le monde s'inclina et bascula, et Ezra se retrouva sur Callum, le regardant du dessus.

— Quo... ?

— Je veux que tu me chevauches.

Il n'y avait qu'une seule réponse possible à l'envie qui perçait dans sa voix : Ezra gémit de nouveau.

Les mains de Callum trouvèrent sa taille et il l'attira et le guida pour enfourcher ses hanches. Son membre portait déjà un préservatif et, luisant, il attendait Ezra.

Avec l'aide de Callum – les muscles d'Ezra étaient si détendus grâce au massage et au désir qu'il était franchement surprenant qu'il ne se soit pas déjà affalé – Ezra arriva à surplomber le corps de Callum. Il enroula une main tremblante autour de son sexe durci et commença à le guider en lui.

Après cet *anulingus* particulièrement fantastique, l'orifice d'Ezra n'essaya même pas de s'opposer à l'invasion. Il s'écarta autour de son gland et Ezra glissa le long de la verge, gémissant de nouveau comme une chienne en chaleur, tandis que Callum grognait, ses doigts empoignant ses hanches avec force.

Quand toute la longueur de Callum fut en lui, Ezra marqua une pause pour haleter, s'émerveillant encore à cette incroyable sensation. Il l'emplissait complètement et le sentait pulser en lui. Il contracta ses muscles autour du membre chaud, simplement parce qu'il pouvait le faire, mourant d'envie de le sentir vraiment en lui.

— Putain ! Ezra !

Les mains de Callum l'empoignèrent encore, durement, et ses hanches ruèrent à sa rencontre. Ezra suivit le mouvement et commença à le chevaucher.

Callum était un génie ! Ezra avait vraiment besoin de faire ça plus souvent. Les mains accrochées au torse de Callum, il s'éleva encore et observa son visage quand il retomba violemment. Pouvoir contrôler le rythme et l'angle de leur étreinte, être capable de voir le plaisir envahir son visage, tout cela était incroyable.

Mais aussi incroyable que cela puisse être, ça ne pouvait pas durer toujours. Trop vite, son rythme se fit plus hésitant, ses cuisses se mirent à trembler, les muscles manquant d'entraînement – une bonne raison de plus de refaire une telle chose ! – et bien que Callum l'ait à peine touché, son orgasme approchait.

Quand Ezra glissa et tomba contre le torse de son amant, frappant son membre de ses hanches, Callum grogna et changea de prise pour agripper ses bras, avant de les faire rouler ensemble.

Ezra se retrouva à nouveau sur le dos, les jambes enveloppées autour des hanches de Callum. Un court instant, Callum reprit son équilibre puis il se mit à le baiser.

Son rythme était aussi brutal que sa force. Il poussait durement en lui, et tous deux se dirigeaient vers le point final de leur étreinte.

Ezra trouva une énergie nouvelle et se tortilla, agrippant les draps, Callum et lui-même ; son orgasme était si proche.

— Callum, Callum, s'il te plaît. Oh pitié, je vais – j'ai besoin – encore !

Quand Callum murmura :

— C'est ça, touche-toi.

Puis :

— Jouis.

Il eut raison de lui. Tous les sons diminuèrent, des feux d'artifice explosèrent et Ezra eut l'impression d'avoir empoigné une ligne à haute tension.

Quand il retomba enfin, Callum était encore dur et bougeait lentement ses hanches, patiemment.

— Te revoilà, dit-il quand il croisa son regard, et il recommença à pousser en lui, des à-coups vifs et rapprochés.

Encore dans le coton, Ezra enroula ses bras autour de ses épaules et gémit :

— Ouais, ouais baise-moi. Jouis en moi, l'encouragea-t-il.

Callum lui obéit, tremblant et murmurant le nom d'Ezra.

Puis il se retira et se redressa, et Ezra soupira à cette sensation de vide.

Tandis que Callum quittait le lit pour aller jeter le préservatif, Ezra resta allongé, couvert de sueur, son torse se soulevant avec effort. *Waouh*. Il allait avoir besoin de quelques minutes de plus pour récupérer, et pas seulement à cause de toutes les phéromones et les hormones et les odeurs de sexe qui envahissaient son cerveau. Il n'avait pas non plus envie de cracher sur ce spectacle – le dos nu de Callum quittant la pièce vers le couloir, jusqu'à la salle de bain, pour y récupérer un gant de toilette propre et humide. Par contre, l'effort pour garder sa tête relevée à un angle bizarre juste pour le voir… Eh bien, ça *aurait* valu le coup si Ezra n'avait pas su que Callum allait revenir au lit et être nu à ses côtés, où il pourrait en profiter avec sa peau plutôt que ses yeux. Il laissa donc retomber sa tête, arquant le cou contre les oreillers et s'étirant tandis que l'air de la nuit, chargé de l'odeur de la terre, s'engouffrait par la fenêtre ouverte et rafraîchissait son corps surchauffé.

Une seconde plus tard, ses yeux se fermèrent tous seuls. Ce n'était pas poli de s'endormir juste après le sexe, mais c'était peut-être moins grave si on vivait ensemble. En plus, il savait d'expérience que Callum le réveillerait sûrement au milieu de la nuit pour remettre *encore* le couvert…

Les pensées d'Ezra s'interrompirent brusquement.

On était en novembre. Ils n'avaient pas laissé la fenêtre ouverte.

Ezra se redressa d'un seul coup, sa bouche déjà ouverte pour appeler Callum, mais lorsqu'il remarqua enfin les nuances de menace et de dégoût, par-dessus les odeurs lourdes de sueur et de sperme, il était trop tard. Quelqu'un venait de plaquer une main sur sa bouche et de rejeter sa tête vers l'arrière.

Ezra avait vu assez de thrillers pour savoir qu'il ne fallait pas qu'il inspire, que s'il le faisait, le chloroforme qui imbibait le tissu recouvrant ses narines le mettrait KO. Paniqué, il retint sa respiration. Merde. Merde ! Qu'est-ce qu'il devait faire ? Submergé par son instinct et l'adrénaline, il se déchaîna. Une de ses mains frappa quelque chose de pointu, mais son pied atterrit dans le moelleux d'un ventre, et il fut récompensé par un *ouf* venant de l'un de ses assaillants.

Pas assez fort. Callum n'entendrait jamais ça, pas deux pièces plus loin avec l'eau en train de couler. Il restait peut-être vingt secondes à Ezra pour réussir à faire du bruit sans ouvrir la bouche, sans respirer. Sinon… Sinon il aurait de gros problèmes. Le genre auquel il ne survivrait sûrement pas pour le raconter.

Avec une détermination renouvelée, Ezra se débattit à nouveau. S'il pouvait déséquilibrer un des hommes qui le tenaient, peut-être faire tomber la lampe de la table de nuit, Callum arriverait en courant et alors, si ces imbéciles avaient un semblant de jugeote, ils ficheraient le camp. Mais au lieu de cela, il sentit la piqûre d'une aiguille percer la peau du haut de son bras nu. La douleur le fit hoqueter et les relents douceâtres du chloroforme envahirent ses narines. Des points noirs grouillèrent devant ses yeux et son corps devint lourd. Sa dernière pensée, avant de perdre connaissance, fut d'espérer qu'ils se s'en prendraient pas ensuite à Callum.

CE FUT la sensation de la semence d'Ezra, étalée entre leurs deux ventres, qui poussa Callum à séparer leurs corps et à se diriger vers la salle de bain. Il déposa un dernier baiser contre la mâchoire d'Ezra et démêla leurs membres.

En chemin vers la salle de bain, il s'étira langoureusement. Putain, c'était agréable. Il se sentait toujours bien après avoir couché avec lui, détendu et empli d'énergie, peu importe s'il avait eu une mauvaise journée ou pas.

Dans la salle de bain, il ouvrit le robinet et attendit que l'eau se réchauffe. Puis le bruit de l'eau qui coule lui rappela sa vessie, qui était soudain désagréablement pleine.

Après avoir coupé l'eau, il se soulagea et se lava les mains, avant de mouiller enfin un gant.

Il était en chemin pour regagner la chambre quand les premières odeurs l'atteignirent. Il put sentir des étrangers chez lui, l'odeur de l'air du soir, mais par-dessus tout, la puanteur infâme et vive de la terreur d'Ezra. Callum courut, le gant oublié jonchant le sol.

L'adrénaline envahit son corps. À grandes enjambées, il dévala le couloir jusqu'à la chambre. Elle était vide – il ne pouvait plus sentir ni Ezra ni les intrus. Le seul signe qui restait de leur présence était les fenêtres ouvertes du balcon. Les portes étaient fermées, les rideaux voletant au gré de la brise glacée du soir. Ils avaient kidnappé Ezra au cœur de son lit et l'avaient entraîné, nu, par la fenêtre, pour disparaître dans la nuit.

Callum enregistra tous ces détails en moins de temps qu'il lui fallut pour traverser la pièce en courant et se diriger vers le balcon. Il ne prit pas le temps de réfléchir et se précipita à l'extérieur. D'un bond, il sauta sur la rambarde du balcon et s'élança de l'étage pour atterrir, durement, mais solidement, à quatre pattes dans le gazon. Après s'être relevé, il courut après les traces de la peur d'Ezra.

Son nez l'entraîna autour de la maison, jusqu'à la rue. Une camionnette s'éloignait.

— Aaaah !

Callum cria et prit de la vitesse pour tenter de rattraper la camionnette. Mais elle accélérait déjà beaucoup trop – bientôt elle tournerait au coin de la rue et ne serait plus visible. Désespéré, il nota mentalement la plaque d'immatriculation, se répétant les numéros tandis que la voiture disparaissait.

La voiture qui contenait Ezra, nu et terrifié.

Une rage terrible l'envahit et Callum hurla de frustration.

Le côté humain du cerveau de Callum tentait de calmer assez ses instincts de loup afin qu'il puisse penser. Inspirant plusieurs fois sèchement, Callum réfléchit. Il ne pouvait pas simplement courir après la camionnette comme le loup le voulait. Le loup lui ordonnait de poursuivre les intrus qui avaient pris son partenaire, mais cela ne servirait à rien, même s'il se dirigeait vers sa voiture. Le temps qu'il arrive au coin de la rue, la camionnette serait loin. Non, il fallait qu'il réfléchisse comme un humain.

— *Callum* ?

C'était Jax. Il se retourna et la découvrit vêtue de son pyjama, courant sur la pelouse vers lui.

— Qu'est-ce qui se passe ?

— Ils ont enlevé Ezra !

— Quoi ?

Elle était assez près pour qu'il puisse voir le choc se peindre sur son visage.

— Ils sont venus dans notre chambre et ils l'ont pris !

Callum était encore pantelant.

— Qui ?

— Je ne sais pas ! lui hurla-t-il au visage.

— Ne me crie pas dessus, ce n'est pas moi la coupable !

Ils restèrent debout un moment, face à face, respirant durement, leurs visages à quelques centimètres l'un de l'autre.

— Et ça ne va pas nous aider.

Merde. Elle avait raison. Il n'était pas vraiment en colère contre elle de toute façon ; ça l'avait simplement soulagé de crier.

— Écoute, allons à l'intérieur. J'appellerai Dannika et Siobhan et tu pourras t'habiller.

Ce n'est qu'à ce moment-là que Callum réalisa qu'il était toujours nu.

— Oh. Exact.

Il y eut un gloussement gêné et Callum releva les yeux, remarquant enfin qu'ils avaient du public. Et de plus en plus.

Il sentit une vague d'embarras à l'idée d'avoir été vu nu et en colère par autant de gens, mais il était trop inquiet pour Ezra pour vraiment s'en rendre compte.

Après un hochement de tête, il se retourna et se dirigea vers sa maison. Il pouvait entendre Jax dire aux autres de retourner se coucher, qu'elle leur donnerait plus d'informations au matin, quand elle en saurait plus.

Callum alla directement jusqu'à sa chambre pour récupérer un pantalon et un tee-shirt. Puis il dégringola à nouveau les escaliers, soulagé de trouver Jax déjà au téléphone.

— Il ne sait pas qui c'était, seulement que quelqu'un l'a enlevé. Eh bien, ils ont dû forcément être très rapides. Callum ne portait pas de vêtements, donc il n'avait sûrement pas laissé Ezra seul depuis très longtemps.

Elle marqua une pause.

— Je l'ai trouvé nu dans la rue en train de hurler sa frustration.

Levant les yeux au ciel et se retenant d'exprimer à nouveau ladite frustration à l'idée du temps que Jax perdait, Callum tendit la main vers le téléphone.

— Attends, il veut te dire quelque chose.

Dannika, mima Jax en lui passant le combiné.

— Dannika ? J'ai une plaque d'immatriculation.

Il la débita à toute vitesse avant d'ajouter :

— C'était une grosse camionnette, noire.

— D'accord, juste une seconde...

Il put l'entendre transmettre l'information à Siobhan.

— Bon, je vais raccrocher pour que Siobhan et moi puissions nous habiller et venir. Entre temps, on attendra les résultats de la plaque. On devrait avoir une réponse en arrivant.

EZRA SE réveilla en proie aux ténèbres, à la douleur et l'odeur nauséabonde de la peur qui lui donnait envie de vomir. Il avait les mains et les pieds attachés et, quand il se débattit, il découvrit que ses poignets et ses chevilles avaient été liés ensemble. Il était allongé nu sur le côté, sur un sol en béton de type industriel. Quelqu'un avait enfoncé un bâillon dans sa bouche et il était resté inconscient assez longtemps pour que ses lèvres se craquellent à cause de la déshydratation.

Se promettant de ne pas paniquer, Ezra plissa les yeux pour tenter de percer l'obscurité et se tortilla un peu, essayant d'en découvrir davantage sur son environnement. En plaçant son poids sur son torse et en relevant ses jambes, il arrivait presque à ramper un peu – même s'il n'y avait pas grand-chose à voir. Quand ses yeux se furent ajustés, il put distinguer encore plus de béton – le mur d'un côté – quelques barrières industrielles formant une sorte de cage sur trois côtés, et mieux encore, un tuyau d'évacuation encastré au sol. Le nez d'Ezra l'informa que la puanteur venait de là.

Il se débrouillait plutôt bien, niveau absence de panique, jusqu'à ce que quelqu'un crie – un hurlement long et terrifiant, à glacer le sang, qui donna envie à Ezra d'aller se recroqueviller dans un coin pour avoir quelque chose contre son dos et savoir au moins que rien ne viendrait l'attaquer de cette direction. Mais avant qu'il puisse faire quoique ce soit de ce genre, les lumières s'allumèrent, l'aveuglant de leur intensité soudaine. La porte de sa cage s'ouvrit en grinçant et une main rugueuse apparut pour agripper le haut de son bras.

Ça faisait sacrément mal, mais Ezra essaya tout de même de se contorsionner pour y échapper. S'ils pensaient qu'il allait se laisser faire si facilement, ils se foutaient le doigt dans l'œil. Puis un pressentiment sinistre l'envahit et il rejeta la tête vers l'arrière. Merde, c'était un signal phéromonal d'alpha, pas le moindre doute – et très puissant en plus. Et il se joignit à un ordre :

— Tiens-toi tranquille.

Ezra eut une fraction de seconde pour décider : résister ou peut-être cacher son jeu pour avoir plus tard l'effet de surprise. Serrant les dents, il s'immobilisa en essayant de communiquer simplement à l'aide de son visage que ces trous du cul ne valaient pas mieux qu'une crotte de chat.

Il reconnut l'odeur avant qu'une main empoigne ses cheveux et lui torde la tête :

— J'aurais dû m'en douter, cracha-t-il.

Darius Maulsby lui souriait d'un air méprisant, par-dessus l'épaule du gros bras qui venait presque de lui briser la nuque.

217

Chapitre Treize
Soigner le Mal...

QUAND L'HORLOGE indiqua huit heures du matin, ils durent admettre qu'ils n'avaient rien.

La camionnette était un véhicule volé plus d'un mois auparavant. La plaque d'immatriculation que Callum avait lue avait bien été enregistrée pour une grosse camionnette noire. La camionnette appartenait à une petite entreprise de restauration, basée à Greybull, au Wyoming. La société, qui fournissait ses services de traiteur pour de petits rassemblements, avait utilisé la camionnette pour déplacer la nourriture et les ustensiles d'une cuisine à une autre pendant les trois premières années de sa vie, jusqu'à ce qu'elle soit volée sur le parking d'une église pendant un mariage. Le rapport de police avait été fait et la compagnie d'assurance avait payé pour un nouveau véhicule. Personne ne savait qui avait été en possession de la voiture durant les quarante-trois derniers jours.

— Putain !

Callum se détourna de Blaise et des quatre femmes qui étaient installées à la table de cuisine chez Jax. La maison de Callum avait été déclarée hors limite par Siobhan et Dannika dès qu'elles avaient réalisé que Callum et Jax se baladaient en plein milieu d'une scène de crime, et ils s'étaient installés chez Jax où ils avaient été rejoints par Wyn et Blaise.

Callum frotta son visage à deux mains et soupira d'un air frustré. Il aurait aimé rentrer chez lui, être au moins entouré de choses familières et apaisantes. Mais même s'il brisait l'embargo pour traverser la rue, il rejoindrait seulement la police locale qui parcourait désormais la maison à la recherche de preuves médico-légales. Siobhan les avait appelés, ne souhaitant pas attendre que le FBI prenne l'avion de Salt Lake.

— On va le trouver, dit une voix tremblante et douce.

Callum ne se tourna pas vers Wyn.

— On va le trouver. Il le faut.

Sa voix était empreinte de conviction malgré ses tremblements, ce qui fit mal au cœur à Callum.

218

Ils n'avaient rien. Leur seul suspect et vraie ligne d'enquête avait été un fiasco, un jour seulement avant qu'Ezra ne soit kidnappé, et leur nouvelle piste n'avait mené à rien. Ils n'avaient rien pour leur indiquer qui avait pris Ezra, ni pourquoi, et pourtant Wyn était persuadée qu'ils le retrouveraient, simplement parce qu'elle ne pouvait pas imaginer qu'ils puissent échouer. Et cet espoir tranquille, bien que désespéré, brisait presque le cœur de Callum.

— On n'a rien.

— Alors on continue à chercher. On continue jusqu'à ce qu'on trouve quelque chose. Parce que tu vas le trouver, Callum. Tu vas trouver mon meilleur ami et tu vas le ramener parmi nous !

La voix de Wyn avait monté en volume et dans les aigus, jusqu'à se briser finalement et lui faire défaut. Le son de ce 'nous' brisé sembla faire écho dans la cuisine et s'y attarder.

Même de dos, Callum put entendre Wyn sangloter et Blaise la prendre dans ses bras.

Callum planta les mains sur ses hanches et se mordit la lèvre, s'efforçant de ne pas laisser couler ses larmes. Il n'allait pas pleurer. Il ne pouvait pas pleurer maintenant. Parce que Wyn avait raison : pour le moment, il fallait qu'il trouve des réponses, une piste, pour retrouver Ezra.

Déglutissant difficilement, Callum cligna plusieurs fois des yeux pour chasser ses larmes. Puis il se retourna vers ses compagnons. Relâchant son souffle longuement, il dit :

— Bien. Si ce qu'on a ne nous en dit pas assez, alors trouvons autre chose. La seule personne qui a une raison de s'en prendre à Ezra ou moi est celle qui se trouve derrière ces attaques. Alors retournons à cela : notre premier suspect ne convenait pas, trouvons-en un autre.

Wyn avait raison : il pouvait le faire. Il le *ferait*. Parce que l'alternative était tout bonnement impensable.

EZRA SERRA les dents lorsque le gros bras le poussa sur la froide chaise en métal. Toute la pièce empestait d'une pléthore de produits chimiques : javel, peut-être formol, et quelque chose d'aigre-doux qui lui chatouilla le nez et envahit sa gorge. Sous tout cela, l'odeur nauséabonde de la peur, de la sueur, du sang et de l'urine mais aussi de la haine, donna envie de vomir à Ezra.

L'homme de main l'attacha à la chaise, d'abord avec une sangle de cuir autour du cou, puis d'autres en tissu autour de sa taille, ses poignets, ses chevilles. Par-dessus son épaule, Ezra pouvait voir Darius et un homme – pas un lycan ; Ezra avait peu d'expérience, mais même lui pouvait le deviner – qui se tenait debout en train de superviser les choses, bien au-delà de la distance qu'il lui aurait fallu pour pouvoir cracher s'il avait soudain décidé d'utiliser la seule méthode de résistance qui lui restait.

Ezra avait désormais largement dépassé le stade de la terreur et se sentait agréablement détaché. Cela lui permettait une plus grande liberté que s'il avait été recroquevillé dans un coin, paralysé par la peur, seule autre réaction possible.

— Callum Dawson va vous tuer, vous savez.

— Callum Dawson est une mauviette pathétique, incapable de mener un troupeau d'oies sans cervelle et encore moins une meute, dit Darius en ricanant.

Bon. Les choses avançaient enfin. Non ? Ce n'était pas comme s'il pouvait avoir encore plus de problèmes. Autant essayer de soutirer des informations à ce type.

— Ouais, dit-il. Puisqu'apparemment la meute de Missoula s'effondre depuis qu'il la dirige, alors que celle de Great Falls est forte et prospère malgré l'absence d'Alpha femelle…

Darius enragea.

— Davis, je veux cet échantillon. Plus vite nous découvrirons la source de cette perversion, plus vite nous pourrons nous débarrasser de lui.

Le larbin humain – Davis, l'homme qui portait une blouse de laborantin – s'avança et attacha un ruban en caoutchouc autour du biceps droit d'Ezra. Il tamponna son avant-bras avec un coton, mais le geste était plus que hâtif. Puis une aiguille perça la peau à l'intérieur de son coude. Ezra essaya de se concentrer plutôt sur la conversation.

— Perversion ? répéta-t-il, essayant de deviner. On appelle ça être 'gay' ces jours-ci. C'est un peu plus politiquement correct.

— Le 'politiquement correct' est une maladie des libéraux faibles d'esprit, qu'on essaye de gaver au reste d'entre nous pour nous empêcher de remarquer la corruption morale et le déclin des valeurs familiales.

Quelque chose dans le choix des mots, ou la façon dont il les dit, tira un signal d'alarme dans l'esprit d'Ezra. Mais il fut distrait car Davis retirait la première fiole de sang pour la remplacer par une seconde.

— Ce n'est pas la première fois que vous entendez son speech sur le 'politiquement correct', je suppose, murmura Ezra, pétrifié par la vue de son sang remplissant les fioles.

Mais aucun des deux hommes ne fit attention à lui.

— Je veux un rapport sur ce bilan, sur mon bureau, dès demain matin, aboya Darius.

Davis ne releva même pas les yeux alors qu'il continuait à prendre le sang d'Ezra :

— Oui, monsieur.

— Callum !

Quand Siobhan cria son nom, il se trouvait dans la cuisine, en train de préparer du café et quelque chose à manger. Il essayait de ramener un peu de normalité, une routine calme au milieu du désordre obsessionnel qu'était devenue sa journée. Cela faisait presque vingt-quatre heures qu'Ezra avait été enlevé et leur petit groupe avait passé toute la journée à fouiller les informations, essayant de trouver une connexion qui ait un minimum de sens. Malheureusement, il y en avait peu.

Callum avait donc décidé de faire une pause et d'arrêter de regarder des tableaux et des listes sur des écrans d'ordinateur et des feuilles imprimées, pour se trouver quelque chose à manger et à boire. De la caféine. Callum ne savait plus trop depuis combien de temps il n'avait pas dormi – pas depuis la nuit avant qu'Ezra se fasse enlever – mais il savait qu'il n'y arriverait pas, même s'il essayait. Son cerveau ne voudrait pas s'éteindre assez longtemps pour qu'il puisse dormir. Il en était sûr.

Quand Siobhan l'appela, Callum se tenait devant la cafetière et essayait de se rappeler si la machine avait besoin d'autre chose que du café moulu et de l'eau. Il était possible qu'il ait déconnecté un moment. Il sursauta en entendant son nom et revint à lui. Il avait déjà parcouru la moitié du chemin jusqu'à elle quand il réalisa qu'il avait voulu bouger.

— Quoi ?

— La camionnette !

Siobhan souriait à pleines dents, une lueur féroce et satisfaite dans le regard. Pendant un moment, Callum n'eut aucun mal à l'imaginer en louve.

— La camionnette ?

Callum savait qu'il était un petit peu épuisé, mais il était presque certain qu'ils avaient arrêté les recherches sur le van des heures auparavant.

Mais Siobhan hocha la tête.

— Oui. J'ai commencé à pister les propriétaires. Ça m'a pris un temps fou ! Vous voyez, l'entreprise de restauration, Motor Mouth, était une filiale et la société qui la possède elle-même détenue par une autre compagnie. Enfin bref, j'ai dû traverser plusieurs couches avant d'atteindre le sommet.

Callum était prêt à lui sauter dessus, à lui ordonner de répondre : '*Et ? Qui est-ce ?*', mais il fut interrompu par Dannika.

— Qui a l'idée saugrenue de cacher qu'il est propriétaire d'une entreprise de restauration ?

Callum se fichait un peu que la société soit cachée ; il voulait juste savoir qui en était responsable. Sa mâchoire se serrait de manière incontrôlable, tout comme ses poings.

— Je sais ! C'est vraiment bizarre, dit Siobhan en hochant la tête avec enthousiasme. Enfin, jusqu'à ce que tu crées une toile de toutes les sociétés et de leurs liens. Motor Mouth est seulement l'une des nombreuses sociétés qu'il possède à Greybull et dans le reste du Wyoming, du Montana et de l'Idaho.

Jax siffla longuement.

— On dirait que ce gars a le bras long.

— Oh, interminable même. Quiconque gère ses comptes est un génie. Et ses avocats, aussi. Je n'aurais pas pu trouver les liens entre la plupart des sociétés sans l'aide de Coz. Sérieux, ce type donne une nouvelle définition à 'bailleur de fonds'. Regarde cette librairie dans l'Idaho – la seule raison pour laquelle elle nous a semblé suspicieuse, c'est parce qu'il possède le bâtiment et que le loyer qu'il demande baisse et augmente, selon les profits du magasin. Oh, sa croissance est entièrement masquée sous couvert de frais additionnels, par exemple pour des réparations, etc., mais en réalité, ce sont des bonus payés en haut de la chaîne.

— Merde. Mais pourquoi donc... ?

Siobhan haussa les épaules.

— Qui sait ? Construire un empire, faire de l'argent...

C'est alors que Callum arriva à surmonter sa rage – sérieux, mais putain, pourquoi est-ce qu'ils étaient en train de lambiner, là ? – pour demander :

— Qui. Est. Ce ?

Siobhan se tourna vers lui, le regard ardent, et lui répondit enfin :

— Maulsby. Darius Maulsby.

ENTRE L'OBSCURITÉ, les cages et l'odeur, l'entrepôt ressemblait davantage au couloir de la mort d'un refuge animalier qu'autre chose. Basé sur les sons ambiants, il estimait qu'il devait y avoir environ six ou sept personnes coincées là avec lui. Tous ceux qu'il pouvait voir étaient nus, et deux ou trois d'entre eux étaient couverts de sang et d'ecchymoses, et d'autres choses auxquelles Ezra ne voulait pas penser, mais qu'il n'arrivait pas à se sortir de l'esprit. Il s'était senti pris de vertiges quand ils en avaient eu terminé avec lui au labo, mais il pensait se rappeler avoir passé des gardes portant ce qu'il espérait être des pistolets tranquillisants.

C'était probablement des heures plus tôt, désormais, peut-être même un jour entier, à en juger par les horaires des repas. À un moment, une jeune femme émaciée portant une blouse dégoûtante avait amené deux bols en acier inoxydable et les avait poussés d'un coup sec sous les barreaux de la porte de la cage d'Ezra, renversant l'eau d'un des bols dans le contenu de l'autre. Ezra mourrait déjà de faim, mais il savait reconnaître de la nourriture pour chien et il n'avait pas *si* faim. Pour l'instant. Toutefois, il avait remarqué qu'elle ne s'arrêtait pas à toutes les cages et s'imagina que ça viendrait sûrement vite.

Puis la pièce s'emplit d'un bruit de pas lourds en provenance d'une des extrémités de l'entrepôt, se réverbérant contre les cages et disparaissant derrière une porte à l'autre bout de la pièce.

Ezra se réfugia contre le mur lorsque les pas se rapprochèrent et il observa trois hommes s'approcher des cages en face de la sienne. L'un d'eux leva son bras et pointa l'un des pistolets-peut-être-tranquillisants vers la porte.

Elle s'ouvrit et les deux autres hommes entrèrent, traînant à l'extérieur le pauvre type qui s'y trouvait, un lycan aux yeux écarquillés et sauvages, aux cheveux et à la peau dégoûtants. Puis les quatre hommes s'éloignèrent, le garde avec une arme surveillant leurs arrières.

Pendant les heures qui suivirent, ils vinrent chercher tout le monde, revenant en traînant des corps flasques qui empestaient la sueur et le sang. Parfois, ils emmenaient les lycans un par un, parfois par paire. À chaque fois, Ezra pouvait les entendre gronder, divaguer, et le tonnerre d'objets lourds s'écrasant contre les murs.

Ezra ferma les yeux et chantonna des comptines aussi fort que possible, jusqu'à ce que sa gorge soit trop endolorie pour continuer.

La fille en blouse revint encore, lui jetant encore de la bouffe pour chien et de l'eau sous les barreaux. L'eau avait un goût cuivré et écorcha sa gorge douloureuse, mais Ezra se força à avaler avant de ramper à nouveau contre le mur, se tenant le plus loin possible de la porte.

Peut-être que s'il se tenait très tranquille, ils oublieraient simplement qu'il était là.

L'INFORMATION SUR Darius Maulsby changea la donne. Maintenant qu'il pouvait concentrer ses efforts, Callum pouvait enfin mettre ses émotions en veille et s'occuper des détails. Peut-être que sa réaction était froide, mais c'était ce qui faisait de lui un bon Alpha et un bon scientifique, et ce qui allait lui ramener Ezra. C'était la seule chose qui lui importait.

La meute de Darius était basée à Great Falls. Callum étala une carte abîmée de la région sur la table de la cuisine de Jax. À l'aide d'un marqueur noir, il dessina un X sur Great Falls, puis un autre sur Missoula, et d'autres encore de mémoire pour indiquer tous les endroits où ils avaient trouvé des preuves de la présence de Darius.

Callum fixa la carte du regard pendant quarante-huit secondes. Cela ne l'aidait pas. Il la repoussa et attrapa un bloc-notes que Jax avait piqué dans une chaîne d'hôtels quelconque et commença plutôt à faire une liste.

Darius Maulsby. Callum ne l'avait pas vu depuis la dernière fois qu'il était venu en ville et lui avait rendu son habituelle visite de courtoisie. Qu'est-ce que Callum savait vraiment de lui, hormis que c'était un con fini ? Il avait de l'argent et aimait le pouvoir. Il était misogyne jusqu'au trognon – Seigneur, entre les expériences sur les femelles alpha et Di clouée sur un lit d'hôpital dans le coma, Callum n'arrivait pas à croire qu'il n'avait pas fait le lien plus tôt. Il aurait parié cher que c'était Darius qui l'avait mise là.

Darius haïssait Callum, vraisemblablement parce qu'il avait voulu prendre le contrôle de la meute de Missoula et que Callum l'avait poussé vers la sortie pendant l'élection qu'il avait gagnée haut la main. Callum essaya de ne pas trop penser à cela, parce que ça avait sûrement donné une raison suffisante à Darius pour s'en prendre à Ezra, même sans prendre en compte son mépris ignorant envers les mâles bêta.

Il avait été transformé en lycan, il n'était pas né ainsi, et il devait donc y avoir un dossier sur lui quelque part ; sa candidature et ses recommandations. L'amie analyste de Dannika, Coz, semblait assez douée en informatique ; peut-être qu'elle pouvait dénicher quelque chose d'utile.

Il fallait qu'ils trouvent quelque chose.

— Hé.

Callum salua Dannika d'un hochement de tête accompagné d'un grognement, laissant son esprit faire des associations d'idées. Il était impossible de savoir combien de sociétés fictives possédait Darius, et n'importe laquelle pouvait posséder le titre de propriété du trou où ils gardaient Ezra prisonnier.

— Je t'ai amené du café.

Bon, il pouvait au moins relever les yeux pour la remercier. Callum ne savait pas depuis combien de temps il était occupé à cela, mais ses yeux lui semblèrent aussi secs que du papier de verre.

— Merci.

Elle posa la tasse devant lui.

— Je peux t'aider pour quelque chose ?

Il secoua la tête et enroula des doigts raides autour de la tasse.

— Je ne sais pas, peut-être. Il se pourrait que j'aie besoin d'emprunter ta geek de compagnie.

Dannika changea de position, visiblement mal à l'aise.

— Ce n'est pas une geek.

Sa façon de se défendre un peu boudeuse était assez adorable.

— Est-ce qu'elle nous a trouvé autre chose ?

— En fait, c'est ce que je suis venue te dire. Siobhan est en train d'imprimer le rapport au moment où on parle.

Callum vida sa tasse d'un trait et attrapa ses notes.

— Allons-y.

Jax était venue à bout de sa réserve de papier au milieu de la troisième copie et les feuilles que lui tendit Siobhan portaient au dos les plans d'aménagement paysager de la maison de quelqu'un. La police avait été réduite à quelque chose d'à peine lisible afin de pouvoir caser autant de choses que possible sur le papier disponible, mais Callum s'en fichait un peu de se fatiguer les yeux pour le moment.

— Donc, commença Siobhan. Darius Maulsby. Comme on l'a déjà dit, sacré entrepreneur.

Dannika s'assit sur la table basse de Jax en hochant la tête. Vu qu'elle jeta à peine un regard aux feuilles imprimées, Callum devina que c'était encore elle qui avait dû avoir Coz.

— Il a au moins une douzaine de sociétés fictives majeures – on parle de millions de dollars en avoirs fonciers – et Coz dit qu'il n'y a aucune preuve qu'il détourne les ressources de la meute pour ça. Leurs coffres sont pleins.

— Donc d'où vient cet argent ?

— D'après les traces écrites que Coz a pu retrouver, il y a deux ans Maulsby a ouvert un compte courant dans une filiale de la Bank of America et y a déposé dix mille dollars en liquide. Puis, pendant les mois qui ont suivi, il a continué à faire ce genre de dépôts. Il a plus de cinq millions de dollars de côté sur ce compte, et un autre avec quinze millions de dollars en obligations, aussi achetées avec de l'argent liquide.

— Qui se balade avec autant d'argent ? se demanda Jax à voix haute.

— Les gens qui ne veulent pas laisser de traces.

Callum serra sa feuille dans son poing.

— Quoi d'autre ?

— Une des sociétés s'appelle BioGen Inc. Sur le papier, il s'agit d'un groupe de recherche qui étudie le développement de cultures résistant à la sécheresse. Mais si on creuse un peu, on découvre que l'entreprise de graines qui signe leurs chèques est encore une autre des sociétés fictives de Maulsby. L'argent de ce type se balade carrément.

Siobhan haussa les épaules et laissa Dannika continuer l'explication.

— Coz est en train de jeter un œil aux dossiers du personnel de BioGen et pour le moment, il n'y a rien – ce sont des fantômes. Ils n'existent pas. Pas de permis de conduire, pas de casiers judiciaires, pas de relevés d'emplois ni de déclaration d'impôts remplis avant 2010, pas de relevés de notes. Elle a donc remonté encore un peu et a trouvé quelques articles de journaux. Tous les supposés employés sont morts pendant l'enfance.

— Maulsby n'est pas son vrai nom, dit Callum en pensant à voix haute. C'est pour ça qu'il sort de nulle part. C'est pour ça qu'il ouvre ces comptes avec du liquide.

Dannika hocha la tête.

— Coz a aussi mené des recherches sur lui. Il a une histoire plus crédible, mais elle est d'accord avec toi. Il n'est pas celui qu'on croit.

— Mais pourquoi changer d'identité ? demanda Jax. Qu'est-ce qui était si horrible avec qui il était pour avoir besoin de recommencer à zéro ?

— Et est-ce que c'est important ?

Callum n'était pas sûr de savoir s'ils recherchaient Darius Maulsby ou celui qu'il avait été, mais il devait bien exister un moyen de découvrir l'endroit où il se trouvait sans retrouver sa véritable identité.

— Reprenons du début, d'accord ? suggéra Siobhan. On a Darius Maulsby…

— Et on a une société de recherches scientifiques, termina Callum en passant les mains dans ses cheveux d'un geste frustré. Donc, où est la troisième pièce du puzzle – le scientifique. Il lui en faut un, non ?

Jax se releva, glissant les mains dans ses poches arrière.

— À moins qu'il n'en ait pas besoin ? On ne connaît pas sa véritable histoire ni sa formation. Peut-être qu'il était scientifique avant de devenir Darius Maulsby.

La table craqua vivement quand Dannika se releva d'un bond, fouillant déjà dans sa poche pour retrouver son téléphone. Deux bips discrets plus tard et il était pressé contre son oreille pendant qu'elle faisait les cent pas.

— Hé, Coz. Oui, je sais que tu es occupée. J'ai besoin d'un autre service.

Une pause.

— S'il te plaît.

Elle inspira longuement.

— D'accord. Nous cherchons un scientifique venant du Midwest. Quelqu'un spécialisé en génétique. Peut-être quelqu'un avec un casier ou quelqu'un qui a été viré dans des circonstances suspectes ou qui est sans emploi depuis un moment. D'accord. D'accord. Merci, Coz. Je te suis redevable.

Elle referma son téléphone. Dannika semblait soudain timide et petite, et Callum remarqua l'épuisement qui tirait ses traits.

— Elle va regarder ça.

— Merci, dit Callum calmement.

Il était parfois difficile de regarder plus loin que son propre chagrin.

Dannika hocha la tête d'un geste fatigué et Callum put sentir sa frustration. Avant qu'elle puisse dire quoi que ce soit cependant, son téléphone commença à chantonner son envie de... quelque chose. Dannika décrocha rapidement et quitta la pièce.

Siobhan la regarda sortir, l'air vaguement stupéfait.

— C'était rapide.

Callum serra les poings sans pouvoir s'en empêcher, essayant d'éviter de serrer les dents, essayant de ne pas compter les secondes qui passaient tandis qu'Ezra était toujours aux mains de Darius.

Apparemment, il n'était pas vraiment aussi doué qu'il l'avait cru pour mettre ses émotions en veille. S'ils ne le retrouvaient pas rapidement...

Dannika passa la tête par la porte.

— J'ai un nom.

La fatigue avait légèrement quitté son visage et avait été remplacée par une lueur de quelque chose, peut-être de l'optimisme. Callum osait à peine espérer.

— Ce type, Davis Gamber, a perdu son emploi de chercheur en génétique à Spokane il y a deux ans, juste avant que Darius Maulsby fasse surface. Il n'a pas travaillé depuis, d'après les impôts, mais son compte en banque se porte bien. C'est peut-être notre homme.

Le soulagement qui l'envahit soudain lui coupa presque les jambes.

— Est-ce qu'on a une adresse ?

— On a un numéro de téléphone portable.

Le cœur de Callum fit un bond quand Dannika leva son téléphone.

— À la seconde où il décrochera, il faut qu'on soit prêt à partir.

CE N'ÉTAIT plus qu'une question de temps avant qu'ils viennent le chercher, Ezra le savait. Aussi inquiétant que cela puisse être, il se força à surveiller les gardes, à surveiller la fille qui venait lui amener à manger, essayant de deviner leur timing, essayant de deviner où se trouvaient les commandes électroniques des cages. L'installation des cages était clairement improvisée, ou du moins elle n'avait pas été prévue pour retenir prisonnier quelqu'un un minimum intelligent – il ne fallut pas longtemps à Ezra pour deviner que les câbles qui contrôlaient l'ouverture de sa cage traversaient le fond de sa cellule. Malheureusement, tout avait été installé n'importe comment et il ne pouvait pas deviner lequel des huit fils torsadés était celui de sa porte. Il faudrait vraiment virer l'électricien responsable de ce massacre.

Ou peut-être le récompenser, pensa finalement Ezra. Définitivement le récompenser si jamais il arrivait à sortir d'ici.

Les gardes traversaient le couloir toutes les demi-heures environ, ne surveillant pas grand-chose. Ils se consacraient plutôt à intimider les prisonniers par leur simple présence, devina Ezra. Tous les trois ou quatre passages, ils échangeaient les prisonniers qui avaient fini de servir pour en prendre de nouveaux, et repartaient pour un plus long moment.

Ezra attendit que les gardes aient traversé l'entrepôt pour la troisième fois sans échanger de prisonniers. On pouvait encore entendre à travers les murs les deux femmes qu'ils avaient emmenées au labo une heure et demie plus tôt, mais Ezra ne pouvait pas y faire attention. À l'instant où le bruit de leurs pas disparut, il se rua vers l'entrée de sa cellule et se tordit le cou pour essayer de voir les câbles. Il aurait seulement une chance, peut-être deux, avant que les gardes accourent. Il devrait être hors de vue avant qu'ils arrivent.

Ezra compta trente-cinq secondes après le dernier bruit de pas avant de récupérer son bol en acier inoxydable. Un morceau de caoutchouc en entourait le rebord et il le gratta contre le sol jusqu'à ce qu'il se détache. Le métal sous cette protection était aiguisé, brut, comme il l'avait espéré. Jetant un rapide coup d'œil aux alentours pour s'assurer que personne ne l'observait, Ezra utilisa le tranchant du métal pour découper l'isolation du câble qui contrôlait, espérait-il, la porte de sa cellule.

Après avoir décollé la couche externe d'isolation, Ezra soupira de soulagement et remercia le ciel d'avoir suivi un cours d'électronique en deuxième année. Il y avait quatre fils et si l'idiot qui avait fait l'installation de cet endroit avait suivi la procédure standard, le noir était porteur de courant, le blanc était neutre et le vert était pour la prise de terre. Cela voulait donc dire que le jaune contrôlait l'ouverture de la porte.

Bien sûr, si le jaune ne contrôlait *pas* le signal de la porte, Ezra allait recevoir un gros choc. Électrique.

Avec soin, il récupéra le caoutchouc qu'il avait détaché des bords du bol et l'enroula autour de ses doigts avant de le reprendre et de couper le fil jaune.

Jusque-là, tout allait bien. Paré au pire, Ezra reposa le bol et lécha le bout de son doigt avant de l'appuyer brièvement sur les fils de cuivres qui se trouvaient à l'intérieur du câble jaune.

Rien.

Le souffle tremblant, Ezra reprit le bol. Il fit encore plus attention cette fois en retirant l'isolation du fil noir sans le découper. Une étincelle jaillit à l'approche du métal, prouvant qu'il contenait bien de l'électricité. Il se recula donc un peu, léchant ses lèvres, et retira plus de l'isolation du fil jaune à l'endroit où il l'avait coupé. Puis, croisant les doigts, il se pencha et pressa le bout de fil cuivré contre le fil noir à découvert.

Un bourdonnement retentit bruyamment dans la pièce lorsque la porte s'ouvrit et Ezra jura. Apparemment, l'alarme de la porte était ancrée directement dans les contrôles. Il était trop tard pour s'en inquiéter de toute façon. C'était sa seule chance. Il se rua vers la porte avant qu'un court-circuit ne la referme et courut directement vers la pièce à l'autre bout de l'entrepôt.

Il jaillit par la porte comme s'il était poursuivi par les chiens de l'enfer et s'aplatit contre un mur, son cœur battant bruyamment à ses oreilles. Lorsqu'il fut enfin assez calmé pour regarder autour de lui, il remarqua que la porte était encore légèrement entrouverte. Des pas précipités et des cris émanèrent de l'entrepôt et il ne put rien faire d'autre que prier qu'on ne le découvre pas.

La pièce où il se trouvait désormais était minuscule, tout juste plus grande qu'un placard à balais, et elle était équipée d'un lit de camp, d'une commode d'occasion et d'une série de lampes colorées incongrues qui pendaient du plafond.

La fille qui lui avait servi son petit-déjeuner à base de nourriture pour chien était recroquevillée sur le lit de camp, les yeux écarquillés et la bouche ouverte.

Si elle criait, il serait grillé.

Ezra leva une main tremblante et pressa un doigt contre ses lèvres. La fille était crasseuse et si c'était là qu'elle vivait, elle était pratiquement prisonnière elle aussi, mais c'était difficile à dire. Elle pourrait être atteinte du Syndrome de Stockholm, autant qu'il sache. En réalité, il aurait même été surpris que ce ne soit pas le cas.

Enfin, après un moment interminable, elle hocha la tête pour marquer son accord, son visage encore empreint de terreur, et Ezra se retourna pour se concentrer vers l'agitation à l'extérieur.

Tous les gardes étaient humains. Ezra le devina rien qu'à leur odeur et il n'était même pas proche de la pleine lune. Manipuler autant d'alpha pour causer autant de dégâts aurait été pratiquement impossible, à moins que Darius les ait recrutés dans un asile – ou peut-être une prison. De toute façon, *ils* ne pourraient pas le sentir, *lui*, pas de la même façon qu'un lycan, mais ils pourraient demander à beaucoup de monde. Il fallait qu'Ezra sorte de cette pièce avant qu'ils reviennent avec quelqu'un qui pourrait le débusquer à l'odeur. Il eut la vision soudaine d'un des lycans prisonnier dans les cellules face à lui, en train de le traquer, et un frisson lui parcourut l'échine. Il ne resterait pas assez de morceaux de lui pour l'identifier.

Des pas lourds se rapprochèrent. Ezra déglutit. Seigneur, il ne se serait même pas s'enfui assez loin pour être traqué comme un animal. Il aurait dû fuir quand il en avait eu l'occasion…

— Là-dessous, siffla la fille en pointant le lit de camp tandis qu'elle mettait les couvertures en désordre pour qu'elles recouvrent le rebord.

Ezra ne pensait pas qu'il arriverait à rentrer, mais il n'avait pas le choix. Il se glissa dessous, s'éraflant les épaules et se cognant la tête, et la fille laissa retomber les couvertures. Il put la sentir s'installer sur le lit, essayant probablement de faire semblant de dormir, puis il entendit la porte s'ouvrir.

Pendant quelques longues secondes palpitantes, Ezra n'osa pas respirer. Puis la porte se referma en claquant assez fort pour qu'il l'entende jusque dans ses os, et il resta au sol quelques secondes de plus, à bout de souffle, frissonnant de soulagement.

La fille releva les couvertures et baissa la tête pour le regarder, ses cheveux sales tombant autour de son visage :

— Comment est-ce que tu t'appelles ? murmura-t-elle.

— Ezra, chuchota-t-il en retour, les yeux rivés sur la porte puis à nouveau sur elle. Et toi ?

— Isabelle.

Elle se mordit la lèvre.

— Tu essaies de t'enfuir ?

Pariant sur ce qu'il savait de la psychologie des loups bêta, Ezra dit :

— Je dois retourner auprès de mon Alpha.

La fille se pencha un peu plus comme si elle essayait de le sentir. Callum aurait probablement dit qu'un geste aussi flagrant était un autre tabou, mais Ezra avait le sentiment que cette fille n'avait pas dû fréquenter beaucoup de monde ces dernières années.

— Il va s'inquiéter.

Isabelle hocha la tête.

— Si tu ne rentres pas, il se mettra peut-être en colère.

Oh, il allait clairement se mettre en colère, mais Ezra fut quasiment persuadé qu'Isabelle voulait dire *contre lui*, et c'était tout simplement... eh bien, il était temps de partir. Il s'extirpa de sous le lit de camp avec précaution.

— Est-ce que tu sais comment je peux sortir d'ici sans qu'on me voie ?

À voix basse, avec beaucoup d'encouragements de la part d'Ezra, Isabelle lui expliqua l'agencement de l'entrepôt. Pour ressortir, il faudrait qu'il retombe à l'endroit qui contenait les cellules, puis passe par une zone de stockage qui servait d'écran de fumée pour les détentions illégales qui avaient lieu en réalité dans cet endroit.

Bien sûr, la zone de stockage était l'endroit où les gardes aimaient passer du temps quand ils ne trimbalaient personne entre le labo et les cellules. Génial.

Ils se figèrent encore lorsque d'autres pas lourds retentirent à l'extérieur de la chambre et diminuèrent en direction du labo. Cela ne prendrait que peu de temps avant que Darius se mette à hurler. Il était clairement temps de déguerpir.

Ezra se leva. Sans qu'il sache vraiment comment, durant les dernières vingt-quatre heures, se promener nu avait cessé d'être bien grave. Ou bien il était trop choqué pour vouloir y réfléchir.

— Écoute, merci.

Isabelle était encore blottie dans les couvertures sales. Il ne voulait pas savoir ce que ces taches pouvaient être.

— Tu es sûre... que tu ne veux pas venir ? Je veux dire, tu pourrais rejoindre notre meute ? Si tu veux.

Il regarda son visage se fermer, sa bouche se pincer. Peut-être était-ce dû au Syndrome de Stockholm, peut-être juste à la défaite, il n'arrivait pas à le

231

savoir.

— Ça ne vaut mieux pas, dit-elle en secouant la tête. Allez, tu devrais y aller. Ils vont revenir dans pas longtemps et je ne veux pas qu'ils te trouvent ici avec moi.

Oui, Ezra n'avait pas vraiment eu beaucoup d'espoir, mais demander ne faisait pas de mal. Il hocha la tête, une seule fois, posa son oreille contre la porte puis sortit aussi discrètement que possible.

De retour vers la salle des cellules, l'adrénaline recommença à envahir Ezra. Sa tête lui tournait et le son de ses pas sur le sol sale lui semblait trop fort.

Puis ça empira.

Un des lycans encore en cage était conscient et elle s'était traînée jusqu'à la porte de sa cellule, enroulant ses mains comme des griffes autour des barreaux. Ses dents s'étaient transformées, découpant sa lèvre inférieure, et ses pupilles dilatées ne quittèrent jamais Ezra lorsqu'il passa furtivement.

— Aide-moi.

Le duvet sur la nuque d'Ezra se dressa et il inspira profondément, le souffle tremblant. Mauvaise idée. L'odeur de l'ordre se cachait là, sous une couche épaisse de sang, de sueur et de crasse.

— S'il te plaît.

Elle parlait plus fort et Seigneur, Ezra avait envie de l'aider, mais il n'y avait juste pas moyen. Elle ne pourrait pas marcher, pas dans l'état où se trouvaient ses jambes. Il pouvait voir que l'une d'elles était clairement cassée. Le meilleur moyen de l'aider était de sortir d'ici et de revenir avec des renforts.

— Je ne peux pas, murmura-t-il en s'arrêtant malgré lui.

Ses jambes semblaient clouées au sol.

— S'il te plaît, laisse-moi partir. Je te promets de revenir, mais je ne peux pas t'aider pour l'instant.

— Aide-moi, demanda-t-elle encore d'une voix rauque.

Il inspira profondément. *Je t'aiderai*, promit-il en silence et il se remit en route d'un air déterminé, se forçant à mettre un pied devant l'autre.

Derrière lui, la femelle alpha se mit à hurler. C'était tout ce dont Ezra avait besoin pour se mettre à courir.

Il y avait un garde dans la pièce principale, mais il était tourné vers le mur et parlait dans son téléphone portable. Au-delà – dans une autre situation, Ezra en aurait ri – se trouvait un panneau 'Sortie' rutilant, à moins de dix mètres. Il n'aurait jamais une autre chance comme celle-là.

Se forçant à avancer lentement, Ezra se glissa vers la porte.

Sept mètres.

Six.

Le type avec le téléphone portable émit un petit bruit exaspéré.

— Non, tu ne m'*écoutes* pas !

Et se tourna vers l'endroit où Ezra était entré et se tenait quelques secondes auparavant.

Ezra se tenait parfaitement immobile, l'adrénaline courant dans ses veines. Lorsqu'il fut évident que l'homme ne l'avait pas vu, il recommença à avancer lentement.

Trois mètres.

Un mètre.

Ses doigts touchèrent le métal froid de la porte. Encore quelques pas et il serait libre...

Une main se cramponna à son coude, juste à l'endroit où on lui avait pris du sang la veille, et on l'envoya valdinguer contre le mur, assez fort pour faire s'entrechoquer ses dents. La lueur d'espoir s'évapora, laissant place au désespoir lorsqu'un énorme poing s'écrasa contre sa mâchoire. Tout devint noir.

EZRA S'ÉVEILLA en crachotant, une sensation lancinante sous son œil gauche et une migraine à tout casser. La sonnerie retentissante des alarmes du chenil n'aidait pas. De l'eau coulait dans ses cheveux, sur son visage et son torse. Il toussa.

— Si vous me voulez conscient, le café fonctionne mieux.

Les mains qui le tenaient le poussèrent vers l'avant et il trébucha, se retenant de tomber de justesse. Ah, le labo. Il n'avait pas manqué à Ezra. Il regarda autour de lui, observant tous les détails.

— Où est ton scientifique de compagnie ? demanda-t-il – trop fort, d'ailleurs, tandis que la sonnerie du chenil s'arrêtait.

— Davis a eu droit à une promotion pour le récompenser de son dur travail, dit Darius doucement en dévoilant ses dents.

Ezra n'était pas sûr de vouloir savoir ce que ça voulait dire.

— Malheureusement, continua Darius, tu sembles particulièrement peu enclin à coopérer. L'influence de Dawson, sans aucun doute. Une honte – j'avais espéré pouvoir te guérir de cette maladie.

Cela semblait de mauvais présage, de plus d'une façon. Ezra déglutit

233

pour tenter de refouler la terreur qui montait en lui et essaya de faire bonne figure.

— Je suis désolé, vous pourriez clarifier quelque chose pour moi ? Comment un moulin à paroles pompeux comme vous a-t-il réussi à se faire élire Alpha d'une meute ?

C'était la goutte d'eau, sembla-t-il. Grondant, Darius agrippa l'avant-bras d'Ezra, sa main semblable à une serre, ses ongles se plantant dans la chair, et il le traîna jusqu'à la chaise en métal qu'il haïssait déjà. Il le jeta dessus durement, attacha le lien autour de la main libre d'Ezra et la sangle de cuir autour de son cou avant de se relever et de tirer le bras d'Ezra tout droit. Le garde à la porte fit mine de l'aider, mais l'alarme du chenil se fit entendre de nouveau.

— Va t'occuper de ça, aboya Darius. Je peux m'occuper de cette mauviette.

Hochant la tête, le garde souleva son pistolet tranquillisant et quitta la pièce.

— À nous, dit Darius, ses ongles tellement agrippés au bras d'Ezra que des gouttelettes de sang perlèrent pour se réunir au creux de son coude. Nous allons découvrir quel genre de loup tu es vraiment.

La seringue sur le plateau de la table roulante semblait énorme, bien plus grosse que celles qu'Ezra l'avait vue utiliser sur les autres cobayes, et il la récupéra, semblant considérer le dosage pendant un moment. Ezra se débattit sous sa poigne, mais cela ne servit à rien. Il était attaché. Il ne pourrait aller nulle part.

L'aiguille n'était qu'à quelques centimètres de sa peau lorsqu'Ezra sentit quelque chose, une brise soudaine qui n'aurait pas dû être là : quelque chose de fort, de vertueux et en colère – furieux. Quelque chose qui réclamait son droit. *Callum.*

Mais Ezra eut à peine le temps d'être soulagé. Il n'était pas le seul à l'odorat sensible dans cette pièce.

— Tiens, tiens. Callum Dawson. Deux pour le prix d'un, je vois.

Le sourire cruel de Darius révéla le bout de ses canines et Ezra réalisa qu'à un moment ou un autre, les crocs de lycan de l'homme étaient apparus. Il n'abaissa pas l'aiguille, cependant, s'écartant d'Ezra pour faire face à Callum qui se tenait à la porte, ressemblant à un héros de film d'action très énervé – mais en mieux, parce qu'il était entièrement à Ezra.

Réprimant l'envie de se contorsionner, Ezra garda les yeux sur Darius.

— C'est fini, Darius, lui dit Callum, la voix et le regard fermes même si

Ezra pouvait sentir la tension. Nous savons ce que tu as fait. Tu pensais vraiment qu'on ne le découvrirait pas ?

Ezra agita lentement sa main sous le lien de tissu. Il éraflait sa peau, sur le dessus de sa main, mais Darius ne l'avait pas attaché assez serré. S'il faisait très attention, s'il était assez discret et que Callum attirait l'attention de Darius, Ezra arriverait peut-être à s'échapper.

Puis Callum s'avança d'un pas et Ezra tressaillit quand Darius secoua son bras durement.

— Pas un pas de plus, Dawson, ou ton joli petit jouet va tester son côté le plus violent.

Merde. Maintenant l'aiguille était plus près que jamais. Ezra tira son bras gauche fermement, terrifié. Encore un tout petit peu et le plus gros de sa main arriverait à passer la boucle.

— À bien y réfléchir.

Darius le relâcha et pendant un instant, Ezra fut si soulagé qu'il n'essaya même plus de se libérer.

Le soulagement fut de courte durée. Darius tendit la main vers quelque chose sur le comptoir, derrière lui. Cela ressemblait à un pistolet à fléchettes géant, avec une bombe à air comprimé pour les propulser. Darius prit l'arme dans ses bras, presque amoureusement, puis tourna ses yeux plissés vers Callum.

— La foi qu'a ton petit animal de compagnie en toi est louable.

Son ton suggérait l'inverse.

— Malheureusement, elle est aussi mal placée.

Oh, merde. Ezra paniqua, relevant brusquement sa main désormais libre pour déboucler la sangle qui retenait son poignet gauche, en essayant de faire comprendre à Callum qu'il devrait s'enfuir, putain, tout cela en essayant de ne pas attirer l'attention sur lui.

— Je vais adorer t'écouter le mettre en pièces.

Ezra se retourna un ongle en délivrant sa main, mais remarqua à peine la douleur. Il était bien trop occupé à agripper le dos de la chemise de Darius et la tirer d'un coup sec, espérant que cela lui ferait manquer sa cible. Il y eut un bruissement d'air lorsque le coup du pistolet à fléchettes partit et Darius trébucha loin d'Ezra, arrachant le reste de son ongle lorsqu'il s'accrocha au tissu de sa manche.

Ezra ne pouvait pas voir Callum, mais il pouvait sentir du sang. Le sien ? Il ne le savait pas. Il défit précipitamment la sangle de cuir autour de son cou, ses doigts glissant, luisant de sang et de sueur.

— Callum ? Callum !

Il s'extirpa de la chaise, les jambes chancelantes, mais avant qu'il puisse aller où que ce soit, une main semblable à une serre se referma à nouveau sur son bras.

Il n'y avait pas de gardes pour s'assurer de son obéissance, cette fois. Instinctivement, Ezra tendit son autre main à l'aveuglette. Ses doigts se refermèrent sur quelque chose de volumineux et lourd, et il le balança sans réfléchir, de toutes ses forces, priant de ne pas perdre sa prise déjà maladroite.

Le microscope atteignit Darius Maulsby sur le côté de la tête puis glissa des doigts humides d'Ezra. Darius s'écroula et l'appareil s'écrasa à côté de lui, se fissurant et éclatant en mille morceaux, envoyant valser des éclats de verre et de plastique sur le sol. Ezra jeta un regard rapide à son ravisseur : ses yeux étaient clos et une tache de sang couvrait sa tempe à l'endroit où Ezra l'avait frappé, coulant contre sa joue.

Puis Ezra traversa la pièce, inattentif aux éclats qui coupaient ses pieds nus.

— Callum ! répéta-t-il.

Callum était encore debout lorsqu'Ezra le rejoignit, mais son attention était ailleurs : il ne croisa pas son regard et ne répondit pas les trois premières fois qu'il appela son nom. Une boule de terreur envahit la gorge d'Ezra lorsqu'il vit le mince filet de sang qui suintait du bras gauche de Callum, juste sous le biceps.

Tremblant, Ezra s'agenouilla. La fléchette avait transpercé la peau de Callum, c'était flagrant, mais elle ne s'était pas plantée – il était possible qu'il n'ait été qu'éraflé, qu'il n'ait pas reçu la dose. D'une main tremblante, Ezra trouva la cartouche de la fléchette et l'ouvrit.

— Ezra.

Ezra déglutit, la gorge soudain sèche. La seringue à l'intérieur était encore partiellement pleine, mais c'était une cartouche énorme et environ vingt-cinq pour cent du liquide avait disparu.

— Ezra.

Merde. Il retira la fiole avec soin et la déposa plus loin, puis s'écarta, regardant Callum au-dessus de lui.

— Un quart de dose, dit-il doucement.

Il ne savait pas ce qu'un quart de dose pouvait faire, mais ça ne pouvait pas être bon signe. Pas quand une dose entière rendait quelqu'un assez agressif pour tuer une autre personne à mains nues.

Ezra déglutit. Son propre cœur résonnait à ses oreilles, assourdissant.

— Il faut qu'on te sorte d'ici.

Évidemment.

— C'est pas vrai ? dit Ezra, les traits tirés, sans bouger. Il faut qu'on sorte tous d'ici. Ces types sont – ce sont des monstres sadiques, Callum.

— Et dans quelques secondes, je serai peut-être un de ces monstres sadiques, dit Callum d'un ton sec. Je peux déjà sentir les hormones s'activer. Il faut que tu t'éloignes de moi avant qu'il soit trop tard.

Il tenta de faire pression sur lui grâce à ses phéromones, et si Ezra n'avait pas été agenouillé, la force de son ordre aurait pu le faire vaciller.

— Tu viens aussi. Je ne te laisserai pas.

Les mots sortirent de sa bouche avant même qu'Ezra réalise qu'il les pensait, mais il n'y avait pas besoin de penser. Hors de question qu'il laisse Callum après toute cette merde. Il recula de quelques centimètres, prêt à se remettre sur pieds.

Et il s'arrêta. Releva les yeux. Les muscles au coin des mâchoires de Callum étaient tendus ; Ezra pouvait pratiquement l'entendre grincer des dents. Ses mains étaient serrées en poings. Et il y avait aussi le petit – ou pas si petit – problème de l'érection qui menaçait de déchirer la couture de son pantalon.

D'accord. Bon, au moins Callum n'allait pas le frapper à mort. Pas avec ses poings, en tout cas.

Ezra se lécha les lèvres. Ce n'était ni lieu, ni l'heure pour cela. C'était en réalité – comme indiqua la partie du cerveau d'Ezra qui dirigeait son bon sens – probablement la pire heure pour cela. Mais les hormones d'Ezra n'écoutaient pas cette partie de son cerveau ; elles réagissaient à celles de Callum.

Une main atterrit sur son épaule et se dirigea au creux de son cou, les doigts glissant à la naissance de ses cheveux, puis tenant précieusement son crâne. Le souffle d'Ezra se fit plus chaotique. Son cœur sauta un battement. Ses paupières se firent lourdes. Tout semblait se passer au ralenti, à travers une épaisseur de verre qui déformait tout. La réalité était soudain très lointaine.

Puis il prit une profonde inspiration et une vague de désir le frappa comme un train lancé à toute vitesse, inondant son nez et envahissant son cerveau postérieur, son échine, sa gorge et son entrejambe. L'eau lui vint à la bouche et il déglutit encore.

Des mains sûres d'elles, qui ne semblaient pas appartenir à Ezra, apparurent dans son champ de vision, débouclant, déboutonnant, dégrafant.

Mais ça devait bien être les siennes, car celles de Callum étaient toutes deux sur sa tête, le guidant vers l'avant, et qui en avait quelque chose à faire de *ces* mains, de toute façon ?

Certainement pas Ezra. Il eut juste assez de temps pour se lécher les lèvres avant que le membre de Callum ne les passe, emplissant sa bouche et sa gorge sans aucune hésitation. Il cligna lentement des yeux, releva son regard, creusa ses joues et obtint en réponse un grognement et la pression des ongles de Callum sur son cuir chevelu. Satisfait, Ezra recommença, agitant sa langue sous la longueur de la verge, retenant son souffle pendant sept secondes tandis que Callum le retenait captif, haleta de soulagement, étourdi, lorsqu'il le relâcha. Message reçu : c'était Callum le chef en cet instant. Et s'il voulait frotter son gland contre les lèvres d'Ezra jusqu'à ce qu'il perde la tête et le supplie de remettre son sexe dans sa bouche, il le ferait.

Il n'attendit pas si longtemps, toutefois, l'enfonçant avec soin dans sa bouche tandis qu'Ezra rejetait sa tête en arrière en frissonnant, l'esprit vide. Ezra remarqua la main ferme, mais tendre contre son cou, légère, mais curieuse, comme si Callum voulait le sentir avaler, de dedans et de dehors, et il obéit donc. Son propre membre délaissé était dur contre son ventre nu, et gouttait régulièrement, mais il n'arrivait pas à défaire ses mains du corps de Callum.

Ezra était trop déconnecté pour entendre les obscénités qui s'échappaient de la bouche de Callum ; la plupart de ce qu'il disait faisaient partie d'un bruit de fond pour lui, comme un morceau inutile de l'ambiance. Quelque chose pour combler le silence. Mais il remarqua enfin un détail :

— Putain, Ezra, ta *bouche*, elle est si bonne, mais j'ai *besoin* de…

Puis il fut attiré et remis sur pieds, absorbé par un baiser violent, ses lèvres et sa langue dévorées jusqu'à ce que Callum le repousse aux épaules puis le retourne et le pousse à s'appuyer sur cette putain de *chaise*.

Pas le temps d'y réfléchir, toutefois, la chaleur soudaine d'un corps était déjà derrière lui, un grognement bas puis une supplication tandis que le membre épais de Callum se glissait entre ses fesses, effleurait son orifice :

— Désolé, désolé, je ne peux pas m'en empêcher, s'il te plaît.

Et *Nom de Dieu*, pourquoi est-ce que Callum s'excusait pour ça ?

Les genoux d'Ezra tremblaient, mais il s'appuya davantage sur ses bras et écarta ses jambes, suppliant presque Callum de le baiser sans attendre, incapable de le demander avec des mots. Il se cambra pour offrir ses fesses, mourant d'envie de – quelque chose – et il serra les doigts jusqu'à ce que ses phalanges deviennent blanches.

Le souffle de Callum était brûlant contre sa nuque, bruyant contre ses oreilles. Une main se glissa jusqu'à la bouche d'Ezra, deux doigts humides et salés poussant à l'intérieur, demandant à être léchés, sucés ; l'autre main descendit, traversa ses abdominaux, traça une diagonale sur son ventre et agrippa fermement sa verge. Ezra essaya de gémir, mais ses poumons l'en empêchèrent, alors il baissa la tête, redressa les épaules, les doigts de Callum étalant des traces humides contre ses lèvres et ses joues.

Callum émit un bruit qui ressemblait à de l'angoisse, à de la joie, et le souffle chaud redoubla, de l'air humide chatouillant les oreilles d'Ezra. Il sentit l'humidité contre sa nuque un court instant, avant de sentir la piqûre des dents de loup de Callum égratignant sa peau pour l'aguicher, puis la transperçant. Le pouce de Callum frotta son gland et les yeux d'Ezra se révulsèrent tandis qu'il jouissait, essayant désespérément de rester assez concentré pour rester debout, afin que les dents de Callum ne le mutilent pas alors que son cerveau se répandait par son sexe.

Quand Ezra retrouva ses esprits, le monde tournait encore et le sperme de Callum maculait ses fesses et ses cuisses. Il respirait comme s'il venait de remporter un marathon et ses bras et ses jambes tremblaient tellement qu'il était presque sûr qu'il allait s'écrouler.

Puis il vit Darius Maulsby se relever du sol, tenant fermement la seringue pleine d'hormones qui avait dû tomber lorsqu'Ezra s'était agrippé à la chaise. Ezra eut à peine le temps d'ouvrir la bouche pour l'avertir que Callum apparut derrière lui et brisa la nuque de Darius.

Callum et Ezra se dévisagèrent un long moment, par-dessus le corps de Darius qui refroidissait déjà. Quand Ezra n'eut enfin plus envie de vomir, Callum rejeta sa tête en arrière, criant de douleur, et s'écroula au sol, inconscient.

Merde.

Chapitre Quatorze
... *Par le Mâle*

La PREMIÈRE pensée d'Ezra quand il se découvrit dans un miroir fut : *Ah, voilà pourquoi ils me regardaient tous comme ça*. La seconde fut qu'il ressemblait davantage à un figurant pour un film porno sur les vampires que sur les loups garous. Son cou était couvert d'hématomes – ou plutôt, d'un seul, formant un gigantesque ovale.

Malgré tout, le plus gros des dommages n'était visible que si Ezra tournait la tête de côté et plaçait son cou d'une certaine façon. De chaque côté du cou, une série de trous marquaient un arrondi qui s'étendait de sous la naissance de ses cheveux, jusqu'en haut de ses épaules.

La morsure de Callum, qui avait été effroyablement sexy tandis qu'Ezra avait été cloué à cette satanée chaise, avait désormais l'air dégoûtante, sensible et douloureuse. Incapable de s'en empêcher, Ezra leva une main pour appuyer timidement sur la morsure et gémit quand il la toucha. Les marques de dents étaient grosses – bien trop grosses pour être celles d'un humain – et entourées par des ecchymoses qui tiraient sur un violet plus profond. Pas étonnant qu'il ait reçu des regards inquiets quand on l'avait trouvé ; ça avait l'air atroce. Si Ezra n'avait pas sût combien cela avait été incroyablement sexy de recevoir cette morsure, lui aussi aurait été perturbé de la voir.

Ezra s'écarta du miroir en soupirant et enfila l'uniforme d'infirmier qu'on lui avait donné. Même si ce qu'il portait avait peu d'importance – rien ne masquerait ces marques.

Quand il émergea de la salle de bain, il trouva Wyn assise au bord de son siège, ayant l'air toute petite et crispée. Quand elle aperçut Ezra, elle jaillit sur ses pieds et esquissa quelques pas vers lui.

— Ezra, est-ce que tu es… ?

Son regard était affolé. Elle semblait essayer de le regarder partout à la fois, vérifiant peut-être s'il était blessé. Son expression se pinça quand ses yeux tombèrent sur son cou.

— Oh, Ezra.

Sa voix était désespérée, bien qu'Ezra estima qu'il ne méritait pas ce niveau de pitié.

— Wyn, je vais bien. J'ai pas mal de bleus et je suis secoué. Je ne suis pas sûr de pouvoir encore dormir la fenêtre ouverte... mais Callum m'a retrouvé avant qu'ils me fassent quoi que ce soit de grave.

Son regard se fit triste et incrédule. Plein de pitié. Putain, Ezra aurait aimé savoir quoi dire pour se débarrasser de cette expression.

Avant que l'un d'eux puisse en dire plus, Blaise et Dannika entrèrent.

— Tout propre, je vois.

Dannika regarda Ezra de la tête aux pieds, remarquant les vêtements neufs et l'examinant sûrement pour voir s'il était blessé. Elle l'avait déjà fait un peu plus tôt lorsqu'Ezra, traînant derrière lui un Callum inconscient, l'avait trouvée dans le repère de Darius. Heureusement, elle avait été avec Blaise à ce moment-là également, et l'homme-montagne avait pris la relève pour transporter Callum.

Blaise les avait sortis de l'entrepôt, les entraînant loin du chaos et s'assurant qu'ils étaient tous deux en route pour le petit hôpital géré par la meute pour être pris en charge.

Et l'hôpital de la meute avait pris soin d'eux. Callum avait été emmené sur une civière pour des examens et pour surveiller ses constantes, afin de s'assurer qu'il ne souffrait pas d'un déséquilibre hormonal. Ezra n'avait pas été ravi d'être retenu en arrière et forcé de regarder Callum disparaître au loin, dans une chambre d'isolement.

Bien sûr, les docteurs ne l'avaient pas laissé languir longtemps avant de venir le chercher pour son propre bilan. Ils ne le crurent pas, la première douzaine de fois lorsqu'il leur dit qu'il allait bien et qu'on ne lui avait pas injecté la même chose que Callum. Enfin, quand ils furent convaincus qu'Ezra n'était effectivement pas blessé – hormis par la morsure de Callum – ils l'avaient laissé partir pour prendre une douche et se changer.

Ezra cligna des yeux, fatigué, soudain conscient qu'il avait déconnecté de la conversation qui avait lieu près de lui.

— Il ne t'a pas loupé, disait Dannika en jetant un œil aux énormes traces de dents.

Ezra, revivant soudain le moment où on l'avait mordu, tout cela en technicolor, rougit. Son embarras n'était pas assez puissant toutefois pour manquer le petit cri peiné de Wyn.

Se tournant vers elle, il découvrit que son visage était plus pincé que jamais et qu'elle fixait la marque d'un air extrêmement antipathique.

— Wyn, ça ne me fait pas mal.

Elle ne sembla pas apaisée. Au lieu de ça, elle le fixa avec une expression insondable avant de murmurer :

— Mais il t'a *mordu*.

Ezra ne savait pas quoi répondre, hormis peut-être : *Il m'a mordu, mais ça m'a fait jouir comme un geyser*. Cela ne plaiderait sûrement pas beaucoup sa cause.

Se sentant perdu et ne sachant pas comment améliorer la situation, Ezra se tourna vers Blaise, mais le trouva particulièrement inexpressif. La tête de Dannika pivotait de gauche à droite, son regard passant d'Ezra à Wyn inlassablement. Au moins, Ezra n'était pas le seul à être confus.

Malheureusement, Ezra n'eut pas le temps d'obtenir de réponses puisque Jax apparut à ce moment-là.

— Salut, dit-elle, son regard les parcourant tous pour s'attarder enfin, comme les autres, sur le cou d'Ezra.

Au moins, elle ne dit rien, *elle*.

— Dannika, Siobhan croyait que tu t'étais perdue.

Dannika leva les yeux au ciel.

— Elle me sous-estime. Tout ça parce que je ne peux pas faire apparaître les gens devant moi et que je dois aller les traquer avant de les lui amener… Bon, allons-y. Nous allons devoir prendre les dépositions de tout le monde, maintenant que les médecins en ont fini avec vous.

— Les dépositions ?

La voix de Wyn partit dans les aigus et elle sembla encore plus bouleversée qu'avant. Ezra n'aurait pas cru que c'était possible.

— Pour le dossier de l'affaire ? Vous êtes tous des témoins. Vous, Mademoiselle Wyn, allez devoir répondre à des questions concernant les instants avant l'assaut du 'château'. Et vous, Ezra… Nous devons en savoir plus sur le corps.

Le corps. Ezra avait oublié le corps. Le corps de Darius Maulsby. Que Callum avait tué. De sang-froid. En lui brisant la nuque. Peut-être qu'Ezra avait été infecté par quelque chose, au final, parce qu'il se sentit soudain nauséeux.

CALLUM SE réveilla ce soir-là.

L'après-midi avait été interminable. Siobhan et Dannika avaient tenu Ezra occupé pendant des heures, à revivre les quelques jours passés, et pire

242

encore, le moment où Callum avait brisé la nuque de Darius. Ezra essaya de se changer les idées en racontant leur étreinte, moment hautement embarrassant, même en essayant de le faire avec parcimonie. Heureusement aucune des deux femmes n'avait envie de connaître les détails, bien qu'il suspectât que Dannika l'aurait sûrement poussé à continuer si Callum et lui avaient eu des seins, même simplement pour divertir Ezra. La seule interruption durant leur débriefing concerna le lycan qui s'était échappé près du parc. Apparemment Ryan, un membre de la meute et officier de police, l'avait trouvé après qu'il ait été amené au poste pour un supposé état d'ébriété. Ezra avait été soulagé que les femmes le congédient et il n'avait pas perdu de temps pour sortir.

Dans sa précipitation, il était presque rentré dans Jax, qui lui sourit simplement d'un air encourageant avant de demander :

— Comment vas-tu ?

— Bien. Où est Callum ?

— Il est toujours sans connaissance.

Elle hésita.

— Tu voudrais le voir ?

Soulagé, Ezra hocha la tête.

— Ouais. S'ils sont d'accord, j'aimerais bien le voir. Il va bien, n'est-ce pas ?

Jax acquiesça.

— Ouais. Apparemment, la descente de cette overdose d'hormones l'a épuisé, mais les médecins pensent qu'il se réveillera bientôt.

Ezra hocha la tête. Il voulait demander si Callum serait sain d'esprit en revenant à lui ou s'il serait aussi fou que Teller, mais les mots n'arrivèrent pas à dépasser la boule qui s'était brusquement formée dans sa gorge. Il avait aussi peur de la réponse.

— Est-ce qu'ils me laisseront rester près de lui ?

Jax répondit en souriant faiblement.

— Callum est une pointure par ici. Bien sûr qu'ils te laisseront faire. En plus, je pense que personne n'aimerait qu'il se réveille sans que tu sois près de lui.

— Quoi ? demanda Ezra en fronçant les sourcils, même s'il la suivait déjà le long du couloir.

Jax sembla hésiter une nouvelle fois.

— Hier, quand on a enfin trouvé où vous étiez... Callum avait enfin quelqu'un contre qui focaliser sa colère et sa peur, et il... s'est lâché. Il a effrayé quelques personnes.

— Oh.

Ezra n'arrivait pas à s'en sentir dérangé.

Le personnel de l'hôpital ne sembla pas très enthousiaste à l'idée de laisser entrer Ezra dans la chambre de Callum, mais Jax n'avait pas eu tort – Callum tirait pas mal de ficelles dans le coin.

Callum avait l'air pâle comme la mort, comme Ezra s'y était attendu. Il s'installa sur une chaise près du lit et entrelaça ses doigts à ceux de Callum. Il ne voulait plus bouger de cet endroit.

Sans qu'il ait besoin de le dire, Jax sembla le comprendre. Elle lui amena à dîner et ne suggéra pas qu'il mange ailleurs.

Ezra était avachi dans sa chaise, ses doigts emmêlés lâchement aux draps, quand Callum tourna la tête et marmonna doucement :

— Ezra ?

— Callum !

Il sursauta et se pencha vers le lit, se positionnant assez près pour pouvoir regarder Callum dans ses yeux fatigués et prendre doucement en coupe son visage à la peau chaude.

— Tu es en sécurité, murmura Callum dont les yeux papillonnèrent et se refermèrent, pour ensuite se rouvrir.

Il semblait avoir du mal à se concentrer.

— Oui, je suis en sécurité. Tu es venu me sauver ; mon héros.

— C'est bien. La prochaine fois, rappelle-moi…

Callum bâilla, battant des paupières avant de les refermer.

— De ne pas sauter d'un balcon du deuxième étage…

— Promis, dit Ezra, lissant les cheveux de Callum pour les écarter de son front.

Il n'avait aucune idée de ce qu'il voulait dire, mais il aurait accepté à peu près n'importe quoi en cet instant.

— Hmm.

Le 'hmm' de Callum semblait exprimer son contentement. Puis il replongea dans le silence, les yeux toujours clos.

— Callum ?

Pas de réponse.

Ezra caressa une nouvelle fois ses cheveux. Callum pouvait dormir encore. Ezra se sentait bien plus à l'aise face à ce silence désormais, puisqu'il ne s'inquiétait plus pour l'esprit de Callum.

Ezra se réinstalla dans sa chaise. Il pouvait attendre.

— BON, J'EN ai marre.

Ezra claqua la porte derrière lui.

— J'en ai assez de tout ça. On va discuter et *tu* vas me dire pourquoi tout le monde flippe autant.

Callum ressemblait quasiment à un lapin prit au piège des phares d'une voiture.

— Je ne…

— Bien sûr que tu sais, dit Ezra en lui jetant un regard mauvais. Blaise et Jax n'arrêtent pas de te regarder d'un sale œil, Wyn a l'air sur le point de pleurer et tu n'as pas arrêté de me fixer comme si tu avais été un vilain chiot qui vient de faire une bêtise. Alors tu vas m'expliquer : c'est quoi le problème avec cette marque de morsure ?

Callum détourna les yeux, l'air malheureux, pour éviter le regard d'Ezra.

— Rien. Ezra. C'est juste…

— Juste rien ! Dis-le-moi, Callum.

Callum soupira.

— Le truc c'est que… Tu vois… la morsure n'est pas exactement… Enfin, c'est mal vu.

Merci pour l'info.

— D'accord, ça j'avais compris. Mais pourquoi ?

Callum tripota un crayon, gardant les yeux baissés et regardant le stylo s'agiter de gauche à droite.

— Eh bien, avant les alphas mordaient leurs partenaires tout le temps. C'est une façon de montrer… qu'ils leur appartiennent. Ce genre de morsure a disparu quand le féminisme est arrivé.

Ezra marqua une pause pour réfléchir à cela. Il voulait digérer l'information avant de parler. Apparemment, la communauté lycane voyait la morsure comme un signe d'oppression des alphas envers les bêtas, et tout le monde croyait que la morsure super sexy et perverse d'Ezra était une sorte de déclaration de la domination de Callum. Une sorte d'humiliation publique, apparemment.

— Donc les gens croient que tu as fait une déclaration possessive digne d'un homme des cavernes. Et tu te sens coupable ?

Ezra voulait être sûr de tout bien comprendre.

Le regard qu'il reçut en réponse semblait impliquer que ce n'était pas le cas.

245

— Je devrais ! Ils ont raison, tu sais. C'est dégradant. Tu n'es pas ma propriété, Ezra. Je suis censé te protéger, pas te blesser ! Seigneur, quand j'y repense, j'ai perdu le contrôle, j'aurais pu te blesser gravement...

Le visage de Callum se tordit de culpabilité.

— Et maintenant, tu dois te promener en arborant... *ça*.

D'accord, donc ça rongeait vraiment Callum de l'intérieur. Eh bien, ça ne lui convenait pas.

— Je me promène avec une morsure que j'ai reçue pendant une étreinte *super* sexy.

Callum rougit.

— Écoute, je sais que c'est nouveau pour toi, mais...

— Non, pas de mais entre nous, Callum. Tu ne m'as pas fait mal, et je ne me sens ni humilié ni oppressé. Si c'était le cas, je ne serais pas tout le temps en train de bander quand j'y touche.

Callum rougit encore.

— J'ai *aimé* quand tu m'as baisé la bouche, quand tu nous as fait jouir tous les deux, et surtout quand tu m'as mordu, et ça m'a fait jouir.

— Ezra, ça ne change pas...

Ezra le coupa de nouveau, frustré. Que fallait-il pour convaincre Callum que cette règle de lycan ne s'appliquait pas à eux ?

— J'ai *aimé* ça et je m'en fiche de vos règles sociales ridicules. Tu ne me ferais jamais pas mal, tu ne m'oppresserais pas. Donc, ta morsure n'est pas le symbole de ces choses-là. Ce n'est le symbole de rien du tout. Sauf peut-être d'une étreinte sexuelle super sexy et perverse. Si d'autres gens ont un souci pour se faire mordre... ben, tu n'as qu'à pas mordre les autres.

Callum ne semblait pas entièrement convaincu, mais il avait l'air un peu moins angoissé. Espérant que ça voulait dire qu'ils progressaient, Ezra s'avança plus près, pour pouvoir prendre le visage de Callum en coupe dans ses mains.

— Callum, si tu me vois comme ton égal, alors tu dois me faire confiance, si j'ai la sensation que tu me fais mal, de *quelque* façon que ce soit, je te le ferai savoir.

Callum ne semblait toujours pas emballé.

— Callum, je suis un grand garçon. Est-ce qu'il m'est arrivé de ne pas t'engueuler quand tu le méritais ?

Cela soutira un sourire à Callum.

— Jamais.

— Donc, pourquoi tu n'admets pas que c'était chaud, que j'ai aimé ça quand tu as joué les gros machos ?

Callum semblait prêt à le croire.

— Et arrête de laisser les autres te culpabiliser. Tu vas arrêter d'arborer cet air de chien battu tout le temps. D'accord ?

— Je... D'accord.

— Bien.

Ezra scella leur accord d'un baiser.

Toutefois, il savait que cette histoire ne serait pas terminée tant que les autres regarderaient Callum comme s'il s'amusait à frapper des chiots pour le fun. Il lui restait une conversation à avoir.

Attendant que Callum soit dans la douche, Ezra se faufila hors de la maison et descendit la rue. Il trouva Jax chez Wyn. Elles étaient à table avec Blaise, en train de manger – évidemment.

— Il faut qu'on parle. J'ai parlé à Callum et je comprends tous les regards que j'ai reçus. Apparemment, tout le monde pense que je me balade avec l'équivalent de deux yeux au beurre noir.

Wyn piailla, mais Ezra continua.

— Oui, je comprends. Vous pensez que cette morsure veut dire que Callum a abusé de moi. Donc je vais mettre les choses au clair.

— Au clair ? Je ne... Ce n'est pas Callum qui t'a... mordu ? demanda Wyn, les yeux écarquillés.

— Si, c'est Callum qui m'a mordu.

Il y eut un court silence puis Jax parla.

— Écoute, Ezra, je comprends que tu essayes de défendre Callum, mais, désolée, tu es nouveau et...

— Non. Je ne suis peut-être pas encore très vieux, mais je sais ce qui s'est passé entre Callum et moi. Et *ça,* ce n'est pas pire que se brûler les genoux sur le tapis.

Jax s'étouffa.

— Et vous allez arrêter de snober Callum. Parce que c'est moi qui dois supporter un petit ami qui se sent coupable. Et hors de question que mon petit ami se sente coupable d'avoir tiré un super coup.

Blaise et Wyn semblèrent tous deux mécontents d'entendre ce dernier commentaire ; Jax, elle, souriait d'un air amusé.

— Bon, je suis content qu'on ait pu discuter. Maintenant on arrête de rendre Callum malheureux.

Ezra se releva et repoussa sa chaise.

— Maintenant que c'est fait, je vous dis à plus tard.

CE SERAIT mentir de dire que Callum était triste d'être enfin sorti de l'hôpital. Il inspira profondément, savourant l'odeur et le goût de l'air frais, et marcha d'un pas long, profitant de la liberté et du grand air. Cela faisait du bien d'être dehors. À cet instant, son seul regret fut que Jax ne vive pas plus loin. Le trajet jusqu'à chez elle ne dura même pas une minute.

Il ouvrit la porte et entra, sans frapper, comme toujours. Il allait ouvrir la bouche pour dire bonjour lorsqu'il entendit un sanglot suivi de voix en provenance du salon. Marquant une pause, il ferma doucement la porte et s'approcha sans bruit vers les voix.

— À quoi est-ce que tu pensais !

Jax semblait affligée.

— Je ne… je ne pensais pas que quelqu'un serait blessé.

C'était Lucien, réalisa Callum, choqué. Sa voix tremblait, enrouée, mais c'était clairement lui.

— Tu veux dire que tu ne pensais pas que Callum serait blessé. Bien sûr, si quelqu'un d'autre était blessé en cours de route…

La voix de Jax était dure et ne présageait rien de bon. Elle n'avait pas l'air heureuse. Désormais très inquiet, Callum reprit sa marche pour se diriger vers la pièce.

— N-non ! Je ne savais pas… Il a juste, il a juste dit qu'il connaissait Ezra, qu'il voulait lui parler. Il n'a pas dit qu'il voulait faire de mal à quiconque. Et je ne savais pas que c'était lui qui…

Lucien ne termina pas sa phrase, interrompu par un nouveau sanglot.

— Ça n'a pas d'importance ! Un Alpha inconnu voulait connaître des informations personnelles au sujet de ton Alpha et de son petit ami, et tu étais tellement jaloux que tu n'as même pas pris le temps de réfléchir !

— Je suis désolé.

Callum entra dans la pièce juste à temps pour entendre cette dernière phrase et voir la lèvre de Lucien trembler quand il la prononça. Il était recroquevillé, la tête basse, même s'il regardait toujours Jax au-dessus de lui, probablement pour jauger ses réactions.

— Je ne suis pas sûre que 'désolé' va te tirer d'affaire, cette fois-ci.

Le langage corporel de Jax était complètement fermé.

— Hé, dit Callum, faisant savoir aux autres qu'il était là.

Lucien sursauta, effrayé de découvrir Callum. L'expression de Jax était toujours fermée, même si des émotions alimentaient son regard.

— Qu'est-ce qui se passe ?

— Lucien vient de se confesser.

Jax pinça les lèvres.

— Confesser ?

Callum envisagea de s'asseoir à table, mais l'expression de leurs visages le fit hésiter. Au lieu de cela, il resta debout près de la porte.

— Lucien a eu une discussion avec Darius Maulsby, il y a quelques semaines.

Ses muscles se raidirent et Callum ordonna :

— Raconte-moi.

Il était quasiment impossible que Lucien puisse refuser de se soumettre à cause des phéromones qui envahirent la pièce, mais Callum refusa de s'en sentir coupable.

— Il est venu me parler. Il a dit qu'Ezra était son ex et qu'il voulait en savoir plus sur lui et toi. Il n'arrêtait pas de dire qu'il voulait savoir si c'était sérieux entre vous.

— Darius Maulsby t'a dit qu'Ezra était son ex, dit Callum lentement, essayant d'imaginer Darius surpasser sa bigoterie pour pouvoir dire une telle phrase ou pour qu'elle soit crédible.

— Eh bien... Je pense... il ne l'a peut-être pas dit ouvertement, mais il n'arrêtait pas de dire que lui et Ezra avaient un passé commun et qu'il voulait savoir si c'était sérieux entre vous.

— Je vois. Et tu as dit à un inconnu tout ce que tu savais sur Ezra et moi parce que... ?

Les épaules avachies, Lucien ne dit rien. Ce fut Jax qui renifla et dit :

— Parce qu'il était jaloux et qu'il espérait que Darius emmènerait Ezra loin d'ici. Bien sûr, je suis certaine qu'il n'a même pas réfléchi à ce que ça impliquerait si Ezra, un nouveau lycan, avait un ex lycan.

Cela fit tressaillir Lucien.

— Je ne pensais pas... je ne pensais pas que c'était grave. Je ne savais pas qu'il allait faire du mal à des gens.

La naïveté de sa déclaration fit réagir Callum. Il commença à faire les cent pas près de la porte.

— Tu ne savais pas ? On s'en fiche de savoir ce que tu croyais qu'il allait faire avec ces informations. On ne révèle pas des informations personnelles au sujet d'un membre de la meute à un étranger !

— Je suis désolé. Je ne pensais vraiment pas...

— Bien sûr que non ! Tu étais trop jaloux et trop occupé à penser avec ta queue !

Lucien gémit, l'air encore plus affligé, et l'envie irrépressible de Callum de lui faire du mal monta d'un cran. Si un alpha avait mis Ezra en danger ainsi, Callum aurait été presque incapable d'ignorer cet élan de violence. Il aurait probablement déjà frappé ce connard en pleine face. Mais... L'envie de violence s'opposait à l'envie de protéger un bêta. C'était aussi agaçant que dérangeant.

Il ne savait pas quoi faire... donc il choisit de ne rien faire. Il se retourna simplement et quitta la pièce, puis la maison. Il n'alla pas loin, et recommença seulement à faire les cent pas sur la pelouse devant chez Jax.

Callum n'était pas idiot ; il savait que Lucien était toujours entiché de lui. Que Lucien entretenait le fantasme de coucher avec lui. Mais il n'aurait jamais cru qu'il le trahirait pour ça. Il ne lui serait jamais venu à l'idée qu'il pourrait... Si Callum avait su que Lucien pouvait se montrer aussi stupide, il n'aurait jamais laissé les choses s'envenimer à ce point. Il se serait assuré que Lucien comprenait parfaitement les sentiments de Callum sur ce sujet, sans aucun doute possible.

Désormais, il devait en gérer les conséquences. Il devait s'occuper de Lucien, mais il ne savait pas comment. Il n'y avait aucun précédent de ce genre.

Sans mentionner le désir contradictoire de protéger deux bêtas. Il voulait venger Ezra, mais pour ce faire, il devrait faire du mal à un bêta et tout en lui protestait à cette idée, presque autant qu'à celle de laisser Ezra sans défense.

Une fois décidé, Callum retourna dans la maison. Il parcourut le hall et entra directement au salon, où Jax et Lucien discutaient encore. Il ne prit même pas le temps d'écouter ce que Jax disait, ou de s'excuser poliment de l'interrompre. Au lieu de cela, il fit peu de cas d'elle. Le doigt pointé vers Lucien, il dit :

— La prochaine fois que tu trahiras cette meute sera la dernière.

Puis il se retourna et sortit de la maison. Jax pourrait s'occuper des détails. Il fallait que Callum parte, loin de Lucien.

Maintenant qu'il avait été sauvé – enfin, plus ou moins, puisque c'est lui qui avait fini par traîner Callum hors de cet entrepôt maudit – Ezra était prêt à mettre toute cette histoire dérangeante derrière lui et ne plus jamais en reparler. Callum voyait les choses autrement, ce qui – si Ezra était entièrement honnête – était probablement dû en partie aux bleus qui parsemaient ses jambes, à tous les endroits où Ezra lui avait donné des coups de pieds pendant ses cauchemars particulièrement horribles. Callum insistait pour qu'Ezra revoie Robin, pour pouvoir en parler un peu.

Ezra accepta à contrecœur. Il se sentait un peu coupable, pour les bleus.

Après deux jours entiers à répondre à ce qui ressemblait à la même question en boucle, dans un micro, Ezra avait plus qu'envie d'en finir. Mais il lui restait un entretien à mener avant cela.

Siobhan et Dannika avaient l'air aussi fatigué que lui.

— Bien, finissons-en, dit Dan en déposant un tas de dossiers sur la table. J'ai un avion à prendre.

Siobhan leva les yeux au ciel.

— Tout le monde est là ?

— Ouais, Jax et les autres ont du travail donc ce ne sera que nous quatre.

Trois et demi, en réalité, pensa Ezra. Ces derniers temps, Callum avait été assez préoccupé.

— Bon, alors je vais commencer par lâcher la première bombe.

Dannika ouvrit un dossier d'une chiquenaude et le poussa à travers la table.

— Malgré l'absence de similitudes entre les photos des personnes disparues – visiblement, un chirurgien plastique du Midwest a fait du bon boulot – nous avons pu trouver qui était Darius Maulsby avant de faire sa transformation. Il se trouve que ses hanches ne peuvent pas mentir.

Callum leva un sourcil.

— Ses hanches ?

— Eh bien, une hanche, en fait. Une prothèse, dit Dannika en haussant les épaules. Coz a entré le numéro de série dans sa base de données et voilà, le tour est joué ! On a trouvé.

Siobhan leva les yeux de nouveau au ciel.

— Les empreintes digitales nous l'ont confirmé en premier. Elle voulait juste utiliser son slogan 'les hanches ne peuvent pas mentir'. Votre Darius Maulsby était avant un certain Michael Feyen, Sénateur du Montana.

Ezra était bouche bée. Darius était en réalité Michael Feyen, le fameux sénateur d'extrême droite qui avait été responsable de la disparition prématurée de toute une série de lois pro-gays, pro-choix et pro-droits de l'homme. Il ne pouvait pas dire qu'il était réellement surpris. Mais tout de même…

— Le type qui a tué sa femme ? ne put-il s'empêcher de clarifier.

— Ça n'a jamais été prouvé, dit Siobhan.

Ezra jeta un œil à Callum et ils regardèrent à nouveau Siobhan en chœur. Feyen n'était pas vraiment connu pour porter les femmes dans son cœur, non plus.

— Oui, le type qui a tué sa femme, dit-elle en levant les yeux au ciel. Ou du moins, le type avec une épouse qui a une extrême 'tendance à l'accident' et qui est morte dans des circonstances suspectes, après quoi il a disparu avec tout son argent, dont il avait sûrement détourné une partie des caisses de l'état.

Elle secoua la tête.

— Et maintenant, nous savons où est allé cet argent.

— Il a obtenu une nouvelle identité, s'est fait mordre par quelqu'un et a continué sa campagne misogyne et homophobe en tant que lycanthrope.

Callum soupira longuement.

— Bon, personne ne pourra dire que ce n'était pas un psychopathe dévoué à sa cause. Donc qu'est-il arrivé à ce type, Davis Gamber, si Darius était en réalité Feyen ?

— Darius lui a injecté de l'ADN lycan, dit Dannika.

— Sa conception d'une promotion, dit Ezra en plissant le nez. Il était sûrement inconscient quand vous êtes arrivés avec la cavalerie parce que je me souviens avoir eu énormément besoin de dormir les premiers temps.

Siobhan hocha la tête.

— Oui, il était inconscient quand nous l'avons trouvé. En fait, il avait une forte fièvre, mais bref, il va revenir en Utah avec nous jusqu'à ce qu'on puisse s'organiser pour le faire transférer vers un centre de détention qui soit équipé pour gérer les lycanthropes.

Pendant un bref moment de silence, les deux femmes échangèrent un regard. Après un flottement, Callum leur demanda ce qui se passait.

— À propos de notre fouille de l'établissement, commença Siobhan. Nous avons trouvé un système de réfrigération à la cave, avec un espace de stockage de 60 m^3. Il…

Siobhan blêmit un peu.

— Ils s'en servaient pour entreposer des corps, l'interrompit Dannika sans prendre de pincettes. Les autopsies préliminaires suggèrent qu'ils ont tous été victimes de la drogue.

Callum devint livide.

— La drogue ?

— Pas de la drogue directement, l'assura Siobhan. Des effets secondaires. La plupart d'entre eux sont morts à cause de leurs blessures.

— Et les autres lycans ?

Ezra se douta que si Callum se rétablissait dans un hôpital qui appartenait à la meute, alors les autres aussi, mais il n'avait même pas pensé à vérifier.

— Isabelle et les autres ? Enfin, est-ce qu'ils… ?

Il se souvint de l'état dans lequel avait été Teller. Il savait que les choses auraient pu se passer tout aussi mal avec Callum, s'il avait reçu une dose plus forte d'Alphatropine. Comme c'était le cas des autres lycans.

Siobhan prit la parole en premier.

— Les ambulanciers ont soigné Isabelle sur place. Tu ne voulais pas nous laisser approcher Callum, lui rappela-t-elle quand il fronça les sourcils, se demandant pourquoi il ne s'en souvenait pas. Elle, eh bien… Disons que ces derniers mois avec Darius n'ont pas été les pires de sa vie et restons-en là. Physiquement, elle va bien…

Elle ne termina pas sa phrase et s'agita légèrement, mal à l'aise.

Callum prit sa suite.

— Elle reste avec notre meute, pour le moment, afin qu'on puisse la surveiller, et elle voit Robin régulièrement.

C'était déjà ça, mais Ezra pouvait bien voir que tout le monde était encore sur des charbons ardents. Il osa à peine poser la question :

— Et les autres ?

— Nous les avons soignés du mieux que nous le pouvions, commença Callum calmement – et cela expliqua beaucoup de choses.

Il avait aidé à soigner les autres lycans. Pas étonnant qu'il ait été si fatigué. S'il avait écouté les conseils des docteurs, il aurait toujours dû être alité.

— De faibles doses de Bêtatropine, beaucoup de solutions salines, des plâtres sur les os brisés. Deux d'entre eux sont toujours sous sédatifs jusqu'à ce que leur production hormonale retourne à des paramètres acceptables.

Ezra attendait. Il n'allait pas se laisser distraire par ce blabla médical.

— Ils devraient tous s'en sortir, sauf deux. Normalement.

Callum croisa son regard.

— Apparemment, Darius – Feyen – et Gamber ont dû ajuster les dosages à la baisse après leurs premières expériences ratées, donc personne n'est aussi bousillé que Teller et ceux qui…

Il ne termina pas sa phrase et Ezra le fit mentalement : *ceux qui se sont déchiquetés entre eux*. Il s'éclaircit la gorge.

— Les autres… dans l'un des cas, l'overdose d'Alphatropine a aggravé une maladie cardiaque préexistante. Ils sont en train de lui poser un stimulateur cardiaque.

Quand il ne continua pas immédiatement, Ezra sut ce qui était arrivé à l'autre lycan.

— La seule que nous n'avons pas pu sauver était une femme alpha. Elle, hum, elle s'était cassé la jambe et nous pensons qu'une partie de sa moelle est entrée dans son système sanguin et a causé une embolie pulmonaire.

— Elle est morte dans l'ambulance, termina Siobhan.

Merde. Putain ! Ezra avait promis qu'il l'aiderait, qu'il la ferait sortir…

Il essayait de ravaler la boule dans sa gorge quand Callum posa une main sur son genou et la digue céda. Seigneur, est-ce qu'il n'avait pas déjà pleuré pour ça ? Il n'avait pas pu tout expulser ? Non. Il n'avait pas eu le temps, il n'avait pas encore tout digéré. Et maintenant, il se retrouvait face à tout cela et cela semblait bien réel, de la mort de son père à sa propre capture et celle de… Il ne connaissait même pas le *nom* de cette alpha…

Ezra remarqua vaguement que Callum demandait à Dannika et Siobhan de leur donner un moment en privé, puis il entendit la porte se fermer, mais il ne pouvait rien voir au travers du torrent de larmes qui avait envahi ses yeux. Il ne réalisa qu'il s'était recroquevillé que lorsque Callum toucha son épaule. Instinctivement, Ezra alla à la rencontre de ce contact, tremblant, et pressa son visage contre son cou.

— Désolé, marmonna-t-il d'une voix rauque, empoignant la chemise de Callum. C'est juste que… pardon.

Seigneur, comme c'était embarrassant.

Callum le fit taire, caressant son dos de haut en bas d'un geste apaisant jusqu'à ce qu'Ezra ait pu pleurer tout son soûl. Il ne lui demanda pas s'il se sentait mieux, il le serra simplement une dernière fois contre lui et le laissa s'écarter pour essuyer son visage.

Callum prit sa main et l'écarta, puis essuya la joue d'Ezra du pouce. Il soutint son regard pendant un instant inhabituellement long, avant de laisser glisser sa main pour masser son cou à la place.

— Ezra… Je suis désolé.

Ezra prit une courte inspiration. Quoi encore ? Seigneur, Callum n'allait pas rompre avec lui ou quelque chose de ce genre, si ?

— Hein, dit-il avec circonspection, la voix encore un peu rauque. Pourquoi ?

Callum croisa de nouveau son regard, réchauffant ses yeux du marron des siens, mais il le détourna tout aussi vite que la première fois et il secoua longuement la tête.

— Si je m'étais empêché de te toucher, Darius ne t'aurait jamais enlevé.

C'était *ça* le problème ? Ezra avait offensé Darius par sa seule existence !

— Et on ne saurait toujours pas où serait Darius et il serait toujours vivant et en train de mener ses expériences sur les loups garous, précisa-t-il gentiment.

Puis il ajouta d'un ton plus léger – enfin, qu'il tentait de rendre plus léger, mais sa voix était toujours enrouée :

— Mais je serais mort de frustration sexuelle.

Callum se releva et repoussa sa chaise pour pouvoir faire les cent pas.

— Ce n'est pas drôle.

— Je ne plaisante pas.

Ezra se releva aussi et referma sa main autour du poignet de Callum pour l'arrêter et l'attirer à lui.

— Tu ne peux pas continuer à te demander 'et si, et si…'. Ça te rendra fou. En plus, tu n'as pas le droit de regretter ce qui s'est passé entre nous.

Il tenta un petit sourire amusé, sentant le cœur de Callum faire des bonds sous ses doigts.

— Je suis trop génialissime pour…

— Je t'aime.

Les mots jaillirent de la bouche de Callum comme une cascade. Ezra cligna les yeux de surprise à cette déclaration si soudaine. Callum semblait un peu effrayé.

Ezra inspira profondément, son souffle tremblant un peu. Une vague de chaleur le parcourut et il serra la main de Callum.

— Voilà une bonne raison de ne pas regretter ce qui s'est passé entre nous.

Ezra tendit les bras pour les enrouler autour du cou de Callum et tenta d'ignorer ses jambes qui s'étaient mises à trembler.

— Je t'aime aussi, au fait. Donc je pense que tu es coincé avec moi.

— Oh.

Callum avait toujours l'air sous le choc, mais au moins, il n'avait plus l'air effrayé. Et il sentait clairement le bonheur.

— D'accord, alors dans ce cas…

Sérieusement ? Il allait vraiment en rajouter une couche ?

— Oh, Seigneur, quoi encore ? le taquina Ezra. Vas-y doucement, je ne suis pas sûr de pouvoir encore supporter grand-chose émotionnellement, aujourd'hui.

À ces paroles, Callum détourna les yeux et essaya de s'écarter, mais Ezra raffermit sa prise.

— C'était une blague ! Enfin, pour la majeure partie.

Il s'était fait avoir. Callum le regarda à nouveau, son regard enfin confiant comme avant et un sourire pointant sur son visage.

— Emménage avec moi.

D'accord, il ne s'était pas attendu à ça.

— Quoi ?

Callum le prit par les coudes, le fit reculer légèrement pour qu'ils puissent se regarder sans se faire mal aux yeux.

— Vends ton appartement. Rends les choses officielles. Emménage avec moi.

Ce n'était pas comme si Ezra avait passé plus de dix minutes dans son appartement, lorsqu'il était allé chercher quelques vêtements d'hiver, depuis qu'il avait été mordu, de toute façon. Et il était presque sûr que la morsure qui guérissait encore sur son cou était la déclaration la plus officielle qu'il aurait pu faire dans tout le Montana. Malgré tout, il ne put s'empêcher de faire languir Callum.

— D'accord. Est-ce que c'est l'Alpha qui parle, ou bien… ?

Faire marcher Callum comme ça pouvait facilement devenir le passe-temps préféré d'Ezra. Il réfléchit *visiblement* pour reformuler sa phrase.

— Emménage avec moi, *s'il te plaît* ?

Mieux.

— Eh bien, puisque tu le demandes si gentiment.

Il fallait vraiment qu'il se débarrasse de l'appartement de toute façon, pour faire la paix avec les vieux fantômes de son père.

— Mais tu m'aiderais à déménager mes…

Callum l'embrassa et Ezra en oublia le reste.

ASHLYN KANE est, dans la vraie vie et comme beaucoup d'auteurs de romance dans son genre, une jeune femme d'une vingtaine d'années, suréduquée, surchargée de travail et sous-payée. Écrire lui fournit une diversion bienvenue de son dégoût du marché du travail et un bon moyen d'acheter de jolies nouvelles fenêtres pour la maison qu'elle vient tout juste d'acquérir avec son joli nouveau mari.

Quand elle ne se lève pas à des heures étranges de la journée pour aller faire son soi-disant 'vrai travail', on peut en général la trouver à la salle de gym, ou parquée devant son MacBook en train de discuter avec ses amies co-auteures à essayer de créer le genre de personnages dynamiques dont elle finit toujours par tomber amoureuse.

MORGAN JAMES a commencé à écrire de la fiction avant même de pouvoir en épeler le mot. C'est au lycée qu'elle a commencé à écrire son premier roman mettant en scène un personnage gay et elle est reconnaissante envers Internet pour l'avoir aidée à réaliser qu'elle n'était pas folle pour autant. D'ailleurs, elle remercie aussi Internet pour le rôle que la toile a joué dans l'amitié longue distance qu'elle entretient avec Ashlyn Kane. Geek, artiste, archère et fangirl, Morgan a tendance à passer son temps libre au cœur de mondes imaginaires et auprès de personnages sur des pages et des écrans : c'est une addiction. Elle vit dans l'Ontario avec sa famille, où elle est l'esclave personnelle de trois chats et d'un caniche.